司馬遼太郎
歴史のなかの邂《かい》逅《こう》

1

空海～豊臣秀吉

中央公論新社

司馬遼太郎　歴史のなかの邂逅《かいこう》1
空海〜豊臣秀吉

目次

倭《わ》の印象……9〈倭人〉
生きている出雲王朝……17〈出雲族〉
ああ出雲族……36〈出雲族〉
叡《えい》山《ざん》……41〈最澄〉
わが空海……45〈空海〉
『空海の風景』あとがき……64〈空海〉
高野山管見……77〈空海〉
ぜにと米と……90〈平清盛／足利義満／青砥藤綱〉
平 知盛……94〈平知盛〉
三草《みくさ》越え……96〈源義経〉
昔をいまに――義経のこと……101〈源義経〉
まぼろしの古都、平泉……108〈奥州藤原氏〉

勇気あることば …… 115 〈親鸞〉
醤油の話 …… 118 〈覚心〉
蓮如《れんによ》と三河 …… 123 〈蓮如〉
赤尾谷で思ったこと …… 130 〈道宗〉
『箱根の坂』連載を終えて …… 136 〈北条早雲〉
魔 術 師 …… 139 〈斎藤道三〉
『国盗り物語』あとがき …… 142 〈明智光秀／細川幽斎／斎藤道三〉
上州徳川郷 …… 148 〈徳阿弥／徳川氏〉
戦国大名のふるさと …… 154 〈徳阿弥／徳川家康〉
馬フン薬 …… 158 〈武田信玄／甘利左衛門〉
幻 術 …… 163 〈松永久秀／果心居士〉
戦国の鉄砲侍 …… 171 〈雑賀党／雑賀孫市〉

雑賀《さいか》男《おとこ》の哄笑 …… 176 〈雑賀党／雑賀孫市〉
雑賀《さいか》と孫市《まごいち》のことなど …… 186 〈雑賀党／雑賀孫市〉
戦国の根来衆《ねごろしゅう》 …… 188 〈根来衆〉
織田軍団か武田軍団か …… 214 〈織田信長／豊臣秀吉／石田三成〉
京の味 …… 229 〈坪内某／織田信長〉
断章八つ …… 234 〈千利休／織田信長／豊臣秀吉〉
『鬼灯《ほおずき》』創作ノート――荒木村重《むらしげ》のことども …… 243 〈荒木村重〉
謀殺 …… 256 〈明智光秀／細川幽斎／一色義定〉
別所家籠城の狂気 …… 264 〈別所長治〉
播州人 …… 273 〈別所長治／黒田官兵衛／後藤又兵衛〉
時代の点景としての黒田官兵衛 …… 276 〈黒田官兵衛〉
『播磨灘物語』文庫版のために …… 281 〈黒田官兵衛〉

官兵衛と英賀城《あが》……287〈黒田官兵衛〉
僧兵あがりの大名……291〈宮部継潤／筒井順慶〉
読史余談——丹羽長秀の切腹……305〈丹羽長秀〉
どこの馬の骨……308〈蜂須賀家／蜂須賀小六〉
私の秀吉観……316〈豊臣秀吉〉
大坂城の時代……319〈豊臣秀吉／豊臣秀頼／淀どの〉
秀頼の秘密……329〈豊臣秀吉／徳川家康〉
書いたころの気持……334〈古田織部〉
堺をめぐって……337〈堺商人／小西行長〉
異風の服飾……347〈仙石秀久／伊達政宗／前田利家〉
戦国拝金伝……355〈岡野左内〉
豊後《ぶんご》の尼御前《あまごぜ》……360〈吉岡妙麟尼／大友宗麟〉

法斎の話……382〈蜂須賀家／高木法斎〉
近所の記……386〈片桐且元〉

書誌一覧　397
人名索引　410

〈　〉内は本文に登場する主な歴史上の人物名および集団の名称を、編集部において注記したものである。

編集協力　司馬遼太郎記念財団

司馬遼太郎　歴史のなかの邂逅《かいこう》1

空海～豊臣秀吉

〈倭人〉

倭《わ》の印象

日本人はもともと倭とか倭人とかよばれていたし、いまでも中国人や朝鮮人のあいだではこの言葉は生きている。日本人を指して、野蛮でえげつない奴らというような悪意でもってよぶ場合、倭のやつなどというのである。

日本が中国を侵略していたころは、中国の新聞は「倭軍」などと書いていたし、韓国でも李承晩氏の反日政策時代は、新聞は日本のことを「倭」と書くことが多かった。

「ウェノム（倭奴）」

という言葉は、朝鮮語ではよほどひどい語感らしく、かつて私が知人の朝鮮人と、この二つの民族のあいだの不幸な問題について話していたとき、私のほうが、何度か、ウェノムという言葉をつかってみた。

しばらくしてその朝鮮人の友人が、苦しげな表情になって、済まないがその言葉を使わないでくれ、気持の平衡が狂ってしまう、という意味のことをいった。

「そんなに凄いことばですか」

「凄いことばです」
と、友人は、慇懃《いんぎん》な表情でうなずいた。

以下のことは、私より年上の、親しい朝鮮人作家からきいたことの受け売りだが、氏のお祖母さんは寒い夜、まだ幼なかった孫の氏に、寝床のなかで、お伽《とぎ》ばなしや昔ばなしをきかせた。彼女のレパートリーのなかに、「倭奴《ウエノム》」とでも題すべきものがあった。

ウェノムはもと野蛮で、何も知らなかったという。食べ物など手でつかんで食べているから、それを哀れんで、韓人が箸というものを教えてやった。何もかも教えてやったところ、ウェノムもだんだん暮らしむきがよくなって、おれも儀礼が欲しい、と言ってきた。衣冠束帯を教えてくれというのだが、ウェノムごときにそんなものが、なんの必要があるものか、だからお前、葬式の衣装を教えてやったんだよ、ウェノムが儀式のときに着ているあれは、じつは葬式の衣装なんだよ、というのである。

あれというのは、お公家さんや神主さんなどが着る衣冠束帯のことで、明治の大官も、宮中の儀式などではこれを用いた。要するにこの衣装は、平安朝以来、日本においては神聖衣装であり、権威と権力の象徴なのである。

——あれはお前、韓人の葬服なんだよ。

というのは、残念ながら実証的ではない。

しかし実証なるものが小賢《こざか》しくて興を醒ますほど、このお祖母さんの噺《はなし》は、巨大な諧謔と皮肉のカタマリになっている。

この噺は他の朝鮮人からも聞いたことがあるから、このお祖母さんの創作でなく、ひろく朝鮮にゆきわたっていた伝説なのであろう。おりから日本が朝鮮を合併して朝鮮総督府という大権力が二千万の朝鮮人の上に君臨していた。そのとき、朝鮮半島の屋根という屋根の下で、それぞれの家の家刀自《いえとじ》が、孫を寝かしつけつつ、この噺をしていたとすれば、民族的規模のユーモアといわねばならない。


私はこどものころから、倭という文字も言葉も呼称も気に入っていて、ワという音《おん》で読もうが、ヤマトとかシズとかという訓で読もうが、好きだった。一方、日本とか日本人とかという呼称が、変に生硬で土俗性が稀薄なような気がしていた。『旧唐書《くとうじょ》』に、

「倭国自ら其の名の雅ならざるを悪《にく》みて、改めて日本と為す、と」

とあるが、日本史でいう大化改新前後に、国号を日本と称するようになり、のち官撰の国史を『日本書紀』と称するようになった。要するに、大陸に隋《ずい》・唐《とう》帝国という巨大な統一帝国が成立したという外圧的影響でもって日本列島にも当時なりの近代国家の成立が必要になって来、それによってさまざまの政治現象が群生したが、日本という国号も、そういう政治現象のひとつとして生まれたものにちがいない。

もっともここで、ややこしい問題がある。

倭はすなわち日本もしくは日本人であるか、ということである。

そうにはちがいないが、しかし五世紀以前には、倭とか倭人とかという民族が、意外にも朝鮮半島の南部にもいたし、さらには中国大陸にもいた、という説がある。

中国の書で倭が最も古くにあらわれるのは、『山海経《せんがいきょう》』においてだといわれる。『山海経』は地理書で、多分に伝説的時代である禹《う》のころにできたというが、むろん伝説にすぎない。その一部は東周時代（前七七〇〜前二四九）ともいわれる。この書のうちの「海内北経」のなかに、

「蓋国在鉅燕南倭北倭属燕」

という文章がある。

この文章は、蓋国について説明している。「蓋国は鉅燕の南、倭の北にあり。倭は燕《えん》に属す」というのが、最近の読み方らしい。

これが信じられるとすれば、紀元前の中国大陸に倭が登場しているのである。燕というのは戦国期の国名で、いまの河北省あたりであろう。この文章のこの読み方に関するかぎり、倭というのは国をなさないまでも、一定の居住区に群らがって住んでいたようでもある。

ちかごろは井上秀雄氏などによって、倭の居住区はいまの日本列島だけではないという見方が濃厚になりつつあるし、説得力もあるが、しかし私は素人で、詳しいことはわからない。幸い、鈴木武樹氏が「東アジアの古代文化」（大和書房）という季刊雑誌を創刊された。その創刊号が「倭と倭人の世界」という特集だから、興味のある向きは読まれたい。

ともかくこんにちの中国大陸に百種以上の少数民族が住んでいてその風俗と言語を保っているが、春秋時代には中原《ちゅうげん》にまでさまざまな民族がいたようだし、古代、倭が中国にいたとすれば、おそらくそういう仲間の一つであったかもしれず、それはまず、この稿にあってはどちらでもよい。

倭というのは、どういう人間的イメージであるかということである。

諸橋轍次《もろはしてつじ》氏の『大漢和辞典』の倭の項をひくと、『説文《せつもん》』が参考にされていて、倭というのは「したがうさま」という意味があるとされている。従順で、人に順《したが》うのである。ツクリの委《い》に意味がこめられているといえるであろう。委は、ユダネル、シタガウ、マカセル、などの意味をふくむ。

小説的想像だが、漢人が倭人の村をながめていると、倭人たちは親方に従順で、その命令によく従い、道を歩くのにも親方に従い、行儀よく一列縦隊になって歩いている、といった感じである。

『説文』では倭のシタガウというのを、从《したが》うという文字で当てている。从という文字の解字は「人がふたりならんださま」である。一人が命令者、一人が被命令者という情景を想像すれば、それが、倭とか倭人の人間的イメージになるのではないか。

話はずっとくだって、日本の室町期の乱世のころになるが、九州の辺境の民が倭寇《わこう》になって朝鮮沿岸を荒らし、大明国の沿岸をはるか華南にいたるまで荒らしまわってついに明朝衰亡の一因をなしたが、最後には、私貿易者として団体を組み、マラッカ海峡までその活動圏をひろげる。

倭寇は、相手が不都合なことをしたときに武力を用いるが、元来が私貿易者であった。かれらが、その活動圏を南シナ海の沿岸諸港にまでひろげるに至ったのは、中国人の王直（?～一五五七）という貿易者を首領にいただいてからのように思える。

王直はいまの安徽《あんき》省の人で、塩商のあがりだが、相当な教養もあったらしい。かれは早くから東南アジアまで航海して、アジアの諸地域でそこが何を産し、何を必要としているかを知った。その知識が、かれをして倭寇の大親玉にさせた。

その時期までの倭寇は、王直のもつ経済知識も情報も持たなかったため、利益を得るにはともかくもかれを首領にいただかねばならない。そしてその命令に従《したが》うのである。そのようにして、倭寇という、世界の海賊史のなかでもっとも忠実で勤勉で勇敢であったであろうかれらは、王直の命ずるままに航海と戦闘に従事した。

王直ははじめ五島の福江港に本拠をもち、次いで平戸島に本拠を移した。

王直はついに平戸にあって徽王という王号を私称し、倭の三十六島夷を支配したという。王直のこの盛大さは、王直自身の器量以上に、倭人の忠実さと勤勉な性格に負うところが大きかったであろう。

倭というのは、王直の例でもわかるように、みずから大政略や大商略を考え出すよりも、そういうものを持つ者に倭《したが》う。

倭は、会社に勤めることをよろこび、会社が大きいほどそこに大商略があるとして安心し、さらには会社のその商略をするどく戦術化することに長《た》けている。また会社の命令とあればたいていの艱難辛苦にも堪え、ときに寿命をちぢめても後悔しない。

「倭賊は勇敢で、甚だしきは生死を別《わか》たない。戦うごとに赤体、三尺の剣を提《ひっさ》げて舞い進み、これを能く防ぐ者がない」

という明国の文章（『明史紀事本末』）はこんにちもなお通用するといっていい。

政治の世界の倭もまた、そうにちがいない。政治の大綱は（あるのか無いのか知らないが）党か派閥の親方にまかせっきりで、あとは親方にこれ倭うというさまであり、その従順さは、添乗さんの旗のふるままに海外旅行をしている観光団体に似ている。

倭の原形イメージが無気味なほどに鮮明なのは、パレスチナ・ゲリラに从っている倭たちであろう。

みずから開発したわけではない〝アラブの大義〟とかと称するものに属し、それを上にいただき、さらにはアラブ人の樹《た》てる戦略の下に隷属して、倭としては個別の戦術行動のみを担当し、ひとたび担当するや、「三尺の剣を提げて舞い進み」、生死をも顧みない。まことに倭の古俗どおりであり、この種の倭の気味悪さばかりはどの民族にもなさそうである。

倭には、類のない小気味よさというものがあるであろう。それは小思慮に長じ、その小思慮の中で命をもなげうつという飛躍をするところだが、同時に、小思慮しか持たないために大思慮を他に求め、その大思慮に身を寄せることにえもいえぬ昂奮を覚えるというところがあって、そのあたりに気味悪さが匂いたつらしい。

といって、歴史のなかにも現在にも、数多くのすぐれた非倭のひとびとがいるし、それがわれわれの救いにもなっている。さらには倭である体質から脱け出そうとして、ついには自分は倭でしかないと絶望した人もある。たとえば宮崎滔天《とうてん》がそのひとりのように思えるし、滔天の著の『三十三年之夢』の魅力はそのあたりにあると言えるかもしれない。

〔「週刊読売」一九七四年三月十六日号〕

生きている出雲王朝

〈出雲族〉

カタリベというものがある。いまも生きていると知ったとき、私のおどろきは、生物学者がアフリカ海岸で化石魚を発見したときのそれに似ていた。

カタリベとは、魚類でも植物でもない。ヒトである。上古、文字のなかったころ、諸国の豪族に奉仕して、氏族の旧辞伝説を物語ったあの記憶技師のことだ。語部という。当時無数にいたであろうかれら古代的な技術者のなかで、『古事記』を口述した稗田阿礼《ひえだのあれ》の名だけがこんにちに残っている。漢字の輸入がかれらの職業を没落させた。トーキーの出現で、活動写真弁士がその職場を追われたようなものだろう。

しかし、儀式用にはながくその存在はのこってはいたらしい。西紀九二〇年ごろに成立した『延喜式』の践祚大嘗祭《せんそだいじょうさい》の条《くだり》に「伴宿禰《とものすくね》、佐伯宿禰《さへきのすくね》、おのおの語部十五人をひきゐ、東西の掖門より入りて、位に就き、古詞を奏す」とある。すでに実用性は失なっていた。しかしアイヌの社会でユーカラを語る老人のように、儀礼的価値として、平安初期にはまだ生きのこっていたことになる。

が、平安時代どころではない。延喜年間よりもさらに千年を経たこんにちになお語部はいたというおどろきから、この話は出発する。かれはセビロを常用し、大阪に住み、毎日、ビルに通勤し、しかも新聞社の編集局のなかでも、とくに平衡感覚のある、経験豊富な古参記者でなければつとまらないといわれる地方部長のイスにすわり、仕事の余暇にはジョニーウォーカーを愛飲しているのである。

かれと私は親しい。敬愛もしている。そのかれが、あるとき突如声をひそめて、あたしはカタリベなのだ、とうちあけた。これは寓話ではない。むろん、かれは狂人ではない。狂人ではないが、かれは、かれの故郷である出雲のことに話がおよぶと、よほどはげしい思いに駆られるらしく、一種の憑依《ひょうい》状態になり、やや正常性をうしなう。私が出雲に興味をもちはじめたのは、かれのそういう面をみたからであり、時期はこの前後からであった。

その人物を、W氏としよう。もともと、出雲人というのは、すくなくとも私の見聞した範囲では、たとえば薩摩人や熊本県人や高知県人のように、ふつう、好もしい存在であるとはされていない。石見《いわみ》人にいわせると出雲人は奸譎《かんけつ》であるという。むろんこれは、日本人が、それぞれ他郷人に対して伝統的にもっている偏見の一つにすぎない。しかし私の知っているかぎりの出雲人の半ばは、他の土地に来るとひどく構えるヘキをもっているようだ。また無用に小陰謀をこのむともいう。しかし私は信じない。が、W氏にかぎっては、すこしあたっていなくもない。W氏は無邪気な発想から小陰謀をこのむようである。多くの私の同僚は、W氏のそのヘキにはへきえきしてきたが、べつだんの実害はなかった。これはW氏への誹謗ではなく、どちらかといえばW氏の性格のもつユーモラスな一面である。

なぜ陰謀を好むのか。機嫌のいいときのW氏なら、グラスをなめながら、豪放に、あれはおれの趣味さ、とわらうはずだ。事実、その陰謀は、趣味のように日常的で、趣味のように明るくさえある。が、気持の沈んでいるときのW氏なら、こう答えるにちがいない。——かなしいことだが、おれのヘキでね、おれを責めてもはじまらない。おれの体のなかにある出雲民族の血をこそ責めらるべきだろう。いや、出雲民族がそこに追いこまれた悲劇をこそ責めらるべきだろう。君は、オオクニヌシノミコトの悲憤の生涯を考えたことがあるか——と、W氏は眼をすえる。その眼に、やや狂気がやどっている。

私は、出雲に興味をもった。私ならずともW氏をみれば、たれでもW氏をうんだ出雲の人間風土に興味をもつにちがいない。出雲というのは、こんにち島根県下にある。島根県というのは、旧国名でいえば、石見と出雲と隠岐《おき》から成立している。徳川夢声氏の出身は島根県だが、出雲国ではなく、石見国の津和野である。夢声氏は、かつてどこかの場所で、自分は島根県人だが出雲ではない、ということを、われわれ他府県人からみれば異様なまでの力の入れようで言明していた。夢声氏だけではなく、他の石見人も、しばしばそのようなことをいう。出雲人というのは、隣国の同県人からそれほどまでにきらわれている。むしろ、これは出雲人のために光栄なことではあるまいか。きらわれるほどの強烈な個性が、出雲にはあるはずだからだ、というべきであろう。私は出雲へ行きたいと思った。しかし、そう考えてから数年たった。

昨年の秋、ついに出雲へ出かけた。友人が私を自分の自動車に乗せてくれた。道路地図を見ながら、大阪から岡山へ出、岡山から吉備《きび》の野を北上して、中国の脊梁《せきりよう》山脈を北へ越えた。悪路のために、華奢《きやしや》なヒルマンは何度か腹をこすり、ついに山中のどこかで消音器をおとした。

機関の爆発音が露わになった。その音は、私の体力をひどく消耗させた。疲れれば疲れるほど、めざす目的地への魅惑が、強烈な悪酒のように私を酔わせた。体力の消耗が、私のイリュージョンをいよいよかきたてるらしかった。

「私はカタリベだ」と、W氏がいった。それを考えた。なにを語り、そしてなんのための語部なのか。W氏はいう、「いまでこそ新聞記者をしているが、私が当主であるW家は、出雲大社の社家である」。

それをきいたとき、最初私は、ああ神主かとぐらいに考えていた。が、それは私の無智というものだった。その後、出雲のことを少しずつ知るにつれて、出雲大社の社家、という言葉が、いかに重いものであるかがわかった。

話は枝葉へゆくが、その一例をあげよう。いまから数年前に、私は島根県の地方紙の元旦号を読んだ。どの新聞の元旦号もそうであるように、全面広告の欄がある。しかし、私のみた欄は、ありきたりな商品広告ではなかった。年賀広告なのである。県知事および地方自治団体の首長が、県民のみなさんおめでとう、と呼びかける年賀あいさつなのだ。

ことわっておくが、これも新聞広告の慣例として、めずらしいことではない。どこの新聞でもやることだが、島根県の新聞のばあいはすこしちがっていた。たしか、紙面の上十段のスペースに正月らしく出雲大社のシルエットがえがかれ、「謹賀新年」と活字が組まれ、そこに、ふたりのひとの名前が出ていた。ひとりは、当然なことだが島根県の知事田部長右衛門氏の名前である。それにならんでもう一つの名があった。「国造、千家尊祀」という。われわれ他府県人にとって、これは「カタリベ」の存在以上に驚嘆すべきことである。

これは化石の地方長官というべきであろう。出雲では、他府県と同様、現実の行政は公選知事が担当するが、精神世界の君主としてなお国造が君臨しているのである。国造はクニノミヤツコと訓《よ》み、この土地では音読して、コクゾウとよぶ。あたかも天皇のことを古い倭語《わご》でスメラミコトとよび、音読してテンノウとよぶようなものである。以下、すこし、国造についてのべたい。出雲の権威の性格が、より以上に明確になるからである。

国造という古代地方長官の制が創設されたのは、『古事記』によれば、日向《ひゅうが》からきた「神武天皇」が、いまの奈良県を手中におさめたときをもってハジメとする。大和の土豪剣根《つるぎね》（おそらく出雲民族であろう）をもって葛城《かつらぎ》の国造とした。ついでながら、葛城ノ国というのはいまの奈良県と大阪府の県境にある葛城山のふもとのことで、いまの自治体制でいえば数ヵ村のひろさにすぎない。それがひとつのクニだったというのは、その当時の「日本」がその程度の規模だったから仕方がない。

奈良県の王になった「神武天皇」の子孫は何代も努力をかさねて領土をひろげてゆき、あらたな版図《はんと》ができれば、現地人採用の方針で、そこの土豪を国造に補した。遠方ほど、時間がかかるのは当然なことで、たとえば関東の那須地方ぐらいになると、ずっとくだって、景行天皇のころに制定された。「建沼河命《たけぬがはのみこと》の孫大臣命《おほみのみこと》を国造に定め給ふ」との『国造本紀』の例をみればよい。

大和王朝と対抗する出雲王朝の帝王であった大国主命を斎《いつ》きまつる出雲国造が、いつかつての敵の大和政権から国造の称号をもらったかはあきらかでない。この話は、じつにややこしい。とにかく『国造本紀』には、宇迦都久怒命《うかつくぬのみこと》という出雲人が国造職になったとされている。このミコトが、西紀何年に誕生し何年に死没したかがわからないところに、日本史の神韻《しんいん》ヒョウビョウたるたのしさがあるのだ。同時に、その国造家の神代以来の家来であったというところに、W氏の家系の出雲的エラサがあるようである。

さてカタリベのことだが、そのことに入る前に、出雲国造家の家系に立ち入っておきたい。この家系がいつ成立したかについては、話はいよいよ神韻ヒョウビョウの世界に入らざるをえない。「高天ヵ原」にいた天照大神が、皇孫瓊瓊杵尊《ににぎのみこと》を葦原中国《あしはらのなかつくに》に降臨せしめんとし、まず、武甕槌神《たけみかずちのかみ》、経津主神《ふつぬしのかみ》の二神を下界にくだして、大国主命に交渉せしめた。大国主命がナカツクニの帝王であったからである。そのころの「日本」は、想像するに、大国主命を首領とする出雲民族の天下だったのであろう。つまりW氏の先祖のものだった。余談だが、この出雲民族は、いまの民族分類でいえばナニ民族であったのか。

ここに、西村真次博士の著『大和時代』のなかの一文を借用する。（仮名遣い原文のまま）

今の黒竜江、烏蘇里《ウスリー》あたりに占拠してゐたツングース族の中、最も勇敢にして進取の気性に富んでゐたものは、夏季の風浪静かなる日を選んで、船を間宮海峡或は日本海に泛《うか》べて、勇ましい南下の航海を試みた。樺太は最初に見舞つた土地であつたらう。彼等の船は更に蝦夷島を発見して、高島附近に門番《オトリ》（otoli—小樽）を置き、一部はそこに上陸し、他は尚も南下して海獺多き土地を見出し、そこに上陸してそこを海獺《モト》（möïtö—陸奥）と命名し、海岸伝ひに航海を続けて、入海多く河川多き秋田地方に出たものは、そこに天幕を張つて仮住し、鮭の大漁に食料の豊富なことを喜んだであらう。そこを彼等は鮭《ダワ》（dawa—出羽）と呼び慣らしたので、遂に長く其地の地名となつた。陸奥・出羽は、しかしながら、ツングース族の最後の住地ではなかつた。彼等は日本海に沿うて南下し、或は直接に母国から日本海を横切つて、佐渡を経て、越後の海岸に来り、そこに上陸し、或は更に南西方に航行して出雲附近までも進んで行つたであらう。かうした移動を、私はツングース族の第一移住と呼んでゐる。これは紀元前一千八百年から千年位の間に行はれたと思はれる。

私はこの論文を借りて、私の論旨に援用しようというつもりはない。ただ読者の空想の手だすけになれば、それですむ。西村博士の説のように、出雲民族は、ツングースであったのかもしれなかった。私は、学生時代、蒙古語をまなんだ。蒙古語というのは、日本人ならば、東北人が鹿児島弁を習得するほどの努力で学べる。コトバの構造が、日本語とほとんど変りがなく、単語さえおぼえればほぼ用が足りるからである。蒙古語もツングース語も、おなじウラル・アルタイ語族に属している。満洲の野から興って清朝をつくり、その後裔の少女が天城山で学習院大学の学生と死んだあの愛新覚羅氏の言語は、ツングース語であった。ジンギス汗の子や孫に協力して元帝国をたてた満洲の騎馬民族もまたツングース人種である。過去に多くの栄光をになったこの人種は、いまはほとんど歴史の彼方に消滅して、こんにちの地上ではわずかな人口しか生存していない。

　こんにち、満洲の興安山脈の山中にあって狩猟生活を営むオロチョンという少数民族もまたツングースの一派である。前記W氏をはじめ、出雲の郷土史家たちは、八岐大蛇《やまたのおろち》伝説のオロチは、オロチョンであるという説をもっている。たぶん、語呂の類似から発想したものであろう。しかし話としてはおもしろい。――中国山脈にはいまも昔も砂鉄が多いが、出雲王朝が、有史以前においてナカツクニを支配しえた力は、鉄器にあった。古語にいう細矛千足国《くわしほこちたるのくに》とはそこから出た。細矛千足国の鉄器文明はオロチョンがもちこんだというのである。オロチョンの鉱業家が、簸川《ひのかわ》の上流で砂鉄を採取して炉で溶かした。自然、川下の田畑が荒れ、農民がこまった。農民は、足名椎《あしなずち》、手名椎《てなずち》夫婦に象徴される。そこで、出雲王須佐之男尊《すさのおのみこと》が出馬して、鉱山業者と農民の間の利害問題を裁き、農民側を勝訴させた。

　話の解釈はどうでもよい。いずれにせよツングース人種である出雲民族は、鉄器文明を背景として出雲に強大な帝国をたて、トヨアシハラノナカツクニを制覇した。その何代目かの帝王が大己貴命《おおなむちのみこと》（以下大国主命という）であった。そこへ、「高天ガ原」から天孫民族の使者が押しかけてきた。国を譲れという。いったい、天孫族とはナニモノであろう。おそらく出雲帝国のそれをしのぐ強大な兵団をもつ集団であったにちがいあるまいが、ここではそれに触れるいとまがない。とにかく、最後の談判は出雲の稲佐《いなさ》ノ浜《はま》で行なわれた。天孫民族の使者武甕槌《たけみかずちの》命《みこと》は、浜にホコを突きたて、「否《いな》、然《さ》」をせまった。われわれはここで、シンガポールにおける山下・パーシバルの会談を連想しなければならない。出雲民族の屈辱の歴史は、この稲佐ノ浜の屈辱からはじまるのである。出雲人の狷介《けんかい》な性格もこの屈辱の歴史がつくった、とW氏はいう。

話に枝葉が多すぎるようだが、しばらくがまんしていただきたい。

この国譲りののち、天孫民族と出雲王朝との協定は、出雲王は永久に天孫民族の政治にタッチしないということであった。哀れにも出雲の王族は身柄を大和に移され、三輪山のそばに住んだ。三輪氏の祖がそれである。この奈良県という土地は、もともと、出雲王朝の植民地のようなものであったのだろう。神武天皇が侵入するまでは出雲人が耕作を楽しむ平和な土地であったに相違ない。滝川政次郎博士によれば、この三輪山を中心に出雲の政庁があったという。神武天皇の好敵手であった長髄彦《ながすねひこ》も出雲民族の土酋の一人であった。私は少年時代、母親の実家である奈良県北葛城郡磐城村竹ノ内という山麓の在所ですごした。この村には、長髄彦の墓と言い伝えられる古墳がある。

むろん、長髄彦の年代(?)は、古墳時代以前のものであるから妄説にすぎまいが、大和の住民に、自分たちの先祖である出雲民族をなつかしむ潜在感情があるとすれば、情において私はこの伝説を尊びたい(現に、わが奈良県人は、同じ県内にある神武天皇の橿原神宮よりも、三輪山の大神《おおみわ》神社を尊崇して、毎月ツイタチ参りというものをする。かれらは「オオミワはんは、ジンムさんより先きや」という。かつての先住民族の信仰の記憶を、いまの奈良県人もなおその心の底であたためつづけているのではないか。ついでながら、三輪山は、山全体を神体とする神社神道における最古の形式を遺している。こういうものを甘南備山《かんなびやま》という。出雲にも甘南備山が多い。「出雲国造神賀詞」にはカンナビの語がやたらと出る。ツングースも蒙古人も山を崇ぶが、そこまで飛躍せずとも、出雲民族の信仰の特徴であるといえるだろう）。

さて、出雲王朝のヌシである大国主命の降伏後の出雲はどうなったか。出雲へは、「高天ガ原」から進駐軍司令官として天穂日命《あめのほひのみこと》が派遣された。駐屯した軍営は、いまの松江市外大庭《おおば》村の大庭神社の地である。ところが、この天孫人はダグラス・マッカーサーのような頑固な性格の男ではなかったらしく、「神代紀」下巻に、「此の神、大己貴命に佞媚《ねいび》して、三年に及ぶまで、尚ほ報聞せず」とある。出雲人にまるめこまれたのであろう。戦さにはよわくとも、寝わざの外交手腕にたけていたらしい大国主命の風ぼうがわれわれの眼にうかぶようである。ゴウをにやした高天ガ原政権では、さらに天穂日命の子である武三熊之大人《たけみくまのうし》という人物を派遣した。しかしこの司令官もまた「父に順ひ、遂に報聞」しなかった。

当然なことながら、高天ガ原では、大国主命の生存するかぎり、出雲の占領統治はうまくゆかないとみた。ついに、大国主命に対して、「汝、応《まさ》に天日隅宮《あまのひすみのみや》に住むべし」との断罪をくだした。

この天日隅宮が、つまり出雲大社である。おそらく、大国主命は殺されたという意味であろう。かれが現人神《あらひとがみ》でいるかぎり、現地人の尊崇を集めて占領統治がうまくいくまい、とあって、事実上の「神」にされてしまったのである。この点は、太平洋戦争終結当時の事情とやや似てはいるが、二十世紀のアメリカは、天孫民族の帝王に対してより温情的であった。しかし神代の天孫民族は、前代の支配王朝に対して、古代的な酷烈さをもってのぞんだ。

大国主命は、ついに「神」として出雲大社に鎮まりかえった。もはや、現人神であった当時のように、出雲の旧領民に対していかなる政治力も発揮しえないであろう。「祭神」になってしまった大国主命に対して、高天ヵ原政権は、進駐軍司令官天穂日命とその子孫に永久に宮司になることを命じた。

天孫族である天穂日命は、出雲大社の斎主になることによって出雲民族を慰撫し、祭神大国主命の代行者という立場で、出雲における占領政治を正当化した。奇形な祭政一致体制がうまれたわけである。その天穂日命の子孫が、出雲国造となり、同時に連綿として出雲大社の斎主となった。いわば、旧出雲王朝の側からいえば、簒奪者《さんだつしゃ》の家系が数千年にわたって出雲の支配者になったといえるだろう。いまの出雲大社の宮司家であり国造家である千家氏、北島氏の家系がそれである。天皇家と相ならんで、日本最古の家系であり、また天皇家と同様、史上のいかなる戦乱時代にも、この家系はゆるがず、いかなる草莽《そうもう》の奸賊といえども、この家系を畏れかしこんで犯そうとはしなかった。

その理由は明らかである。この二つの家系が、説話上、日本人の血を両分する天孫系と出雲系のそれぞれ一方を代表する神聖家系であることを、歴代の不逞《ふてい》の風雲児たちも知っていたのであろう。血統を信仰とする日本的シャーマニズムに温存され、「第二次出雲王朝」は、二十世紀のこんにちにまで生存をつづけてきた。この事実は、卑小な政治的議論の場に引き移さるべきものではなく、ただその保存の事実だけを抽出することによって、十分、世界文明史に特記されてもよい。いわば、芸術的価値をさえもっているではないか。

自動車が宍道《しんじ》湖畔《こはん》に入ったときは、すでに夜になっていた。いつのまにか、雨が前照灯の光芒を濡らしていたが、すぐやんだ。やむと、すぐ夜空が晴れた。松江地方の気象の特徴であるという。湖上の闇はふかかったが、それでもときどき闇を割って、いさり火のほのかな赤さが明滅した。私の旅が、すでに古代の世界に入りつつあることを、そのいさり火は、痛いまでに私に教えようとしていた。その夜の宿は、大社のいなばやにとった。

翌朝、出雲大社にもうでた。なるほど「雲にそびえる千木」であった。『日本書紀』の「千《ち》尋《ひろ》栲縄《たくなは》以て結ひて百《ももあまり》八十《やそ》紐《むすび》にせむ、その宮を造る制は、柱は則ち高く太く、板は則ち広く厚くせむ」とある。大社の社伝では、上古においては神殿の高さは三十二丈あったという。また、中古は十六丈、いまは八丈という。上古の三十二丈は荒唐すぎて信じがたいが、中古の十六丈については、明治四十年代に、伊東忠太博士と山本信哉博士が論争したことがある。山本氏は十六丈説を肯定した。肯定の根拠になったのは、天禄元年（九七〇）に源為憲《ためのり》が著わした『口遊《くちずさみ》』という書だった。この本のなかに、当時最大の建物を三つあげ、「雲太、和二、京三」としている。出雲（出雲大社）は太郎であるから最大であり、大和《やまと》二郎（大仏殿）、京三郎（大極殿）という順になる。出雲大社の建物は、平安初期でもなお大仏殿より大きかったのである。

古代国家にとって、これほどの大造営は、国力を傾けるほどのエネルギーを要したであろう。しかし、大和や山城の政権は、それをしなければならなかった。その必要が出雲にはあった。十六丈のピラミッド的大神殿を建てねば、出雲の民心は安まらなかったのである。古代出雲王朝の亡霊が、なお中古にいたるまで、中央政権に対して無言の圧力を加えていたと私はみる。

私は、いま古代出雲王朝といった。その前に、天穂日命の裔の勢力を第二次出雲王朝ともいった。しかし、第一次も第二次も、血統こそちがえ、かれらの対中央意識においてはすこしも変らなかったようである。

天穂日命の子孫は、天穂日命自身がすでにそうであったように、すぐ出雲化した。かれら新しい支配者は土着出雲人に同化し、天ツ神であることを忘れ、出雲民族の恨みを相続し、まるで大国主命の裔であるがごとき言動をした。例をあげると、「崇神紀」六十年七月に、天皇、軍勢を派して出雲大社の神宝を大和に持ち帰らせている。神宝とは、おそらく天皇家における三種ノ神器のようなものであろう。出雲民族を骨抜きにする行政措置の一つだろうが、このとき、たまたま「第二次出雲王朝」の王であった振根《ふるね》という男が、筑紫へ旅行していて不在だった。帰国してこの事実を知って激怒し、留守居の弟たちを責めた。ついに弟の飯入根《いいいりね》を殺してしまったため近親の者が恐れ、大和へ訴え出た。大和では吉備津彦《きびつひこ》を司令官に任命して軍勢をさしむけ、合戦のうえ、振根を誅している。大和朝廷に刃むかう振根の姿には、大和との同族意識はもはやなく、異民族の王としてのすさまじい抵抗意識しか見出せない。第一次も第二次も出雲王朝の対大和意識には、ほとんど変化がなかったことはこの一事でもわかる。

このことについて、私の脳裡に別な記憶がよみがえらざるをえない。かつて私は新聞社の文化部にいた。ある年、「子孫発言」という連載企画を担当した。徳川義親《よしちか》氏に家康のことを書いてもらったり、有馬頼義氏に先祖の殿様のことを書いてもらったりする企画だったが、手もちの材料が尽き、ついに松江支局を通じて、出雲国造家の千家尊祀氏に原稿を依頼した。しかし、いんぎんにことわられた。理由は(支局員の代弁によれば)わが家は古来、大和民族の政治(?)に触れることができない、というのである。私はおどろいた。新聞への寄稿が政治行為であるかどうかはべつとして、大国主命が天孫族に国を譲ったときの条約が、なおこんにちに生きているのである。この条約が生きているかぎり、出雲には、なお形而上の世界で出雲王朝が生きているといっていい。

大社から、大庭神社へ行った。この地は、松江市外の丘陵地帯にあり、錯綜した丘陵の起伏のかげに、ほそい入江の水が入りこんでいる。古代大庭の地こそ、天穂日命が最初に進駐した出雲攻略の根拠地であった。

大庭神社は、樹木のふかい丘のうえにあるときいた。その森まで、ほそく長い木ノ根道がつづき、あたりは常緑樹のさまざまな色彩でうずまっている。空はよく晴れていた。八雲立つ出雲、という。この日も出雲特有のうつくしい雲がうかんでいた。そのせいか、歩いてゆく参道の風景が、ひどく神さびてみえた。案内してくださった郷土史家のOさんが、大庭神社の神職の秋上《あきあげ》さんは尼子十勇士のひとり秋上庵之介《いおのすけ》の子孫である、と教えてくれた。太田亮氏著の

『姓氏家系大辞典』を引くと、秋上家は出雲の名族であるという。

不意に、道の横あいから、痩せた五十年輩の人物があらわれて、Oさんに会釈した。腰に魚《び》籠《く》をくりつけ、地下足袋《じかたび》のようなものをはいていた。Oさんに、「これから山へ茸狩りにゆくところじゃ」といった。「ちょうどよかった」とOさんが私へふりむいた。

「この人が秋上さんですよ」

私は、苔をふんで、自然石の段をのぼった。上へのぼりきったとき、思わず息をのんだ。そこに奇怪な建物があった。これは神殿にはちがいない。しかしおそらく最も古い形式の出雲住宅なのであろう。太い宮柱を地に突きたて、四囲を厚板でかこみ、千木を天にそびえさせただけの蒼古とした建物が、山ヒダにかこまれて立っていた。この建物の何代か前の建物は、天穂日命の住居であったはずだった。

「ここは、天穂日命の出雲経略の策源地としては理想的な地です」

秋上さんは、足もとに見える入江を指さした。昔はその入江が宮殿の下まできていて、「高天ヵ原」からの兵員、物資は、陸路を通ることなく、ここで揚陸されたという。

秋上さんは、私のもってきた地図を神殿の前の地上にのべた。いちいち細かい地名を指でおさえながら、「出雲民族をおさえるには、まず砂鉄をおさえることです。砂鉄の出る場所はココとココ。運ばれる道はコレとコレ。――」といった。いつのまにか、地図を指す秋上さんの横に、秋上さんが飼っているらしい老犬がすりよってきた。犬はついに地図の上に寝た。秋上さんは何度も犬を押しのけながら地図を指した。しかしそのつど、犬は、しょうこりもなく地図の上へ身を横たえた。あきらめた秋上さんは、「とにかく」と私を見た。「この入江をおさえて、あの沖の小島に舟監視所を設け、あの山によりすぐりの兵を少々出しておけば、出雲族が少々蠢動《しゅんどう》してもビクともいたしません」

気負いこんだ秋上さんの様子には、たったいま高天ヶ原からふりおりてきたような天孫族の司令官をほうふつさせるものがあった。私は話題をかえた。「秋上さんの家から秋上庵之介が出たそうですね」。秋上さんはあまりいい顔をしなかった。そういう不逞の者を出したのを恥じているのかもしれなかった。私はいそいで質問をあらためて、「それで、天穂日命がここへきたとき秋上さんのご先祖はどういうお役目だったのです」。

「部将ですよ。天穂日命の一族です。ですから天児屋根命《あめのこやねのみこと》の直系の裔です」

と、はじめて闊然とわらった。なるほど出雲的規模からみれば、戦国時代の勇士の話題などは、とるにたらぬ些事《さじ》になるはずだった。とにかく出雲には、中央に対する被征服民族としての潜在感情が生きている反面、出雲を征服した天孫部隊の戦闘精神もまた、なお生きているような気がした。秋上さんは話がおわってから、「出雲大社はけしからん」といって、こまごまとした現実の話をした。神族は神族同士で、われわれのうかがいがたい世話な事情があるようにおもわれた。

そのあと、出雲海岸を西へ走って石見との国境いに出た。同じ県ながら、石見と出雲は方言はもとより、気性、顔つきまでちがっているといわれる。国境いから石見へ入ったとたん、われわれ旅人にさえそれがわかった。石見への目的は、出雲の国境いにある物部《もののべ》神社という古社を見るためであった。

この神社も、いまでこそ、神社という名がついているが、上古はただの宗教施設として建てられたものではなく、出雲への監視のために設けられた軍事施設であった。その時代は、前記の天穂日命などのころよりもずっとくだり、崇神朝か、もしくはそれ以後であったか。とにかく、出雲監視のために物部氏の軍勢が大和から派遣され、ここに駐屯した。神社の社伝では、封印された出雲大社の兵器庫のカギをここであずかっていたという。出雲からそのカギをぬすみに来た者があり、物議をかもしたこともあったともいう。

この神社に駐屯していた兵団は物部の兵が中心ではあったが、おそらく一旦緩急のあったばあいは、土地の石見人をも徴集したであろう。また、徴集できる素地を平素からつくっておくために、ここの駐屯司令官は、石見人に対し、ことごとに反出雲感情をあおるような教育をしたであろう。こんにちの島根県下における出雲・石見の対立感情は、あるいはそういう所からも源流を発しているのかもしれない。神社は、村社然としていた。建物も、完全に出雲様式とは別のものであった。この神社から、いつのほどか物部のつわものどもの姿が消え、出雲の兵器庫のカギの保管も儀式化し、神社が祠官のみの奉斎する単なる宗教施設になったとき、ようやく第二次出雲王朝は大和・山城の政権に対する実力をうしない、神代の国譲りの神話は完全に終結した。そのとき出雲の古代はおわった。その時期が日本史のなかのいつであったかは、記録されたもののなかからは、うかがい知るすべもない。

数日の滞在で、私は大阪へ帰った。まっさきにW氏に会おうとした。が、W氏は仕事が多忙で他県へ出張していた。帰阪してからひと月ほどして、W氏に会った。出雲へ行ったことを話すと、なぜ私に声をかけてくれなかった、一緒にゆけばもっと「事情」がよくわかったのに、とひどく残念そうにいった。事情？　なんの事情です、ときくと、事情だ、出雲には秘密の事情がある、とだけいって、急に表情を変え、例の憑依《のりうつ》ったような暗い表情をした。このとき、私は、あのカタリベの一件を、くわしくきくべきだとおもった。

やがて、W氏は重い口をひらいた。W家は国造家である千家の主宰する出雲大社の社家であることは、さきにのべた。古い社家は大てい神別の家であり、家系は神代からつづいてきた。したがって、古代出雲民族の風習のいくらかを家風にもち、その一例として語部の制も遺してきた。語部は、W家の場合、一族のうちから、記憶力がつよく、家系に興味をもつ者がすでに幼少のころにえらばれ、当代の語部から長い歳月をかけ、一家の旧辞伝承をこまかく語り伝えられるというのである。ある部分は他に洩らしてよく、ある部分は洩らしてはいけない。当代の語部はむろんW氏そのひとであり、W氏はすでにその子息のうちの一人を選んで、語りを伝えはじめているという。そのうち、『古事記』にも『出雲風土記』にも出ていない重要な事項があるというのだが、それについてはW氏はなにもいえない、といった。それでは、と私は話題をかえ、出雲で会った多くの人々にしたような質問をW氏にもした。「あなたのご先祖は、なんという名のミコトですか」

「私の、ですか」とW氏はすこし微笑み、ながい時間、私を見つめていたが、やがて、「大国主命です」といった。

出雲の様子をすこし知りはじめた私は、これにはひどく驚かざるをえなかった。ここで大国主命の名が出るのは白昼に亡霊を見るような観があった。大国主命およびその血族はすでに神代の時代に出雲から一掃されて絶えているはずではないか。「そのとおりです」とW氏はいった。「しかし、ある事情により、ただ一系統だけのこった。私の先祖の神がそうです」。その事情は、語部の伝承のうちでも秘密の項に属するために言えない、という。言えなければきかなくてもよい。とにかく、W氏によれば、神代以来、出雲大社に奉斎する社家のうちで、大国主命系、つまり出雲の国ツ神系の社家は、W家一軒ということになるのである。それではまるで敵中にいるようなものではありませんか、というと、W氏は「出雲は簒奪されているのです」といった。つまり高天ガ原からきた天穂日命の第二次出雲王朝の子孫が国造《くにのみやつこ》としていまの出雲を形而上的に支配しているのが、W氏にとっては、「簒奪」ということになるのである。

私はようやく知った。W氏は、第一次出雲王朝の残党だった。心理的に残党意識をもっているだけではなく、げんに、第一次出雲王朝を語り伝えるカタリベでもあった。かれによれば、出雲は簒奪されているという。簒奪の事実をおもうとき、W氏はときに眠れなくなる夜もあるという。私はおもった。W氏がこのことをいきどおって懊悩する夜をもつかぎり、すくなくともその瞬間だけでも、第二次出雲王朝はおろか、第一次王朝でさえも、この地上に厳として存在する。この論理は、われわれ俗間の天孫族（?）には通用しなくても、出雲ならば日常茶飯で通用することだろう。ふしぎな国である、まったく。

〔「中央公論」一九六一年三月号〕

ああ出雲族

日本の諸国諸郡のなかでも、私は出雲と薩摩ほどすきな土地はない。

出雲おんなというのは、性的魅力がある点で古来有名である。京の公卿は、平安時代から、女は出雲、として、そばめとして京へ輸入した。いわゆる京美人は出雲おんなが原種になっている。

出雲おんなは、美人というよりこびが佳い、と古書にもある。歌舞伎の元祖といわれる出雲のお国が、出雲女性の舞踊団をひきいて、戦国中期の京にあらわれ、満都の男性を魅了したのも、出雲おんなの佳さが、すでに天下の男性の先入観念にあったからだ。おどりのうまさだけではないようにおもわれる。

文禄年間、越前中納言秀康が伏見城にお国をよんで演じさせた。お国の生年はわからないが、室町将軍在世のときから活躍していたように思えるから、当時すでに四十は越していたろう。かつての彼女は、華美で傾《かぶ》いた衣装でおどるのが常であった。しかしこの伏見城では、黒の僧衣をつけ、紅のひもこすじをエリからかけておどった。色白の彼女を想像するとき、この色彩は、男の粘膜にしみとおるように美しい。彼女は秀康の前で鉦《かね》を叩きながら「やや子踊り」をおどった。秀康はその容色と技芸におどろき、

「お国は女ながらも天下一の名あり。われは天下一の男となるあたわず」

となげいた、といわれる。

先年、私は出雲へ旅をした。この地は、天孫族が日本列島を征服する以前に出雲族による王朝のあった国である。

私の旅は、出雲族の祖神たちをまつった古社を歴訪しつつ、古事記や出雲風土記に出てくるそのかみの出雲王朝を空想するのが目的だったが、私の空想は、ともすれば道をゆく出雲おとめの美しさにさまたげられた。

彼女らは、ひと皮の眼が多い。

顔の肉がうすくて、ややおもながであり、男好きがする。

彼女らの顔は、出雲の地下から出土する弥生式の土器とおなじ系列のものだ。それらの土器は、朝鮮、満洲、蒙古から出土するものとほぼおなじものとみられている。出雲女性の血には、ツングースの血がまじっているのであろう。

みなみからきて中《なか》ツ国《くに》を平定し出雲王朝をほろぼした天孫族がどういう人種であるのか、いまだに定説がないが、天孫の貴族が何人種であれ、勇敢な南方のポリネシア人を多数連れていたことはたしかである。

つまり、隼人《はやと》だ。

かれらの男子は、いまでもカブキでクマドリをするように、眼の左右にイレズミを入れ、眼が裂けたようにみせる習俗があった。敵をおどすためだろう。

神武天皇の軍隊の根幹は隼人の一部族である「久米《くめ》」と称する連中で、その族長が大久米命《おおくめのみこと》という元気のいい将軍だった。将軍といっても、台湾の高砂《たかさご》族や南洋諸島の連中とおなじく、赤フンドシをしめて、夏はハダカであったにちがいない。赤色は、いまもポリネシア系の原住民のこのむところだ。

神武天皇は、ある日、大久米命の眼のイレズミをみて、からかった。

「あめつつ、ちどりましとと、など黥《さ》ける利目《とめ》」——おまえさん、なぜ裂け目のようなイレズミをしているのかえ。

大久米命は、冗談を解する豪放なポリネシア人だったらしい。歌っていわく、

「乙女《おとめ》に、直《ただ》に逢《あ》はんと、我が裂《さ》ける利目」——あたしはね、おんなの子にあったときよく相手の顔がみえるようにこうしているんでさ。

この神武天皇が、葦原中国《あしはらのなかつくに》を征服したとき、さっそく女房をもらった。

その女房の名は、媛蹈鞴五十鈴姫《ひめたたらいすずひめ》というのだが、名というより美称だろう。

タタラというのは、鍛冶屋さんがむかしつかっていたフイゴのことだ。フイゴは、タヌキの皮で作ったアコーデオンのようなもので、風をおくって炭火をさかんにし、鉄をとかす。新妻

は、きっと神武天皇の寝室では、

「フイゴ姫」

と愛称されていたにちがいない。

この姫は、出雲王朝の皇帝事代主命《ことしろぬしのみこと》のむすめで、天孫族と出雲族の融和のためにはるばる出雲の地から大和へとついできた。政略結婚である。

とはいえ、古代的英雄である「神武」という征服王が、その男性的気質からみて、たんに政略だけで女房をえらぶまい。やはり当時から、男どものあいだで、

「おんなは出雲」

という定説があったように想像する。


出雲とは、いかさま、神さびたほどにがんこな土地柄で、私が新聞社にいたころ、松江支局を通じて、出雲大社に住む「国造《こくぞう》さん」に寄稿を依頼したことがあった。「国造さん」というのは、遠いはるかなるむかし、出雲族が天孫族に「国ゆずり」したあと天孫系の天穂日命《あめのほひのみこと》が、後期出雲王朝の帝王になった。

その直系の子孫が、政治をすると同時に、前期出雲王朝の祖帝である大国主命の出雲大社の宮司になった。いまの「国造さん」もむろんその子孫であり、その点では、天孫族の帝王であるいまの天皇家とともに、日本最古の家系である。

この寄稿依頼は、みごとにことわられた。理由は、はっきりしている。

「わたくしども国造家《こくぞうけ》の者は、天孫族の政治にタッチできないことになっていますから」

私は、こどものときに学校でならった国ゆずりの神話をおもいだした。

神代、天孫族は、出雲王朝を武力でなく威圧外交で征服しようとし、武勇にすぐれた経津主《ふつぬしの》命《みこと》と建御雷之男《たけみかずちのおの》命《みこと》の両将軍をつかわし、

「なんじがいままで統治《しら》せる現世《うつしごと》政治は天孫《すめみま》に統治《しら》しめ、なんじは神事のみをおこなうがよい。そのかわり、なんじの住むべき宮として、壮大な宮殿を建ててやろう」

それがいまの出雲大社である。出雲の国造家では、このときの和平条約をいまだにまもるために、私どもに右のような拒絶をしたのである。新聞は政治ではないが、「国造さん」からみれば、似たようなものなのであろう。

風狂も、わが出雲までくると、蒼古として神さびてくるのである。

〔「週刊文春」一九六一年十二月四日号〕

叡《えい》山《ざん》

最澄《さいちょう》（七六七〜八二二）がうまれたのは奈良朝の末で、日本が、律令制とよばれる中国式国家だったころである。

唐がそうであったように、当時の日本も、僧になることは、国家の扶持《ふち》をうけることだった。つまりは国家の宗教官に登用されるということであり、それだけに得度《とくど》にはやかましいとりきめがあった。

当時、無名の少年だった最澄が得度をうけたについての公文書（度牒《どちょう》、戒牒《かいちょう》）がこんにちのこっている。その公文書に、当人の人定《にんさだ》めのしるしとして、黒子《ほくろ》が、頸の左に一つ、左肘折の上に一つ、といったふうに書かれているが、いずれにしても八世紀のそのような文書がいまも大原三千院《さんぜんいん》に保存されているというのは、日本という国のめでたさのひとつといえるかもしれない。

最澄は叡山の東麓のうまれで、この山を琵琶湖畔から見て育った。東麓のひとびとはこの山を神聖視して、

「ひえ」

とよんでいた。文字としては日吉、日枝などと当てられたが、平安初期には比叡が定着する。

叡山は高山ではない。南北に峰をつらねる土塁形の山である。琵琶湖側と京都側とでは、山容がまったくちがう。

西斜面である京都から見た叡山は、四明岳《しめいがたけ》で代表されているため、独立した山容のようにみえる。それに草木がすくなく、山の地肌が赤っぽく透けてみえる。冬のつよい西風がもろにあたるせいと、東斜面にくらべて水を生みだす量がすくないからでもあるらしい。

これにくらべ、東斜面は緑のビロード地のたっぷりした裳裾《もすそ》を襞《ひだ》多くひいたようにして、ゆるやかに湖水にむかって傾いている。樹叢《じゅそう》のゆたかさはどうであろう。幾筋もの山脚のころよい勾配、尾根と谷とがたがいに戯れるように組みあわされて、冬の西風から樹をまもり、かつは林間の僧房をまもっている。それに泉や谷川が多く、まことにいのちの山という感が深い。最澄は、俗名を広野《ひろの》といった。広野のころのかれの心を育てたのは、このなだらかに湖水へ傾斜する「ひえ」の東斜面であったであろう。

私どもは、叡山を京都側からながめて、その山容を詩的造形化している。が、ほんとうの叡山は大津から坂本へ北上する左側の峰々でとらえられるべきで、最澄の死から、織田信長による焼打《やきうち》(一五七一)にいたるまで日本文化の脊梁《せきりょう》として栄えたこの天台宗本山(というより一大宗教都市)は、その堂塔伽藍《がらん》のほとんどをこの東斜面の峰々や谷々に発達させてきた。

平安期には、

「山」といえば、叡山のことであった。むろんこの場合は地理学上の地塊をいわず、地上の王権からときに独立する気勢を示すかのような宗教的権威を指し、かつは平安貴族の死生観や日常の感情に思想的な繊維質を提供しつづけた思想上の深叢《しんそう》のことをいう。さらにいえば、権威を神輿《みこし》にし、武装の徒をやしない、増上慢《ぞうじょうまん》のかぎりをつくしたふしぎな世外権力のことをふくめる。

叡山の右のような大展開は、開山である最澄その人にどれほど負っているかとなると、よくわからない。

最澄は、骨の髄からいい人であった。かれは神秘を験《げん》じて人心を収攬《しゅうらん》しようとしたことはなく、政界を操作して自分の利をはかったこともなく、また蠱惑《こわく》に類する言を吐いて自分を神秘化しようとしたこともない。宗教の創始者にありがちかと思われるいかがわしさはいささかも持たなかった。日本の大乗仏教がこういう人格によって創始されたということは、われわれは歴史に感謝しなければならない。

その後の「山」が最澄を神秘化しないということも、おもしろい。

このことは、最澄が顕教《けんぎょう》の人であったことと不離であろう。

最澄が入唐《にっとう》したのは顕教である天台の体系を日本にもたらすためで、わずかに密教ももち帰った。

が、時代の要求は密教にあった。叡山に組織的な密教が導入されるのは、最澄の死後、円仁《えんにん》

（七九四～八六四）、円珍《えんちん》（八一四～八九一）が入唐してそれをもちかえってからである。密教の原則は伝法の師を仏として拝するところにあり、空海がその死後、門弟からそのように神秘化されたことも、密教の流風からみれば当然といっていい。

顕教家である最澄の場合、在世中、弟子たちがかれを仏であるとして拝んだ形跡はない。死後もない。このことはかれが密教家でなかったことにもよるが、やはり人柄にもよるであろう。

叡山が興隆するのは平安期歴世の宮廷の帰依によるが、かれらが貴しとしたのは叡山における密教（台密）で、具体的には加持祈禱《きとう》であり、ひるがえっていえば最澄の本領としない部門によってであった。

かといって叡山の顕教部門がおろそかにされたわけではなく、むしろ最澄の死後、大いに発展し、やがて浄土教や禅、法華経信仰という日本的な仏教を生む土壌になった。

ともかくも、日本史における叡山の位置はあまりにも大きい。ただ一個の宗教勢力としては信長の焼打後衰弱し、明治後さらに衰え、戦後、各地の有力寺院の独立でいっそうおとろえて、仏教界ではむしろ小勢力になってしまっている。「山」には膨脹という遠心のエネルギーは何世紀も前に消え、むしろ日本仏教のふるさととしての古典的威儀を守ろうとする求心のエネルギーのほうがつよい。

〔「アサヒグラフ」一九七九年十一月二日号〕

わが空海

私はかつて、上代における佐伯部《さえきべ》という種に興味をもったことがある。

彼らは、その後の日本文化の基底になった弥生式文化のにない手である日韓人とは別系統の種族らしく、おおざっぱにいえば、近畿に強力な権力が成立していた時期、なお東国にあって縄文的な生活様式を持続していた種族であるらしい。言語も違っているようである。要するに、蝦夷《えぞ》と総称される漠然たるあの異人種の一グループなのであろう。畿内人《きないじん》の言語と違った言語を用いていたらしいことは、彼ら佐伯の呼称が、サエギ、騒ぎ、というあだなから出たらしいということから察しうる。耳なれぬ言語というのは、騒がしく聞えるからである。「景行紀」などによれば、例の伝説上の英雄である日本武尊《やまとたけるのみこと》がアズマを征した時、常陸《ひたち》や陸奥《むつ》地方にいたこの種族を捕虜にし、畿内へ連れて帰ったという。のちこれらを諸国にわけて住まわせたが、彼らが勇猛で軍事に長じていたから、その面で重宝がられ、やがて佐伯部という品部《しなべ》として体制内に入った。

讃岐《さぬき》（香川県）にも、佐伯部がいた。そのグループのなかから空海が出た、とかつて私はそのことを面白く思いすぎ、そうでなければ空海のような、およそ日本人ばなれした、というより弥生式文化型からかけはなれた異質の天才が出現するはずがない、と思っていた。われわれは縄文人の美意識を、たとえば火焔式土器のあの奇怪な装飾性と呪術性に象徴することができるであろう。それが、日本の思想史上の空海の存在と、イメージがぴったり重なるように思えたのである。

われわれは、京都の教王護国寺の仏たちを、ことさらにただの彫刻としてみてさえ、その造形の異様さに、人間の空想力というものはこれほどまで及ぶことができるものかと呆然とする思いがする。しかもそれが単に放恣《ほうし》な造形的空想力でつくられたものでなく、その内面に緻密《ちみつ》な思想があり、さらにその仏たちの思想群が、一つの原理へ帰納され、帰納されたものが同時に原理へ発揚して、帰納と発揚が旋回しつついわゆるマンダラの世界を大構成しているということを思えば、思想家としての空海は、天才とか何とかというより、空海その人がすでに宇宙そのものであったということを思わざるをえない。空海という天才の日本的世界からみての異常さは、彼と火焔式土器というものをことさらに結びつけ、さらには佐伯という種族を一種のデモーニッシュなものとして仕立てないかぎり、どうもふに落ちにくいような感じを私はもちつづけていた。それほど思想人としての空海は、日本ばなれしている。

が、ごく平らかにみれば、空海は異常な生まれでも育ちでもない。

彼は讃岐の地方貴族の子であった。宝亀四年（七七三）もしくはその翌年、讃岐国多度郡屏風《びょうぶ》ヶ浦《うら》でうまれたという。屏風ヶ浦というのはいまの多度津町の海岸であり、筆者は少年のころそこで夏を過ごしたことがある。太陽が直射するなかで、沖だけが神秘的灰色に曇っており、沖に塩飽《しあく》諸島が影絵のように浮かんでいたのを覚えている。さて空海の出自のことである。空海自身の文章を借りれば「ワガ父ハ佐伯氏ナリ。讃岐国多度郡ノ人。昔敵毛ヲ征シテ班土ヲ被レリ」とある。

　敵毛とは、いうまでもなく蝦夷をさす。要するに朝廷から命ぜられて蝦夷征伐に行った部隊長の家であり、その辺境鎮定の功によって讃岐に領地をもらったという。つまり、種族としての佐伯ではない。捕虜の佐伯どもをひきつれて讃岐に移り、それを監督していた立場の家である。空海の父は、佐伯直田公《さえきのあたいたきみ》といったというから、俘囚《ふしゅう》の監督者であり、同時に地方長官であり、ではあるが、残念なことに佐伯種族そのものではない。そうではないにせよ、空海の佐伯直の家には当然佐伯種族の血は入っていたであろう。たとえ入っていなかったにせよ、空海の幼少のころには、彼のまわりにいる佐伯部の老人たちはなお佐伯語をつかい、佐伯の習俗をもちつづけていたに違いない。物心ついた時からその異風を見聞していた空海にとっては、異風がむしろ日常な世界であったかのように思える。この点、のち空海と併立するにいたる最澄の生い立ちのほうが、尋常であった。この尋常には解釈が要る。最澄は近江《おうみ》滋賀郡のうまれで、大陸からの帰化人の家であった。帰化人といえば異様にきこえるが、この当時の文化のにない手であることからいえば、むしろ尋常すぎるほど尋常であろう。要するに、空海は、大陸文化とは無縁の、日本の原土壌のような稀少世界をのぞきこみつつ生い立ったということがいえそうな気がする。でなければ、彼がのちに没入し、かつ体系化し、ついにはその中心にすわるにいたる真言密教という、およそ五、六世紀の日本的というものからかけ離れたこの世界の組織者になれるはずがないような気がするのである。

どうも空海の生涯は、後世多くの伝説がそれを装飾した。このため彼の少年時代といえば、われわれの日常的な歴史感覚で直視しにくい、つまりこんにちの常識や情感の通いにくいような、遠い古代のように思われがちであるが、決してそうではないであろう。当時の日本は都鄙《とひ》を問わず、すでに官吏や僧侶を中心として知識階級が構成されていた。空海の母の実家は、阿《あ》刀《と》氏である。空海にとって叔父にあたる阿刀大足《あとのおおたり》は、讃岐の人であるが、その学才は天下に響いていた。一個の地方出身学者の存在が各地に知られるに至っているということは、学問についての情報が、それほどに敏感な社会であることを証拠だてる。阿刀大足は桓武《かんむ》帝の皇子伊予親王の家庭教師として従五位下《じゅごいのげ》をもらっていた。空海は少年のころこの叔父から学問を学ぶのである。

「自分は、十五歳の時、叔父の阿刀大足について、論語、孝経および史伝をまなび、兼ねて文学をまなんだ」

というから、江戸後期の知識人家庭の状態と少しも変らない。

空海は、十八歳で都へのぼり、大学に入学した。当時のこの日本唯一の国立大学は、唐制によって四学科にわかれていた。明経《みょうぎょう》科、紀伝《きでん》科、明法《みょうぼう》科、算道《さんどう》科である。ほかに書博士《しょはかせ》と音《おん》博士《はかせ》もいる。空海は、正統的な儒学を教える明経科に入った。このときの教授は、岡田牛養《おかだのうしかい》、味酒浄成《うまざけのきよなり》で、いずれも讃岐出身である。この当時の讃岐というのは、なにか格別に学問のさかんな土壌であったのだろうか。

いずれにしても、ここまでの空海の履歴は、単なる秀才というだけにとどまるであろう。このままでゆけば、地方貴族の子で、親戚に学者や官吏を多くもつ彼の環境からして、かれもその方向に進むべき印象をにおわせている。本来、彼の在籍した明経科というのは、いわば官吏学科ともいうべきごく実利的な学科なのである。

ところが、彼自身の志向は、別にあったらしい。

「自分はひろく漢籍を読んだが、しかしながら仏経への好みはやみがたい。よく考えてみれば、自分が学んでいる漢学というのは、要するに古人の残りかすなのである。すこしも益がないし、まして死後の問題の解決にならない」

といい、

――如《し》かず、真を仰がんには（「空海僧都伝」）。

として、仏道に転じたとある。真というのはこの場合、仏法である。

なるほど、空海はそう思ったであろう。彼は少年のころから、生命や宇宙について考えることの好きな、というよりそれを考えなければ生きている証《あか》しを得られないというほどに哲学的思弁を好む体質であった。儒教というものは、宇宙の理《ことわり》や、生命の根源を考えるような学問ではない。孔子自身、経世なり処世なりの正義とか原理、幸福とかを考えることにとどまった人で、生命とはなにかということについては、意識して触れなかった。ことに空海の学んだ明経科の学科は、空海のそういう思想的体質を喜ばせるにはほど遠いものであった。学ぶ課目は、尚書《しょうしょ》、周礼《しゅらい》、礼記《らいき》、毛詩《もうし》、春秋左氏伝《しゅんじゅうさしでん》といったもので、要するに世の中とは何か、とか、世の中に処する法といったものであり、それも多くは形式を学ぶにすぎない。

「それはそれでいいのだ。たとえ後年仏弟子になるとも、初めは大学で文書を学んでおくほうがよい」

と、叔父の阿刀大足もいったという（「御遺告《ごゆいごう》」）。この叔父の助言は、空海の生涯をつくる上で役立った。なぜなら、二十前後まで儒学の徒であった空海は、この時代の日本文明の光源である大唐文明に対し、同種類の教養を身につけてこれがため簡単に接触することができたし、さらに彼は大学在学中、音博士について語学をやったため、のち入唐《にっとう》するとき現地の中国の教養人を驚かすほどの文章と会話の能力を、すでにこの時代に身につけていた。仏教はいうまでもなく、インドの所産である。が、日本人が接するそれは、中国によって翻訳されたものであり、中国語と中国文明に対する理解がなければ、仏教そのものも、遠いものになってしまうのである。

空海は、少年のころから稀代《きたい》の秀才であったらしい。らしいというより、日本史上最大の秀才をあげよといえば、やはり空海であろう。その頭脳に、最初に学問を詰めこむことを強《し》いた阿刀大足の存在は大きい。でなければ、たださえ濃厚な宗教的体質をもった少年が、知的世界を経ることなくただちに山谷跋渉《ばっしょう》の荒修行に入ったとすれば、単に奇偏の精神家がそこに出来あがるだけのことであったろう。

空海は、大学の所定の年限を終えたかどうかは、疑わしい。「如《し》かず、真を仰がんには」の世界に直入するため、「三教指帰《さんごうしいき》」三巻という、戯曲風の思想問答の書を作って儒学に訣別し、仏道に入った。といっても、正規の僧ではない。私度僧《しどそう》になった。

空海のこの当時、日本にはすでにさまざまの仏教の部門が入っており、奈良の六宗はその滴発であった。僧として正統の座につくにはそこへゆくべきであったが、空海はそこにはすでに彼のいう「真」がないことを知っていたらしい。

南都の六宗を正統とすれば、猥雑な非正統の仏法が、民間の行者《ぎようじや》たちのあいだでおこなわれていた。たとえばこの時代より前の世紀の人である修験道の創始者役小角《えんのおづぬ》なども、大和葛城《やまとかつらぎ》の鴨族の出として土着の信仰をもちながら、自分一個の感覚をもって金剛孔雀明王《こんごうくじやくみようおう》を解釈し、それを護持しつつ山野で草衣木食《そういもくじき》し、呪術的世界の人となった。俗身のままで仏道に従う男子を優婆塞《うばそく》というが、役小角も、果して仏教徒であるかどうかはあいまいであるにしても、みずからは優婆塞と称していた。この種の、いわば怪しげな、日本的土俗性を帯びた自称優婆塞たちが、空海の時代には山林に多くいたようであった。空海を仏法へ手引きしたのは、そういう非公認僧の一人である。このことは空海を考える上で、軽視できないことであろう。空海に仏教入門させたその優婆塞は彼に虚空蔵菩薩《こくうぞうぼさつ》をまつることを教え、虚空蔵求聞持法《ぐもんじほう》という一種の呪術を教えた。虚空蔵菩薩は宝蓮華《ほうれんげ》に坐して、肌は肉色であるという。首に五仏冠をいただき、右手はひじを屈して剣を持し、その剣には光炎がもえかがやいている。この菩薩は、密号を如意金剛といい、密教にあっては胎蔵界曼荼羅《たいぞうかいまんだら》虚空蔵院の主尊とされる。要するに、密教仏である。空海はのち密教の請来者になるのだが、かれが入唐する以前においても、日本ではすでに粗笨《そほん》なかたちながら、ほそぼそと密教がおこなわれていたことは重要な課題であろう。さらにいえば、空海が最初に触れた仏教がそれであったということは、空海の生涯やその宗教的体質を考える上で、よりいっそうに重要である。

宗教的体質といえば、たとえば役小角などは、きわめて幻妙な存在である。彼は大和葛城の神である一言主命《ひとことぬしのみこと》を奴隷のように追いつかって神異をなしたというが、ついには仏たちが構成している秘密宇宙の構成者の一員になり、仏説でいう仏たちの力をそのままに身につけて、ついには天地をも動かす存在になる。そういう宗教世界への願望者にとっては、多少誇張していえばインド的思考法を教えるだけといっていい奈良の官立仏教世界（倶舎《くしゃ》、唯識《ゆいしき》、三論《さんろん》、成実《じょうじつ》、法相《ほっそう》、華厳《けごん》、戒律《かいりつ》といった世界）は、食い足りなかったに違いない。

空海も、そうであったであろう。地上に拘束された肉体と精神が、ある行法を透過することによって超自然の世界へ昇華できるほどの魅力が仏法というものの秘奥に存在せねばならないと期待し、願望したい側の一人であったであろう。

空海の奇妙さは、大学という官吏養成所で正統の学問をした青年でありながら、南都の学問僧にあこがれるところがすこしもなかったことである。彼は儒学にせよ南都仏教にせよ論理的手段で行き届く世界よりも、不可知な世界にあこがれた。

「私は阿波国《あわのくに》の大滝岳にのぼったり、土佐の室戸崎で勤念《ごんねん》したりした」

と、空海自身が「三教指帰」で語っているように、山林の修行者になった。空海があこがれたのは、僧として非正統のそういう土着のシャーマンの世界であった。谷の神や山の神が神霊として実在し、行者がある操作をおこなうことによって憑霊《ひょうれい》するというこの世界は、仏教の加持祈禱が入るにつれて、やや形態が変った。彼ら憑霊者は自分の神を仏教に習合させることによって仏教化し、民間仏教を発達させたが、空海がその世界に入ったということは、重要である。

ただきらに重要なことは、空海の知性は、この時期においてすでに、奈良仏教の難解な教学をどうやらすべて頭に入れてしまっていたような形跡のあることである。もしそうだとすれば、この当時のその年齢としては儒仏の教養の最も高かったはずの青年が、土俗の世界に身を投じたわけであった。おそらく、なにごとかが触媒になって、空海の精神に大きな化学変化がおこったのであろう。

私度僧であるとはいえ、名族の出である彼は奈良の官寺との接触も深かった。経典を読むためには、官寺との接触は必要であった。三十一歳で正規の僧たるべく具足戒《ぐそくかい》を受け、アウトサイダーであることの時期を終えたが、このことは空海の既成仏教への姿勢がくずれたことを意味しない。おそらく彼は唐への留学を考えたに相違ない。彼は、粗漏なかたちながらもこの当時すでに日本に入っていた密教に憧憬《しょうけい》し、すでに大日経にも接し、その世界を唐という本場に行ってきわめようとしたに違いない。国家の留学生《るがくしょう》になるには、官僧にならねばならなかった。具足戒をうけた理由の大きな一つは、そういうことであったかと思われる。

空海の入唐は、それそのものが劇的要素に満ちている。

彼は、藤原葛野麿《ふじわらのかどのまろ》を代表とする遣唐使船に乗った。この船団四隻が難波《なにわ》ノ津《つ》を発したのは、延暦二十三年（八〇四）五月十二日で、搭乗者のなかに——空海とは別の船だが——のちに叡《えい》山《ざん》をひらいて天台宗を創始する最澄がいた。空海と最澄という、日本仏教の二大巨峰をなす二人が同じ船団に乗って日本を離れたというのは、後世の目からみれば歴史的壮観であったが、しかしこの当時、双方に交友関係はなかった。

ないどころか、最澄という存在は、当今《とうぎん》である桓武帝の帰依があつく、僧としての身分、名声ともに、無名の沙門《しゃもん》空海とは懸絶していた。ついでながら最澄もまた、奈良仏教とは別系統の仏教を確立するために入唐するという、明確な目的をもっていた。彼は、奈良仏教が論に偏していることを不満として、新仏教は論を排して経に拠るべきであるとし、その新仏教は自分より始まるという考え方と自信をもっており、その壮大な見本がすでに唐にあり、それを持ちこんで日本で確立しようとしていた。最澄は経の本は法華経であるとしていた。唐の天台法華体系を輸入しようとして渡海するのである。この目的については最澄は桓武帝およびその皇太子（平城《へいぜい》天皇）によく話し、その積極的応援を得、さらには彼の渡航費も帝室から出ていた。

さらに最澄は桓武帝の勅許をえて、通訳一人を同行していた。最澄は豊潤な学才の持ち主であったが、ただ中国語の会話ができなかった。できなかったが、官費による通訳帯同ということがゆるされるだけの立場をもっていた。

が、空海はただの留学僧にすぎない。その費用も、おそらく私費だったであろう。無収入の空海にそれだけの費用が調達できたのは、彼の血縁の大官が八方奔走した結果であるかもしれない。

ただ空海にとって武器は、彼は日本で語学を習得し、現地の中国人と少しも変らぬほどの域に達していたことであった。さらにその音韻についての天才的才能によって、文章を書いても唐朝第一流の文章家に匹敵しうる力をもっていたことであった。この天才のこの面の凄味《すごみ》については、おそらく同乗の人びとは気づいていなかったに違いない。ましてこの無名の留学生が、書のほうでも中国人を驚かせるほどの器質をもっているということまで気づいていた同乗者は、ほとんどいなかったのではないかと思われる。

そのことは、上陸後すぐ顕《あら》われた。

当時、遣唐使航海は決死的な航海とされた。この船団が、肥前田ノ浦（五島列島のうち）で風を得、東シナ海にすべり出したのは、七月六日である。翌日さっそく暴風雨に遭ってしまい、四隻がちりぢりになった。空海が乗った船は一ヵ月以上漂流し、ようやく陸地にたどりついたのは、八月十日であった。目的地である揚子江付近よりもはるか南方の、福州（福建省）長渓県赤岸鎮の海岸に着いてしまっていた。土地の役人は、このえたいの知れぬ異国船の到来に驚き、当然ながら上陸をこばみ、このため人びとは二ヵ月ばかり船上で起居させられた。「われわれは日本国の使節団である」と連呼するようにいっても、田舎役人の知識ではおそらく日本国の所在すらあいまいだったのであろう。この船は、この地方の行政府である福州にまわされた。福州には、帝都長安から派遣されて常駐している観察使がいた。観察使である以上、学問があるであろう。

日本国遣唐使藤原葛野麿は、みずから筆をとって起草し、検問にきた役人に渡した。ところが、おそらく漢文自慢であったであろう、正《しょう》三位藤原葛野麿の文章は、現地人には通じなかったのである。この船に当時、隷書を書かせては天下一といわれた廷臣 橘 逸勢《たちばなのはやなり》も乗っていたから、葛野麿の草稿を逸勢が墨に写したかとも思われる。が、そのつど役人によって棄てられた。

その間、日本人たちは悲惨であった。船からおろされたが、海浜から動くことを禁じられ、「湿沙の上」に起居させられた。むろん、露天である。日本では越前の大守である藤原葛野麿も、おそらく着のみ着のままで、湿沙に身を横たえて寝たに違いない。葛野麿は困じぬいたあげく、空海に頼んでみた。おそらく空海はこれまで無視されていたに違いないが、現地人を相手に何やら喋《しゃべ》る現場を、たれかが見たのかもしれない。

このときの福州観察使は閻済美《えんせいび》という人物である。彼は空海起草による文章を見てその名文に驚き、彼らが日本国の正使であることをにわかに信じ、すぐさま長安に報告するとともに、家屋十三軒と食糧を与え、長安からの返事を待たせた。

この時の空海の文章は、この文章家の一代の名文のなかでも、とくに卓《すぐ》れたものとされる。

「……また大唐の日本を遇すること、八狄雲《はってき》のごとく会うて高台に膝歩《しつぼ》し、七戎《しちじゅう》霧のごとくこぞって魏闕《ぎけつ》に稽顙《けいそう》すといういえども、我が国の使いにしてする、殊《ことさら》私、曲げなして待つに上客をもってす。まのあたり竜顔に対《むか》い、自ら鸞綸《らんりん》を承る。佳問栄寵、すでに望外に過ぎたり。かの瑣々《ささ》たる諸蕃とあに同日にして論ずべけんや。……」

いかにも気力に満ちている。

「在来、大唐帝国の日本に対する礼遇は、上客をもってしている。なるほど、大唐に朝貢する国々のなかには野蛮人が多く、彼らははるか高台の下で膝をもって進退させられ、あるいは宮門のもとで頭を地面につけて敬礼せしめられるけれども、わが日本国の使者に対しては、そうではない。天子じきじきに対面がゆるされ、天子みずからみことのりをたまわる。かの瑣々たる（ちっぽけな）諸蕃とはまるで格がちがうのである」

空海の文章はつねに雄渾であるが、この文章は状況が状況だけにナショナリズムが横溢して、愴気《そうき》というべきものさえ感じられる。

この空海の一文が、使節団一行をして長安への道を開かしめた。藤原葛野麿や橘逸勢にとって、空海という存在は驚異以上のものになったはずであった。日本とは懸絶した文明世界に上陸して、自由にその世界の言語をしゃべったばかりか、その世界の大官を感嘆させるほどの文章を書いたのである。元来、この時代にあっては、神童や秀才というだけで不可思議な存在とされたが、空海のこの場合、傍《はた》からみればもはや神秘そのものであったであろう。空海が、後年、生きながらすでに伝説的な人物になってゆく事情は、後世のわれわれとしてはその時代の人の心になって機微に分け入ってゆかなければわからないかもしれない。

一行は、長安にゆくことを許された。

ところがその許可状に空海の名だけなかった。その事情は一行にも空海自身にもわからなかったらしいが、あるいは、地方官たちの詩文の相手として空海は珍重がられたのかもしれず、方々の詩酒の席にひきまわされたのかもしれない。たとえばこの時期、この付近の地方官に、馬総《ばそう》という高名の学者がいた。長安の文壇にあっては韓退之《かんたいし》の詩酒の友だったという人物である。その馬総が、蛮人であるはずの空海の詞藻《しそう》の善美に驚き、

「何ぞすなわち万里より来れる」

と、驚嘆とからかいをこめた詩を空海に送っている。

「土人なんじがごときは稀《まれ》なり」

と、その詩は結ぶのだが、土人というのは土地の者、中国人をさすのであろう。中国人でもお前のような詞藻をもった者はまれである、ということらしい。

やがて空海に対する許可状も届き、一行が長安の都に入ったのは、十二月二十三日である。唐の徳宗のころであった。唐は、すでに安禄山の乱などを経てその政権の晩年に入っていたが、文化的にはまさに爛熟期にあり、文壇には白楽天や韓退之がおり、絵画では周昉《しゅうほう》、辺鸞《へんらん》、書では空海が師事したとの説のある韓方明《かんほうめい》、呉通微《ごつうび》、柳公権《りゅうこうけん》などがいた。また宗教方面では、この時代ほど彩《いろど》りの多い時期はなかったであろう。唐詩によく出てくる景教寺院（ネストリウスを開祖とするキリスト教の一派）も空海は見たはずであった。白堊《はくあ》に碧瓦《あおがわら》という異風の会堂が、新たに長安の市民になった空海の目を驚かせたに違いない。この世界文明の中心地には仏教のあらゆる系統が存在しており、論宗では三論もあれば法相、華厳もあるが、しかしそれら

は日本の奈良にもあり、日本でももはや古典化していた。ただ天台や真言という、経典中心のいわゆる経宗は、日本にはいまなお十分伝えられていなかった。空海より早く大陸に漂着し、一足早く上陸した最澄が、天台宗を日本にもちこむべく天台山にのぼったということを空海は知っていたはずであった。

最澄同様、空海の目的も、鮮明であった。真言密教を学ぶにあった。ただ最澄とすこし事情が違っていたのは、最澄の場合天台山においてみずから学ぶよりも、日本の高級僧官として天台の教学のいっさいをシステムとして輸入してしまう――いわば文明輸入――という立場にあり、従ってその滞在予定も短期であったが、空海の場合は最初から留学二十年のつもりで入唐してきており、しかも単に体系や方式を輸入するのではなく、彼みずからがその心身を真言密教の宇宙のなかに溶け入らせてしまおうという恐るべき覚悟で来ていることであった。真言密教というものの本質からいってもそうだが、一つには空海という人物は、骨髄からの宗教的人格だったともいえる。

ここで密教について触れねばならない。

密教に対置される存在は、顕教《けんぎょう》である。密教以外のすべての仏教は顕教だが、とくに天台をさして考える場合（天台にも台密といわれる密教部門があるが）、より鮮明になる。顕教である仏教は、周知のように釈迦《しゃか》がはじめた。釈迦という、歴史的に実在した人物が、教祖になっている。

が、密教は釈迦が教祖ではなく、宇宙の原理そのものである大日如来《だいにちにょらい》が教祖になっている。大日如来は、人間ではない。

顕教は実在者である教祖によって説かれたるものである。密教は、説かれはしない。なぜならば宇宙の絶対原理（大日如来）というものは、人間の言語をもたないからである。人間の言葉をもたないが、しかしもし行者にしてその絶対原理の秘密の信号を受信しうる感応力をもつならば、風も叫び、光も語り、波もささやくであろう。さらに宇宙は、顕教のように人間の五官で知りうる世界だけでなく、たとえば電波、音波、宇宙線といった内奥の秘密世界があり、さらに顕教的な分子的世界だけでなく、原子的世界もありうる。上代インドのバラモン的哲人たちは、原理に内面世界があることを感得し、それを思想化し、さらにその世界に直入する方法としての呪法あるいは精神の感作、その方法を身につけることによって、この思想を宗教化した。人間もまた宇宙の絶対原理のなかで生かされている以上、その原理的表現としての存在であるわけだが、ただ人間は言葉に頼りすぎるがために、人間を支配している絶対原理の呼吸に自分の呼吸を合わせることができず、大日如来の悟りのなかに入ることができない。もし人間が絶対原理の呼吸や秘密言語をことごとく悟ってそれに一体化することができれば、生きながらにして絶対原理そのものになることができ、たとえば雨を降らせ、嵐を吹かせることもできるであろう（これが本来の加持祈禱であるべきなのだが、のち密教が技術化し、形骸化するとともに、そういう呪術的な教義として受け取られるようになった）。

中国の密教は、唐の玄宗の時、長安にきたインド僧善無畏《ぜんむい》という人物によって確立した。空海が長安に入った時より八十余年前である。ひきつづきインドから金剛智《こんごうち》と不空金剛智《ふくうこんごうち》がやってきて、密教経典の翻訳をした。その不空の弟子が恵果《けいか》という唐僧で、三代の皇帝の師となり、密教界最高の位置を占めていた。

空海は、その恵果に学ぶべく心に決めていたようだが、その前に彼は長安の醴泉寺《れいせん》において、牟尼室利《むにしり》というインド僧から、サンスクリットおよび、仏教とバラモン教の基底になっているインド哲学を学んだことは、尋常なことではない。空海は密教の秘奥に入る前に、まずインドの文章言語を学び、さらにインドの哲学的思考法を身につけたのである。空海は単に宗教的欲求から密教に近づこうとしたのではなく、きわめて知的にインドそのものを、冷静に段階的な準備をしつつ把握しようとした。無用の比較かもしれないが、これを明治開化期におけるキリスト教の導入者と比較してみれば、空海という存在そのものが奇跡的な偉大さをもっていることがわかるであろう。

ついでながら、空海は中国語においては、中国にも稀なり、と馬総をして歎じさせたほどの文才をもち、そういう点では日本人の長い漢文の歴史のなかで最高の位置を占めているとともに、さらにはサンスクリットの最初の修得者であり、おおげさにいえば印欧語族の言語を学んだ最初の人物ということになる。繰り返すようだが、秀才というものが神秘的存在であったこの時代において、空海が同時代の日本人からみて最初から人間以上の存在としてみられたのも、無理はないであろう。

さて、恵果のことである。

空海がこの唐帝国唯一の密教の正統者をその止住している青竜寺東塔院に訪ねたのは、八〇五年の夏であったらしい。

この時、恵果はすでに六十を越え、「報命尽きなん」としていた。ところが「付法する人なし」として、密教の正統を相続させるべき天才の到来を待っていた。恵果は、すでに空海の評判を聞いていて、しかも空海が恵果を訪ねたがっているということを知っており、しかもいま一見して空海の稟質《ひんしつ》をさとり、

「われ先より汝の来れるを知り、相待つこと久し」

といい、わずか三ヵ月のあいだに密教のことごとくを授けた。唐の密教の正統は、中国人に伝わらずにこの異国の僧に伝わったのである。

同時に厖大《ぼうだい》な経巻、法具を授けただけでなく、多数の仏画、仏像を授けた。密教芸術という言葉があるが、密教が前記のような性格をもっている以上、偶像(キリスト教でいう偶像という意味でなく)が、きわめて高度な象徴性を意味するものである以上、それらが正確かつ精緻《せいち》な相伝をもって譲られねばならなかった。

空海は当初二十年の留学を覚悟していたが、二年足らずの留学で十分その目的を達した。

帰国後、彼が国家の保護のもとに真言密教を開宗し、その他の面でも後世に大きな足跡をのこすにいたることは、ここではことさらのことであるため述べない。

ただ空海の巨大さは、彼が真言密教の輸入者でありながら、密教がインドや中国ではなお十分に体系化されていなかったのを、彼が、思想として完璧そのものといっていいほどに結晶化

したことであった。いいかえれば、インドにおける土俗宗教であったともいえるこの密教は、中国に渡ってもなお土俗的夾雑物《きようざつぶつ》が多く、恵果ですらそれを取り除くことができなかったが、空海の本質洞察力と強靭《きようじん》な論理的能力を通過することによって、この土俗思想が、思想それ自体として完璧なかたちで成立したのである。その完璧性のために、彼の真言密教は思想としても宗教としても、空海一代において終り、その後の発展がなかった。空海と相並んで叡山において天台宗を開いた最澄は、最澄以後、多数の宗教がそこから出たことを思えば、空海というこの空おそろしいばかりの存在の意味が、なにやらわかるような気がするのである。

〔『書道藝術』第十二巻・空海、中央公論社、一九七〇年十一月〕

『空海の風景』あとがき

風がはげしく吹きおこっているとする。そのことを、自分の皮膚感覚やまわりの樹木の揺ぎや通りゆくひとびとの衣の翻《ひるがえ》りようや、あるいは風速計でその強さを知ることを顕教《けんぎょう》的理解であるとすれば、私は、多くのひとびとと同様、まだしもそのほうにむいている。密教はまったく異っている。認識や知覚をとびこえて風そのものに化《な》ることであり、さらに密教にあっては風そのものですら宇宙の普遍的原理の一現象にすぎない。もし即身にしてそういう現象に化ってしまうにしても、それはほんのちっぽけな一目的でしかない。本来、風のもとである宇宙の普遍的原理の胎内に入り、原理そのものに化りはててしまうことを密教は目的としている。そういうことで、密教は私などの理解を越えた世界であったし、いまでもむろんそうである。自分が風や宇宙の原理そのものに化るなどまっぴらであるし、そういうことよりも日常にわずらわされつつ小説でも書いているほうをむろん選ぶ。

空海は私には遠い存在であったし、その遠さは、彼がかつて地球上の住人だったということすら時に感じがたいほどの距離感である。

わずかに空海を感じうるといえば、空海の技芸の才が残したいくつかの作品、とくに『三教指帰《さんごうしいき》』という文学作品が若いころから好きだったし、その書も写真版をつねに身近に置いて眺めてきたという程度だった。

私が密教というものの断片を見た最初は、十三詣《じゅうさんまい》りのときである。私は嬰児のときに虚弱だったので、身内の誰かが大和《やまと》の大峰山《おおみねさん》に願《がん》をかけてしまい、十三になったらお礼詣りにゆかせる、と約束してしまった。そのため中学一年生の夏休みのときに兵隊帰りの叔父につれられて吉野の奥の大峰山上に登った。奈良県では大峰山のことを三上《さんじょう》サンという。サンジョサン詣り、などという。聖護院系（天台）の山伏《やまぶし》と醍醐三宝院系（真言）の山伏とがここを修験第一等の聖地として修行をするのだが、登山路ではかれらの団体としばしば行きあった。白装束に金剛杖、わらじばきといったかれらの姿や、道中で真言を唱えたり、猥雑な会話をしたり、ともかくもそういうひとびとの声や姿のきれぎれが子供の感覚には異様で、気味が悪かった。かれらは結局は山頂近くの洞川《どうがわ》という色町で精進落としをするのを半ば楽しみで登ったりする。それでも子供に対しては苛酷で、私を山頂の岩場へ連れてゆき、胴に太いロープを巻きつけ、体をさかさまにしてそれこそ千仞《せんじん》の谷底をのぞかせ、「親孝行をするか、勉強をするか」などと問いかけるのである。むろん子供たちがけなげな返答をするまでそのことを問いつづけるのだが、なにぶんロープのはしをにぎっている山伏たちが座興のように笑いながらやっているだけに、そらぞらしく下品でなんとも妙な感じのものであったが、それでも私は型どおり、「はい」と答えた。この嘘をつくときの面映《おもは》ゆい気持が、いまも残っている。

この山頂に蔵王堂がある。堂内は暗く、手さぐりで奥へ進むと、いよいよ暗い。やがて粗末な灯明皿《とうみょう》に小さな炎がぬめぬめとゆれている。「不滅の灯明」と書かれている。

「ほんとうに不滅か」

と、まだ若かった叔父にきくと、叔父ではなく、堂内の闇のどこかから、ほんとうに不滅だ、という声がきこえた。そのことが、薄気味わるかった。

子供だったから、灯明よりもむしろ、その声がきこえてきた闇のほうが、千数百年以来このままこの場でとどこおっているように錯覚し、すくなからず衝撃をうけた。

それ以来、この山をひらいた役《えん》ノ行者《ぎょうじゃ》という怪人が歴史上のたれよりも好きになり、役ノ行者だけでなく大峰山の山ごと気に入ってしまい、二十になるまでのあいだに、四度も登ったりした。『日本霊異記』などに登場する役ノ行者が実在の人物であるかどうか、私は考証してみたこともなく、その気もないが、かれが空海よりずっと以前の雑密《ぞうみつ》の徒の象徴的存在だったことはたしかである。


私は、正密という体系的密教を伝えた空海よりも、むしろその先駆的存在である役ノ行者のような雑密の徒のほうに関心をつよくもったのは、そこに海の風のふしぎさを感ずるからにちがいなかった。東シナ海の信風《しんぷう》がはこんできたものとしては、漢籍があり、また漢字で表現されたもののなかに仏典らしきものがあったというこの国のごく上代の段階において、それらの文物に付着するようにして非体系的な密教の断片も入っていたということに、蔵王堂の闇に似たような神秘的なものを感ずるのである。

私は、雑密の世界がすきであった。雑密というのは、インドの非アリアン民族の土俗的な呪文から出たと思われるが、その異国の呪文を唱えることによって何等かの超自然的な力を得たいと願うこの島々の山林修行者が、ときに痛ましく、ときに可愛らしく思われた。そういう雑密的気分から小説を書いてみたいと思うことがしばしばだった。それに似た作品をいくつか書いた覚えがあるような気もするが、むろん自分の願いのとおりの出来ばえではない。

私は、戦後の六、七年間を、仕事で京都の寺々をまわった。そのころ、以下は矛盾したことだが、日本の思想史上、密教的なものをもっともきらい、純粋に非密教的な場をつくりあげた親鸞《しんらん》の平明さのほうがもっと好きになっていた。好きなあまり、私も自分のなかにある雑密好みを追い出そうとした。しかし、このことも矛盾しているようだが、現実に接触した僧たちとしては真言宗の僧のにおいのほうがどの宗派の僧よりも、人間として変に切実に感じられるように思えて、その人達ともっとも親しくなった。たとえばKさんという老僧は酒と無駄話が何よりも好きでいつその僧堂に訪ねても寝ころんでいるといったような、いわば僧侶にでもならなければ食ってゆけそうにない人であった。あるとき、私はそのひとが雨を降らせる修法《ずほう》の名人だときいた。そんな噂をきいたとき、まだ二十六、七だった私は頭から軽侮してしまい、Kさんに会って、「Kさんはいまどきそんな馬鹿なことをしているのか」とからかうと、Kさんはたちまち顔色を変え、物におびえた表情になり、何ものかおそろしいものが頭上に居るような表情で、「私はそういう修法はできない。その修法についての話題は、今後、私の前で二度とするな」という意味のことをいった。もしKさん自身がその修法についての話をすれば、電光がかれを刺し貫いて即死するといったようなことをかれがおびえているようで、その表情の中に、何か密教修法をやった人間の焦げくさい匂いの一端を、不用意に嗅がされてしまったような感じを持った。

私はKさんとはその本山で会うだけで、かれの自坊には行ったことがないが、西陣のほうにあって、応仁ノ乱に焼けなかったというのが、Kさんの自慢だった。お堂の床下にきつねが一家族棲《す》んでいて、寺の言いつたえでは、室町のころ、畠山なにがしという大名の二条の館の床下にいたきつねが応仁ノ乱で焼け出されて、以後、子孫がべつに殖えもせずにKさんの寺の堂の下にすみつづけているというのである。「いいや、ごく普通のきつねや」とKさんはべつに面白くもなさそうにいったのを覚えている。

このKさんが、そのころ、空海の『性霊集《しょうりょうしゅう》』の一部をくれた。和綴の古い本で、読むのに難渋したし、訓《よ》みがくだらないところを質問しても、Kさんは韜晦《とうかい》しているのか本当に読めないのか、「そんなこと、どうでもええやないか」と、くびからひもで吊した大きな象牙のパイプをひねくりまわしながら言うのが常であった。Kさんは、ものを言うときによだれを流すのが癖で、そのうえ強度の近視のために、本を見るのに紙に鼻をこすりつけるようにして見た。ときどき本によだれのあとがついたが、そのわりには、十に一つも質問に答えてくれることがなかった。こういうＫさんだったが、京都の僧侶がたれしも応対を苦手としている文部省の文化財関係の役人を、言葉はわるいが何とかまるめこんでしまう名人で、そういうぐあいの俗事ではいくつもの難問題を解決した。ふしぎなような気もするし、そういうものかという気もしていて、いまでもこの故人になってしまった人をわからぬままでいる。

Ｋさんの同僚に、Ｓさんという人がいた。

Ｓさんは本山に勤めてはいたが、俗人であった。旧満洲国の官吏で、ひきあげてきてこの本山に身をよせていたが、せまい気の短かそうなひたいと明晰《めいせき》な論理をもっていて、いつも質素な木綿の和服に黒い前垂れをしていた。Ｓさんは越後の人で、越後だからこの人も本願寺門徒の出である。その近親者にＹという本願寺の学僧がいるという話をわきの人からきいたが、Ｓさん自身は「私は俗人ですから」と、みずから僧侶と自分とを区別してどういう場合でもつねに片隅にすわっていた。なぜかれが親鸞の教義よりも空海のほうにひかれてこの本山に身をよせていたか、私はいまでもよく知らないのだが、ともかくもこのＳさんがこの本山で真言の宗乗にかけてはもっとも明るかったように思える。とくに悉曇《シッタン》について明るかった。梵字《ぼんじ》のことをきくと、いつも歯切れのいい言葉で、懇切に教えてくれた。官吏であったのになぜ梵字に明るいのですか、ときいてみたことがあったが、ただ「好きですから」という答えしか得られなかった。自分のことは、およそ語らない人だった。『性霊集』でわからないことは、このＳさんが教えてくれた。大ていは、Ｓさんは黒ずんだ板敷のすみの柱を背にしてすわり、それも両膝をきちんと折って正座していた。そのころの私は空海がなにか脂ぎったような感じがして、あまり好きではなかった。あるとき、私は空海についての何がしかの感想を語りたくて、Sさんに、自分は空海が好きではない、と言いだすと、Sさんは響き返るような声で、

「ええ、人間は好き好きですから」

と、いった。私にすれば話の出鼻をくじかれてしまったのだが、Sさんの朗々とした態度にふれてしまうと、かえってこころよかったような実感を持ってしまって、不愉快ではなかった。

十年ほど前に、空海の全集を手に入れたので、若いころのことを想い出しつつ、半ば娯楽のようにして読みだした。六朝《りくちょう》風のこの装飾過剰な文章を読むことは不学な私にはきわめて困難であったが、べつに訓詁《くんこ》にこだわるわけではないから、およその意味を想像しつつ読んだ。読みつつおもった感想は、密教という形而上《けいじじょう》的思考の世界が、結局は物事の現実性や具体性を偏好する中国文化に適わず、やがてはその影響を道教に残したのみで中国から消えるように亡んでしまったのはむりもないことのようである。その形而上性や象徴性が、中国文章を通して日本に運ばれ、日本の風土に適合したということは、日本と中国の思考法の違いを考える上でも重要であるし、あるいは考えることをやめて単にふしぎであると思えば、いかにもそうである。このことは、空海という巨大な論理家の媒介がなければ、とうてい根付かなかったであろう。

私自身の雑駁《ざつぱく》な事情でいえば、私は空海全集を読んでいる同時期に、『坂の上の雲』という作品の下調べに熱中していた。この日本の明治期の事象をあつかった作品はどうにもならぬほ

どに具体的世界のもので、具体的な事物や日時、具体的な状況、あるいは条件を一つでも外しては積木そのものが崩れてしまうといったような作業で、調べてゆくとおもしろくはあったが、しかし具体的事象や事物との鼻のつきあわせというのはときに索然としてきて、形而上的なもの、あるいは真実という本来大ウソであるかもしれないきわどいものへのあこがれや渇きが昂じてきて、やりきれなくなった。そのことは、空海全集を読むことで癒された。むしろ右の心理的事情があるがために、空海は私にとって、かつてなかったほどに近くなった。なんとなく空海が皮膚で感じられたような錯覚があり、この錯覚を私なりに追っかけてみたいような衝動に駆られた。

密教はやがて原産地のインドにおいて左道化した。

左道化してしまえば、密教というのは単に生殖崇拝なのかと思われるほどに他愛のないものである。生殖もまた風や雨と同様、法性《ほっしょう》という宇宙の普遍的原理の一表情だが、生殖が生命の誕生につながるだけに、そしてその恍惚が宗教的恍惚と近似するだけに、さらには密教が大肯定する人間の生命とその欲望にじかにつながるものであるだけに、密教的形而上学を説明するのに、もっとも手近な現象である。この現象を視覚化するために歓喜《かんぎ》仏がうまれた。左道密教がさらに土俗化したかたちでのヒンズー教の初期の生殖礼讃の彫刻群は、密教を考える上でのなにごとかをわれわれに暗示する。

空海の密教は、これら左道的な未昇華のものをその超人的な精神と論理とをもって懸命に昇華しきったところに大光彩があると思われるのだが、しかし大光彩を理解するためには、逆に左道から入りこんでさかのぼってゆくことも一つの方法であるかと思われ、私はそのようにした。

左道密教がチベットに入り、土地の土俗密教と習合してラマ教になり、さらに北アジアの草原を東漸してモンゴルに入った。私は学生のころ、ラマ教の概要を教わった。さらに長尾雅人氏などの著作によってその形而上性に触れた。のちに、モンゴル人民共和国のウランバートルのラマ寺院に入って僧侶たちに会い、その教義が、空海の真言密教とまったくの他人ではないことを知った。これはほんの一例だが、ラマ僧にとって絶対的に崇敬せねばならぬものは、その直接師である。師とは、宇宙の普遍的原理の体現者である以上、師そのものが、真言密教の用語でいえば大日如来《だいにちにょらい》であり、師からそれを承《う》ける弟子としては、大日如来への拝跪《はいき》の方法は他にない。その師をおがむことなのである。このことは、空海が大師信仰のなかで神格化されたことと同心円のなかにあり、顕教の最澄が神格化されなかったことの理由をも明快にしている。

ウランバートルのラマ僧たちに、無駄な質問だと思ったが、日本の空海を知っているか、と順次きいてみた。当然だろうが、たれも知らなかった。ただ一人だけが、「それは日本のラマか」と反問してきた。そうひらき直って質問されれば、真言密教とラマ教が同心円であるという気分が薄らぎ、空海はラマではない、と答えざるをえなかった。しかしながら北アジアの草原から巨視的に日本の空海を見れば、かれらがもし空海を自分たちの仲間であると見ても、決然とした拒否はしにくいかもしれない。

たとえば空海の死後ほどなく「真言立川流《たちかわ》」とよばれるところの、ラマ教に酷似した密教が、空海の正系であると称しつつ出現して、明治維新ごろまで根強くつづいたことを思うと、拒否はしたくても無下にはそのようにしにくい何事かが残る。密教は空海の力でもってそのいっさいの昇華が支えられていた。しかしインドでも左道化したように、ともすれば形而下的に堕しやすいきわどさのある思想だけに、「真言立川流」が出現する素地は十分にある。空海の密教そのものに、それが空海によって純粋に透明化されているものの、しかし左道化する胚子はある。その胚子がむしろ空海へ逆算して近づく足場になるかと思い、私は空海の思想を知るために、真言立川流を知ろうとした。

真言立川流という性的宗教については、それが江戸期いっぱいまで真言宗の正統の世界に浸潤し、むしろ瀰漫《びまん》しきっていたのに、明治期は研究者がすくなく、わずかに水原堯栄《ぎょうえい》氏ら数氏がいたにすぎない。

水原堯栄氏は物故されて久しいが、高野山の歴《れつき》とした学僧であった。私は幸い、昭和二十五年の夏だったかに高野山に登り、水原堯栄氏の寺に泊めて貰い、立川流の話をきいた。水原氏は、色白のいかにも品のいい老僧で、しかも一生不犯《ふぼん》といわれた人だけに、この人が立川流の研究をされているということが、なにやらふしぎなような感じもした。水原氏の山房の庭には池があって、池にしだれこんでいる樹木の枝に、モリアオガエルが、白い綿菓子のような巣を幾つも作っていた。蛙は、その種類によっては樹の枝に巣をつくるということをこのときはじめて知ったのだが、水原氏は立川流の要諦については具体的に語らず、座敷から庭のモリアオガエルの巣を指さして、「まあ、ああいうものでありましょうな」と、静かにいわれた。その比喩のどういうことが「ああいうもの」なのか、私の記憶は定かにはよみがえらないが、しかし話をきいているときはわかったような気がせぬでもなかった。

また漢文で表現された世界もさることながら、しかし漢語がときにもちかねない情緒的ひびきからまぬがれたいために、インド思想の原型のようなものに触れることによって空海に近づきたいと思った。このことについては中村元氏の全集が出たことが私にとって途方もない僥《ぎよう》倖《こう》であった。もし中村氏の全集に触れることがなければ、私流の空海への近づき方は、よほど困難であったにちがいない。

私がこの作品を書くにあたって、自分に対する取り決めをしたことは、いっさい仏教の術語をつかわない、ということであった。術語を記号化することによって、その上で文章を成り立たせるというのは学術論文の場合はそのことが当然だが、人間についての関心だけを頼りに書いてゆく小説の場合、有害でしかない。しかし仏教のことをその無数の特殊な術語に頼らずに書けるものであろうかということについては不安であり、書きつついよいよ不安が募らざるをえなかった。術語を用いれば思想の型としての正確さは当然期しうるが、術語を砕ききってこんにちのわれわれの言語で考えてゆく場合、当然誤差はつきまとう。その誤差は、覚悟の上で書いた。それでもなお、すこしの部分は術語に頼った。頼った部分だけ、私はこの創作上の気分としては、空海がより遠くなっている、といまでも思い、多少の悔いが残っている。

連載という形式が幸いであるということは、途中で多くの識者から誤りの指摘をうける機会が多いということである。中国哲学者の福永光司教授から、「司馬さんの漢文のよみかたは、古いですな」といわれ、「たとえば、挙哀《きょあい》ということばは、哀《あい》ヲ挙《あ》グ、などとひっくりかえさなくてもいいのです。空海の当時の中国では挙哀とは熟語なのです」などと教えられたりした。しかし、漢文というのは多少は我流の訓みが許されていいだろうと思い、訂正はしなかった。また真言宗の宗乗の権威である宮坂宥勝氏からも、「空海は曇貞《どんてい》と会っていない。曇貞はすでに故人になっている」という御指摘をうけた。このことも、恐縮しつつもうれしかった。

千数百年も前の人物など、時間が遠すぎてどうにも人情が通いにくく、小説の対象にはなりにくいものだが、幸いにして空海はかれ自身の文章を多く残してくれたし、それに『御遺告《ごゆいごう》』という、かれの死後ほどなく弟子たちが書いた空海の言行が、多少は真偽の問題があるとはいえ、まずまず空海に近づくためのよすがにはなりうるのである。この点では、上代人としての空海は右の事情からの例外であるといえる。

しかし、何分にも遠い過去の人であり、あたりまえのことだが、私はかれを見たことがない。その人物を見たこともないはるかな後世の人間が、あたかも見たようにして書くなどはできそうにもないし、結局は、空海が生存した時代の事情、その身辺、その思想などといったものに外光を当ててその起伏を浮かびあがらせ、筆者自身のための風景にしてゆくにつれてあるいは空海という実体に遇会できはしないかと期待した。

この作品は、その意味では筆者自身の期待を綴って行くその経過を書きしるしただけのものであり、書きつつもあるいはついに空海にはめぐりあえぬのではないかと思ったりした。もし空海の衣のひるがえりのようなものでも瞥見《べっけん》できればそこで筆を擱《お》こうと思った。だからこの作品はおそらく突如終ってしまうだろうと思い、そのことを期待しつつ書きすすめた。結局はどうやら、筆者の錯覚かもしれないが、空海の姿が、この稿の最後のあたりで垣間《かいま》見えたような感じがするのだが、読み手からいえばあるいはそれは筆者の幻視だろうということになるかもしれない。しかし、それでもいい。筆者はともかくこの稿を書きおえて、なにやら生あるものの胎内をくぐりぬけてきたような気分も感じている。筆者にとって、あるいはその気分を得るために書きすすめてきたのかもしれず、ひるがえっていえばその気分も、錯覚にすぎないかもしれない。そのほうが、本来零であることを望んだ空海らしくていいようにも思える。

〔『空海の風景』下巻、中央公論社、一九七五年十一月〕

高野山管見

高野山は、いうまでもなく平安初期に空海がひらいた。

山上は、ふしぎなほどに平坦である。

そこに一個の都市でも展開しているかのように、堂塔《どうとう》、伽藍《がらん》、子院《しいん》などが棟をそびえさせ、ひさしを深くし、練塀《ねりべい》をつらねている。枝道に入ると、中世、別所とよばれて、非僧非俗のひとたちが集団で住んでいた幽邃《ゆうすい》な場所があり、寺よりもはるかに俗臭がすくない。さらには林間に苔《こけ》むした中世以来の墓地があり、もっとも奥まった場所である奥ノ院に、僧空海がいまも生けるひととして四時《しいじ》、勤仕《ごんし》されている。

その大道の出発点には、唐代の都城の門もこうであったかと思えるような大門がそびえているのである。

大門のむこうは、天である。山なみがひくくたたなずき、四季四時の虚空《そら》がひどく大きい。大門からそのような虚空を眺めていると、この宗教都市がじつは現実のものではなく、空《くう》に架けた幻影ではないかとさえ思えてくる。

まことに、高野山は日本国のさまざまな都鄙《とひ》のなかで、唯一ともいえる異域ではないか。

私は小学六年生のころだったか、ここに登山して、山上に都市があるのがふしぎでならなかった。

季節は晩夏で、大道に青い小雨がふりつづき、このために練塀までが青く染まり、道の両傍に檜皮《ひわだ》ぶきの殿舎の屋根が起伏していて、牛車《ぎっしゃ》のゆきから王朝の都大路《みやこおおじ》の絵巻物のなかにまぎれこんだような気がした。

以下のことは、すでに『空海の風景』のなかでわずかにふれたことだが、昭和十八年、学徒出陣のために兵隊にとられる前に、一期《いちご》の思い出をつくるつもりで、友人数人と吉野から熊野新宮《しんぐう》まで歩きとおしてみようと思いたち、数日歩いて道をとりちがえた。細い渓流のそばの林間の小径が、ただひたすらに登り勾配になってゆくのである。登りつめると、星空だけの平坦地だった。しばらくゆくと無数の電灯が煌々《こうこう》とかがやいていて、町に入ってしまっていた。空までのぼってしまうと町があったというふうな、狐につままれたような錯覚におちいった。店先に入ってきくと、ここは高野山だという。

——兜率浄土《とそつじょうど》というのは、こういうぐあいなのか——

と、おもったりした。

兜率浄土——兜率天——については、都率曼荼羅《とそつまんだら》絵図などによって説かれる咄《はなし》を童話風に知っていた程度でその後、すこしずつ知るところがふえた。

絶対的な観念の上での宇宙には、そういう仏国土があるという。兜率天は海抜三十二万由旬《ゆじゅん》、虚空密雲の上にある。そのひろさは八万由旬平方で、未来仏である弥勒菩薩《みろくぼさつ》が釈迦の化益《けやく》に洩れた衆生《しゅじょう》のために日夜説法しており、その世界にあっては紫金摩尼《しこんまに》の光明が旋回し、一昼夜は人間世界の四百年にあたり、住人の寿命は四千年である。男女の別もあり、かつ淫事《いんじ》もなす。ただし握手によるのみである。

空海は若いころ、国家による正規の戒《かい》によらず、私《わたくし》に得度《とくど》し、山林に修行した。二十《はたち》前後か、あるいは数年過ぎたころ、儒・道・仏の三教を比較し、仏の優位性を主題とした戯曲『三《さん》教指帰《ごうしいき》』をあらわした。そのなかで、空海らしい若者が乞食《こつじき》姿で出てくる。虚亡隠士《きょぼういんし》が若者のヒッピーふうの格好におどろき、あなたのそのお姿をどう理解すればよいか、という旨の問いを発したとき、若者は、

「慈悲の聖帝（釈迦のこと）が、入滅なさったとき、文殊菩薩《もんじゅぼさつ》らに遺言し、後嗣《あとつぎ》の印璽《いんじ》を弥勒菩薩にさずけ給うた。これをもって文殊、迦葉《かしょう》らは檄《げき》を四方にとばし、即位を衆庶に告げた。私もまたその檄をうけ、すぐさまに即位を祝うべく旅立ったが、行旅艱難《かんなん》多く、ついに糧食絶え、このように門《かど》に立って合力《ごうりき》を乞うているのである」

という旨のことをいう。単に山林での修行の徒であるといえばいいのに、釈迦の遺勅を受け、弥勒浄土へ馳《は》せつけるべく道をいそいでいる途上だ、といったのは、修道の本質を劇的に表現したものとして、まことにみごとな詩的表現であるというだけでなく、戯曲の会話として弦を弾《はじ》いて鳴るような律動感がある。

空海はのちに印度・中国の密教をみごとに論理化して即身成仏《そくしんじょうぶつ》の新体系をひらくのだが、宗教的な（詩的といってもいいが）気分としては自分を——あるいは仏道修行というものを——弥勒浄土への旅人としてとらえていたかにおもわれる。

かれは、その壮《さか》んな年齢の時期には、権門勢家の市《いち》である京都にあって、その郊外や都心あるいは宮廷において自分の密教を展開した。しかしのち、紀州に入り、高野山をひらき、当初、私寺である金剛峯寺をおこし、みずからの体系をその心身によって完成し、弟子を養成しつつ、やがて入定《にゅうじょう》する。とし六十二歳であった。

かれの門人たちが編んだ『御遺告《ごゆいごう》』といわれるものによれば、かれは、死に臨んだとき、

「私は、天にあって、弥勒菩薩の御前に侍《じ》する。経にあるごとく、五十六億七千年ののち、弥勒菩薩が下生《げしょう》なさるときに自分も侍して下生し、わが跡を訪《と》うであろう。そのとき、よく勤める者は祐《すく》われ、不信の者は不幸をうける」

といったといわれる。

この終りに臨んでのことばは、若いころの『三教指帰』のなかの乞食《こつじき》の旅の若者のことばと符を合わせたようにみごとに照合している。その意味においても、空海の生涯は、その思想の卓越した論理的完璧さと同様、結晶体のように簡勁《かんけい》でむだがなく、端正でありすぎることに驚かされる。ふつう、人間における流れて意味をなさない部分は、人間的であるとして人を安らがせる。また近代文学の対象にもなりうるのだが、かれにあってはその部分をみつけることが

容易ではない。

私は、空海が自分自身を結晶してしまった、ということで、その人間に奇異を感じていた。このため、近代文学の方向とは逆に、空海が自分自身を真言密教という宇宙体系のなかに融けこませ、宇宙そのものにしてしまった人間として、私自身の驚きを文学化する以外になかった。


私は、空海について永い歳月考えてきた。書いてみようと思ったとき、いまはいずれも故人になっているから差しつかえないと思うが、父親にそのことをいうと、

「お大師さんというのは、山師《やまし》ではないのか」

と、かれはひかえめにいった。

気質的にいえば、私の父は、平明をよろこび、空海がそうではないにせよ、晦渋《かいじゆう》な修辞で物事をからめあげるという精神をいかがわしく思うたちであった。畏《おそ》れをかえりみずにことさらにいえば、最澄《さいちよう》の気質と同心円のなかにかすかながら属する人であり、この種の人からみれば、空海の修辞は、あるいは論理的な旋回はまことにいかがわしく見える。

私は、翻訳でしか、あるいは文体としてしか理解できないが、マルクスの文体も華麗である。聖書のことばも、日常的でありながら、レトリックとしてどこか華麗である。ユダヤ人の文章にはそういう共通性があるという説がある。宇宙・生命・人間の世の本質といった根元的なものをユダヤ人の宗教家、思想家、文学者たちは主題にしたがるために、その主題は言語表現をつねに越えてしまう。つい浮きあがりがちなその主題を、言語というきずなによってつなぎと

めるには、修辞のなかで魔性を籠《こ》めねばならず、つい表現が華麗ならざるをえなくなるのではないかと思ったりする。

空海も、そういう人達に似ている。行蔵《こうぞう》、修辞ともに、まことにはなやかな人であった。このことは、自己の生命をふくめた宇宙観が、その生涯のどの瞬時においても、つねに完結しつづけていたことと無縁ではなかったかと思える。

この点、叡山《えいざん》をひらき、天台宗をおこした最澄の場合ちがっている。かれは、その背負いこんだ請来《しょうらい》思想の荷の多様さと重さに、ひしがれつづけた人ではなかったかと思える。

最澄は、思想家というよりも、多分に教学者であった。かれは空海と同様、奈良朝に導入された仏教は「論」であり、体系でなく、かつ人を解脱《げだつ》させる方法論をもっていないことに気づいた点では、たしかに天才的であった。

その状況を一変させるためには、中国で成立した天台宗を請来するといいと思った点についても、すこしもおかしくはない。

ただ最澄は、旧勢力とたたかう戦闘者として必要な変幻自在の処世術と華麗な修辞を体質として持っていなかった。

文明の受容にいそがしかった その時代の日本では、唐の長安《ちょうあん》の流行に過敏であった。最澄が請来した天台宗は、後進的な受容姿勢の当時の宮廷人の感覚では、古かった。

最澄が、練達の処世者であったとすれば、ここでとるべき態度は一つであるはずであった。

山中の私寺にでもしりぞき、宮廷と縁を断ち、みずから是《ぜ》であると信じた天台教学を整理し、門人を養い、国家仏教の外の小宗派を形成することである。

ついでながら、右に、宮廷とか国家仏教などということばを頻用したが、日本にはじめて入ってきた仏教というのは、隋《ずい》・唐仏教であった。隋・唐仏教は基底から国家仏教であり、当時の日本は、比較すべき先行思想をもたぬままに受容せざるをえなかったのである。くだって鎌倉期になり、ようやく個人の安心《あんじん》のための日本的な仏教が成立するが、最澄や空海の時代、歴史的な段階として、かれらが国家や宮廷に固執したのは、やむをえなかった。

最澄の場合を、つづける。かれは、宮廷と国家に固執した。当時、正規の寺は国家によって建てられ、維持されている官立のものであり、正規の僧は、国家によって扶持《ふち》されている官僧であった。南都(奈良)の諸大寺の寺も僧も「官」であり、これがために、最澄は、官の中核である宮廷人をわが立場に引き入れることによって、国家仏教に改造と変革を加えようとした。このために、すさまじい反撃を南都の官僧たちから受けた。きまじめな最澄はそれにいちいち応酬し、神経をすりへらし、ついに寿を得ずして、戦闘半ばでたおれた。かんじんの請来の経論もほとんど未整理にちかかったといっていい。

宮廷人が唐の宮廷での密教の流行に過敏であったことも、最澄の大きな不幸の一つだった。当初、最澄が入唐《にっとう》して天台宗を請来すべく宮廷に運動したときは、宮廷では密教流行の情報をもっていなかったような気配がある。戻ってきたときにはその情報が入っており、天台宗より

も密教にあこがれるふんいきができていた。宮廷人たちは、帰朝した最澄に対し、

「貴僧のその大きな風呂敷包みの中には、むろん密教が入っているでしょうな」

という意味の質問をしたかと思われる。かれらの最澄への期待は、最澄がもたらした天台宗にはなかった。幸いなことに、最澄はささやかながら密教もあわせ持ち帰っていた。かれは、帰路、船待ちをしているとき、時間があったので越《えつ》州の龍興寺をたずね、当初の目的ではなかった密教をも風呂敷のなかに入れたのである。それがかれを一時は幸いにし、のち不幸にした。最澄は、密教経典の一部は持って帰ったが、かんじんの修行はしていなかった。第一、かれが目的とした体系は、天台宗という顕教《けんぎょう》で、密教とは思想として原理的に異なっている。最澄は、私は顕教の信奉者である、としてことわるべきであった。

しかし律義《りちぎ》なかれは、官における自分の身分に責任を感じたのであろう。もともと、かれは入唐以前、三十一歳の若さで、宮中の内供奉十禅師《ないぐぶじゅうぜんじ》という十人の僧の一人に補任されていた。明治初年、大学がただ一つしかなかったころの教授よりも、その権威は大きかったはずである。その立場上、ことわれなかったと思われるが、このために密教者としての最澄の評価がやがて軽んぜられるようになる。

もともと最澄は入唐のときの身分が高く、渡海のときの立場も、還学生《げんがくしょう》で、かの地に短期滞留し、所定の目的をしとげるという、すでに出来あがった僧としてのものであった。いわば教授として渡海した。

おなじ時期の遣唐使の船団に乗った空海は、無名の書生にすぎず、その立場も留学生《るがくしょう》であ

った。それが、私《ひそ》かな目的である純粋密教の体系の導入と、その法系を相続するという目的を長安において達し、最澄よりやや遅れて帰朝した。かれは、日本密教の創始者たるべく九州の土を踏んだはずであったが、京にあってはすでに最澄のいわば「越州の田舎密教」がおこなわれていた。空海は、最澄をいかがわしく思ったにちがいない。

大門を入ってほどもないあたりに、西南院がある。その宿坊の二階で、旧知の文化庁N氏に遭い、夕食をともにしていたとき、N氏が、

「空海の経歴には、空白期が二つありますね。入唐以前数年と、帰朝後、九州に上陸して、しばらく滞留していた時期です。どうしていたのでしょう」

といわれたが、九州滞留のことは、空海の性格、その志向、時代状況から推して考えねばならない。さらには最澄が密教の旗を、その意思とはかかわりなく、いちはやくかかげてしまっていることを上陸後知ったという事態からも推して想像せねばならない。空海が、大思想の流布《るふ》者であったことの凄味は、帰朝早々、京都の情勢を見つつ、九州にとどまって消息を昏《くら》ませたかに似ているあたりにあるといっていい。この進退の感覚がなければ、すでに宇宙の気息《きそく》をその身につけてしまっている密教者とはいえないであろう。もはや天地が三密のなかに入っている密教家としては、地上の情勢を見ることが、些々《ささ》たるもので、見ぬいた上で、おのれの進退をきめたにちがいない。

「山師ではないか」

と、亡父が、やや心もとなげな口調でつぶやいたことのなかに、こういう空海像が入っているかとも思われる。

空海にとって、人間世界のことは些々たるものであった。たとえば、最澄にとって重かった天皇や宮廷人も、空海にすれば人間として対等なるものにすぎなかった。げんにかれは、のちに天皇を友人のあつかいにしていた傍証がある。そういう空海の感覚においては、天皇も百姓も、人類という一種類の生命しかもたないものにすぎず、生命に上下などを設けなかった。このことにおいて、空海が日本史上めずらしい存在であることがわかる。つまりは、原理の純粋な保持者であり、さらには自分自身までが原理そのものになった人物であることを思わねばならない。

そういう人物は、浮世の階層ではとらえられず、学問の深浅でもとらえられず、それどころか、人間であるということでさえ、とらえがたいものなのである。せいぜい私どもの伝統的な語感や人間把握の習慣では、山師ということばが存在する程度であった。いうまでもないが、空海は山師ではない。

今小路《いまこうじ》覚瑞氏とは、逝去されるまで二十年のまじわりがあった。篤実な真宗僧で、生涯、ひとすじに親鸞《しんらん》の境地に近づこうとされた。あるとしの夏、インドの仏蹟歴訪の旅から帰ってきた、といって写真などを見せてくれた。雑談の途中、いま何を考えているのですかと問われたために、空海のことです、と答えると、あきらかに不信に近い表情をうかべ、しばらくして、「淫祠《いんし》邪教というべき人ではないですか」

と、いわれた。最澄がひらいた顕教から純粋液を抽出したとすれば、浄土真宗になるかと思われるが、その教学者からいえば、加持祈禱《きとう》の創始者でもある空海などは、おなじインド源流の思想を汲む人とは思えないのかもしれない。

顕密一如《けんみついちによ》などとのちに日本天台宗では、多分に政治的必要からいうようになったが、顕と密とが一如であるなどとは、よほどこじつけなければいえそうにないことである。一途に顕教の徒である真宗の世界からみれば、当然、拒絶感覚からそのように切りすててしまうというのも、当然であるかと思える。

しかし、加持祈禱は密教の枝葉にすぎず、ときに行うことがありうるというのが、空海の態度であった。密教の本質は原始仏教と同様、解脱《げだつ》にある。その解脱もすべて捨てきるという原始仏教とは異なる。密教にあっては、浮世のその身《み》のままに仏になりうるのである。その点を異にしつつも、仏教の唯一の目的である解脱という点においては同じである。繰りかえすようだが、解脱についての方法論体系が、原始仏教と異なる。

密教は、宇宙の機能の深奥《しんのう》に参入して同化する思想である以上、同化をもし完結したとき、ときに宇宙の諸現象を意のままにうごかすことができるかもしれない。そういうことが、加持祈禱ということであろう。

この場合、私自身の感想をのべておかねばならない。私は、体質として顕教的な人間だと思っている。つまりは、加持祈禱については、自分にかかわることのないものだと思っている。

このため、験《げん》があるのかないのかということさえ、関心がない。

空海そのひとも、その生涯において、加持祈禱をさかんにおこなったということは、なさそうである。

ただ、平安期にあって、かれの末流が、ほとんどそのことについて専業化した。というより、世間がそのように要求した。貴賤《きせん》ともに密教者に対し、死者をよみがえらせるほどの法力《ほうりき》を期待した。密教とは、日常的には、病者の病むところを癒《いや》し、産婦には安産を保障し、ときに怨敵を調伏《ちょうぶく》するという体系であるとした。末流の学侶、行人《ぎょうにん》、聖《ひじり》、さらには雑密《ぞうみつ》の験者《げんざ》にいたるまで、その次元において世間に応えた。空海がその元祖の大親玉であると思われてしまったのは、まことに気の毒であるといわねばならない。

高野山の歴史は、地上のそれと変りなく複雑である。陰惨と叫喚、あるいは流血にいろどられている。空海があるいはこの山上に兜率天を象徴させようとしたかもしれなかったが、山上の歴史は、平和とはいえなかった。高野山において固定された平和が実現されるのは、せいぜい点を甘くしていっても、江戸開幕以降である。そのかわり、教学と僧の活動に沸騰したものを欠くようになった。

さきに、中世の高野山を構成した学侶、行人、聖について、わずかにふれた。この三態の身分関係とその機能、活動の実態と相剋《そうこく》、さらにはそれぞれの思想と感情についてくわしく書くとすれば、それだけでも書物数冊の活字量を必要とする。

とくに、俗世間から出て、正規の僧の資格をもたず、賤視されつつも学侶などのとうていおよばぬ生き方をしたひとびと——たとえば東大寺大仏を再鋳《さいちゆう》した俊乗坊重源《しゆんじようぼうちようげん》、あるいは院政時代、俗世というものに対し隠遁者としてのきわだった姿勢を示した明遍《みようへん》、また秀吉政権から高野山を守った木食応其《もくじきおうご》——などのことを思うと、比叡山とはまったくちがった遁世と社会のかかわり方を示す大きな文化を高野山に感じさせる。

幸い、高野山はそのすくない収入でもって、一個の大学を所有している。そこから多くのすぐれた教学研究者が出たが、しかしさらに欲をいえば、この山にのがれ住むことによっていのちの意味をふかめた有名無名の聖《ひじり》たちを、民俗学的に研究する以外に、かれらの人間と行蔵《こうぞう》を追跡するという、やや風狂に属するかと思われる分野について、あらたな学問が拓《ひら》かれることをのぞみたい。

〔『古寺巡礼』西国1・高野山金剛峯寺、淡交社、一九八一年五月〕

ぜにと米と

〈平清盛／足利義満／青砥藤綱〉

大ざっぱにいって、ぜにの時代と米の時代があり、交互に繰り返されてきたことが、鮮明になった。

平清盛は、ぜにの大将であろう。平氏は清盛以前、伊勢海《いせのうみ》に面した地方にいて実力をつちかい、このあたりの海港を基地にして商船を持ち、対宋《そう》貿易をやっていたふしがあり、地方武士でありながら富裕であった。清盛が政権を樹立すると、その家の体質として貿易を重視し、その晩年、いまの神戸市に首都を移したほどにそれに熱心で、盛んに宋銭を輸入した。宋銭はむろんのちの明《みん》銭同様銅貨である。この貿易好きの、つまりぜにを支配しようとした政権は足利時代では義満であり、彼は明の皇帝に対して臣礼をとり（そういう外交姿勢をとらねば中国の慣例上、朝貢貿易をさせてもらえない）、盛んに明銭を輸入し、京の商人を保護した。

このころアジア史的な拡がりからみれば、すでに宋の末期から南シナの経済的実力が飛躍し、その沿岸諸港の貿易が非常に活発であった。義満政権は東シナ海という比較的航海しやすい海を通じて、この世界経済に参加したのである。京にぜにが集まり、そのぜにを運んできたり扱ったりする貿易業者や金融家がにわかに実力をもった。義満にとっては自分の体制を構成している守護大名どもよりも、この京の商人たちのほうを重視した形跡がある。

足利政権以前の鎌倉政権はこれに反し、どうも米穀経済に重みをかけているのは、その政権の元の基盤が関東平野の開墾地主（武士）たちだったからであろう。それ以前の平家政権はぜにの政権であった。時代順にいえば平家はぜに、鎌倉は米、足利はぜにということになるが、これはむろん象徴もしくはアクセントとして概観しているわけで、ぜにといっても貨幣経済万能や重商主義といったほどに鮮明なものでもない。が、ぜにの効用を最も明快に把握した政治家として、日本史上、最初に平清盛がおり、ついで足利義満がいるということはゴシック活字で述べておきたいところである。これに比べると源頼朝などは別の条件の上に立った政治家で、土地支配の感覚はあっても貿易支配の感覚がなかった。彼が教授であるとすれば、法学部教授であっても経済学部教授ではなく、この点彼が倒した平家政権の清盛は商人そのものにおいがある。

この時代からずっとさがるが、織豊《しょくほう》政権は清盛パターンのぜに政権であり、徳川政権は頼朝パターンの米政権であった。なぜぜにが米を倒し、また米がぜにに倒されるというこのぜに・米の政権交代があったか、歴史からその原理性をひき出そうとすると、それはそれで大変な作業になるからいまは割愛するが、ともかく奇妙なほどにそのようになっている。

もっとも前記のように南シナ大貿易時代というのはすでに宋末から始まっているから、日本の鎌倉期もこれに巻き込まれていて、米政権とはいえぜにの流通は盛んで、ぜにについての感覚の豊かな経世家も出ていた。

鎌倉の北条政権の時頼が抜擢して政治を任せた青砥藤綱《あおとふじつな》などはその方面では驚嘆すべき人物であった。この時代、武士相互の間に米（土地）についての訴訟が続発しているときだったが、藤綱の裁判はつねに公正だった。その藤綱裁判で勝った武士が藤綱に謝礼として銭三百貫を贈って藤綱がそれをつきかえしたという話がある。藤綱の美談よりも坂東武者《ばんどうむしゃ》が賄賂として銭を三百貫も使おうとしたという、その流通状態に注目したい。

藤綱には、例の有名な話がある。彼が夜、滑川《なめりかわ》を通ったとき、うっかり銭十文を川の中に落とした。わずか十文である。藤綱はこれを捜すために従者を走らせて五十文で松明《たいまつ》を買い、水を照らして捜させた。やっとそれを見つけたが、ひとはその愚を笑った。四十文の損ではないかと。が、藤綱は言う。「なるほど落としたのはわずか十文にすぎない。が、これを川中にすてておけば天下の貨を損ずることになる。自分は松明を買うために五十文を使ったが、この五十文は流通して人の世を益する。流通ということからみれば、天下は六十文の利を得たことになる」

この藤綱は、前時代のぜに政権である平家の影響のうすい下総《しもうさ》の人である。坂東にもこういうぜに感覚の政治家が出ていたことに、われわれは驚かねばならないが、しかしこの鎌倉政権は平家のような貿易重視政権ではなかったために、ぜにの大切さは知っていても、積極的にぜにを外国から獲ってくるという感覚に乏しい。もし清盛やその後の足利義満なら、対中国貿易でぜにをどんどん持ち込んでくれば政治はそれでいいので、別に川の中をはい回ってまで銭十文を捜し出さなくてもよい。藤綱はつまるところ農地本位の政治家であるにすぎないと、笑うであろう。

〔「新潟日報」一九七〇年七月三日朝刊ほか、共同通信社配信〕

平知盛

「船弁慶」に出てくる大物《だいもつ》ノ浦《うら》とはいまは尼崎の工業地帯で、とてもここがむかしの白砂青松の景勝の浜だったとは想像もできない。むかしといってもほんの半世紀ぐらい前まではまだ名《な》残《ご》りがあって、私の義母なども、

「船弁慶に出てくるあのとおりの浜だった」

と、少女のころの記憶を話してくれたし、元の兵庫県知事阪本勝氏もこのあたりのうまれで、

「あんなきれいな浜はとてもありませんよ」

と、話してくれたことがある。

ここから義経主従が落ちて行ったことは、どうやらたしからしい。すくなくとも室町時代、「義経記《ぎけいき》」という語りものが成立するころ前後には史実がどうであれ、そのように信じられていた。義経の人気が高まるのも室町期以後で、これも「義経記」や能のおかげであったろう。兄の頼朝に追われた義経はこの浦から船出してゆくのだが、すぐ逆風に遭って吹きもどされる。その逆風の波間から平知盛《とももり》の怨霊《おんりょう》を喚《うめ》き出させたのは、この能をつくった観世《かんぜ》小次郎信《のぶ》

光《みつ》の天才的創作であろう。

義経に対して知盛が出てくるというのは、やはりこの能ができあがるころの人気と無縁ではあるまい。物語本などでも、ほろびゆく平家方の諸将のうちで知盛が出色の人材だったようにえがかれている。艦隊司令官としても有能で、懸命に頽勢《たいせい》をひきもどそうとしたが、ついにその望みもうすらいだと知ると、勇敢にたたかうことによって平家の最後を美々しくしようとした。かれは壇ノ浦での敗色が濃くなったとき、御座船《ござぶね》へ登り、みずからほうきをとって船内を掃ききよめた。女房たちが泣きさけびながら戦いの状況をきくと、知盛は掃く手をとめ、笑って、

「あなたたちにとってはなんのことがあろう、東男《あずまおとこ》にまみえるだけのことではないか」

といったため、女房たちは怒ったというが、このはなしは知盛の性格からみてありうべきことのようにおもわれる。やがて総帥の宗盛《むねもり》が捕虜になったときいて平家のために深く恥じ、叔父の教盛《のりもり》とともに自刃するのだが、その壇ノ浦の知盛のはたしえなかったうらみが怨霊となってこの能の波間にあらわれ、義経に打ちかかろうとするのである。知盛についてのイメージがひとびとのなかに鮮明にあったこの能の成立時代では、よほどおもしろい劇能だったのではないか。

〔「第17回サンケイ観世能」パンフレット、産経新聞社(大阪)、一九七〇年二月〕

三草《みくさ》越え

義経というひとは、日本史上、最初にあらわれる軍事的天才である。同時に、日本史上最初の人気者というべきひとであろう。

人気者、つまり、長嶋、王、美空ひばりといったたぐいの、権力とは関係のない大衆的人気者の世界にも歴史があるとすれば、義経がその始祖であり、それ以前には義経のような存在はない。かれが木曾義仲や平家に対しておこなった軍事活動はそのつど魔術的成功をおさめたが、これがために都での人気がふっとうした。上は法皇から、下は市《いち》で物をひさぐ女どもにいたるまで貴賤もろとも義経という青年将軍に夢中になったが、この人気のすさまじさが、鎌倉の頼朝をしてみずからの政治的危機感をもたせた。頼朝が義経をむりやりに追放し、ついには殺してしまったのは、頼朝の自衛措置にほかならない。頼朝にそこまでの異常な行動をとらせたのは、当時の義経の都における人気がいかにも大きく、もはやそれ自体が異常にすらなっていることを思いあわせないと理解ができないのである。

私は、そういう義経のことばかりを考えている時期があった。その時期、急におもいたって、義経の一ノ谷への作戦経路——かれが京都を出発して丹波路を大迂回して鵯越(いまの神戸市)にあらわれ、一ノ谷の平家の海岸陣地にむかってさかおとしの奇襲をかけたというその作戦経路を行ってみたくなった。おもい立った朝、家を出た。

義経は、京を出発するにあたっては老ノ坂から出ている。丹波にはいり、篠山に出ているのである。

私自身も老ノ坂から出発すべきであろう。が、地図を調べると、私にゆるされた一日の時間ではとうていむりであることがわかり、とにかくも篠山まで国鉄で行き、篠山からその経路へはいることに考えをあらため、大阪駅から福知山線に乗った。

篠山で降りたのが昼であった。この丹波高原の町は、江戸時代は青山右京大夫六万石の城下として知られている。

「青山右京大夫なぞ、きいたことがない」

と、同行した義弟とその友人がいった。どちらも学生であった。なるほど青山氏というのはたまたま家康の家臣であったために大名になっただけで、べつに歴史に意味のある痕跡はすこしも残していない。ただ、地名にその痕跡が残っている。青山氏の江戸における拝領地が俗に青山とよばれるようになり、いまでも都電停留所や、青山斎場、青山霊園、青山学院大学といった都内の施設の名称にもそれが冠せられているが、この「青山」から丹波篠山藩をむすびつけて考えるひとはもはやいないであろう。明治後はむしろ、書生節の「丹波篠山、山家の猿が」というデカンショで有名になった。

城下には、まだ武家屋敷がのこっている。町の中心には、多少繁華な通りがある。ぶらぶら歩いて、一膳めし屋にはいった。テーブルの上にガラスケースがあり、そのなかに一サラずつ副食物がはいっている。私はイカの甘煮と卵焼きをとりだし、どんぶり飯を注文した。

通りに、銀座にあってもおかしくないような喫茶店もあった。そこでコーヒーをのんだ。味はわるくなかった。その喫茶店のむかいが、イノシシ屋であった。その点が、他の町の繁華街とちがっていた。

篠山からタクシーに乗った。

「神戸（一ノ谷）へ」

というと、運転手が意外な顔をした。篠山から神戸へ行くなど、ひどく方角のちがう感じらしい。私は地図を示し、義経の行軍コースを朱でひき「この道を行ってほしい」というと、善良そうな運転手は、

「そんなコースでは神戸へ行けません」

といった。ところが、七百八十余年前に義経はその道を行き、日本史を転換せしめる大勝をあげているのである。

このコースは、三草越えといわれ、三草高原という台地を東へ行く。運転手は営業所にもどって、調べなおしてくれた。行けるということがわかった。ただし地道で決して快適ではないという。

結局、それを行った。ときどき車が腹をさするほどの悪路にぶつかったが道が快適でないだ

けにこの場合はかえって興趣があった。

義経は、ほんの少数の騎兵をひきいて行っている。少数なだけに、義経がいつ京から消えたか、京の者も気づいていない。

ましていまの一ノ谷にいる平家は気づかなかったであろう。

部隊が少数であるがために、行軍速度をきわめてはやくすることができた。

ちなみにこの当時、坂東武者《ばんどうむしゃ》が馬に習熟していたということは周知のとおりである。かれらは中世のモンゴル人のように幼いころから裸馬に乗り騎乗術にかけては西国育ちの平家武者をはるかにしのいでいた。騎射もたくみであり、馬上の格闘も西国武者に比べれば段ちがいの技能があった。

が、かれらはしょせんは馬術という個人競技の選手たちであるにすぎなかった。騎馬隊というものを「騎兵」として、つまり用兵として戦術として使用するという思想はすこしも育っていなかった。

かれら坂東武者を近代戦術における「騎兵」として使ったのは義経である。騎兵のもつ集団としての速度性、奇襲性、突破力に義経は日本史上はじめて着目し、その戦術を創造し、それを成功せしめた。天才というものは旧概念をうちやぶって新しい価値を創造し、歴史をひらくものであるとすれば、義経は日本史上、その称号を冠するに足る数少ないひとりであろう。

騎兵の用兵の成功は、天才を待ってはじめて期待しうるということは、近代にはいってからでも世界史的にその実施例や成功例がきわめて少ないことでもわかる。日本戦史からみても、義経以後、戦国期における上杉謙信や武田信玄もそれを用いず、わずか織田信長が桶狭間(おけはざま)の奇襲にそれを用いただけであった。戊辰《ぼしん》戦争にもない。日清戦争にもない。日露戦争のときに不十分ながら多少の例があったのみである。

ふしぎなのは、義経が、まったくそういう戦術思想のなかった日本においてどういうヒントを得てそういう着想をもったのだろうということである。

「どういうことだろう」

と、三草越えを越えつつ、私はそのことばかり考えていた。

証拠はない。しかし、多少の状況証拠はある。義経は少年期を奥州ですごした。奥州の牧場で、馬のむれを毎日みていたであろう。馬は、一頭が駆けだすとみないっせいにそれを追って駆けだす習性をもっている。その地をとどろかせて駆けてゆく壮大な風景をたえずみていたにちがいなく、そういう馬の習性のなかからこの戦法をひきだしたか。

それとも、奥州には沿海州や満洲あたりに住む騎馬民族の出身者が、どうかしてこの地に流れてきており、義経に接触していたのかもしれない。とすれば、世界を征服したモンゴル人の用兵思想が義経に投影していたかとも考えられる。ただし、すべて空想である。

〔「高知新聞」一九六八年三月八日朝刊ほか、三友社配信〕

昔をいまに――義経のこと

私は、多くの日本人と同様、義経が好きである。

その理由はおそらく他愛もないものかもしれない。まず義経には遮那王《しゃなおう》とか牛若丸とかいった透明度の高い少年期の伝奇があり、その物語を、たいていの人と同様、牛若丸と似たような年齢の時期に読んだり聴かされたりしたからにちがいない。

ある世代までの日本人にとって、義経の物語は、西洋人にとってのオデュッセウスに相当するものであった。オデュッセウスの漂流と冒険の物語は、むろん架空のはなしなのだが、これに対して義経は実在し、しかもかれの存在と活動は、日本史が一変しようとする変動期に、さまざまな作用と反作用を与えているのである。

鎌倉幕府の成立は、それまでの京都支配による不合理な土地制度に対して、徹底的なリアリズムによる合理化が遂げられたという革命だった。しかし、後世の私どもにとって、それだけでは、なにか政治史や法制史の論文でも読んでいるようで、なんのおもしろみもない。

義経の登場によって、この土地革命は、信じがたいほどに風景としての印象が変ってしまう。

平板な事実群や殺伐とした暴力沙汰までが、華麗な演劇性を帯びるのである。

ちょっとここで言っておかねばならないが、義経が存在しなくても、歴史は、今日あるがように進行したはずである。義経は実存しつつも、多分に芸能的な、いわば花舞台的な存在であった。つまり、政治史とは関係はない。

われわれは、おもしろい歴史をもったものである。つまり言いかえると、後世のたれもが、「あのとき、義経が、兄の頼朝に取って代って鎌倉幕府を主宰していたら」

などとは、考えないのである。

頼朝こそ、鎌倉の名で象徴される革命の推進者であったことは、たれもが認めている。もし義経に鎌倉幕府などを主宰させれば、日本史はあの時期で、めちゃめちゃになっていたにちがいない。そのことは、たれもがどこかで思っている。

しかし、後世のわれわれにとっては、義経が可愛いのである。

すこし小堅《こがた》くいえば、あのときの大状況は『平家物語』や『義経記《ぎけいき》』でえがかれたようなものではない。奈良朝以来、日本の耕作民をくるしめつづけてきた京都的な律令体制（土地公有制と荘園制度）をまもる者の最後の宮廷勢力が、平家だった。

頼朝という、本来、流人《るにん》にすぎなかった京都だねの貴種を押しあげている関東の無名勢力は、いわば農民だった。一概に武家とか、坂東武者《ばんどうむしゃ》などという言い方で糖衣につつまれているものの、実際には、父祖以来、関東の地を開拓し、水田化してきた自営農民のむれなのである。かれらの土地所有権は、律令体制という法のもとにあっては、じつに不安定で、いつ取りあげられても泣き寝入りせざるをえないという、国法上、もろくてかぼそい立場にあった。かれらは、「源氏」という象徴的な名称のもとに結集し、力をあわせて、国法擁護のバケモノと化している平家を倒したのである。さらに言いかえれば、後世の私ども日本人は、精神や意識、もしくは文化の上からみて、鎌倉の新体制の末裔であって、それ以前の律令体制の子孫ではない。

頼朝は、そのような自分の歴史的役割をよく認識していた。

さらにもう一つ、この大政治家が認識していたことは、自分が総帥でありつつもなんの安定性もない、ということなのである。かれは律令体制への革命軍をおこすにあたって、当然持つべき自分の個人的な兵力をもっていなかった。つまりは無資本で、他人資本の持ち寄りで事をおこしたのである。

具体的に言えば、かれの軍は、地元の開拓農場主たちの兵の連合によるものだった。もし平家打倒が実現しても、その成功の果実のほとんどは出兵した北条氏以下の諸豪族に帰せられるべきもので、頼朝のとりぶんは、栄誉と栄職だけしかない。頼朝はそのことをよく知っていた。が、義経は、頼朝の立場をほとんど理解せず、勃興《ぼっこう》しつつある歴史的大状況についても、およそ把握するところがなかったように思える。

頼朝についても、自分がその弟であるという血縁主義的にしかとらえていなかったようで、このことは頼朝にとってもこれをかつぐ坂東武者たちにとっても、にがにがしいことであったろう。

義経は、頼朝の〝王朝〟の一員であると思っていた。が、現実には頼朝は個人でしか存在せず、〝王朝〟の実質は、かれをかついだ代表である北条氏であることを頼朝は痛いほど知っていた。頼朝は、冷厳な性格のもちぬしだった。ただ、初期においてかれに義経への愛がなかったとは思えず、暗に義経に〝弟としての遇され方を期待するな、ただの家人《けにん》であると思え〟とさとらせたかったにちがいない。

頼朝が義経と黄瀬川《きせがわ》で対面した翌治承五年、鎌倉の鶴岡八幡宮《つるがおかはちまんぐう》で、若宮宝殿《ほうでん》の棟上げの式がおこなわれた。鎌倉をあげての盛儀だった。頼朝は式にのぞみ、この普請《ふしん》をうけもつ二人の工匠《たくみ》のかしらにそれぞれ馬一頭をあたえることにした。頼朝はその馬を曳《ひ》いて出てくる役としてーー格のひくい役であるーーわざと義経を命じた。ここに頼朝の政治的な寓意がふくめられていたのだが、義経はさとらなかった。

義経は頼朝の「代官」として出征した。

つぎつぎと大功をたて、京に凱旋《がいせん》したが、頼朝は義経への恩賞を沙汰しなかった。頼朝の政治感覚はここまでくると、急に底意地がわるくなる。このあたりから、古来、

「判官《ほうがん》（義経）びいき」

ということばがうまれてくる。私も感情としては、頼朝への憤《いきどお》りをこめて判官びいきである。強き者（頼朝）は驕《おご》るべからず。

ただ弱者である義経は、無思慮だった。頼朝と義経のあいだを裂《さ》こうとした後白河法皇によって、頼朝の介在せぬ官職をうけるのである。革命軍の野戦司令官が、古い律令体制から官職によって取りこまれるようでは、鎌倉幕府に対する決定的な裏切りになる。しかし義経はそれが裏切りであるなどとは、つゆ思わなかった。以後、義経の転落がはじまってゆく。

ともかくも、義経ほど演劇的生涯をもった人は、まずいない。

劇的な要素の一つは、かれが軍事的天才であることだった。

画家や詩人の才能はかならずしも稀少ではない。しかし名将の場合、歴史の中にそれをもたない民族のほうがむしろ多く、日本史をみて、その千数百年のあいだに三人ほどがやっと選びうる。それでも、多いほうといわねばならない。

その最初の人が、義経であった。

かれは、勢いというものを知っていた。大軍を擁《よう》しながらも奇襲と強襲をもってまず敵の中軸を衝《つ》き、混乱におとし入れて、後続軍をもってこれを追撃するというやりかただった。また、合戦《かっせん》の様式を変えた人でもある。それまでの日本の合戦は、個々が騎乗しているだけで、騎兵とはいいがたかった。個々の格闘の総和が量としての合戦になるだけだったが、義経は騎兵団を編成し、それを集団として運用した史上最初の人なのである。

かれには、数人の個人的な郎党がいた。かれらは鎌倉の武士のように領地をもたず、義経の手当によって衣食をしていたひとびとで、いわば世外《せがい》の人達であり、そのぶんだけ一種の自由人たちであった。それだけにおもしろい個性が多く、たとえば弁慶とか伊勢三郎とかいった好個の脇役が存在した。このことも、義経は巧《たく》まずして、存在そのものが演劇的だったのである。

義経は小男で、美男でもなかった。しかし京の公家《くげ》たちは、あらあらしい坂東武者にくらべれば「平家のえりくずほどはある（ちょっぴり京風である）」とほめた。さらには、多くの甲冑《かっちゅう》を用意して、合戦ごとにいわばお色直しをした。つまり、よきドレッサーであろうと心掛けた。この点も、演劇的であるといえる。

さらには、義経の恋人に、当代随一の白拍子《しらびょうし》がいたということが、大きい。白拍子とは、一本だちの芸者として理解してもよく、歌舞をする芸能人と考えてもいい。僧や医師などと同様、方外《ほうがい》（階級外）に属し、名手は毅然《きぜん》としていて、上下からある種の尊敬をうけていた。言いなおせば、当時としてはめずらしく独立の職業女性だった。

静御前《しずかごぜん》は、頼朝から追捕《ついぶ》されている義経のあとを追い、やがてとらえられて鎌倉に送られる。彼女が鶴岡八幡宮の舞台で舞ったのは、事実である。頼朝の前ながら、彼女が勇気をもって舞い、かつうたい、そのなかに義経を恋う即興の歌を入れたのも、事実である。「しづやしづ賤《しづ》のをだまき繰り返し　昔を今になすよしもがな」という彼女の歌は、文学性も高い。

最後に、日本史上、義経の存在がきわだっているのは、あざやかな戦勝の連続によって無名人が一朝にしてスターになったことである。こういう現象は、それまでの日本社会にはなく、その後も、義経ほどのあざやかな例はない。さらにいうと、スターを商業的に生産するこんにちの大衆社会においてさえ、それに匹敵するほどの例はない。

くりかえすが、義経は軍事天才というたった一つの才能を持ったために有名になり、それがために劇的すぎるほどの生涯を送った。才能というものは、その人をかならずしも幸運にするものではない。しかし社会にとっては、幸福の要素になりうる。仮りに、義経のいない日本史を想像すると、色あせて見えるではないか。

〔「第三回上方花舞台」パンフレット、上方文化芸能協会、一九八六年五月〕

まぼろしの古都、平泉

〈奥州藤原氏〉

平安朝のころ、能因法師という歌人があって、若いころ官につとめ、のち頭を剃って専門の歌よみになり、摂津古曾部《せっつこそべ》という村に住んだ。かねて奥州への漂泊の旅にあこがれていたが、旅に出るほどの勇気（そのころは旅そのものが危険だった）もなく、ただわが杖ひく姿を夢想しているうちに、この夢想が一首の歌をかれに詠ませた。

「都をば霞とともにたちしかど秋風ぞ吹く白河の関」

口ずさんでみるとわれながら名唱のようにおもわれ、世間にこの歌の現実感を感じさせるために行きもせぬ白河の関に行ったということにし、毎日そとをうろうろしては顔を陽に焼き、その上で都の歌仲間のあいだに吹聴してまわった。やがてはうそが露顕したが、私は中学のころどういうものかこの能因さんがすきで、かれが侘《わ》び住まいしたという大阪府高槻《たかつき》市郊外の古曾部の村まで行ってみたりした。いや、能因が好きなのか、そこまでかれが恋うた白河の関がすきなのか、よくわからない。そのころ、数学の時間に勃然《ぼつぜん》と白河の関を越えたくなり、一時間の授業のあいだぼんやりしていたことがある。上方《かみがた》うまれの者にとっては奥州は東北ではない。そういう新聞記事的呼称でよびたくないほど、この地理的名称に詩情を感じる。

われわれの日本史のなかでは白河以北のいわゆる「奥」はながいあいだ独立国であった。その関門をなす白河の関は、たとえば中国の居庸関《きょようかん》のようであり、その意味でこの関の名は遠い昔、中国にもきこえていたという。この関をやぶって奥州を中央政権の統轄下においたのは源頼朝であったが、それ以前はこの広大地帯はこの地帯から自立した王者によっておさめられていた。そのいわば奥州王朝の最後の光芒を放ったものがいわゆる藤原三代であり、その首都が平泉である。

中央の貴族たちは、これを、

「蝦夷《えぞ》」

とよんだ。当時の中国風でいえば北狄《ほくてき》である。有史以来、幾度か中央政府に対して反乱をしたが、数度の討伐と血液の同化によってしだいにおだやかになり、源平のころには蝦夷という語感には異人種という意味がうすれ、「王化に浴せぬ東陬《とうすう》のいなかもの」というほどのものにまでなっている。それでも白河の関の扉は固く、奥州藤原氏は中央の律令体制とは別個の独立圏をなしていたし、その中央との関係は、黄金を献じ奥州馬を献ずる（貢金・貢馬）という属国の体裁をとっている。この奥州藤原氏の軍事的実力は、

「奥十七万騎」

という言葉で、当時表現された。これがもし実数に近いならば、本土で争覇する源平両派がたばになってもかなわないし、事実、平家が源氏のためにさんざんたたかれていた時期、この

北方の第三勢力に同盟しようとした。が、この北方の王朝はうごかなかった。
「惜しいですねえ」
と、写真を中尊寺に撮りに行った井上博道氏が、帰ってきてすっかり奥州びいきになり、そういった。平泉の末期にはすでに中国の居庸関の北、朔北《さくほく》の牧野にあってジンギス汗が出現しているのである。なぜジンギス汗のごとく奥州藤原氏三代目秀衡《ひでひら》はこの十七万騎の精強をひきいて白河の関を南下し、源氏をつぶし、平家を追い、京を制して天下を得ようとしなかったのか。それには幸いにも史上まれな軍事的天才である源義経が、流亡の身をよせていたではないか、と、井上氏は藤原氏のために悲憤するのだが、残念だがこれはむりかもしれない。

歴史は人間の社会意識の熟成の度合いにともなって進展するものだが、中世のこの時期の奥州人の意識には天下をとるなどということは片鱗もない。かれらは痛々しいほどに善良な巨人であり、虎を搏《う》ち殺すほどの膂力《りょりょく》をもっているくせに自分がそれほどの力をもっていようとは自覚せず、本土の権力に対してはいわれもない宗教的畏怖感と神聖感を感じており、かれらのもつ政治的想像力は白河の関を一歩も出ず、この関の内側まで本土の権力が入りこんで来ぬかぎり、それ以上の夢をみようとしない。社会意識の未熟さというものはどうにもならぬものであり、この奥州人が天下をとろうと思うところまで成熟するには、はるか四世紀ものちの伊《だ》達《て》政宗の出現まで待たねばならないのである。

日本史には巨大なゴールド・ラッシュが二度ある。もっとも近い時代からいうと、秀吉が天下をとった時期がそれで、「日本中のあちこちから金が湧き出た」と秀吉の伝記作者が書いたとおりであり、これによって秀吉は金山を官有にし、さかんに金貨を鋳造し、殿舎の装飾にはふんだんに金をつかい、絵画のタブローとして金屛風《きんびょうぶ》や金地の障壁画までが出現した。われわれが安土桃山時代といえば、前時代の東山時代の枯淡な墨絵調とちがい、黄金の膚質《マチエール》でかがやいているような印象をもつのは、現実の金産額とじかに関連している。このほんの一時期、日本の金産額は世界でも二番とはくだらなかったという。

その前期が、金売り吉次が登場するこの奥州藤原氏の全盛期である。奥州とくに北上川河畔にすさまじいばかりに金が産出した。このうわさは奥州からじかに沿海州や朝鮮に流れ、中国にもきこえ、やがてヨーロッパまでとどいたかと思われる。マルコ・ポーロを東洋へ誘惑させたのは東海にジパングという金銀島があるという風説であった。その風説のもとはといえば、この奥州平泉の繁栄であるにちがいない。

これをほろぼした鎌倉――関東武士団の政権――の公式記録である『吾妻鏡《あずまかがみ》』は、その繁華につき、寺院の数のおびただしさを数字であげて驚嘆している。

中尊寺の寺塔四十余宇、禅房三百余宇。
毛越寺《もうつじ》の堂塔四十余宇、禅房五百余宇。

このほかにも観自在王院や無量光院のような巨刹《きょさつ》がある。むろん寺院以外の政治的建造物――初代清衡《きよひら》の居館がある柳ノ御所、三代秀衡の居館である伽羅《きゃら》ノ御所などは想像以上の壮麗さであったろうし、そのほか、装飾は粗末であるにしても結構の骨ぶとい侍屋敷の棟々が軒をならべていたにちがいない。大路をゆく身分ある婦人たちの服装のぜいたくさは京とすこしもかわらなかったであろうし、身分ある武人たちの甲冑《かっちゅう》のみごとさはおそらく同時代の平家の公達《きんだち》たちのそれとくらべても見おとりもしなかったにちがいない。それらはいまかろうじて遺っている中尊寺の荘厳《しょうごん》類の金具のみごとさからでも容易に想像がつくのである。

奥州藤原氏がこの衣川《ころもがわ》と北上川の合流点に王都をさだめるまでは、このあたりにはその原形をなす都邑《とゆう》はなく、草と雑木と走獣の棲む山河だったにちがいない。そこにこれほどの王都をわずか三代九十年でつくりあげたのは、京の工人を黄金の力で攫《さら》いよせたがためであり、かれら工人たちは天竺《てんじく》へでも渡るような覚悟で身を売って出かけたにちがいない。むろん、ひとり旅は危険でとうてい不可能な時代であったから、恒例のようにして京へのぼる金売り吉次がいっさいそういう「人買い」の役目をひきうけ、その武装隊商にかれらをまじらせて奥州へくだったにちがいない。ある年たまたまそこに色白で目のまるい、きかん気の少年がまじっていたことがあり、それが鞍馬山《くらまやま》から脱出した少年のころの義経であったにちがいない。この吉次が、京文化を奥州に扶植するための強力な運搬者であった。

いかにかれらが京文化を買うために京で惜しげもなく金品をつかったかという例で、有名なはなしがある。

二代目の基衡《もとひら》が、毛越寺を造営した。その本尊薬師如来をきざむについて、京の七条に住む仏師雲慶《うんけい》に依頼した。雲慶は、当時の都の者の通念としてこの奥州の蛮王を敬せず、どうせ金ずくの仕事とみてか、

「仏像には上中下の三等級があるが、そのどれにするつもりだ」

と、使者にいった。使者はこの当時の奥州人らしく都には不当なほどに謙虚で、

——中でよろしゅうございます。

といった。上にすることは朝廷に対しはばかる気持があったにちがいない。雲慶がひきうけると、「これは謝礼ではなくごあいさつがわりに」といった意味の、いわば手みやげのような金品が、
黄金百両、鷲羽百尻、水豹《あざらし》の皮（それも直径七間半もある）六十余枚、安達絹千疋《びき》、希婦《けふ》細布二千端《たん》、糠部《ぬかのぶ》の駿馬五十頭、白布三千端、信夫毛地摺《しのぶもちずり》千端
という気の遠くなるほどのばく大なものであった。このほか、完成するまで三年のあいだ礼物をたやさず、その運搬でのぼりくだりする人夫が山道・海道にかたときも絶えず、さらにそれだけでなく「これは別禄でございます」ということで、生美絹《すずしのきぬ》を船三ぞうに積んで雲慶に贈った。雲慶は狂喜し、

「なろうことなら、練絹《ねりぎぬ》のほうがほしかった」

と冗談をいうと、別に練絹を船三ぞうぶん送ってきたという。

それが、わずか三代で亡んだのは、本土に鎌倉政権という、日本史上空前の武力をもった権力ができた不幸であり、「奥州十七万騎」のほとんどが意外にも弓を伏せて本土軍をむかえ平泉王朝を見すてたのは、奥州がもはや自前の王朝をもたねばならぬ理由が消滅していたためで

あろう。

文治五年七月、頼朝は平泉を攻め、ここを灰燼にした。四代泰衡《やすひら》は矢と猛火に追われてのがれたが、途中、家臣の裏切りにあって殺された。

「三代の栄耀《えいよう》一睡の中にして、大門《だいもん》の跡は一里こなたにあり。秀衡が跡は田野《でんや》に成りて、金鶏《きんけい》山《ざん》のみ形を残す」

と、芭蕉は『奥の細道』で詠歎している。栄華が美になるためにはほろびなければならず、藤原三代の栄耀も、マルコ・ポーロをさそった北方の京の華麗さも、それがなまのころよりもむしろ、「田野に成りて」こそ美しいといえる。


（「太陽」一九六八年十月号）

勇気あることば

念仏して、地獄におちたりとも、
さらに後悔すべからずさふらふ
――親鸞《しんらん》

親鸞の晩年、京にいるころ、かつて教化した関東の門人たちが念仏してはたして往生できるかと、根本義に疑念を感じてはるばるたずねてきた。その様子が「歎異抄《たんにしょう》」冒頭のうしおの鳴りうねるような名文のなかに出ている。

「おのおの、十余ヵ国の境をこゑて、身命《しんみょう》をかへりみずして、訪ね来たらしめ給ふ御こころざし、ひとへに、往生極楽のみちを、問ひ聞かんがためなり」

と親鸞は、まずその労をねぎらい、しかしながら、という。おそらく念仏の奥義秘伝などを親鸞が知っていると期待なされてのことであろう。それならば大いにまちがいである。親鸞はなにも知らぬ。ただ一つのことを知っている。

親鸞はいう。親鸞においてはただ念仏して弥陀《みだ》にたすけられ参らすべし、という一事をよきひと（崇敬する師匠・法然）のおことばどおりに信じているだけである。そのほか、なんのしさいも別儀もない。

さらにいう。念仏すれば本当に浄土にうまれるのか、それとも逆に地獄におちてしまうのか、総じて親鸞は存ぜぬ。しかしながらたとえ先師法然上人《しょうにん》にすかされ（だまされ）、そのため「念仏して、地獄におちたりとも、さらに後悔すべからずさふらふ」。

考えてもみよ、と親鸞はいう。弥陀の本願が真理であれば釈尊のご教説はうそではないであろう。釈尊のご教説がまことならば善導（中国における浄土教の祖）の御解釈は虚言ではあるまい。善導が虚言でなければ法然のおおせ、そらごとではあるまい。法然のおおせまことならば、親鸞が申すこともまた空しかるべからず。

宗教は理解ではない。信ずるという手きびしい傾斜からはじまらねばならない。その信ずるという人間の作用についてこれほど豪胆な態度と明快なことばを吐いた人間は、類がないであろう。

しかも親鸞はいう。この上はおのおの、念仏を信じようとも捨てようとも、おのおの一存にされよ――信とはそういうものであろう。

さらに親鸞はいう。

「親鸞は弟子一人《ゐちにん》ももたずさふらふ」

信仰はおのれの一念の問題であり、弟子など持てようはずがない。教団も興さず、寺ももたぬ。なぜならば弥陀の本願にすがり奉って念仏申すこと、ひとえに親鸞ひとりが救われたいがためである。

右のようなことばの根源である親鸞の勇気は、かれがかれ自身を「しょせんは地獄必定の極悪人」と見、自分を否定し、否定に否定をかさねてついに否定の底にへたりこんだ不動心のなかから噴き出てきたものであろう。

〔「毎日新聞」一九六七年五月十四日朝刊、日曜特集版〕

醤油の話

〈覚心〉

信州というのは、近世以後、堅実な知識人を出しつづける風土として知られるが、源平時代以前は太古以来の森のようにしずまっていた。

木曾谷から木曾義仲が出たときから活況を呈するようになる。かれは一国の武士層をこぞって平家と戦い、頼朝より先んじて京に入った。のち頼朝の政戦略のためにやぶれはするものの、ともかくもその配下の信州人たちは、一度は京で兵馬の権をにぎり、天下意識をもった。このことは、古沼のような風土をかきまぜて酸素を入れる効果があったのか、右の時代につづく鎌倉時代になると、多くの変わった人物がこの地から出る。

のちに臨済禅の巨人のひとりになる覚心《かくしん》（一二〇七～九八）もそのひとりであった。ただ、かれには、鎌倉期の禅僧にありがちな華美なところがない。

鎌倉期の禅僧のあいだで「頂相《ちんぞう》」が流行した。禅は、本来、極端に個人主義である。そのさとりは師一個から弟子一個に以心伝心される。法を嗣《つ》いだ弟子は師の肖像画や木像をつくって鑽仰《さんぎょう》した。このため、この時代、肖像の上手な画家や彫刻家が活躍し、多くの傑作がのこされた。

覚心にも木像がある。曲彔《きよくろく》にすわった全身像（京都・妙光寺蔵）で、八十六歳のときのものである。鎌倉彫刻の傑作のひとつだが、出来ほどに知られていないのは、素材である覚心の相貌《かお》が地味で造作が小さく、さらには老いすぎていて、造形以前の迫力に欠けるところがあるせいではないか。木像になってもめだつことをしない人物ともいえる。

かれは、いまの松本市の西南方にある神林《かんばやし》という里にうまれた。俗姓は、常澄《つねずみ》氏という。おそらく農民の子だったろう。『元亨釈書《げんこうしやくしよ》』（鎌倉末の成立。仏教史書）によると、母が戸隠《とがくし》の観世音に祈ってみごもったという。かれには母親の存在が大きく、十五歳で神宮寺に入って、仏書や経書を読んだという履歴も、母親のすすめによるものにちがいない。源平時代以前なら農村に埋没して当然だった境涯の子が、鎌倉期になると親がすすめて学問をさせるというふうに時代のにおいが変ったのである。

この時代、平安期の仏教である天台・真言もおとろえ、すでに禅・浄土教などという新仏教が登場している。が、かれは奈良の東大寺に行って受戒（正規の僧になること）した。華厳経《けごんきよう》を主とする東大寺などは、最澄《さいちよう》・空海のころでもすでに古びたものとされていたが、覚心は信州の田舎から出てきたために、思想の潮流がよくわからなかったのであろう。そのあと、高野山にのぼり、伝法院と金剛三昧院で密教をまなび、行勇《ぎようゆう》という高僧から相伝をうけた。新仏教の時代に華厳や真言にいたるなど、奈良・平安の仏教史を体験的に逆にたどっているようなものであった。しかも密教については、鎌倉の寿福寺の紀綱《きこう》をつかさどったというから、こんにちでいえば大学の助教授ほどであったかと思える。

その後、師の行勇が死ぬと、京にのぼり、禅に転向した。禅も、流行の臨済禅ではなく、宋《そう》から曹洞《そうとう》禅をもちかえった道元（一二〇〇〜五三）に就いた。年は三十半ばになっていた。晩学ながら大いに修行し、道元から、戒脈をさずけられた。

密教と曹洞禅では思想の根底からして異なっている。そのいずれものいわば学位を得たというのは、覚心にとって求道《ぐどう》よりも、異なる思想体系を学ぶことが楽しみだったのかもしれない。四十をすぎて上州の世良田《せらだ》の長楽寺にゆき、栄朝という学僧のもとで修行した。栄朝が死ぬと、鎌倉の寿福寺にもどって朗誉という学僧についた。もはや仏教の思想的遊歴者というべく、寺々での顔も広くなった。あるとき、寿福寺の大殿ですわっていると、ふところからぞろぞろと小蛇が出た。幻覚が去ると、意外にも心が晴れている。

——従前ノ学解ハコトゴトク究竟《くつきよう》デハナカッタ。

いままで仏教を知的に理解しただけで、解脱《げだつ》でもなんでもなかった、ということにおそまきながら気づくのである。

かれは、入宋《につそう》を決意した。前後から考えて、紀州由良《ゆら》（高野山領）の地頭で僧としての名を願性《がんしよう》という者が、費用を出したらしい。

四十三歳、由良から出帆し、博多をへて、こんにちの浙江省《せっこう》の寧波《ニンポー》（当時の明州）に上陸した。径山《きんざん》にのぼって癡絶《ちぜつ》という僧に参じ、さらに各地によき師をたずね歩き、ついに四十七歳のとき、無門という師を得て大いに悟り、印可を得た。宗旨は、臨済宗である。

在宋六年で由良にもどり、地頭の願性が建てた西方寺（のち興国寺）に住して、田舎僧になった。

その後、かれの名は高くなり、九十二で死ぬまでのあいだ、亀山上皇や後宇多天皇など権門勢家からしばしば招きがあった。ときに京の巨刹《きよさつ》に住したこともあったが、わずらわしさに堪えず、あるとき脱走して紀州由良にもどり、終生西方寺を離れなかった。

覚心は、味噌がすきであった。とくに径山寺《きんざんじ》で癡絶に参学していたときに食べた味噌の味がわすれられなかった。

紀州の由良は入江である。また由良の北にも入江があって、湯浅《ゆあさ》という。覚心は湯浅に行ったとき、その地の水の良さが気に入り、径山でおぼえたつくりかたで味噌をつくった。炒《い》った大豆と大麦のこうじに食塩を加えて桶に入れ、ナスや白瓜などをきざみこみ、密閉して熟成させる。

こんにち私どもが「きんざんじみそ」とよんでいるなめ味噌の先祖だが、覚心の味噌醸造にはそれ以上に奇功があった。のちにいうところの醬油までできてしまった。

醬油以前の調味料としてはひしおなどがつかわれていたが、径山寺味噌の味噌桶の底にたまった液で物を煮ると、その美味はひしおのおよぶところではないことがわかった。湯浅のひとびとはその溜り《ヽヽ》をさらに改良し、建長六年（一二五四年）にはこんにちの醬油の原形ができた。

醬油の古い起源が湯浅にあることはほぼ異論なさそうだが、その後の発達史については多様でここではふれない。

私がおもしろいとおもうのは、覚心の人生である。かれは愚直なほどに各宗の体系を物学びしたが、古い宗旨の中興の祖にもならず、また一宗を興《おこ》すほどの才華もみせなかった。

しかし以下のことはかれの人生の目的ではなかったが、日本の食生活史に醬油を登場させる契機をつくった。後世の私どもにとって、なまなかな形而上《けいじじよう》的業績をのこしてくれるより、はるかに感動的な事柄のようにおもわれる。

〔『司馬遼太郎全集』第36巻月報、文藝春秋、一九八三年七月〕

蓮如《れんにょ》と三河

仏教の目的は、解脱《げだつ》にある。解脱とは煩悩《ぼんのう》から解放されることであり、煩悩とは人間の生命と生存に根ざす諸欲をさす。とすれば、生きながらにして人間をやめざるをえない。

親鸞《しんらん》は、そのことに疑問を感じたにちがいない。

小乗にせよ大乗にせよ、仏教は解脱の方法を解く体系である。方法として、戒律もあれば、行《ぎょう》もある。持戒し、修行すれば、おのれのしんともいうべき自我《アートマン》が高められて行って、ついには宇宙の原理と一つになりうるという。しかしそれを成就できる人はこの世に何人いるのか。いるとすれば、何千万人に一人の天才（善人）ではないか。

——仏教は、そういう善人（天才）たちだけのものか。

と、若いころの親鸞は悩んだかと思える。善人たちだけのものとすれば、人類のほとんどが無能力者（悪人）である以上、かれらはその故をもって地獄に堕《お》ちざるをえない。言い換えれば、仏教は人類のほとんどを地獄におとすための装置ということになってしまう。

――釈尊がそうお考えになるはずがない。

と、親鸞がおもった瞬間に、かれは絶対の光明である阿弥陀如来《あみだにょらい》という「不思議光」の世界がむこうからきたかと思える。

親鸞はその光明につつまれることにひたすらな感謝をのべる気息《きそく》としてお名号《みょうごう》をとなえた。師の法然《ほうねん》はもともと聖道門の秀才だった。その意味においては法然は「善人」だったかもしれず、そういう資質のよさもあって、「悪人でも往《ゆ》きて浄土に生まれる（往生する）ことができる」といった。いわんや善人をや、という。

が、親鸞はそういう修辞を正しくした。

「善人でも往生ができる。いわんや悪人をや」

そのように理解せねば、右の光明が平等で、しかも宏大無辺であるという本質が出て来ないのである。〝変った人間（善人）でも往生できるのだ、まして普通の人間（悪人）ができぬはずはない〟ということであろう。インド以来の仏教はここで、天才や変人・奇人のための体系であることから、普通の男女という大海へ出たのである。

英国人がよくいうことに、英国そのものを採るかシェイクスピアを採るかとなれば後者をとる、という言い方があるが、これを私は日本と親鸞に置きかえたい衝動をしばしばもつ。とくに「歎異抄《たんにしょう》」を読んでいるときに、宗教的感動とともに、芸術的感動がおこるのである。

親鸞は弟子一人《いちにん》ももたず候。

ということばなどは、昭和十八年、兵営に入る前、暮夜ひそかに誦唱《ずしよう》してこの一行にいたると、弾弦の高さに鼓膜がやぶれそうになる思いがした。

私の家は戦国の石山合戦以来の浄土真宗の家系で、江戸期は播州《ばんしゆう》亀山の本徳寺の門末としてすごした。おそらく代々の聞法《もんぼう》の累積のおかげで、この感動があったのにちがいない。

そのことは、蓮如（一四一五〜九九）のおかげともいえる。

親鸞は教団を否定したが、その八世におよんで蓮如が出、教団をつくった。蓮如が存在しなければ、親鸞は埋没していたろう。

私事だが、去年の秋、三河の岡崎旧城下の川ぞいの宿に二泊した。三日目の昼、家に帰るべくタクシーをひろって名古屋をめざしたが、途中、戦国期の永禄六年（一五六三）この野におこった三河一向一揆《いっこういっき》のあとをたずねたいと思い、短時間ながら、二、三の門徒寺《もんとでら》（浄土真宗の寺）をまわった。

「上佐々木の上宮寺《じようぐうじ》」

と、タクシーの運転手さんにいうと、一般的な名所とは言いがたいのに、すっとその門前につけてくれたのには、おどろかされた。

三河一向一揆は徳川家康の満二十のときにおこった反領主一揆で、家康の家臣の半ばが一揆側について——門徒であったために——家康と戦い、家康はときに馬頭をひるがえして逃げたり、またその鎧《よろい》に銃弾が二個もあたるというほどのさわぎだった。後年、忠誠心のつよさで天下に鳴った三河人にすれば、異様というほかない。

むろん、この現象は江戸期の強固な主従関係やその道徳から遡及《そきゅう》して見るべきではなく、小領主の自主性のつよかった室町・戦国という中世の社会をじかに見て考えねばならない。

その社会では、三河だけでなく、西日本のほとんどの村落は〝惣《そう》〟という強固な自治制でかためられていて、当然ながら惣は収税機関である守護や地頭をきらっていた。

幸い、戦国期になると室町体制の守護・地頭はあらかた亡びるか、有名無実にまで衰えていて、そのぶんだけ惣の自衛はつよくなっており、さらにいうと惣における農民のほとんどは弓矢や長柄《ながえ》をもち、他からの乱入者は容易にはよせつけなかった。室町中期ごろから戦国にかけての日本は、惣の時代だったともいえる。

たいていの惣には、大いなる農民がいた。農民にとって頼りになる（当時の言葉でいえば〝頼《たの》らだる〟）存在で、かれらを地侍《じざむらい》といった（のち戦国型の領国大名が発達するにつれて、かれらは丸抱《まるがか》えの家臣武士を城下にあつめ、それが近世武士の先祖ともいうべき存在になるが、かれらの供給源の多くは、この地侍層だった）。

地侍のさらに大いなる存在のことを国人《こくじん》といった。まだ松平姓だった家康の家も地侍から出発して国人に成長し、この時期、三河の国人層の盟主（主人とは言いにくい）とみなされていた。松平家は国人・地侍をその影響下に置いていたものの、近世型の主従とはいいにくい段階にあったから、三河一向一揆の場合、地侍や惣の農民たちが忠誠心の対象として家康よりも阿弥陀如来をえらんだところで、なんのふしぎもなかった。

さて、蓮如の時代は三河一向一揆よりも前の世紀である。

ただし、すでに惣とか地侍・国人が大きく力をたくわえてきていた。

ここに、おもしろい記録がある。

蓮如と同時代の人だった奈良興福寺大乗院の尋尊《じんそん》（一四三〇〜一五〇八）が、諸国の情勢や情報をあつめた記録として「大乗院寺社雑事記《ぞうじき》」というものを書きのこしているのである。

その文明九年（一四七七）十二月十日の項に、公方《くぼう》（将軍のことだが、守護をふくめた政府機関といっていい）に年貢《ねんぐ》を上進しない国を列挙している。

北陸では、能登《のと》と加賀（いずれも石川県）、さらには越前（福井県）

近畿では大和《やまと》（奈良県）、河内《かわち》（大阪府）、それに近江《おうみ》（滋賀県）

また、飛驒《ひだ》と美濃《みの》（いずれも岐阜県）

さらに東海では、尾張《おわり》と三河（いずれも愛知県）、それに遠江《とおとうみ》（静岡県）

この記事は、私どもにさまざまな想像をさせる。たとえば右のいずれの国も惣の力がつよく、従って地侍と国人の勢力がさかんだったということである。この税金をおさめない地帯から、戦国末期、織田氏や徳川氏という強大な勢力ができあがっていったというのも、おもしろい。蓮如が濃密に歩き、教線を扶植したのもまたこの国々だったのである。

蓮如は、惣に働きかけた。

仏教渡来以来、寺というものは、最初は国家がつくった。平安期には豪族が私寺をたてたり、官寺に荘園を寄進したりしたが、要するに寺というのはきわめて貴族的な存在で、庶民から超然としていた。

蓮如が地侍をふくめた諸国の惣に働きかけたとき、日本史上、最初のそれもおびただしい数で、民間寺がうまれた。

さらには、この寺々が惣のきずなの結び目になり、その建物は自衛のための砦《とりで》になった。また同信のよしみで一国の門徒が、横にむすびあうようにもなった。

有名な加賀の一向一揆（一四八八年に勃発《ぼつぱつ》）は、蓮如の本意ではなかったとはいえ、惣という村落自治が加賀一円にひろがって、守護の富樫《とがし》氏を追いだすにいたったという奇現象である。しかも約百年にわたって、国主なしの自治体をつくりあげた。親鸞における平等主義と、惣が自分の寺を持ったという蓮如的構想があってのことであろう。

加賀一揆のとき、三河の門徒も地侍団を中核にしてはるかに応援に出むいた。その後、加賀共和制の影響のもとに三河一向一揆がおこったわけで、これらのことは、室町後期に大いに騰《あが》った日本の農業生産の高さとも考えあわさねばならない。

中世のめざましさの一つは、庶民が真宗を得て、日本ふうの〝個〟をはじめて自覚したことであった。ついで、蓮如の構想による「講」をもったことで、タテ社会だったこの世に、ひとびとをヨコにつなぐ場ができた。

さらに大きいことは、日本の庶民がはじめて仏教という文明を得たということであろう。もう一ついえば、庶民が、日常の規律である「風儀」をもったことも大きい。そのことは、宗教的感動とともに、人が美しい高度な文化をもったともいえるのである。「風儀」の扶植ひとつをみても蓮如は偉大だったとおもわざるをえない。

〔「三河の真宗」真宗大谷派三河別院、一九八八年四月〕

赤尾谷で思ったこと

〈道宗〉

越中庄川の上流に、赤尾谷という冬は雪でとざされる村がある。その村の宿にとまったとき、赤尾の道宗《どうしゆう》のことなど、あれこれおもった。赤尾の道宗とは、

「ごしやう（後生）の一大事、いのちのあらんかぎりはゆだんあるまじき事」

という文章ではじまる「赤尾道宗二十一箇条」を書いたひとである。室町期のひとで、文章には文亀元年（一五〇一）何月という日付が入っている。かれはよく知られているように、在郷の念仏信者で、蓮如《れんによ》に親炙《しんしや》した。道宗においておどろかされるのは、人間が人間に対してこれほど尊敬できるものかということである。

道宗は京からみれば僻遠《へきえん》の山中にいながら、年に何度か京へのぼって蓮如のそばに侍し、その法話を聴いてよろこぶだけでなく、蓮如の息の仕方から洟《はな》のかみよう、あるいは蓮如が無言でいるときのたたずまいにいたるまで、そこに何事かあるがごとくに感じとろうとする姿勢をとった。たまたま蓮如と道宗がいた世界が、分類的にいえば宗教の分野であったがために、われわれはこの両人の関係を、特殊な精神の感作や感応のおこなわれる世界として棚にあげてし

まいがちだが、それにしても道宗の蓮如への傾倒はすさまじすぎる。

あるとき、はるばると京からもどってきて、この山中の自分の屋敷の縁側に腰をおろし、わらじを解こうとした。このとき京で忘れものをしたことに気づき、そのままわらじを結びなおしてふたたび京の蓮如のもとにむかって発《た》ったというのである。忘れものというのは、自分の妻女に頼まれていた事柄であった。妻女はかねて道宗に、「こんど京へのぼられたとき、自分のような者にでもわかるような御言葉を頂戴してきてほしい」とたのんでいたのだが、道宗はそのことを忘れて帰国し、妻女の顔をみて思いだしたのである。

この挿話は、百年前までの日本の社会にいた者なら感動したかもしれないが、現代ではむしろ滑稽感さえつきまとう。現代というのは、人間が人間を尊敬せずとも済むという思想もしくは機能をふくみこんでいるようである。子供が、あすは遠足だという場合、晴れなのか雨なのか、かつては母親にきいた。もしくは自分で即製のマスコットをつくって祈るという、軽微ながらも敬虔《けいけん》の念をもつ体験をした。そのことが、こんにちの機能性に富んだ社会では、母親もマスコットも必要とせず、さらにはそれと同じことを繰りかえすようだが、仰いで恃《たの》み入る姿勢を必要とせず、電話機に命ずればそれで用は完結するのである。子供にとって受話器のかなたからひびいてくる声に対し尊敬したり感謝したりする必要はなく、子供はその声を使用するだけで済む。子供が主人で、声は奴隷の立場にある。子供たちは万事、このような社会にいるのである。

以前の社会はそうではなかった。

ひとつの原形として原始社会を考えれば、猪《いのしし》を獲《と》る方法を身につけるには、村の名人に肌身を接し、赤尾の道宗が蓮如に対してそうしたように、名人の呼吸の仕方から咳ばらいの仕様、または山歩きをするときの足腰の動かし方にいたるまで吸収せざるをえなかった。その吸収の仕方には方法というものがなく、その名人を全人的に尊敬してしまう以外になかったであろう。尊敬するという姿勢をとるとき、体中の毛穴までが活動し、何事かを吸いとることができたように思われる。

人間が生物としてはかない面があるのは、通常孤立して生きてゆけないことである。人間は人間との関係において生存を成立させている生物である以上、古来、自分以外の何者かを尊敬するという姿勢を保っていることによって社会を組みあげてきたように思える。

ちかごろ、若い母親が嬰児《えいじ》を殺したり、妊娠中にノイローゼになって自殺するといった事件が多い。その事例のほとんどが核家族においてあらわれているという。医者たちのいうところでは、一般に出産や育児に自信がもてなくなったというのがその心因であるらしく、こういう種類のノイローゼは原始社会以来、ごく最近までなかった。老人の体験や知識に対する尊敬心をうしなったためにその助言や助力を得られず、頼むところのものは市販の育児書だけであり、その関係はさきにふれたダイヤルをまわせば天気予報がきけるということに似ている。育児書の活字は、心のささえや、信頼すべき老人たちがおしえてくれるたかのくくり方まで教えてはくれないのである。このことも、人間が人間に対する尊敬心をもつという原始以来の習性をうしなったための、大げさにいえば文明史的な不幸というほかはない。

教育の場では、子供たちに批判する心を育てねばならないが、同時に人間を尊敬するという心の姿勢もあわせてもたさねば、健康で堅牢な批判精神というものができあがらないであろう。

私は、赤尾谷の宿にとまっていたとき、同行の知人に、ついこの土地にかつていた道宗という男の話をした。

「蓮如とホモだったのでしょう」

といったのは、四十代の人である。道宗が蓮如を知ったのはもう初老の齢《とし》である。師事したのは蓮如の死までせいぜい九年か十年だから、蓮如が七十代から八十代だったころである。健康な批判というのは、堅牢な事実把握の上に成立しなければならない。

「宗教の教祖にはかならずそういう人がくっ付いてくるのです」

といったのは、六十代のひとである。理の当然で、宗教における教祖や中興の祖はかならずそういう人間的魅力をもっており、蓮如にも無数の道宗がいたはずである。しかしそれだけで道宗における人間の課題を終えてしまうのは完全から遠いであろう。

道宗がこの赤尾谷に出現するまで、このあたり、つまり五箇山《ごかやま》や白川谷一帯には、呪術化した仏教がかけらとして入っていたにせよ、精神の秩序としてのまとまった文明は入っていなかった。道宗が蓮如を知るにおよんで、生活の規範までをふくめたそれがはじめて導入された、ということを知ってやる必要があるであろう。道宗におけるとくに知的昂奮の大きさについては、こんにちのわれわれは自分の想像力を越えるものだという謙虚さをもたねばならない。

「たかが念仏坊主にそんなに昂奮したのか」

という不用意な感想は、後世という何もかも結果が出てしまった歴史的時間にいる者がつねに持ちがちな尊大さというものである。

さらには、赤尾谷をふくめての越中・飛騨の山岳地帯での人の暮らしの手段は、焼畑農耕のほかは狩猟や採集に拠《よ》った。猪をとる方法は、その仕事をしている父親を尊敬することによって身につけるか、それとも名人に随伴して名人を尊敬しきるところから体に伝わってくるものだということを、ひとびとは倫理でなく生きる習俗として知っていた。道宗はそういう社会の人であったために、蓮如に出遭ったとき、蓮如の体系を身につけるにはこれ以外にないと自然に思い、自然に大昂揚してしまったわけであり、道宗における身と心の弾《はず》みのみずみずしさは、かれの属したそういう社会の条件を知ってやらねば、受けとりようによってはただいやらしさだけが鼻につくという印象批評になってしまうのである。

もっとも私自身は二十世紀にうまれて、しかも近代文学の洗礼をうけてしまった都市生活者であるということもあって、道宗のような男はやりきれないような気もするし、たとえこの世で出遭っても友人になることから避けたい気もする。ましてひとに尊敬されて平気でいる蓮如のような男の神経にもかなわない気がするが、しかし、それは好悪のことで、道宗その人について理解したいということとはべつの問題である。

つい赤尾谷の宿で考えたために、道宗という重い例を持ちだしてしまったが、私がここで触れたかった課題はもっと軽い。人間が他の人間を尊敬するというこの奇妙な精神は、人間の生存のために塩と同様重要なものだということを言いたかっただけである。むろん血液の中の塩分がそうであるように少量でいい。それがもし人間の社会からなくなってしまえば、この生物の生存関係としての社会はごく簡単にくずれ去ってしまうにちがいない。そういう恐怖感をちかごろもっているのである。

〔「精神開発室　紀要'72」富山県教育委員会、一九七三年三月三十一日〕

〈北条早雲〉

『箱根の坂』連載を終えて

早雲《そううん》には、ふつう北条姓を冠《かん》せられる。ただ、かれ自身、北条を称した形跡がないばかりか、どうも自分の姓名に無頓着《むとんちゃく》だったにおいがある。

この奇妙人について重要なことは戦国の幕を切っておとしたことである。さらには室町体制という網の目のあらい統治制度のなかにあって、はじめて「領国制」という異質の行政区をつくったこともあげねばならない。日本の社会史にとって重要な画期であり、革命とよんでもいい。

この制度は、同時代の西洋における絶対君主制（十六、十七、十八の三世紀間）の成立と重要な点で似ている。西洋のその場合、農奴状況から脱した自営農民層（早雲の時代でいえば国人《こくじん》・地侍《じざむらい》層）と都市の商工業者（小田原でいえば城下の町人）の上にじかに君主がのり、行政専門職をつくって領国を運営した。さらには常備軍を置いた。北条氏もまた小田原城下に兵を常駐させた。

西洋の絶対君主制時代は、絶対という用語のまがまがしさによって毛嫌いされかねないが、しかしいい点もある。この体制によってひとびとは自主的に、あるいは組織的に働くことを知り、また商品の流通を知り、説く人によっては、日常の規範（朝何時に起き、何時に食事をし、何時に寝るといったようなもの）までひとびとは身につけたとされる。いまとなれば何でもない能力だが、そんなものがひとびとに準備されていなければ、その後にくる近代的市民国家などは成立しえない。第一、市民はビジネスという絶対制以前になかったものを身につけることができなかったろう。ビジネスという空気のような、しかし結局は社会をうごかすものが無ければ、近代は成立しえないのである。

早雲の小田原体制では、それまでの無為徒食の地頭的存在をゆるさぬもので、自営農民出身の武士も、行政職も、町民も耕作者も、みなこまごまと働いていたし、その働きが、領内の規模のなかで有機的に関連しあっていた。早雲自身、教師のようであった。士農に対し日常の規範を訓育しつづけていた。このことは、それまでの地頭体制下の農民にほとんど日常の規範らしいものがなかったことを私どもに想像させる。早雲的な領国体制は、十九世紀に江戸幕藩体制が崩壊するまでつづくが、江戸期に善政をしいたといわれる大名でも、小田原における北条氏にはおよばないという評価がある。

『箱根の坂』は、そういう気分をまじえつつ書いた。

ただ、早雲の前半生がわからない。

かれが、室町幕府の官僚であった伊勢家の傍流に属していたらしいことは、ほぼまちがいない。

伊勢氏の本家では「つくりの鞍《くら》」というブランド商品的な鞍を手作りする技術が相続されていて、早雲自身、その技術をもっていたこともたしかである。かれ自身その子氏綱《うじつな》に製鞍《せいあん》の技術を伝えていることで想像できるし、また鞍をキーにすると、早雲の前半生が、伊勢氏の本家に密着した存在だったこともうかがえる。ついでながら、中国・朝鮮という儒教文明国では伊勢氏のような君子（高級役人）は身を労さないという伝統があるが、その点伊勢家における製鞍は日本がいかに儒教文明から遠い存在であったかをおもわせる。

『箱根の坂』における早雲の前身については、実際の早雲のさまざまな小さな破片をあつめ、おそらくこうであったろうという気分が高まるまで待ち、造形した。この作業ほど、ひめやかな悦《よろこ》びはない。

政治史的には応仁ノ乱が早雲を生んだといえなくはない。同時に、かれは室町期という日本文化のもっとも華やいだ時代の産物でもあった。伊勢家はその頂点にあり、早雲はその室町的教養を持って東国にくだった。かれが土地のひとびとの敬慕をかちえた大きな要素はそこにあったにちがいなく、その意味において早雲は世阿弥《ぜあみ》や足利義政、あるいは宗祇、骨皮道賢《ほねかわどうけん》たちと同様、室町人としての一つの典型だったともいえる。

「箱根の坂」という題は、さまざまな象徴性をこめてつけたつもりであった。連載の最後のくだり、早雲がようやく箱根の坂を越えてあずまに入ったときには、書いている作者自身まで足腰の痛みをおぼえた。早雲は越えがたき坂を越えたのだと思った。

〔「読売新聞」一九八三年十二月九日夕刊〕

魔術師

〈斎藤道三〉

斎藤道三《どうさん》は、古来、悪人ということになっている。そういう評価は、いかにも徳川時代的である。

徳川時代というのは、徳川家の安寧というだけの一点に目的をしぼって、すべての社会秩序、道徳をつくりあげた時代である。その代の御用道徳からいえば、戦国時代の斎藤道三などは、ゆるすべからざる悪人だったにちがいない。道三的な人物が出てくれてはこまる時代なのである。

話がかたくなるかもしれないが、社会の秩序などは、育ちざかりのこどもの下着のようにすぐ役に立たなくなるものだ。

足利体制がくずれて戦国時代がはじまったのは、それがゆえである。くずれたが、まだあたらしい秩序がはじまっていない。

のちに織田信長が、ふるい秩序の徹底的な破壊者になってついに前代未聞の新秩序を生み出そうとするが、これはやはり革命にちがいない。信長には革命児の半面がある。

その信長のさきぶれになったのが、かれの舅《しゅうと》の道三だ。

道三は、美濃《みの》にきた。

美濃には、ぼろぼろの雑巾になりはてたような足利秩序がなお生きている。それを一介の油商人の手で倒し、あたらしい地方国家をつくった。

古い秩序の破壊者であり、あたらしい秩序の創造者であったという点では、道三は革命児であったということがいえるだろう。

道三を弁護するのではない。歴史上の人間は弁護する必要がない。

作家として興味をもったのは、そういう美濃の秩序のなかに、一介の風来坊がどのようにして入りこみ、どのようにして内部を工作し、どのようにして権力を奪ったか、という人間としての問題である。

至難なことを、道三、若き日の松波庄九郎はやった。かれの相手は、人間という、滑稽で悲壮で智恵ぶかくしかも底ぬけに愚鈍で欲ふかい生きものである。かれほど人間という生きものの生態に通じていた男もまれであったろう。どこを押せばどういう音《ね》が出るかということに通じきっていた。

調律師のようにとぎすました耳と刃物のように切れる指さきで美濃の人間群のなかに入りこみ、人間どもにさまざまな音を出させつつ音調をすこしずつかえてゆき、ついにまったくあたらしい音を出す楽器に変造してしまった。その間、人を悦楽させ戦慄させ、犯し殺戮《さつりく》し、魅了させた。

それを後世のわれわれからみると、まるで魔術師のようにみえる。道三を悪人とすれば「悪」という内容のもつ最高の美しさを、この男はもっていたにちがいない。

〔「尾上菊五郎劇団七月大歌舞伎」パンフレット、松竹株式会社演劇部、一九六五年七月〕

『国盗り物語』あとがき

〈明智光秀／細川幽斎／斎藤道三〉

光秀がほろび、本能寺は焼けあとのままである。その焼けあとへ、丹後宮津の居城から出てきた幽斎《ゆうさい》細川藤孝《ふじたか》が、仮屋を建て、洛中の文人をあつめて信長追善の連歌《れんが》興行をする。乱世でぶじ生き残るためには、これほどあざやかな生き方はないであろう。

「さすがは幽斎殿」

と洛中のひとびとからほめられ、筋目よきひとはなさることがちがう、と秀吉与力の荒大名たちからも賞讃された。幽斎には、フランス革命からナポレオン政権まで生きて、つねに権力の中枢にすわりつづけたジョセフ・フーシェを思わせるものがある。

幽斎は、秀吉とは懇意ではない。幽斎は織田家に仕えて以来、つねに旧友の明智光秀の与力大名でありつづけた。その経歴が、幽斎が新時代に生きるためには不利であった。それもあって、焼けあとでの追善連歌興行というもっとも劇的な、しかも政治色のない催しの主催者になることによって、自分の心情のさわやかさを証拠だてようとしたのであろう。幽斎の演出はつねに典雅であった。

秀吉はそういう幽斎に対し、終生慇懃《いんぎん》な態度をうしなわなかった。所領は織田時代のままであったが、朝廷に奏請して幽斎の官位を二位法印にすすめた。これほどの高位をもった大名は、豊臣家にはない。

秀吉は、幽斎の風雅を愛した。自分の歌道の添削者にさせたし、また気の張る宴遊には幽斎を相伴役《しょうばんやく》とした。秀吉が家康と和睦したときの宴席にも幽斎が相伴し、ともすれば殺気立つ席の空気をやわらげさせている。

秀吉が晩年、朝鮮出兵の計画を立てたとき幽斎はそれをたたえ、

日の本のひかりを見せてはるかなる
もろこしまでも春や立つらん

と、讃美している。しかし明敏な幽斎は、内心でこの出兵のために豊臣政権は人心をうしなうかもしれぬと思ったであろう。それに秀吉には後継者がない。幽斎は、洞察したはずである。このころから、幽斎は、前田利家《としいえ》と徳川家康に濃厚に接近している。前田家とは姻戚関係をむすび、家康とは個人的に昵懇《じっこん》にした。これよりさき、家康も幽斎に接近しようとしていた。明智事件のあと、離縁蟄居《ちっきょ》させていた光秀の娘・忠興《ただおき》の妻を、家康が秀吉にとりなして復縁させている。このことから両者の親交は深まった。幽斎にすれば、つぎの天下が前田氏であれ、徳川家であれ、十分生きうる素地を秀吉在世のころからつくっていた。

秀吉が死に、世が暗転しようとした。この間《かん》、利家は家康の野望を見ぬき、これと兵を構えようとした。幽斎の嫡子細川忠興は大いにおどろき、両者のあいだを奔走して仲をとりもっている。忠興は、つぎの天下は家康だと見さだめ、豊臣家の諸侯を家康に味方させるよう懸命の内部工作をおこなった。やがて関ヶ原の役がおこった。

忠興は細川家の主力部隊をひきいて家康とともにあり、幽斎は丹後宮津の居城にいる。西軍の大軍が、宮津城を攻囲した。幽斎には、兵五百しかない。城の大橋を落して籠城し、激戦七日間を戦いぬいた。幽斎の武略はこの当時でも天下第一流であった。

敵も攻めあぐみ、七日目から長期包囲に移った。このことが京都にきこえ、幽斎びいきの後陽成天皇や公卿たちはなんとか幽斎の生命を救おうとおもい、「幽斎が死んでは歌道のもとだねが絶える」という理由で何度も勅使を送り、開城をすすめた。そのつど、幽斎はことわった。朝廷ではさらに西軍にも勅使を送り、丹後宮津の局地戦にかぎって和睦するように申し入れ、ついに成立させた。公卿たちにはそれほどの智恵があるわけではないから、おそらくこの筋は幽斎自身が書いたのであろう。幽斎は世の賞讃をあびつつ開城した。それにしても、一万五千の敵に対し、わずか五百人で六十余日を戦いつづけたというのは、尋常な武略ではない。

幽斎は、徳川政権にも生き、細川家は肥後熊本五十四万石の大藩として巍然《ぎぜん》たる位置をしめた。二つの時代には生きられないというのは菊池寛の言葉だが、幽斎は、その一代で、足利、織田、豊臣、徳川の四時代に生き、しかもそのどの時代にも特別席にすわりつづけた。もはや至芸といっていい生き方の名人であろう。

この小説を書き終えて旧稿をふりかえると、この小説に登場した人物たちの生きる環境がいかに苛烈であったかを思い、悚然《しょうぜん》たる思いがある。その思いが、ふと、幽斎のことを思わせた。道三《どうさん》、信長、光秀の三人はすべてほろんだが、主役ではない幽斎は生きつづけた。この「あとがき」の稿の筆がつい、幽斎からはじまってしまったのはそのためである。

「サンデー毎日」に連載したこの長い小説は、当初これほど長くなる予定ではなかった。斎藤道三をのみ書こうと思い、題も『国盗り物語』とした。それを途中で編集部が、

「もっと続けては」

と、しきりとそそのかせた。

続けることはできる。道三が中世の崩壊期に美濃にあらわれ美濃の中世体制のなかで近世を予想させる徒花《あだばな》を咲かせたが、その種子が婿の信長と、稲葉山城の道三の近習《きんじゅう》であり、道三の妻小見《おみ》の方《かた》の甥であった光秀にひきつがれた。信長と光秀という、道三からみれば、相弟子のふたりが本能寺で激突するところで、道三を書きおこしたときの主題が完結する。このために、道三の死後、稿をあらたにして後半を書いた。書き終えた今、自分なりに主題を十分に燃焼させえたとおもう気持があるので、いま体のなかには快い肉体の疲労のみがある。

かれらはすべて非業《ひごう》に死んだ。道三と光秀にいたっては、死後の悪名まで着た。岐阜県で取材中にきいたところによると、道三の子孫といわれる家が静岡にあるという。しかし徳川期からいまにいたるまで子孫であることをその家の人々はあらわにしたがらぬという。

光秀についても、同然である。光秀の男系の子孫は残っていない。女系は、その娘伽羅奢《ガラシャ》を

通して細川家に流れている。

江戸時代、大名や武士、地方の郷士《ごうし》などのあいだで系図作りが流行した。他家の系図を買ったり、盗んだり、または御用学者にたのんで作らせたりした。このためさまざまな英雄豪傑の名を、人々はその先祖としたが、かといって道三と光秀だけはたれも先祖として買おうとはしなかった。ちなみにこの流行は、幕府が政府事業として諸家の系図を編纂したことからおこった。完成して「寛政重修諸家譜」と名づけた。大名と旗本の家が主対象だったが、諸藩でもそれをまね、藩士に系図を書いて出させた。多くは戦国乱世に身をおこした家系であるため、先祖が何者であるかも分明ではない。このため幕府の御用学者の林道春《どうしゅん》などは諸大名から頼まれてずいぶん作ったという。それで系図がブームになり、のちに落語のたねにまでなった。その流行期でさえ、斎藤道三と明智光秀だけは禁忌であった。

さらについでながら、幕末の坂本竜馬は明智左馬助《さまのすけ》（弥平次）光春（秀満）の子孫であるという。左馬助は光秀没後、近江《おうみ》坂本城に籠城し、やぶれて自害した。その娘が乳母にともなわれて土佐へ落ち、長岡郡植田郷才谷《さいたに》村に土着したのが祖であるという。

むろんこの種の家系伝説というのはほとんどが付会《ふかい》説か作りばなしだし、竜馬自身がそのことを公言したことがなさそうに思えるから、かれ自身も信じてもいないことだったのであろう。しかし坂本家の紋が光秀の桔梗紋《ききようもん》を継いでいることを思うと、坂本家ではたてまえとしては左馬助の子孫を称していたことになる。光秀は禁忌であっても、その部将の左馬助ならかまわぬというわけであろう。

連載中、多くのひとびとから手紙をいただいたことが、この長い小説を書きつづけることにずいぶんとはげましになった。ここにつつしんでお礼を申しあげます。

〔「サンデー毎日」一九六六年六月十九日号〕

上州徳川郷

〈徳阿弥／徳川氏〉

中世は庶民史にとっては、悲惨である。この時代、百姓の次男や三男にうまれた者はどれほど生きづらかったであろう。

徳阿弥《とくあみ》という者がいる。名の下に阿弥とつくのは、「時宗」という当時の新興宗教の信者である証拠である。

「なむあみだぶつを生涯に一度でもとなえればそれだけでお浄土にゆける」

などと、ひどく手軽い教義をかついで諸国をふれまわる。稼業がら僧のかっこうはしているが僧ではなく、肉食もするし、婦人にも接する。かれらは「遊行乞食《ゆぎょう》」といわれた。僧の姿をした乞食のことを当時聖《ひじり》という。弘法大師をかついであるいているヒジリのことを高野聖というが、時宗のヒジリもおなじようなものである。

「高野聖に宿をかすな」

という俗謡まではやった。「かして女房や娘を寝とられるな」という意味の文句がつく。その点、中世の性風俗の一代表であったようにおもわれる。

徳阿弥も、そのようなヒジリであった。越後か信濃のあたりをうろついていたが、やがて南にくだって三河に入った。

三河国碧海《あおみ》郡にサカイという小さな村がある。境、坂井、酒井と書く。そこに酒井五郎左衛門という大百姓に毛のはえた程度の豪族が住んでいたが、徳阿弥はそこへ流れつき、泊めてもらった。

こういう遊行のヒジリは居心地がいいと長逗留をする。村の者をあつめて諸国のうわさ話をしたり、怪奇談、因果ばなし、霊異《りょうい》談をして娯楽のなかったその当時の人間を楽しませるのだが、徳阿弥は話題も豊富で話術もたくみだったのであろう。それに人柄に魅力もあり、容貌もすぐれていたに相違ない。なぜならば酒井家の娘の某は徳阿弥にひかれ、唄のように寝とられてしまったのである。

娘は一子生んだが、ほどなく死んだ。徳阿弥はさらに遊行すべく、おなじ国内の松平郷へ行った。

松平郷は「奥三河」とよばれる山間部にあり、松平氏がその土地の大百姓であった。たまたま松平氏は当主が死に、後家が家長になっていた。後家は徳阿弥の魅力的な人柄とその話術のたくみさにひかれたのか、やがて同衾《どうきん》をするようになり、子をなした。ついには松平家に婿入りのかたちで当主になった。

これが、徳川氏の遠祖である。松平氏、酒井氏の両家の息子はどちらも徳阿弥をもって父としているため両家の結びつきは固くなり、たがいに結束して近郷に威を張りはじめた。

そういういきさつの一端が、後世、徳川家康の直臣であった大久保彦左衛門の手になる『三河物語』のなかに書きのこされている。徳阿弥のくだりを意訳すると「故郷の徳（得）川村（上州・群馬県）を出られてどこをさだめとなく諸国をうろつかれ、十代ばかりのあいだはここかしこと放浪された。徳阿弥の御代に時宗にならせ給い、西三河の坂井の郷中に身を寄せられた……」。以下は、右の記述のはなしになってゆく。

「わしの素姓は」

と、徳阿弥は、そのたくみな話術にまかせて寝物語などに酒井家や松平家のおんなに語ったであろう。

「十代も前は、上州の徳川村から出た」

という。いわば十代つづいた放浪家系である。こういう田地をもたぬ放浪者のことを日本では賤民としてさげすんだが、徳阿弥は「十代前の先祖は田地があったのだ」ということをいいたかったのであろう。十代前といえば百数十年も以前か。

「遠いはなしじゃがな。とにかくわしの先祖は上州徳川村にいた」

その上州徳川村というのは、いまは「世良田《せらだ》」という地名で包括されている。埼玉県深谷市の北方二キロばかりのところにあり、利根川の北岸に位置し、古来洪水が多く、土壌には砂礫《されき》が多い。この付近に「新田《にった》」という郷があり、この新田に鎌倉以前から源氏の一派が住み、鎌倉期には幕府から一族として優遇され、やがてこの一族を結集して新田義貞という者が出てくる。

新田義貞は京の後醍醐《ごだいご》天皇とむすび、鎌倉の北条執権家をたおすにいたるのだが、おなじく関東の源氏勢力の一代表である足利尊氏と権勢をあらそい、ついに尊氏によってほろぼされるにいたる。

「新田の敗亡の族人が、土地をすてて利根川の岸の徳川村に移り住んだが、さらに足利党がそれに圧迫をくわえたため、やむなく土地をはなれて流浪した。その十代ののちがこのわしだ」と、徳阿弥はいったであろう。この徳阿弥の寝物語がどこまでほんとかはわからないが（十代前のことなど本当であっても一場の夢のようなものだが）、それが松平氏の家系伝説となってひきつがれてゆく。

この徳阿弥から、徳阿弥の代をふくめて九代目の子孫が家康である。

家康は戦国の風雲とともに東海の一勢力として成長してゆくのだが、はじめは藤原氏の子孫であると称していた。

家康の同盟勢力である織田信長も、はじめは藤原氏を称していたが、中途で平氏であると言いなおした。日本には源平交代思想があり、日本の武力政権を樹立した最初は平家であったがそれが源氏の鎌倉政権にとってかわられ、その鎌倉政権は平氏の北条家にとられ、北条家は源氏の足利氏にとられ室町幕府になった。信長のころは室町幕府はあってなきような存在であったが、とにかくそれを倒すものは平氏でなければならず、そのために信長は平氏に改姓した。そのとき同盟者の家康も藤原氏を源氏にあらため、その旨朝廷に請願した。

源氏にあらためるについては証拠がなければならず、その証拠を作るについては遠祖徳阿弥の寝物語が生きてきたのである。

「わが遠祖は、上州利根川ぞいの徳川村に住んでいた新田源氏の族である」

ということになり、姓も徳川とあらため、これ以後、家康は正式に署名するときは「源朝臣《みなもとのあそん》家康」と書くようになる。

家康は、関ヶ原での一戦で天下をとった。このときこの「源氏」が生きてきた。なぜならば藤原氏や平氏では朝廷の慣例により征夷大将軍の官はくだせられない。征夷大将軍は源頼朝の先例以来、源氏にかぎられており、この征夷大将軍がもらえなければ「幕府」というものがひらけないのである（平氏であった信長は平氏であるがために幕府をひらくことができずやむなく公卿になって天下を統一しようとし、そのあとの秀吉は豊臣氏であったために同様のことになり、やむなく公卿の最高職の関白になって天下をひきいる名目を得た）。とにかく家康は徳阿弥の寝物語があったればこそ徳川幕府というものが、ひらけたのである。

妙なものだ。

合理主義者の家康は、徳阿弥伝説などは信じていなかったであろうが、しかし天才的政治家の考えかたというものは、利用できるものはなんでも利用するというところにあるであろう。

徳川の天下になって、大いにとくをしたのは上州徳川村である。

当然、聖地になった。村ともいえぬような小字《こあざ》だが、徳川幕府はこの部落に大げさにも「徳川郷」という呼称をあたえ、しかも租税不要のいわゆる免租地とした。百姓にとっては巨大な特権であり、ひとえに徳阿弥の寝物語のおかげであろう。

その徳川郷は、いまはそういう地名としては残っておらず、先年、筆者が深谷市のあたりを通過したとき、

「このあたりに徳川という所はありますか」

と、土地のひと数人にきいてみたがたれも知らなかった。おそらく世良田といえばわかったのであろうが、そういう知恵もわかず、ただ利根川南岸までゆき、徳川という在所があるかと思われる対岸のあたりを遠望しただけであった。すでに夕闇があたりに満ち、対岸の田のくろに植えられた榛《はん》の木が夕闇に点々と溶けてひどくなつかしみのある田園風景をつくりあげていた。おそらく徳阿弥の夢のなかにあった徳川の田園風景もこうであったろうとおもわれた。

〔「高知新聞」一九六八年四月十日朝刊ほか、三友社配信〕

戦国大名のふるさと

〈徳阿弥／徳川家康〉

戦国の成り上がり大名の出身形態というのは、猥雑なものである。日本における家系尊重というのは、ヨーロッパ貴族の家系感覚からみれば、多分にいかがわしいものだと思うが、徳川武家貴族の家系が確立（つまり創作）されたのは、幕府が政府事業として編んだ『寛永諸家系図』と『寛政重修諸家譜《かんせいちょうしゅうしょかふ》』の成立による。有名な逸話として、備前岡山の殿さまの池田光政が、江戸の殿中で、池田家のご先祖は平氏でござるか、源氏でござるか、と朋輩《ほうばい》の大名からきかれたとき、

「ああ、それはいま林大学頭《だいがくのかみ》に作らせております」

といって、一笑した。光政の一笑のなかに、戦国の出来星《できぼし》大名の成り立ちの本質が隠されているように思える。

大久保彦左衛門の『三河物語』によると、徳川家の先祖というのは、「中有《ちゅうう》ノ衆生《しゅじょう》ノゴトク」あちこちをさまよい歩いていた徳阿弥《とくあみ》というこじき坊主であったらしい。その徳阿弥が室町中期ごろ、三河の山の中の松平郷にやってきて、その山間の有力者の家にはいりこみ、その

家の娘（ひょっとすると後家）に通じることによって、家系が出発した。この山間の有力者というのも、公認の名主《みょうしゅ》階級ではない。第一、その山里には川がなく、田ができない。察するに、山畑を掻いて野菜をつくり、あとは樵《きこり》などをして暮らしていた山家住まいのグループらしく思われる。百姓でも米百姓の地位は高く、畑百姓は卑しい。松平家が樵か猟師のグループの大将であったろうというのは、その里の地理的環境からみた筆者の想像だが、この日常チームワークを鍛錬する仕事を通じて、彼らは乱世のなかへ出た。軍事活動団としては、田百姓の村を雑兵《ぞうひょう》の供給地とするほかの連中よりは、ごくさらさらと機能的に働けたであろう。松平家は、川のある土地、つまり米作のきく土地を欲した。この家系は、数代かかって渓流の沿岸地に出、やがて川筋伝いに三河平野に出、岡崎城を根拠地にするにいたっている。そのころに家康が出た。

家康の幸運は、彼は生まれながらにして、松平家臣団という、他に例をみないほどにチームワークの練度の高い軍団の主であることだった。

話は変わるが、家康は念仏の信徒であった。宗旨は、浄土宗である。彼の旗は「厭離穢土《おんりえど》・欣求浄土《ごんぐじょうど》」と大書されており、若いころからこの旗を掲げて戦場に出、晩年、関ヶ原でも大坂ノ陣でも、この大旆《たいはい》を陣頭にひるがえした。

先祖の徳阿弥が念仏行者《ぎょうじゃ》であったからだということは、ここで結びつけても、無意味である。家康は、二十一歳のとき、生涯の難事に遭った。三河は本願寺念仏の盛んなところで、彼の家臣団にもその信徒が多かったが、当時流行の一向一揆が彼の三河でも起こったとき、その家臣団の半数が一揆の味方になり、彼は残った家臣団をひきいて脱走家臣団を討たねばならなかった。半年ほどで、家康は脱走者をすべて許すということで、この乱を政治的に解決したが、このとき、「本願寺念仏はこりごり」という思いをもったであろう。同じ念仏でも自分の宗旨の浄土宗念仏がおとなしくていいと思ったであろう。さらには、彼の家臣団が、浄土宗であれ、浄土真宗であれ、念仏好きである以上、両宗にまたがる「厭離穢土・欣求浄土」のスローガンを掲げることは家臣たちの心をつかむうえで、きわめて適当であると思ったであろう。そういうことで家康というのは、浄土宗保護政治をやったのかと筆者はかねがね思っていたが、しかし単にそれだけではなさそうである。

生得念仏が好きで、信長や秀吉とはちがい、宗教の受容性格をもっていたことも、いくつかの証拠で証拠づけることはできる。しかしそれ以上に意外なことは、彼以前の彼の家系から、明治以後の言い方でいえば、「浄土宗管長」というものが出ているのである。

松平家系のかぞえ方は幾通りかあるが、一説にしたがうと、初代の徳阿弥からかぞえて家康は九代である。その四代目の親忠の五男が出家し、存牛《ぞんぎゅう》といわれた。のち知恩院門主になり、法然以来第二十五世の法統を継ぎ、後奈良天皇に十念《じゅうねん》を授けたりしたが、いずれにせよ三河の成り上がりの土豪の家系から存牛なる僧が出たということに、小さな驚嘆を覚える。

松平家三代の信光はぎらつくような野心家であったが、一方では念仏の篤信者で、その八十五年の生涯でいくつかの寺を建て、土豪としての存在は小さくとも三河における浄土宗の大旦《だん》那《な》であった。そういう信光のつくった地熱が、室町末期の宗論の権威である存牛を輩出するのだが、この存牛を支点にして思いあわせると、松平家の家系にあっては家康以前においてすでに宗門の世界ながら一宗の棟梁《とうりよう》になった者が出ているということが、家康の潜在的自信を大きく形作っていたであろう。さらには彼の浄土宗念仏も、彼が自修したものではなく、きわめて正統な権威によるものであるという信仰上の自信もあったであろう。以上、雑然としたものながら、家康を一例として戦国武将の物心両面のふるさとに触れてみた。

〔「新潟日報」一九七〇年八月一日朝刊ほか、共同通信社配信〕

馬フン薬

武田信玄は、世界史的規模からみても傑出した軍事的天才だが、どうも人間が奸佞邪智《かんねいじゃち》でいけない。

むろんただの悪人ではない。むしろ悪人だからこそ自分の士を愛し、領民を撫した。いまなおこの山梨県人が時代小説の寵児になっているのは、そういうよさがあったからだろう。

信玄は妙に医療的関心のつよい男だった。傷病兵のために温泉を指定し、国立湯治場をつくったりした。いまでも山梨県のほうぼうにある信玄の湯などは、そのなごりだろう。信玄がいま生きておれば、医師会長にでもなりアクラツムザンな戦術で同業の利益だけはまもりぬく男になったにちがいない。

その信玄の物主《ものぬし》（小隊長）に米倉丹後という者があった。丹後のせがれが彦十郎である。この彦十郎がある合戦で腹に鉄砲玉をうけた。医学的にいえば急性腹膜炎になったわけだ。

さて、彦十郎は危篤におちた。

この若者の直属上官は、武田家の部将のなかでも剛強で知られた甘利左衛門だったが、甘利

はさすがに信玄子飼いだけに医療に関心がふかく、

「芦鹿毛《あしかげ》の馬の糞《ふん》をひろってこい」

と命じた。部下は大いそぎで味方の陣地を駈けめぐってみたが、芦鹿毛の馬がいない。いてもあいにく用便していなかった。ついに窮したあまり、敵陣まで忍びこんで、やっと竹ノ皮にひと包みほどの糞をもちかえり、

「敵の糞でもよろしうござりますか」

「ばか」

甘利はおこった。

「糞に敵も味方もないわい」

さっそく大椀にそれを入れ、水でこねて、瀕死の彦十郎に、

「妙薬じゃ、飲め」

とあたえた。甘利は大真面目な男だ。死にかけの男に糞汁をのませてよろこぶような大ユーモリストではない。武田家の軍陣医学に「腹傷に芦鹿毛の糞汁が良し」という処方があったのである。

が、彦十郎は閉口した。

「私はこれでも侍です。畜類の糞をのんでもし助かればよい。助からねば、それほどまでして命が惜しかったか、といわれるのが無念です」

甘利は、このあほうめが、と叱った。

「薬が少々臭いゆえそういうのであろう。おれがまず飲んでやるから、お前ものめ」

彦十郎は、この妙薬のおかげで快癒した。信玄、この話をききよろこぶことおびただしく、と古書にある。

「甘利、よくぞ致した。あのときもし彦十郎が侍ゆえに糞汁を忌《い》みきらって飲まずに死んだとすれば、今後それにならう者が出て、あたら妙薬も、むだになったことだろう」

信玄という人はそこまで部下の体のことを気づかった人である。


私の友人に、甲州の商業学校を出てから大阪の道修町《どしょうまち》の薬屋に奉公した男がいる。戦後独立し、砂糖のないころに人工甘味料で大もうけし、その資本で、あやしげな薬を作っては売り、いまもけっこう盛大にやっている。

その商品の一例をあげると、この男の店には「ドカン」という類語の日本語名のクスリがある。それを一服のめば、ドカンと腹が減るというぐあいで、市場はもっぱら地方だという。

大阪というのはふしぎな町で、タクシーの運転手なども、同じ人間が地方や東京で働いているときは比較的交通規則をまもるが、大阪につとめをかえると、とたんに遵法《じゅんぽう》精神が稀薄になる。

ところで、このクスリ屋のことである。かれが甲州人だと思ったからこそ私は、かれのために甲州出身の武田信玄の逸話をいくつか話した。が、この甲州屋のアタマには馬糞のはなしだけがアリアリと残ってしまったらしい。その後数日して、

「ほんまに、馬糞は腹痛《はらいた》にききまッか」

ときた。あほかいな、私はハラがたった。事情をきけば、この男は、その後数日のあいだそのことを熟考沈思したあげく、もう一度、私のところへ念をおしにきたというのである。効くとなれば、この男のことである。馬糞をひろってきて薬包紙かなにかに包み、「バフール」とかなんとかという名をつけて売りあるくにちがいないのだ。

「あれは、むかしばなしや」

「いや、そのむかしばなしが曲者や。げんに飲ましたら、死にかけの病人がなおったというやおまへんか」

その後ずいぶんと馬糞に熱中したらしい。

競馬場の厩舎《きゆうしや》に行っては馬糞をひろい、それを薬科大学の先生の研究室へもって行って分析してもらった。

「それで、どうだった」

「あきまへんなあ。出てくるのは、いままでわかりきっている成分ばかりらしい。——じつはな、その先生のいわはることにはな……」

武田の軍馬なら、甲州の草を食っている。甲州の草を食った馬でなければそういう糞はでないのかもしれない、といったそうだ。先生もいいかげんなこっちゃ。

「それで、君は甲州へ行くのか」

「へえ、わしの故郷や」

その後、三年ほどしてその甲州屋と出遭ったとき、一件の成否をきいてみた。が、かれはその一件は思いだすのもいやだという顔をして大いそぎで手をふり、

「あれは、失敗した」

きけば、分析の結果がわるかったのではなく、それより前に、自動車の普及で日本中の馬が激減し、芦鹿毛の馬など数頭もいないというのだ。

「つまり、問題は、フンの生産量や」

おかげで、われわれ良民はバフールなどをのまされずにすんだわけだ。世の中にはゆだんのならぬ連中がいる。


〔「週刊文春」一九六一年九月二十五日号〕

幻術

〈松永久秀／果心居士〉

煮ても焼いても食えぬ悪党というのが、戦国人松永弾正《だんじょう》久秀（?〜一五七七）の印象だが、しかし案外そうではないかもしれない。

この弾正が、大和国《やまとのくに》をおさえて同国佐保山《さほやま》の多聞城《たもんじょう》にいたとき、幻術使いの果心居士《かしんこじ》が般若坂《はんにゃざか》をのぼってこの城にやってきたことがある。

弾正が引見し、雑談をするうちに夜になった。弾正というのはよほど話好きであるらしい形跡がある。

「恐怖とはなにか」

ということが、話題になった。ひとによって勇怯の差があるが、

「わしは格別な人間かもしれぬな。その証拠に若いころから戦場を往来して白刃をまじえたことは数かぎりなくあるが、一度も恐れをいだいたことがない」

と、弾正は誇った。たっぷりと法螺《ほら》がまじっているであろう。もともと弾正とはそういう男で、天下でわれほどえらい者はないという異常すぎるほどの自尊心で自分を支えているような

ところがある。

「なるほど、殿は勇者におわします」

と、果心はさからわない。この出自《しゅつじ》さだかならざる怪人は、平素は山林に棲んでいるようだが、しかし京の公卿や奈良の門跡《もんぜき》などの屋敷に出入りすることもきらいではなく、そのためこの時代のあやしげな術をつかう連中のなかでは、後世に名前がもっとも濃厚に残った。つまり連歌師などと同様、一種の旅の幇間《ほうかん》のようなものだから、主人の機嫌を損ずるようなことはしない。

「どうだ、おれをおそろしがらせることができるか」

と、弾正がいったが、果心は一礼し、上目で弾正を見あげながら、とても左様な術は持っておりませぬ、術も所詮は人間がつかうものでござる、人間には分《ぶん》がござって、それがしの分ではとうてい殿のような大器量人をおそろしがらせるような術がつかえませぬ、といった。

「そういうものか」

弾正は気味よげに笑った。なるほど怪物といえば弾正のほうがはるかにうわ手に相違ない。

天文年間、諸国で群雄が相争い、京が捨てられたも同然になっていたとき、阿波国主の三好長慶《ながよし》が海をわたって京をその軍政下においたことがある。弾正はもともとその三好氏の家来であった。ところが持ち前の才覚と胆略で長慶の心をつかんでのしあがり、やがて長慶の家老となり、ついには三好氏をしのぐ勢いになった。三好氏の勢力を殺《そ》ぐためにまず長慶の子の義興《よしおき》を毒殺した。父親の長慶はそのために心が衰え、やがて大病を病んだ。このとき弾正は長慶の死を早めるためにあらぬうわさを長慶の耳に入れ、心痛させ、やがて憂死させた。このうわさは天下にひろまり、織田信長もよく知っていたらしい。弾正が一時信長に歓《かん》を通じて臣従したころ、まだ年若の徳川家康と同座したことがある。信長は、家康に弾正を紹介した。その紹介のしかたがむごいばかりであった。

「三河殿（家康）はこの老人をごぞんじあるまいが、これは松永弾正と申し、世上の人のなしがたきことを三度までした仁《じん》である」

と、信長がいった。ひとつは主人三好氏をそそのかして足利将軍義輝を殺したこと、ひとつは主人三好義興を毒殺したこと、いまひとつは奈良の大仏殿を焼きはらったことでござる、と信長はいった。

弾正は座に居たたまれなかったであろう。

——松永大いに赤面致し、迷惑しごくの体《てい》であった。

と、「落穂集」にある。この話は、家康の晩年を知っている土井利勝《としかつ》が、家康の夜話のときにきいたらしいことを、土井が大野知石に語り、大野がこの「落穂集」の筆者大道寺《だいどうじ》重祐へ語ったという経路になっている。

のち弾正は信長にそむいて城を焼いて自殺するのだが、この果心居士を城によんで夜ばなしをしていたときは信長に臣従する前だが、しかし信長がかぞえたてた三大悪事はぜんぶやってのけたあとのことであった。世間も知っているし、果心もむろん知っている。なるほど弾正はみずから言うとおりおそろしいという感覚の欠けた怪物であろうと、果心という怪人は怪人なりに思ったにちがいない。

ことに弾正は大仏殿を焼いて大仏をどろどろに溶かしてしまったほどの男だから、神仏という超自然力におびえる男ではない。この点、催眠術師にとってはにが手の相手であり、さらにはたとえ催眠術にかかっても、世の人がもっとも尊貴とするところの将軍を殺してしまった男だから、果心が将軍を亡霊にして幻出させても、弾正はすこしもおそれないにちがいない。主人の三好長慶や義興の亡霊を出しても、弾正は、

――迷うたか。

などと大喝して、刃物でも抜いて斬っぱらってしまうかもしれない。果心としては結局、あなたさまにかかってはそれがしごとき者の術は無力でございます、とお世辞でも述べあげて数日の馳走にありつくほうが利口であろう。

果心は、数日滞在した。

ところが弾正はまだ右の思いつきをすてないのである。

――おれを怕《こわ》がらせてくれ。

という。何度もいううちに、弾正は自分でこわがりたいという気持をそだててゆき、十分に催眠術にかかる支度をととのえてしまったのかもしれない。

果心はそうとみて、ある夜、

「それほどおおせあるならば、近習《きんじゅう》のひとびとをおしりぞけくださいますように。さらには刃物はご無用でございます。お腰のもの、おそばの太刀のたぐい、すべて遠くのお部屋までお

のである。

移しくださいますように」

と、要求した。要するに寸鉄を帯びず、灯火を消し、身ひとつでそこにおれ、と果心はいうのである。

で、当の果心は立ちあがった。ひろい部屋に弾正をひとり残して広縁のほうへ遠ざかり、やがて背が低くなった。庭へ降りたのであろう。そのあと庭のどこやらへ消えてしまったらしい。いつか、月が掻き消えている。

とみるまに雨気が満ち、かすかに雨が庭の樹石を濡らすらしい気配がつたわってきたかとおもうと、広縁に人がすわっていた。弾正が見すかすと影なのか人なのか、よくわからない。さらに目をこらすと、痩せおとろえた女性で、髪ばかりが長く、肩で息をしている様子が弾正の目にもみえ、しかもひどくくるしげである。それが立ちあがるともなく立ちあがり、やがて弾正のそばに近づいて、すわった。妻であった。

五年前に亡くなった妻が出てきたのである。しかも唇をひらき、

——今夜はまた、いかがなされたのでございます。おそばに人もなく、いと徒然《つれづれ》げにて。

と言い、さらに物語をはじめた。弾正は総身の毛が立つばかりに慄《ふる》えあがり、たまりかねて、果心々々、と虚空《こくう》へ叫び、

「やめよ、やめよ」

というと、女の声音がすこしずつ変わって、やがて果心居士の声になった。弾正の前にすわ

っているのは、女ではなく果心だったのである。

弾正は手をたたいて近習をよび、あかりをいつもより多くつけさせ、部屋から闇を追いはらってほっと息をついた。

という話が、「醍醐随筆《だいご》」というものに載っている。うそか本当か、保証のかぎりではないが、本当とすれば、弾正はどうせ将軍義輝か三好長慶、義興といった連中の亡霊を果心が出してくるとおもったのであろう。そのつもりで身構え、もし出てくれば、生来の闘争心をふるい立たせてその幻覚をねじ伏せ、義輝や長慶を吹っ飛ばして追いちらす自信があったのにちがいない。

ところが果心は弾正の意表をついた。その亡妻を出してくることによって、弾正の構えをくじいた。弾正のような男は敵があってこそふるい立ち、そのふるい立ちがあってこそあらゆる悪事も、たとえば猟師が大鹿を追ってそれに矢を射こむこととほぼかわらぬ精神をもってやってのけることができたようなものだが、しかし敵ではない者があらわれた場合、闘争心という弓矢はなんの役にも立たず、そのあたりの児女のようにただおそれ慄えて、夢中で果心の名をよんだのであろう。さらには、弾正は五年前に病死したその妻を愛していた。彼女が死んだときこの男らしくもなく声をあげて悲しんだのだが、それだけにその亡霊の出現は恐怖だったのかもしれない。敵に対抗することによってつくられて行った弾正という男の精神にとって、この世で敵でない唯一の存在であったであろうその妻の亡霊には対抗するすべがなく、ただ慄えるしかなかったというのが、おもしろい。もし果心がそのあたりの頼りなげな農夫をつかまえて幻戯《めくらまし》をかけてみせ、この場合と同様その農夫の亡妻を出してやったとすれば、農夫はべつにこわがりもせずに場合によっては衾《ふすま》をともにすべく抱きついたかもしれない。

松永弾正は天正三年、信長にそむき、いったん降伏したがふたたび絶望的な戦いをいどみ、同五年九月十日、その居城の大和信貴山《しぎさん》が落城し、自殺した。

その晩年は中風を病んでおり、中風に効があるという百会《ひゃくえ》の灸《きゅう》をするのが習慣になっていた。死の前、

「灸をせい」

と、小姓に命じた。ひとびとは、どうせいまから自害するのに灸は要るまい、とおもったが、弾正というのはそこは戦国風のカッコヨサの精神を最後までわすれなかったのであろう。世間にその末期《まつご》のことばが伝わることを意識して、

「いかにもおかしいであろう。しかしわしは日頃中風をわずらう。いま死にのぞみ、腹を切るべき刃をもちながらもし中風を発して死にざま汚くなれば、今生《こんじょう》においてせっかく積みあげた武勇の名が徒《いたずら》になってしまう。勇士たる者は快く死に就くものだ」

と、悠々灸をし、そのあと起きあがって衣服をくつろげ、十分に腹を露《あら》わし、刃を突き立てた。その生涯といい、最期といい、いかにもこの時代を象徴する代表的な男というにふさわしい。

果心居士と弾正とのあいだに右のような次第があったかどうかはべつとして、果心居士そのひとはどうやら実在の人物であるらしい。証拠というほどのものはないが、江戸初期にかかれた伝聞集や随筆などによくあらわれてくるところをみれば、実体はどういうものであれ、存在したことはしたような気がする。

最後には、関白秀吉も引見しているというが、これは本当かどうかわからない。やはり女を幻出してみせたという。ところがその女は秀吉の記憶の中にのみあり、他人に語ったこともないという女で、秀吉はおどろき、こういう怪人を生かしておくことを怖れ、ハリツケの刑にしたという。ところがこの稀代《きたい》の催眠術師はハリツケ柱の上でねずみに化《な》り、さらにとびになって舞いあがって空のはてへ消えたというが、この秀吉との対面から処刑、さらにはとびになるというハナシは、むろんこしらえごとにちがいない。

〔「オール讀物」一九七一年二月号〕

〈雑賀党／雑賀孫市〉

戦国の鉄砲侍

戦国時代に、サイカ党という奇妙な武士集団があった。

紀州雑賀党という。いまの和歌山市の南につながって、山地がいきなり海に没するミサキのあたりにむらがって住み、全員、鉄砲に習熟していた。つまり、射撃技術集団なのである。最近、いいおとなの間でも鉄砲遊びがはやっているそうだが、かれらは戦国におけるガン・マニアのあつまりだったのかもしれない。

こう書いてくると、歴史小説を書く者のクセとして、私も「さて鉄砲は」といういわれを書きたくなる。

日本の鉄砲の歴史は、たれでも知っているとおり、天文十二年（一五四三年）種子島に漂着したポルトガル船の船長が島の王様種子島時尭《ときたか》に一梃千両で二梃売りつけたところからはじまる。

それからわずか十二年後の天文二十四年の厳島《いつくしま》合戦に、はやくもこの新兵器が戦場にあらわれ、六、七梃で敵をなやましたとある。このとき敵が受けた恐怖は、第一次世界大戦中の一九一六年九月十五日、ソンムの戦野ではじめて戦車という奇怪な新兵器が出現してドイツ軍の心胆をさむからしめた事実と匹敵するだろう。

織田信長は早くから鉄砲に着目、自軍をこの新兵器で装備し、天正三年の長篠《ながしの》ノ合戦には、三千梃という当時としては驚異的な火力を戦場に進出させた。

敵は戦国期を通じて最強といわれた武田勢である。しかし鉄砲以前の旧式装備で、決戦するや、信長方のすさまじい弾幕のなかで、新羅《しんら》三郎義光以来の武勇の名家はこなごなにくだけ去ってしまった。日本の近世史は、この長篠の戦場における信長の銃火によって幕をあけたというべきだろう。

さて、話はもどって、サイカ党のことである。

かれらは、もともと郷士《ごうし》団で、田畑のすくない土地だから、浦へ出て魚をとったり、山でイノシシを追ったりして、妻子をたべさせていた連中だった。

この大田舎に早く鉄砲が伝わったのには、わけがある。種子島時尭の館でごろごろしていた旅の僧があり、鉄砲をみて、

「手前に一梃くだされませぬか」

時尭はなにげなくあたえた。むしろ日本史を動かしたのは、長篠ノ戦いよりも、この瞬間だったかもしれない。

僧は、紀州根来寺《ねごろじ》の男だった。根来の僧兵はこのために早くから火力装備をもったが、紀州

雑賀は根来に近い。地理的に近いところから、雑賀衆が鉄砲に習熟することで、天下にさきがけた。土地では食えないのだ。

自然、かれらは、技術傭兵になった。諸国に合戦があると、かれらは集団的に傭われて、大いに戦場で活躍した。きのうはA国にやとわれ、きょうはB国にやとわれるということもあったはずだ。

いっさい仕官はせず、技術を売ってのみ生活したという武士集団は、戦国社会では、鉄砲のサイカ党と忍術の伊賀者のほかにない。専属でなくフリーの戦闘タレントだったというわけである。

戦国期を通じて、かれらはあくまでもフリーの職業精神に徹してきたのだが、最後になってそれが崩れた。ゼニカネでくずれたのではない。

信仰でくずれたのだ。

当時の新興宗教一向宗（真宗、いまの本願寺の宗旨）に集団入信してしまったのである。極楽往生のためには、イノチもカネも要らぬということになった。

信長が摂津の石山本願寺を攻めたとき難攻不落だったのは、よくいわれるように城兵の信仰の固さだけではない。

当時、最新鋭の火力装備をもつ織田軍でさえ、石山本願寺にこもるサイカ党の火力のまえには、手も足も出なかったのである。むろん、お寺の戦さのことだから、サイカ党のギャラはタダだ。ところが、兵糧、弾薬まで自前で戦さをし、大苦労ののち、石山本願寺は信長と屈辱的な講和をして、サイカ党は、故郷の紀州雑賀荘へもどった。

党の首領雑賀（本姓鈴木）孫市は、摂津の戦いで足に負傷していた。この孫市は、ひょうきんな男だったらしく、帰国してから当時の戦さをおもいだしては「陣場おどり」というのをおどった。足をひきひき踊ったが、いまも紀州では、民踊のひとつになっている。

こういうことも多少ふれて、私はかつて「雑賀の舟鉄砲」という短編をかいたことがある。

その雑誌が出た直後、私の書斎に、

「紀州雑賀の者であります」

といって、和歌山県有田市でカトリ線香を作っている雑賀伊一郎という好人物らしい老人がたずねてきた。

「サイカ党のことをもっとくわしく話せ」

というのである。

私が知りうるかぎりのことを話しはじめると、老人は十円銅貨ほどの字でいちいちノートをとった。

「いったい、何にするんです」

ときくと、海浜できたえた大声で、

「いまは全国にちらばっているサイカ党に教えてやるのであります」

と答えた。きくと、この老人は、

「全国雑賀会会長」

だという。

「そんなものができているんですか」

「いや、ただいま組織中で」

老人がみずから作っているのだ。この伊一郎さんは商用で各地へ行くたびに、その町で電話帳を繰っては雑賀姓の人をさがし、いちいち電話をかけては、

「雑賀会に入りましょう」

とよびかける。会費は無料、義務もなく、むろん政治目的もない。しごく平和な同姓のつどいである。

「これが、老後のたのしみであります」

ふたたび、わが日本にこの老人の努力によってサイカ党ができつつあるのだが、さいわいこの会は、この老人がつくるカトリ線香と同様「人畜無害」の会であるようだ。

辞するにあたって、新聞紙にくるんだカトリ線香をくれた。ひらいてみると、田舎の手打ちうどんのように太いウズマキ線香が出てきた。老人は自慢をして、

「蚊が、いっぺんに落ちます」

その威力、どうやらサイカ党の鉄砲に似ている。


〔「週刊文春」一九六一年十一月二十七日号〕

雑賀《さいか》男《おとこ》の哄笑

〈雑賀党／雑賀孫市〉

京よりきた風習だが、戦前、大阪の初秋の風物詩に、地蔵盆というのがあった。

こどもの夜祭りである。

江戸の人滝沢馬琴の旅行記にもこれが出ているところからみると、ずいぶんむかしから栄えていたものであろう。

とにかく、私どものこどものころは、大阪のどの町内、どの露地にも地蔵尊がまつられており、八月二十四日になると、これに灯明、提灯《ちょうちん》がともり、蓮《はす》の葉の上などに、赤いも、かぼちゃ、なす、駄菓子といったようなものが供えられ、子供があつまり、輪になって踊ったりした。

阿呆陀羅《あほだら》経《きょう》の願人《がんにん》坊主などもきて、左手に携帯用の木魚をもち、右手にバチをもち、木魚をたたいて拍子をとりつつ、

「ええ、阿呆陀羅経、申しあげます。なにがなんでござりましょうやら、釈迦も提婆《だいば》もうまれたときは、空々寂々《くうくうじゃくじゃく》……」

からはじまって、時勢諷刺を織りこんだ阿呆《あほう》ばなしをお経のふしにあわせてうたうのである。

私が少年時代の最後にみた阿呆陀羅経屋は、坊主頭にねじり鉢巻を締め、南無阿弥陀仏《なむあみだぶつ》の大文字を染めこんだ浴衣を着、尻をはし折って大毛ずねを出し、色は真黒のおそるべき大入道であった。

それが、地蔵尊の灯明、提灯に照らしだされつつ、手足を動かしておもしろおかしく歌うのだが、いまその姿は、夢のようにしか、おもいだせない。ただ、江戸時代の大道芸能だった阿呆陀羅経が、昭和初年の浪華《なにわ》の町に生きていたことが、いまとなってはふしぎなようにおもわれる。

その大入道が、ひとりの少年を連れていたのは、あれはどういうわけだったか。

少年は、大入道が歌っているあいだ、われわれの仲間にきてあそぶのである。

なんという名だ、ときくと、

「雑賀《さいか》」

と少年がこたえたことをおぼえている。

ザッカと書いてサイカとよませるこの奇妙な姓を知った最初である。

雑賀孫市のながい物語がおわった。「あとがき」を随想ふうに書け、と編集部が命じている。随想ふうに、といわれれば、ついおもいうかぶのは、この地蔵盆の夜景と阿呆陀羅経のことなのである。

むろん、雑賀孫市とは、なんの関係もないことだが、私の想念のなかの孫市は、どことなく阿呆陀羅経の浴衣を着ている。これはなんとも、きりはなせない。

その後、中学に入ると、雑賀という姓の子がいた。紀州の産であるという。海浜のそだちらしく色は真黒で、背はひくい。しかしどことなくあの地蔵盆の夜の阿呆陀羅坊主と似かよっているようにおもわれたのは、その子にとって迷惑なことだったろう。

「おまえ、めずらしい名前しとるな」

と先生などがからかうと、その子は憤然として、

「紀州にゃなら、なんぼでもある」

とやりかえした。紀州者の気骨というものであったろう。ちなみに、紀州弁には、ほとんど敬語というものがない。方言学からいって、めずらしい例だそうである。

その先生は、この子の言葉づかいのわるさに、さて教師をなぶりくさるかと錯覚したらしく、

「なんぼでもあるというのは、掃いて捨てるほどあるということか」

「そうじゃ」

「ええかげんに言葉づかいをあらためくさらんかい。わしが不服なら、教室から掃いて捨てたる。出てゆけ」

と雷をおとした。

まったく、無用の摩擦である。このために師弟のあいだにみぞができ、雑賀という子は卒業するまでこの先生と、その伝授課目である英語を不快とし、

「あの教師、何ならい。あんな教師の教《おせ》える英語みたいなもん、頭を地《じイ》にすりつけて頼みさらしても覚えたるかい」

といってついに英語不堪能《たんのう》のまま旧制中学を出た。

少年時代、右のごとく、紀州雑賀の出身者らしい人物を、ふたり目撃したわけである。

まあ、それはいい。

この小説で、主人公の本拠地であるだけに、紀州雑賀という地名が、何度となく出た。

――雑賀とは、いまのどのあたりです。

とひとにもきかれた。

「和歌山市ですよ」

と答えると、たいていのひとは興ざめのような顔をする。

ふるい地名には、古格なひびきや浪漫的なかおりを含んでいることが多いが、雑賀の場合もおなじで、それがもつ史的ロマンのひびきが、現実の和歌山市の都市風景とは、あわないようである。

大日本地名辞典「和歌山」の項に、

「和歌山市は雑賀川に跨《また》がり、南は雑賀埼《さき》につらなる。旧名草郡に依属す」

とある。和歌山の地名のおこりもごくあたらしいもので、秀吉の天下統一後、ここに実弟秀長を封《ほう》じたときか、あるいは家康の統一後浅野幸長《よしなが》を封じたときかに、雑賀の地名をすててあらたに和歌山の地名を興したようである。

それ以前のことをしらべてみると、この紀ノ川平野の一帯は、意外なほどふるくから人文がすすんでいたらしい。おもに天孫系民族ではなく、出雲系民族の根拠地であったようである。現存している神社も、出雲系の神をまつる宮が、非常に多い。

上古、朝鮮からの帰化人のうち、鍛冶技能者が多くこの雑賀地方に住んだ。

「紀州の韓《から》鍛冶」

とよばれた。いまでも、和歌山市内から和歌浦《わかのうら》へゆく市電路線に面した御坊山というあたりに、金山坪《かなやまつぼ》という地名がある。鉄さびで真赤になった湧水が出ているから、このふきんが砂鉄にめぐまれていたことが、容易に想像できる。

雑賀という地名は、もともと鉄のさびからおこった、という説があるくらいである。

聖武天皇の神亀《じんき》元年（七二四年）、山部赤人《やまべのあかひと》のよんだ歌がある。

さひか野ゆ
そかひに見ゆる沖つ島
清き渚《なぎさ》に風吹かば□□《欠点》

この「さひか」が雑賀で、あるいは鉄さびのさびから出たものかもしれない。

鉄器の生産がさかんならば、むろん農器具もこの紀ノ川平野には古くから潤沢に出まわったであろう。

殷富《いんぷ》の地だった。

戦国のころは、諸国の戦いに敗れた牢人《ろうにん》がこの地に流れて住みついた。それだけの経済力があったからにちがいない。

「その人文の発達の度合いは、京都付近にも匹敵する」という意味の外国人の見聞記もある。

この土地の地侍《じざむらい》集団「雑賀党」が、鉄砲伝来後、いちはやくこの新式火器をふんだんに装備できたのも、右のような鉄器生産の伝統のふるさ、経済力、進取性という三条件がそろっていたからであろう。

ついに、雑賀党は、同じ紀州の根来衆《ねごろ》とともに、天下最大の鉄砲集団となり、戦国時代における特異の地歩をしめるに至った。

自然、きわだって独立不羈《ふき》の集団精神もでき、戦国の社会で、異風を発揮するにいたるのである。

孫市は、そういう土壌から成立している。

わずか雑賀地方十三ヵ村を支配しているだけのこの男が、天下の信長、秀吉をおそれなかったのは、そういうところにあったろう。

私は、この男の足どりをたどることによって、戦国の日本人の傍若無人な哄笑をかきたかった。とくに地侍の。——

しかし、それを書きえたかどうか。

話が前後するが。

例の「雑賀」姓を三度目にきいたのは、和歌山県有田市で蚊取り線香などを作ったり売ったりしている老人が、突如、拙宅に訪ねてこられたときである。

「雑賀伊一郎と申します」

と、老人は大声で名乗りをあげられた。ゆらい、紀州の海浜地方のひとは声が大きく、その方言は、語尾明晢である。

用件は、そのころ私は短編で雑賀衆が出てくる作品を書いた。

「自分は雑賀党の末裔であるによって、いますこしくわしく雑賀党についておきかせねがいたい」というのであった。

それを音吐朗々とのべられた。

「自分ら雑賀姓の者は」

と申される。

「全国で雑賀一族会というものを組織し、先祖の独立自尊のこころに、いささかでもあやかろうと存じておりまする。わたくしは磯臭い田舎で蚊取り線香をつくっておりまするところの、いわば野武士でありまするが、いささかも中央の大企業に屈するものではありませぬ」

と、自分の社会に対する姿勢も開陳された。なるほど、雑賀孫市とその党のこころとまったくおなじである。

「これはいわば」

と、上衣の襟のバッジを指さされた。金地に真黒なカラスが彫られている。足は三本である。

雑賀孫市の紋所であった。

「これはいわば、われわれ中小企業者の心意気のシルシでありまする」

と、老人はいった。孫市が、織田家という大企業に圧迫されつつ、その妥協をはねのけて昂然と戦い、ついに数度打ちやぶった痛快さと性根を、その三本足のカラスに象徴しようとしているのであろう。

私は、愉快になった。

そこに孫市を見るような気がしたのである。

それから数年、なんとはなく調べてみるうち、雑賀孫市という男のおもしろさが、おぼろげながらもわかってきた。

雑賀という土地の風土とその人間群と、それを一身に象徴した孫市という、戦国ぶりの粋《いき》をもった男をかいてみたいとおもった。

それを書き、いま書きおわった。

伊一郎氏は、しばしば手紙、葉書をもって激励してくれ、ときには訪ねてきてくれた。

一度、新聞紙につつんだ自家製の蚊取り線香をもらった。手打ちうどんのようにふとく、不器用にうずのまいたみてくれのわるいものだったが、

「蚊はいっぺんに落ちます」

という保証づきだった。なるほど使ってみると、蚊がよく落ちた。なにやら、この不器用で強力な蚊取り線香ひとつにも、戦国雑賀党の風貌がうかびあがってくるようでもあり、こんにちの中小企業者の不屈な性根が嗅ぎとれるようでもあった。私は、この蚊取り線香ひとつにも、

雑賀孫市の肖像を得た。

書きおわって、ふと、

（あの老人のために書いた小説ではないか）

という気もした。

このところ、来信がとだえているから、お元気なのかどうか、いまこのあとがきを書きながら、気づかっている。


孫市は、この小説の終る時点ぐらいで、史料的にその消息が絶えている。おそらく、堺の市井か、熊野の山中にでも隠遁してしまったのではないか。

孫市の子である平井村の孫市は、その後雑賀孫市と名乗り、秀吉・家康戦の小牧《こまき》・長久手《ながくて》の戦いには、雑賀党をひきいて家康の側について戦ったことは、小説の最後にのべた。

その後、二代目孫市は、もう一度だけ歴史の表面に顔を出している。

かれは、関ヶ原の役のときには石田三成に与し、伏見城攻めに参加し、城内に討ち入り城将である徳川家の老臣鳥居元忠の首をとっている。関ヶ原関係のどの史料にも出てくる。

それほどの功名をたてたくせに、この人物の奇妙さは、その場から戦場を逐電し、さらに世間からも身をかくしてしまっていることである。

その理由は、わからない。

さらに大坂ノ陣には、大坂城に入城し、豊臣方に属して奮戦し、落城後、東国に奔《はし》って水戸の石塚村に隠棲した。この二代目孫市のふしぎさも、関ヶ原の西軍といい、大坂ノ陣の豊臣方といい、つねに世の傍流に味方し、主流と戦って敗れていることである。その点初代孫市に酷似している。

〔「週刊読売」一九六四年七月十二日号〕

雑賀《さいか》と孫市《まごいち》のことなど

紀州は、おもしろい国である。

第一には、古来、骨太い人たちを生んできた。第二には、物の創意工夫のさかんな土地だということである。たとえば、日本の魚釣りの技法のほとんどは紀州でうまれたし、また私ども日本人の味覚の基礎になっている醬油と鰹節は紀州人が生んだものであった。

第三に、紀州方言には敬語がない。

このことは、中世、紀ノ川の河口の沖積《ちゆうせき》平野（いまの和歌山市。中世では雑賀）の賑わいと関係があるだろう。漁業だけでなく、農業と家内工業が大いに発達した地で、当時、南蛮船に乗って日本にやってきた宣教師たちも、この地を見て殷賑《いんしん》ぶりにおどろき、ヨーロッパにおける商工業地帯に比しているほどである。おおげさにいえば、中世の日本の規模なりにブルジョワジーの萌芽《ほうが》というべきものがこの地において、見られた。従って、米穀経済中心の社会から出てきてそういう社会を統御することしか知らない戦国大名の手に負えない土地であった。

一方、雑賀衆自身も、地域統一化をめざす戦国諸大名から統御されたくはなかった。このため、自衛上、地侍《じざむらい》（農民のやや大なるもの）連合を結び、雑賀党と称し、他の勢力の雑賀入りを阻《はば》んできた。

雑賀の地自体から、大名を出す気分をもたなかった。大名という農民支配の親玉をみずからが出そうとする素地もなかったし、その必要もなく、土地のあらかたの行政についてはかれら地侍たちが合議してきめ、戦うときは、たとえば孫市を選出したように、仲間の中から有能な者をえらんでその命《めい》に従った。命をうけるだけで、支配をうけたわけではなかった。特に重んじられる門閥はなく、またひとり大《だい》を誇って他を従わせようという勢力もなかった。いわば、自然の平等意識があった。

こういう土地に、敬語が発達するはずがなかったのである。紀州に敬語がないのは紀州が遅れた田舎だったからではなく、ちょっと極端な言いかたをすれば、中世のある時期、日本六十余州から突出して進んだ土地であったからだともいえる。ただ、紀州にとって気の毒なのは、中世における雑賀の栄光の時代がおわり、徳川期に入って、紀州徳川家の領地になってから、商工業が衰退し、ただの農村と山林の地になってしまい、敬語の無いことだけが残ったことである。

雑賀孫市は、右のような栄光の時代の最後の人物であった。またこの舞台の原作である『尻《しり》啖《くら》え孫市』は、その当時の日本でめずらしい人文《じんぶん》を持った雑賀党を代表する人物でもあった。舞台の華やぎを期待したい。

〔「前進座十二月特別公演」パンフレット、一九八三年十二月〕

戦国の根来衆《ねごろしゅう》

室町末期から豊臣期の初期までのあいだ、村々は自衛している。

大阪府下の河内《かわち》などの富裕な村へゆくと——たとえば河南町大ヶ塚《かなんちょうだいがつか》など——村そのものを要害化してそのまわりに濠《ほり》を環《めぐ》らせ、村の入口を大手とよび、裏の出口を搦手《からめて》といい、村の中央に一向宗の寺を城廓のようにそそり立たせ、城楼のように太鼓楼をたかだかとあげている村が、いまでも幾つかのこっている。それらの村々の旧家などに村がその当時やった自衛上の合戦記などが残っている場合がある。

戦国期をふくめた室町時代というのは単に乱世というとらえ方だけでは、どうにもおさまらないほどに、経済的にも文化的にも、あるいは社会史的にも、日本史のその前後の時代にはない活力と豊穣《ほうじょう》さに富んだ時代だったということが、わかる。

畿内の富裕な先進地帯は、地方のブロック的な統一をめざす英雄の出現をきらった。まして天下統一というものは思想そのものからして、かれらの敵だった。かれらはできるだけ広地域に連合してこれらの動きを妨害しようとした。

「領主に年貢などとられてたまるか」

という気分が、露骨に出たのは、たとえば古い大名の富樫《とがし》氏を追い出して地侍連合による政治体制を二十年ちかく保ちつづけた加賀一向一揆などがそうであり、紀州の雑賀《さいか》（紀ノ川下流平野）にいたっては大名そのものを作らず、地侍の連合と合議で、地方行政をやっていた。

まったく、夢のような時代である。

これを突きくずしてにわかに統一へむかいはじめたのは鉄砲の出現からで、もし鉄砲の出現がもう百年遅れていたら、日本にもヨーロッパに似た市民意識の伝統ができあがったかもしれず、その遺産が、より面白い形で後世へひきつがれたかもしれない。

……変なぐあいに書き出してしまったが、これでも紀行文のつもりなのである。編集部が、去年の秋、霜が降りるようになってから、どこかへ行きませんかと誘ってくれた。そういわれて——ちょうど正月前の仕事の整理でいそがしかったときなのだが——やみくもに紀州の山の中の根来寺《ねごろじ》へゆきたくなったのは、右のようなことを考えているときだったせいかもしれない。

私は、紀州の雑賀党について小説に書いたことがあったが、雑賀党と連合していた根来衆についてはよく知らず、調べたこともなく、根来寺へ行ったこともなく、第一、根来寺が秀吉の統一事業の初期に攻めつぶされて廃墟になったという知識だけあって、いまはもう、草むらに礎石だけ遺《のこ》っているのか、とおもっていたりした。ところが出掛ける前に和歌山県の電話帳をみると、私の空想では廃墟であるはずの根来寺に電話があって、やがて受話器が外《はず》れて、野太い初老の男の声がきこえた。

「失礼ですが」

と、私は先方の名前をきいた。しかし先方は名前をいわず、

「……根来寺を守っている者です」

と、無愛想な声調子で言い、羽柴《はしば》にはやられましたがね、しかし根来寺はいまでもあります、なにぶん山の中ですから暮六つの鐘をつくと門を閉めます、陽が傾かないうちに来てください、というだけで、切れた。なんだか僧兵がものを言っているような印象だった。

戦国の根来衆については、よく引用されるように、そのころに日本にきた耶蘇《ヤソ》会士ガスパル・ヴィレラの書簡の文章が、根来衆の存在をよく浮きぼりにしている。


彼等（根来衆）も亦《また》、騎士団員の如く、其《その》職は戦争にして、日本の諸国に戦争多きが故に、金銭を以て彼等を傭《やとい》入《い》れる。彼等は常に二万人の専《もっぱ》ら之《これ》を練習せる者を準備し、仮令《たとえ》戦争に於いて多数死するとも、此等の僧員は直ちに再び欠員を補ふ（村上直次郎訳『耶蘇会士日本通信』）。

さらにかれらの日常生活について、

戦争の為め各人毎日矢七本を作るを職とし、毎週、銃及び弓の試射をなし、武技を重《おもん》じ、常に之を練習す。

ヴィレラは、一五五九年（永禄二年）に堺へ来、京へのぼった。永禄二年というと秀吉が信長に小者《こもの》としてつかえた早々であり、信長の桶狭間《おけはざま》ノ戦の前年になる。ヴィレラが滞在した堺はいうまでもなく遠く南洋にまで貿易圏をひろげている貿易港であり、また兵器の生産地であり、その二つを通じて根来衆と密接な関係にあり、根来衆の実態について取材するには、堺ほど適当な町はなかったにちがいない。

根来寺の開基は、覚鑁《かくばん》である。

真言密教はその開祖の空海によって完璧《かんぺき》すぎるほどの教学ができあがってしまったため、後世、教学として発展させる者がなかった。平安末期、覚鑁によってはじめて新展開した。かれは時代の流行思想である浄土教を密教にとり入れ、密厳浄土《みつごんじょうど》という独自な境地をひらいたのだが、高野山ではこの人物をきらい、このため覚鑁は追われておなじ紀州ながら根来の山中に住んだ。以後、根来寺は、かれの新義真言宗の本拠になった。覚鑁自身の生涯は高野山の衆徒からうける圧迫のために不遇だったが、かれの死後、浄土教流行の時代の風潮もあって根来寺は大いに栄え、貴族や豪族から土地の寄進をうけてしだいに寺領を大きくした。

戦国も天文年間になると、寺領は七十万石とも七十四万石ともいわれる（ちょっと多すぎるようだが）ようになった。実際には十万石程度だったであろう。

しかしこの寺に集まってきていわゆる御仏飯《おぶっぱん》を食っている行人《ぎょうにん》（僧兵のようなもの。根来衆）の数はヴィレラのいうところを信ずるとすれば二万である。実際、かれらが駈けまわっている活動の印象からみてもそのくらいは居たであろうから、たとえ領地が七十余万石でないにしても、兵力の動員能力からみれば、ゆうに寺そのものが大諸侯なみであった。

話が、もとへもどるが、室町期というのは、政治の善悪とは無縁に、農業生産力が前時代から飛躍してあがった時代である。近畿の農村は富裕になっただけでなく、商品経済がさかんになり、一方、世界史的な航海貿易時代の利益をとくに九州と近畿が受けた。大和《やまと》の寺々の俗小姓《ぞくこしよう》程度のいわば給仕のような少年たちが、辻々の踊りに出るのに、堺で中国の錦《にしき》をあらそって買いもとめ、それを着て一夜の綺羅《きら》をかざったといわれるように、庶人が力をもちはじめた時代だった。

こういう時代の富裕になった地域が、領主の支配を好まなくなるのは堺だけではなかった。村々が自衛し、さらに他村との自衛のつながりを強めるために、一向宗が効用した。同じ宗旨の村々がヨコに結びあうことによって強大な領主の登場をさまたげようとした。その自衛連合の最大の結び目として、大坂石山の本願寺があり、のち、天下一統をめざす織田信長と対抗した。

根来衆は、おなじ紀州の雑賀衆とともに、これらと同盟し、織田信長に対し、信長の死まで抗戦した。

根来衆というのは、右のように一向宗を中心に武力的にひろく結びついている農村の自衛的な小地主集団とはちょっと外形が異っているようにみえる。

その武力は、ヴィレラがヨーロッパの騎士団員を連想したように、武の専門家たちである行人の組織でできあがっている。

しかし、行人組織の内実をみると、どうやら紀ノ川沿いの大小の地主たちが、村落自衛のために自分の一族の者を根来寺に住まわせて行人の幹部にならせ、それによって村落を自衛していたかのような印象があり、たとえば紀ノ川沿いに多くの田地を持っていた津田監物《けんもつ》家などは、江戸期でも大庄屋だったが、戦国期では当主の弟といった関係の者を根来寺に付属させて行人の侍大将にさせ、それによって自家の領域を自衛していたような印象をうける。紀ノ川沿いの村々では、一向宗で紐帯《ちゅうたい》をつくるかわりに、「根来同盟」ともいうべき自衛組織があったのではないかと思われ、もしそうだとすれば、一向宗における自衛的効用とほぼかわりがない。

むろん、大将株の行人でなく、兵隊としての行人の多くは、応仁ノ乱のときに京に「足軽」というものが出現したのと同様、諸国の村々からはみ出たあぶれ者であったにちがいなく、

「根来へゆけば、めしが食える」

というのが、西日本の村々の若衆宿でささやかれていた常識であったかと思える。農村の次男、三男坊で無鉄砲な者は領主に志願して足軽になったりするが、足軽よりも行人のほうが面白く世が送れるという見方があったに相違ない。行人は武装団体員ではあったが、根来寺に常時居るのではなく、その半数ほどは諸国を歩いていたはずである。かれらは僧に代って簡単な加持祈禱《かじきとう》をしたりして報酬を得た。神社の御師《おし》と同様、仲間のあいだで受持ちの地方地方をき

め、その受持ちの国々を、何人かで組んで旅してゆく。こういう旅には酒や女といううま味が付随するのが当然であった。新入りの行人などは、先輩からその種の自慢ばなしや法螺《ほら》ばなしをきいてうらやましくも思い、自分もぜひこすっからく立ちまわって、あやかろうと思ったにちがいない。

笹井武久という、私がむかし勤めていたころの後輩がいて、奇特なことに、いまだに私を先輩として立ててくれる。かれは、紀州の那賀《なが》町の名手下《なてしも》という古い郷の出身で旧制大学の最後の年齢だが、それでも少年のころ父君から、庄屋という人の世話をする仕事のあとつぎとしての教育をうけた。そのせいか、面倒見のいい江戸期の村役人のような面もあり、一面、戦国の地侍連合の大将のようなところもある。新聞社の神戸支局長である。

「紀州なら、一緒にゆきましょう」

と、かれはひとことそう言っただけで、西国三十三箇所の三番目の札所《ふだしよ》である粉河寺《こかわでら》の橋畔に泊りましょうと言い、その橋畔の遍路宿も予約しておいてくれた。かれの家などは、戦国のころ、根来衆が織田信長と戦ったりする場合に、加勢として一族郎党をひきいて籠《こも》り、小隊長ぐらいの職分をつとめたに相違ないし、かれの面魂《つらだましい》もどうやらそのように見える。

途中、泉州《せんしゆう》の貝塚に寄った。

貝塚というのは女子バレーボールニチボー貝塚によって知られたりしているが、要するに岸和田の南につながっている大阪湾沿岸の町のひとつである。戦国のころは泉南地方における一向宗の一大拠点で、泉州の村々の門徒が金穀や労力を出しあって、願泉寺というような寺をたてた。それを主導したのがこの近郷の佐野の人で、新川卜半《ぼくはん》といった。卜半はどうやら当時における新興地主だったらしい。一向宗を導入することによって泉州の村々の自衛力をつよめようとしたのであろう。いまでも、泉州のひとたちは願泉寺といわず、

「ボッカンサン」

と、この寺をよぶ。境内《けいだい》を、古い紀州街道が通っている。街道を挟みこんで山門があり子院《しいん》があるのは、いざとなれば街道を遮断してしまうための軍事上の配慮からであろう。いまも棟《むね》数が多く、どの棟も本瓦《ほんがわら》の重厚ないらかでふかれ、壁は防火力のある白壁で厚く塗られている。その白堊《はくあ》やいらかをながめていると、寺というより堂々たる城廓というにふさわしい。この寺は織田圏が拡大しつつあった天正のはじめごろに出来た。時代からみても、織田勢力が泉州・紀州に入ることを防ぐための一揆用の城塞のつもりだったのであろう。さらにいえば、農民の醵金《きょきん》だけでこれだけの大構造物ができたことを思うと、戦国における泉州の農業生産力がいかに前時代にくらべて大きかったかがわかる。

　これら泉州における一向門徒の勢力と紀州の根来衆はつねに気息を通じあい、軍事同盟を結び、豊富に鉄砲を所有し、統一勢力の侵入を防いでいた。それに、紀州の農民集団である雑賀衆も加わっている。雑賀衆は、「雑賀鉢」といわれる独特のカブトをかぶっていた。雑賀鉢というのはイスパニアのカブトの影響をうけたのか、鉢が盛塩《もりじお》形になっていていかにもふかい上

に、紀州鍛冶《かじ》の鍛《きた》えによる薄い鋼板を用い、防弾性が高い上に、かぶってみると、かるがるとしている。しかも仕上げの漆塗《うるしぬり》――私が見たのは熟柿色――が優美で、戦国期に発達したさまざまなカブトのなかでも傑作のひとつではないかと思ったりするが、要するに雑賀衆はそういうものを歩行《かち》の士以上はみなかぶったであろうほどの富力をもっていたのである。かれらにすれば信長や秀吉が出てきてその勢力を自分たちが自足している地帯にのばしてくることがよほどいやだったろうということは、この贅沢《ぜいたく》でしかも鍛造《たんぞう》的にいかにも優れていそうな雑賀鉢ひとつをみても想像がつく。

秀吉がその武力と政略によって織田政権を相続したが、東海地方に蟠踞《ばんきょ》する徳川家康は従わなかった。このため、天正十二年の小牧ノ陣がおこった。家康は織田信雄《のぶかつ》と連合して四万以上の大軍を動員し、秀吉は八万以上の兵を集中して、双方、こんにちの名古屋空港北方の地に長大な野戦陣地を築いた。たがいに先に仕掛ければ崩されるとおそれて手出しをつつしみ、長期の対峙《たいじ》戦に入った。

このとき家康は極力秀吉の後方をおびやかそうとし、遠く紀州の雑賀衆と根来衆に使いを送って、

――紀州から、大坂・京を衝《つ》いてほしい。秀吉を挟みうちしようではないか。

とすすめた。紀州の在郷勢力は、天下一統をもっともきらっている。家康を単に地方割拠《かっきょ》の勢力とみているために、これに対し好意を持った。大いに同意し、雑賀と根来の両衆は、紀州の一ノ宮である日前宮《にちぜんぐう》（ひのくまのみや）にあつまり、連繫《れんけい》をかたくした。このあと、泉州路

へ進んだ両衆の人数は二万三千というから、もしこの数字が正しければ八、九十万石の大大名の動員力といっていい。秀吉のほうも根来衆を懐柔しようとした。かれは使いを送って根来に二万石をあたえるという利益を示して交渉させたが、根来はこれを黙殺した。かれらが天下一統という動きをいかにきらったかということの、これは証拠のひとつにかぞえられるかもしれない。

かれらは、紀州から押し出した。秀吉方は岸和田城でこれをふせいだために、根来衆はいまの岸和田市域や貝塚市域一帯に十三ヵ所の小城を修築したり、あらたにきずいたりして、対陣した。

そのうちのひとつが、いま貝塚市の橋本という町にあった積善寺《しゃくぜんじ》城趾である。ほかに高井城趾というものもある。

「笹井よ」

と、私はかれが若かったころとおなじよびかたで、ついこの中年の紳士をよんだ。かれは若い記者時代に山の遭難者を見つける名人とされていたから、この泉州の貝塚市の郊外の一望の野面《のづら》の中で高井城の趾《あと》を見つけるのもうまいはずだと思い、かれに頼んだ。われわれはタクシーに乗った。

泉州のこのあたりは陽当りがよく気候が温暖で、一枚の農地でやりかたによっては四毛作も五毛作もできるといわれている土地である。

高井城も、百姓の城である。

百姓たちが門徒寺を中心に結束し、他村と連合していたという形態は、このあたりにもっともよく痕跡が残されている。高井城は貝塚市の南郊の名越《なごせ》にあり、村のはずれの丘と川を利用して城塞を築き、大名の侵攻にそなえていた。そういう中世末期の百姓城はいまはほとんどなくなっているが、幸い高井城趾だけは何か土地の信仰による禁忌があったのか、外観は雑木の丘ながら奇跡的に残っているといわれていた。

ところが私どもが出かける数日前の新聞の大阪府下版に、高井城趾が崩されつつあるという記事が出ていた。そこを宅地にしようという業者が、ブルドーザーを入れて丘をどんどん削っているというのがその記事で、記事によれば大阪府教育委員会が気づきやかましく警告しているという。業者というのが幸い物分りのいい土地の私鉄で、もとに復しますという旨《むね》の談話が出ていたが、ともかくわれわれは名越へ行った。

笹井武久は、さすがに心得たものだった。村の派出所へゆき、路上からガラス戸にむかって大声で、

「この辺に、何やら土を掘り返しとるところはおまへんか」

と、いった。高井城趾などといってはかえって相手が混乱するとおもったのであろう。警官が三人ほどいた。三人ともくびをひねった。一人の初老の警官がとなりの魚屋へ行ってきてくれた。魚屋には、「魚恒」という看板が出ていた。警官が、「掘りかえしている所はないか」という旨のことを、「魚恒」のおかみさんにきいた。おかみさんは奥へ「お父ちゃん、ここらで

掘りおこしてるとこ、どこや」と大声できいてくれた。やがて「魚恒」の主人が出てきて、目を遠くへそばめつつ、

「あそこやろ」

と、直線にして一キロほどのかなたの雑木の丘を指さした。「魚恒」の主人の知識は正確で、なんでも、あれやそうやな、豊臣のころの村城《むらじろ》やそうやな、といった。

あぜ道を通って現場へゆくとなるほど、一望の平坦地のこのあたりとしては、要害の場所である。外濠がわりの近《この》木《き》川という川は深い谷川で、その崖《がけ》ぞいに城跡の丘がある。丘は、ブルドーザーで真二つに割られてしまっていた。かつてこの百姓城は、織田以前にも京都の三好氏をよくふせぎ、また織田氏をもふせぎ、豊臣氏からも城の土塁まではこわされることなく済んだが、こんにちの土地造成業者のあらあらしさの前には、抗すべくもなかったらしい。

「これは、高井城趾ですか」

と、そこにいた工事監督らしいネクタイ姿の二人にきいてみた。二人とも工業高校を出たばかりといった若さのように受けとれたが、そのうちの一人は私どもを府教委の人間だと思ったのか、あきらかに敵意を見せた。「いいや、通りがかりの者《もん》や」と笹井武久がいうと、かれは敵意をすこしやわらげたが、しかし口は利《き》かず、無言でうなずいた。

取りつくしまもなかったし、それに、こう荒されては当時の城塁をどう想像していいかわからなかったため、「魚恒」の前の車にもどった。貝塚にもどってから、和歌山の方角へ南下した。地図をみてとりあえず中間目標を樽井《たるい》の漁村とし、地図ではそこから左へ折れる道がある。

紀州へ入るむかしの間道のひとつだが、それをたどって風吹峠《かざふきとうげ》ごえで根来の山に入ることにした。

根来衆（根来の行人衆《ぎょうにんしゅう》）は秀吉によってかまどの灰まで捨てられるほどに潰滅《かいめつ》させられてしまったため、どのような組織だったか、よくわからない。富田常雄氏の伝奇小説を読むと、伊賀や甲賀のほかに根来の忍者というものが登場する。作家にそのような伝奇的空想をかきたてさせるほどに、根来衆というものの実態がわからなくなってしまっている。

根来さんという姓は、わりあいある。私の知人にもいる。知人の家も、やはり根来の法師武者が先祖だったという家系伝説のある家だが、ただ戦国のころに根来寺に籠《こも》っていた何万という行人のなかにはおそらくたれも根来姓を名乗ってはいなかったろうと思える。根来衆が四散してから根来の当時を懐かしんで根来姓をつけたり、明治後、家系伝説に従って根来という姓にしたというのが大方であろう。

念のためにこの稿を書いているときに知人宅へ電話をかけると、

「敗《ま》けてから、雑賀に逃げこんだときいています。それくらいしかわからないのです」

ということだった。

徳川期の幕臣のなかに、根来氏という家がある。根来の行人の大将の一人だったのがのち家康に属して旗本になったのだが、「寛政重修諸家譜」によると、この家は根来寺へ行人として入る以前は泉州の熊取《くまとり》の郷士《ごうし》だったという。

熊取というのは貝塚から南へ直線距離にして五キロほどのところにあり、「日本後紀」に出ているほどに古い集落である。南北朝のころには中《なか》という土豪が、南朝方についたりした。「寛政重修諸家譜」ではその中家の子の小左次《こさじ》という者が、「紀伊国《きいのくに》根来寺にのぼり、成長ののちに有髪《うはつ》の僧となり」根来寺の岩室坊《いわむろぼう》に住んだ。実家の経済力もあったから、幹部になった。根来寺が秀吉によって亡ぼされてからこの小左次は「和泉国熊取谷《いずみのくにくまとりだに》の郷里に遁《のが》れ」住んだが、のちに家康の浜松時代に浜松へゆき、召しかかえられたという。そのときまで中《なか》という姓であったのを、

——もとは根来にいたのだから。

と家康の声がかりで根来姓にあらためたという例でもわかるように行人の大将株でさえ、根来時代は根来姓を名乗っていなかった。

鉄砲は、天文十二年（一五四三）種子島《たねがしま》につたわった。大船が漂着し、そのなかに三人のポルトガル人が乗っていたが、かれらが鉄砲をもっていた。島主の種子島時尭《ときたか》が、かれらと交渉し、黄金二千両という大金で二梃《ちょう》買いとった。天文十二年というと、信長はまだ幼く、家康はその前年にうまれたばかりだった。

ここに、根来の行人が登場する。

行人の一人が種子島時尭の屋敷に滞在していたらしく、そのうちの一梃をゆずりうけた。この伝来の事柄については慶長十一年に南浦文之が書いた「鉄炮記《てっぽうき》」「種子島家譜」、それに当の

ポルトガル人であるＦ・Ｍ・ピントの「遍歴記」などがあり、それらの諸書については、有馬成甫氏や洞富雄氏の研究がある。

この二梃の鉄砲のうちの一梃が種子島時堯の手から根来の行人の手にうつり、紀州根来寺に持ちかえられてその門前で製造がはじめられやがて諸国に伝播《でんぱ》した、というまでは確かなことだが、行人に即して考えると、なぜそういう行人が種子島あたりにきていたのか、それとも噂をきいてやってきたのか、その行人とは何者なのか、ということになると、「鉄炮記」ははなはだあいまいである。

それをいちいち考証するとなると大変だが、私の想像をのべたい。「鉄炮記」では、

紀州根来寺に杉坊《すぎのぼう》某公といふ者あり。千里を遠しとせずして、わが鉄砲を求めんとす。

とある。時堯はこの乞いに対してひどく好意的で、家臣をつかわしてそれを杉坊に贈った、という。「鉄炮記」ではその時堯の家臣が津田監物丞《けんもつのじょう》ということになっているが、これは「鉄炮記」の筆者の錯覚で、津田監物というのはこの稿でさきにふれたように紀州の紀ノ川ぞいの豪族で、種子島家の家臣ではない。津田監物は根来寺に加担し、その兄弟が根来寺のなかの杉之坊のあるじなのである。

「杉之坊」

というのは、人の名前ではない。

塔頭《たっちゅう》の名称である。根来寺では塔頭々々に行人組織があり、ちょうど角力《すもう》の「高砂部屋」といったように、たとえば杉之坊に籍を置く行人が、千人なら千人ほどもいたであろう。それらが諸国を歩く場合、

「根来の杉之坊の者でござる」

などと名乗ったに相違ない。

さきに触れた泉州熊取の郷士の家にうまれた人物が塔頭のひとつの岩室坊の行人頭《ぎょうにんがしら》であったように、杉之坊の行人頭は、津田家から出た杉之坊明算《みょうさん》（算長?）という者だった。角力でいえば高砂部屋の親方にあたる明算自身が種子島へ行ったのだろうか。

ごく自然なかたちとしては、杉之坊に属する行人のたれかが大隅国《おおすみのくに》（鹿児島県の一部）をうけもち、種子島家に長逗留《ながとうりゅう》して時尭に諸国の情勢を教えたり、病気治療のための加持祈禱などをしていたにちがいない。そのうち鉄砲伝来の事態に遭遇し、

「ぜひ、われらにこれを頂けませぬか」

とたのみ、しかしながら高価なものでもあり、謝礼の事もあって、かれは根来寺へ駈けもどって、杉之坊明算に話したかと思われる。杉之坊明算と津田監物（監物は世襲名）は一体といっていいような関係にある――同一人物だという説もある――から、両者そろって種子島に来たか、それとも両者の代理人がやってきて、右の両者の名をもってこれを譲りうけたのであろう。

根来寺は、本物の僧である学侶《がくりょ》と行人をあわせ、それらに奉仕する雑人を入れれば数万とい

う大世帯であり、その堂塔・子院の数は一説に二千七百余と言うが、すこし誇張されているかもしれない。いずれにしても、一大宗教都市といってよく、それだけの商品経済をまかなうために、西坂本・東坂本に、商人や工人が多数住んで、じつに繁華だったらしい。

その西坂本に、堺から移住した鍛冶で芝辻清右衛門という者が住んでいた。この清右衛門が、杉之坊からたのまれて、前記のポルトガル製鉄砲の写しをつくり、しだいに精巧の度をくわえてついに鉄砲を完成した。芝辻はのちに堺にもどって堺の鉄砲鍛冶の宗家となり、戦国の諸将にそれを売って産をなすようになる。

これによって、根来の行人は多数の鉄砲を所有するようになり、その武力はいよいよ飛躍した。

根来に隣接する雑賀の農民連合ももっとも早く根来の鉄砲の影響をうけ、日本でももっとも早い時期に、射撃術に長《た》け、鉄砲をふんだんにもつ火力集団になった。紀州の紀ノ川ぞいは、中世からその末期にかけて、諸国にぬきんでて鍛冶が多数居住していた土地である。こういう条件が、根来・雑賀の者に多量の鉄砲をもたせることにもなったのであろう。戦国の武将のなかで織田信長が鉄砲に着目して大量にこれを装備したということになっているが、火力集団の出現としては根来衆のほうがむろん時期が早く、ある時期まではこれを独占的にもっていたにちがいない。

もっとも独占といっても、自然、そういう状態になっていただけのことで、独占する意図はまったくなかったらしい。

むしろかれらは、鉄砲を戦闘につかうよりも、それを売りあるくことに情熱をもっていたかのようにも思える。

かれらには、多分に貨殖の癖《へき》がある。

多少、気になっていることを念のために書いておくと、泉州熊取の郷士中《なか》家も、紀州の吐前《はんざき》に屋敷をもつ津田監物家も、いずれも南北朝の乱のとき、南朝方だったということである。両家とも、楠木正成に連合して、武家方と戦った。

南北朝対立というこの室町期を通じての長い争乱は、結局、北朝（武家）が勝った。武家方（北朝）は土地に依存している政権であり、これに対して宮方（南朝）は、大土地所有の在郷武士をかきあつめることができなかったために、当時、南中国を中心に東アジア一帯をつつんでいた銭《ぜに》経済につながる勢力とむすびついた。商人層や倭寇《わこう》貿易勢に乗っかり、南朝が九州に征西将軍宮として派遣した懐良《かねなが》親王などは、倭寇たちから大首領として仰がれていた。べつに宮方が新興の商業勢力を理念的に好んだわけではなく、立脚すべき地盤が他になかったから自然、そうなったのであろう。楠木正成が交通業者と関係があったという説は、戦後、ほぼ安定した見方になっている。

さて、津田監物である。

「紀伊名所図会」には監物の屋敷を名所として挙げ、

「同村（吐前《はんざき》村）にあり。当家の祖の少監物《しょうけんもつ》は、はじめて東方に鳥銃《てつぽう》をつたへし人なり」

と書いている。

また芝辻文書の「鉄砲由緒書」には、以下のように監物が海外貿易をやっていたように伝えている。

「紀州那賀《なが》郡小倉之住侶・津田監物等長（ママ）なる者、渡唐之志あり。中流にして逆浪之難に遭ひ、数十艘の船類覆《くつがへ》り、万貫の財宝を抛《なげう》つて着岸す」

これをみても、いかにも津田監物はかつての南朝方の流儀をうけついでいる者らしく海外貿易の徒であったらしい。津田監物が根来衆の外援者であり、ときには直接の指揮者であったことから考え、右の「数十艘の船」「万貫の財宝」というのは、根来寺そのものの規模でやっていた貿易ではなかったかと想像される。

要するに根来衆というのは本来商業の感覚に鈍感でなかったのではないか。

関東の小田原の北条家の盛衰をかいた「北条五代記」によると、紀州の根来からはるばると行人《ぎようにん》がやってきて鉄砲を伝えた。かれらは関東をかけまわって鉄砲を教え、かつ売った、というふうに書かれている。

「扠又《さてまた》、根来法師に、杉坊《すぎのぼう》、二王房《におうぼう》、岸和田《きしわだ》など云ふ者下《くだ》りて、関東をかけまはつて鉄砲をなをしへしが」

とある。根来の行人の動きのもうひとつの面が、いきいきと目にうかぶようである。当時の南蛮人も目をみはったという鉄砲の急速な普及には、根来の行人の活動というものを大きく評価せねばならないであろう。鉄砲を売ることによって富を得た根来の行人たちは、その金で自分たちも豊富に鉄砲を所有し、火薬を貯えた。

しかしながら、根来衆がもたらし、製造し、販売してまわった鉄砲は、意外な効果を根来衆にもたらした。鉄砲を集中的に保有した勢力によって地方地方の小豪族が霜が消えるようにしてほろぼされてゆき、やがて天下一統をめざす織田・豊臣氏を成立させてしまった。それによって根来衆がほろぼされるのである。

泉州樽井の漁村から左折すると、前方には、泉州と紀州をへだてる山脈が横たわっている。山中に入ると、ひくい坂道がつづく。風吹峠《かざふきとうげ》である。峠を越えれば根来のはずであった。

多少空腹だったので、峠の泉州側の茶店に入って、うどんすきを食った。主人は五十前後の人で、泉州の佐野の人であるという。根来時代から、行人には泉州人が多かった。茶店の主人の母方の実家が、

「根来のそばの葛籠《つづら》という所でしてな。ああ、そりゃ山家《やまが》も山家、あんな大山家もめずらしいくらいですな」

と、大声の泉州弁でいった。

この茶店を出たのが、午後四時半ごろである。山中を五分ほど走ると空が大きくなり、山地ながらも起伏が平坦になってきた。

根来である。

廃墟かと思っていたのに、徳川期にできた大楼門が松林の中にそそり立っており、それをく

ぐってふりかえると、楼門のむこうに遠い松の梢《こずえ》のむれが夕空を劃《かく》していて、いままさに真赤な陽《ひ》が落ちようとしていた。方向は、和歌浦のほうであった。歩きはじめると、本坊までの道は遠く、境内はじつにひろい。境内は低い松山の壁——三十六峰あるという——にかこまれていて、道の右側がほそい渓谷になっている。根来川である。境内にこの細流があるために、ここに多数の人間が住みえたのに相違ない。

私どもは、遅く来すぎた。

落ちてゆく陽と争うようにして、道を本坊にむかって急いだ。両側に石垣がつづいている。かつては塔頭《たっちゅう》だったところが、境内ながらも畑になっている。

その畑を、中年の品のいい婦人が耕していた。まだ残っている塔頭の奥さんかと思えるが、本坊への道をきいたついでに、これらの畑はみな昔は塔頭・子院だったのでしょうか、ときいてみると、

「そうだと思います。このひろい山内《さんない》のいたるところに井戸の跡がありますからね」

と、彼女はいった。井戸の痕跡が一つあればそこに住房が一つあったわけである。

さらに歩いたが、もう人影はない。

やっと本坊にたどりついて玄関で案内を乞うたが、無人なのか、応答がなかった。

あきらめて、右手の松林の中にみえる多宝塔をめざした。高野山にある大塔と似ているが、秀吉の軍が攻め入ったときに、この大塔と大伝法堂と大師堂だけが焼け残ったといわれている。

その途中、五十がらみの眉毛《まゆげ》のふとい大男に出遭った。
「暮の鐘をつきにゆくところや。あんたら、遅すぎた」
べつに怒っているわけでもなく、すっと通りすぎてしまった。声をきいて、かれがどうやら電話に出てくれた人物らしいことがわかった。一見して僧侶ではないが、しかし頭をまるく剃りあげている。服装がちょっと独特なものだった。禅寺の作業衣のような褐色の道服と同色のモンペをはき、顔は赤らんで大きい。いかにも根来の行人の生き残りといった感じの人物である。

やがて暮の鐘が鳴りはじめた。

やむなく粉河寺のそばの宿へゆき、その夜、笹井武久の粉河中学時代の同窓生である同寺の住職の逸木《いつき》さんと酒をのんだりした。粉河寺は根来とはちがいおだやかな伝統の寺なのだが、どういうわけか、秀吉の根来攻めのときに、根来寺ともども焼かれてしまった。あれはどういうわけでしょうなあ、と逸木さんも、くびをかしげていた。察するに、粉河寺の門前の村々も、自衛上根来衆と気脈を通じていたにちがいなく、秀吉の軍としてはかれらの拠点として粉河寺が使われてはこまると思ったのか、どうか。ともかくも、飛ばっちりを受けたことは、まちがいない。

秀吉は、小牧ノ陣が片づくと、徳川方に加担した根来・雑賀を覆滅すべく、天正十三年（一五八五）三月、ほとんど不意打ちのようにして大軍を南下させた。

根来衆は、その報をうけて、じつに果敢な行動をとった。秀吉の軍隊をその行軍途上でおさえるべく、兵力をこぞって泉州方面に出勢《しゅっせい》し、いまの岸和田、貝塚、佐野のあたりで防御線をつくった。いま泉南にのこる千石堀城、積善寺城、高井城、浜城などに根来衆がこもった。

例を積善寺城にとると、そこにこもった根来の行人の大将の名前というのは、やはり住房の名前を名乗っており、坊の名の上に、俗姓がついている。山田蓮池坊、三位坊、野原大部坊、長橋正池坊、智明院、山田長寿院、山下南ノ坊、西蔵院、正徳院、熊取坊といっためんめんである。坊そのものが隊名をあらわすらしく、たとえば西ノ櫓《やぐら》は長寿院がまもり、東は蓮池坊、三位坊などがまもるといったぐあいである。

秀吉の戦略は諸隊をわけてこれらの根来衆の城塞を個々に包囲させ、かれらが城から出ることを不可能にした。城攻めのほかに別働軍を用意した。別働軍は人目につかぬように山伝いで根来寺にせまり、不意を襲った。

根来衆は、策をあやまってしまった。主力を泉南方面に出したために、寺に残っている人数はわずか（津田監物以下行人五百人）しかいなかった。秀吉軍はその手薄を襲った。津田監物以下が勇戦のすえ戦死し、寺はわずか一日で陥落した。秀吉方は、火を放った。この火で、二千七百余の堂塔や子院が数日にわたって燃え、前述のように大塔と大伝法堂と大師堂をのこして、みな灰になった。生き残った根来衆は四散して、山野に身をかくした。

このときの合戦については、「根来寺焼討太田責《ぜめ》記」に、根来衆の小人数ながらも果敢な防戦ぶりが書かれている。

豊臣勢……無二無三に攻立れば、泉戒坊をはじめ、多聞坊、蓮花坊、雲海坊、範知坊、蓮達坊、侍大将津田監物、すこしも恐るる色なく、寄手縦《たと》ひ多勢たりとも何ほどの事あらんと、其勢五百余騎の猛勢、城戸《きど》を固めて待《まち》たりける。


翌朝、もう一度、根来寺へ行った。

相変らず無人で、本坊へゆくと、若い修行中の僧ひとりと老いた尼僧だけがいた。

そのあと、大塔のほうへまわると、この壮大な建物のまわりに柵《さく》がほどこされている。柵の入口が番小屋になっていて、のぞくと、例の偉丈夫が横になってうとうとしていた。気配を察して目をあけ、私どもを見ると、

「やあ」

と起きてきた。そこが観光料の支払口になっていた。それを払うと、かれは土間に降りてつまさきに草履《ぞうり》を突っかけた。

「大塔です」

かれは、石段の下から塔の軒《のき》を仰いだ。

塔のなかも、見せてくれた。ふたたび外に出て塔の縁をまわるうちに、あちこちに弾痕があることに気づいた。

「あのときの弾痕です」

かれはいった。扉をうちぬいて直径六、七センチの大穴をあけているのもあり、柱のすみを

まるく削りとってしまっている痕《あと》もある。

「よほど近くから射《う》ったのでしょうな」

かれは、いった。当時の銃丸は鉛《なまり》だった。有効射程が二百メートルほどだから、これだけの厚板をうちぬくのは、塔のそばまできて射ったものかとおもわれる。


やがて大伝法堂もみせてもらい、このひとから茶のふるまいをうけた。

かれは、Wさんという。六十三歳だというが、とてもそのようには見えない。五十までは寺とは無縁で、港湾関係の検査のしごとなどをしていて、Wさんの表現では、

「六十のときにこの寺へ迷いこんできて、使ってもらっているのです」

ということだった。

境内はすみずみまできれいに掃き清められているが、この十四万坪の境内を一人で掃除するのだという。警戒も、ひとりでやる。たまたま犬のボクサーが迷いこんできてWさんに懐《なつ》いてしまったから、ボクサーと一緒に山内をすみずみまで警戒して歩くのだという。酒が好きらしく、頸《くび》すじが赤かった。かれはその頸をゆっくりなでて、

「わしら、娑婆《しゃば》にいたら、ろくなことをせん」

と苦笑し、いまの生活が自分にとってこの上ないものだ、という意味のことを、溜まってきた唾液をひょいと吐くようなさりげなさでいった。

「おうまれは、どこですか」

「紀州です」

と、立ちあがった。いまから本堂の須弥壇《しゅみだん》のかい、から拭きをするのだという。なまじい京都や奈良の商売商売した僧侶よりも、よほど寺に居ることの息づかいが確かなようであり、天正十三年三月を境に四散した行人が、ただ一人だけ生き残って堂塔を守っているのではないかと思われたりした。

〔「小説新潮」一九七五年三月号〕

織田軍団か武田軍団か

アポロの勝利以来、「これからはシステムの時代だ」とよくいわれます。システムというのは、いろいろ聞いてみると、ある目的に向ってその目的のために動員した機能をもっとも合理的に運用していく組織、ということになるらしい。ややこしい定義ですが、そういうところでしょう。

早くいえば軍隊を想像すればいいでしょう。軍隊というものは戦いに勝つという目的に向ってあらゆる機能を無駄なく集約させた集団です。こんなにわかりやすい実例はない。つまりアポロ計画は軍隊のやりかたで遂行されたから成功した、これからはこの手でいかなくては競争に勝てない、ということになるのでしょうね。

ここでは没価値論的に考えてゆきたい。組織の近代化とか現代化ということは、一面、こうした軍隊化ということでもあると思います。これからはこの傾向がますますつよくなるでしょう。誤解のないように言っておきますが、これはいいわるい、好き嫌いの問題ではない。近代化といえば、フランス国旗のナショナル・ブルーの明色を感じたのは一時代前のことで、いまのことばでの企業の近代化というのは人間を機能だけで考えてみるというそういう歴史時代のことばです。軍隊化という言い方が気にさわるようならば、いまはやりの管理社会化という言葉に置きかえても私はいっこうかまいません。どうせ内容は同じことでしょう。

さてこれからは軍隊化、いや管理社会化しないと競争に勝てないということですが、このことは何も私、いまに始まったことではない、と思います。というより、少し風呂敷を拡げますと、人類の歴史というものは、管理社会化した文明なり民族なりが（他の条件が同じであるかぎり）そうでない文明なり民族なりを倒してきた歴史だと思いますな。しかも重要なことは、この管理社会化の能力は、どの文明にも民族にも平等なものだとはいえないということです。管理社会化しやすい文明、民族と、しにくい文明、民族と、この二種類のものが、歴然とあるような気がします。

私はいまジンギス汗を思い出すのです。かれがその時代の他の人類ときわだって異常であったのは、人間というものを組織化し機能化したところにありましたろう。人口四百万、それもさまざまの部族に分れていた当時のモンゴル人を、一つの組織に再編成して、あの世界一の軍事国家に仕上げた。ヨーロッパはその威力の前にひとたまりもなかった。これは大変な管理社会の成功例です。しかし考えてみると、モンゴルが遊牧社会だったということが、むろん大きな要素になっています。遊牧社会では管理社会化がわりとうまくいく。というのは農耕社会とちがって人が土地に定着していないでしょう。それだけ人の機能を抽出、組織しやすくできている。これが農耕社会だとなかなかそうはいかない。鎌倉時代の言葉でいう「一所懸命」というやつで、人々はそれぞれの土地へ執着し、容易に公的な行動に飛躍したがらない。それだけ管理、組織しにくいわけです。

三島由紀夫氏が「全共闘の学生諸君は百姓一揆みたいな恰好をしている」とどこかで言われていましたけれど、これは大変な意味を持つことばだと思うんですよ。つまり百姓は管理社会が嫌いなんです、本質的に。そして全共闘諸君のやっていることが管理社会への反撥であるとすれば、彼らが手拭いで頬かむりをするのはまったく偶然というものでもありませんな。

それはともかく、日本史上の例を拾ってみましょう。日本史上、非常にすぐれた管理能力を持った人物はまず織田信長でしょう。織田軍団というのは、戦国時代で、大規模な形では最初に登場する機能的な軍団なんです。尾張《おわり》兵は日本で一番弱いと言われたものですが、信長はこれを最強の軍隊に仕上げた。機能さえあれば秀吉のように、あるいは明智光秀のように、一介の浪人から軍団長にまで登用しました。これが織田軍団の強さの秘密です。

このやり方を継いだのが秀吉で、秀吉は晩年、官僚組織を完備すること、つまり封建体制のままで封建色をより少くして、官僚国家のようなものを日本でつくろうとしていた様子がありますね。蒲生氏郷《がもううじさと》を会津百万石に封じましたが、これが死んだとき、その子供には能力がないといって、継がせないで取上げてしまう。このような、徳川時代にも、それ以前にも考えられない方法をとったのは、要するに官僚国家を目指していたんだろうと思うんです。

こういうことに実際手をくだしたのは、秀吉の意を体した石田三成《みつなり》でした。三成はのちに、いわゆる封建大名からの反撥を受けて失脚するわけですが、つまりかれも、信長や秀吉と同じく百姓型の人間ではなかったことになりますな。

朝鮮出兵のときの最大の難問は、あの厖大な兵員と兵糧をいかにして限られた数の船で送りとどけるか、ということでしたが、これをひとりで、ほとんど寸毫のキズもなしにやってのけたのが、やはり三成です。大坂から出る船団はどうだとか、松浦半島から出る船団はどうだとか、帰りの空船はどうするとか、こういう大量の人と物の出し入れを無駄なくおこない、いつでもこれが機能的に動いているようにするためには、大変な計算と実行力が要る。それを三成はほとんど一人でやってのけたんです。この時代のヨーロッパでも、こういう才能はめずらしかったろうと思います。

それで思い出すのは例の第二次大戦のとき、アイゼンハワー連合軍司令官がおこなったノルマンディ上陸作戦です。連合軍であるからには風俗習慣のちがういろんな国の兵隊の寄合世帯である。またロンドンというせまい町の中では、物資は調達したらすぐに運ばなくってはならない。寝かせておくわけにはいかない。その他いろいろな困難な状況下でいかに短期間に効果的に戦力を大陸に送りとどけるか、この命題を解く技術、計画と実行が第二次大戦の勝敗を決することはたしかだった。連合軍はこれを見事に克服し、画期的な兵員物資輸送計画をおこなって作戦を成功させたのです。

そしていま世界中の企業はこのノルマンディ作戦の教訓というか原理を生かして、企業戦争に立ち向っています。経営学でいうOR（オペレーションズ・リサーチ）というのがそれのようですな。秀吉朝鮮上陸作戦とは規模がちがうにしても、十六世紀の当時としてはノルマンディ上陸作戦に匹敵するものだった。そうなると三成もＯＲの大家、ということになる。三成はいま生きていたら大変な実業家になったかも知れません。

ともあれこの三成を重用した秀吉、さらには秀吉を育てた信長、これらの人たちが当時にしてはめずらしい機能主義のセンスの持ち主だったことはたしかです。一つには彼らは正規の守護大名の出身ではないでしょう。守護大名というのは土地への定着性がつよく、たいへん農民的なんです。そしてそれがまた当時のオーソドックスだったわけですが、たとえば信長の家はいわゆる出来星大名で成り上り者ですから、こうした伝統的な意識の拘束がない。それがよかったのでしょうね。さらに信長の出た名古屋というところは、東国の物産と、伊勢上方《かみがた》の物産とが渦を巻いて往来していて、百姓といえどもきわめて商業的な気風を持ったところだった。商人というのは、いつ品物を出せば儲かるかとか、それもドッと出した方がいいかチビチビ出した方がいいかとかいう投機的、利潤追求的、合理的な意識がつよいですからね。信長がこうした気分の中で生れたことも一つの要因でしょう。秀吉の場合にも同じことがいえます。

これが武田信玄になると大分ちがう。かれはあくまでも農民的で、戦略にしても何にしても農民的発想から抜け出せなかった。商人には翼がついているが、農民には翼がついていない。武田があれだけ声望がありながら天下が取れなかったことの一つの原因でしょうな。

信長の織田家の歴史にはちょっと分らないところがありましてね。秀吉がはじめて大名になるのは近江《おうみ》の長浜なんですが、それ以前から秀吉は織田軍団の軍団長の一人なんですから、ふつうなら何千石か何万石かの石高があって、記録に残っているはずなんです。ところがそれがわからない。同じように柴田勝家のそれもわからない。誰の石高もわからないんです。そこで考えられることは、彼らはそれまで石高という分限もしくは階級制なしで働いていたのではないか、つまり彼らの経費は織田家から出ている。そのかわり彼らの軍勢は全部信長のもので、彼らはたまたまこれを預っているにすぎなかったのではないか。もしそうだとするとたとえば蜂須賀小六《はちすかころく》というのがいますね。彼が秀吉の家来だというのは間違いなのです。蜂須賀は秀吉が信長に推挙した。信長はこれを受け入れた。だから蜂須賀は信長の直臣なんです。直臣という点では秀吉と同格なんです。だから秀吉の家来というのは、厳密には長浜で石高をもらってから以後でなければ出てこない。

つまり木下藤吉郎時代の秀吉はどうもいまのサラリーマンと同じように月給で働いていたようですな。勝家も光秀もみなそうだったらしい。これは家来ができるとすぐ知行地をあたえてゆく封建社会の中にあっては、大変めずらしい形態ですね。いまの会社などとかわらない、ものすごい機能管理社会ですよ。信長が天下を制覇できたのもある意味で当然という感じがしますな。

秀吉が天下を取ってからつくった奉行制なども、結局は管理社会を目指したものでしょう。できるだけ封建制を縮小して官僚制を増幅する、その試みだったと思います。石田三成の思想もこの秀吉のそれに非常に近かった。三成は秀吉をたすけて管理社会化をやりすぎたために、農民的な封建大名の反撥を買って没落することになるということもいえます。

話は飛びますが、日本の信長、秀吉、三成時代にヨーロッパはどうであったかというと、あのスペイン帝国の凋落《ちょうらく》、イギリスの興隆があります。スペインの無敵艦隊がイギリス艦隊にやぶれるのが、秀吉の天下統一の二年前。それからスペインは急速に国運を衰退させていくのですが、あれはなぜだろうと考えてみると、結局、管理能力の問題ですな。ラテン系の人はアングロサクソンにくらべて管理能力が本来的に少いのではないか。アングロサクソンというのは、目的性が明快で、そこへ向ってすべての機能を集中していく能力がずばぬけている。結局その差があらわれて、それからのヨーロッパの地図がかわっていったのではないか。そんなふうに思います。それにしてもイギリスの擡頭と秀吉の天下統一がだいたい似た時期にあらわれたのはおもしろい。歴史というものはどっか風の匂いが同じようになっちゃうときがあるのでしょうか。

さて日本では秀吉が死ぬと徳川時代が三百年続くでしょう。これは管理社会などとてもいえたものではない。能率などはどうでもいい。人間をいかに反乱させずに安穏に暮させるか、この目的で組織された社会です。たとえば関ヶ原、大坂ノ陣を経て徳川体制が安定しますね。ふつう機能的に考えれば、平和になったら兵隊は解雇すべきでしょう。解雇して帰農させるか商売をやらせるかすべきでしょう。ところが、これが家康の信長や秀吉と違うところですが、徳川体制の安定のためには現状維持が一番のぞましい、というわけで、兵隊は戦時体制のままおかれることになった。

そのため仕事のない侍がゴロゴロするという景色があちらでもこちらでも見られた。極端な例ですが、殿様のお膳を運ぶだけの仕事に百石取りの侍が三人掛り三日交替でやったという話もあります。つまり仕事のためではなく、人を養うだけのために組織したものが幕藩制なんです。これが三百年続いたわけですから、その後の日本人の組織感覚にあたえた影響は大きいですな。いいわるいは別として、終身雇用などというもの、役に立たなくなっても何かのポストを会社がつくってくれて定年まで安楽に暮せる、というのも会社が「藩」であればこそなんです。しかしこれが管理社会でないことはたしかだし、これでは企業競争に生き残れない、ということもたしかでしょう。ふりかえってみると家康という人物は農民型ですな。お前のところの田地は一切削らないからお前は謀叛をおこすのではないぞ、というのが彼の統治方式ですから、信長、秀吉の機能主義とは大分ちがうわけです。

ところでこのあいだK・コーリーという人の『軍隊と革命の技術』という本を読んだのですが、これによってフランス革命以前のフランスの軍隊というものがわかって大分面白かった。将校は貴族出身者にかぎるとなっていましたが（そのため誇り高きダルタニアンの子孫である郷紳層は大尉以上に昇進できず、これが非常な不満だったらしいです）、これは逆にいえば貴族なら誰でも将校になれるというわけで、将校の数は三万五千人にふくれ上っていたそうです。しかし将校はそんなに要るものではない。そこでそのうち二万三千人までが勤務していない将校だったそうです。これは徳川末期の旗本の制度をほうふつさせるものですね。旗本八万騎と一口に言いますが、その中で大番組というのだけが将軍の親衛隊、あとは戦争がおきてもおそらく役に立たない将校たちでした。つまりよく管理されていませんでした。

ヨーロッパではこのような管理性、機能性を失ったフランス王の軍隊ではその内外でおこる革命には無力でした。やがてナポレオンがきわめて機能性の高い軍隊をつくりあげて登場してくる。ナポレオン軍が強かったのは織田軍と同じく、才能さえあれば一兵を将軍にまで登用するという合理性があったことです。それと予定戦場にできるだけ敵よりも多い歩兵戦力を送りつける能力、それができないならば人員物量が揃うまでがまんする能力、総合すると管理能力においてすぐれていた、ということです。ヨーロッパはナポレオンの管理能力に席巻されました。

それからずいぶん経ってドイツにプロシアが興ってきますが、このプロシアがなぜ一時期ヨーロッパに覇を唱えることができたかというと、ナポレオンのやり口を真似したからです。プロシア軍はもうはっきりとナポレオン軍の後継者だった。後継者たることによってフランスを破り、ヨーロッパの惑星となったんです。

明治日本は明治二十年前後から、このプロシアを徹底的に真似した。プロシア的富国強兵を考えた。そのプロシア方式が、日清、日露の両戦争をあのような結果にさせたともいえます。もっとも当時の日本はプロシアよりも機能化という点で便利なところがあった。

こんな話があります。日本海海戦のためにバルチック艦隊が回航されているときでした。艦上で「日本の将校には平民の出身者がいるんだそうだ」という話がでましたが、水兵たちは

「そんなバカなことはない」と言って信じないんだそうです。それもそのはずで、ロシアでは平民は絶対に将校にはなれない。もしなれてもきわめてまれな例外のほかは中尉ぐらいまでで、それも年が四十ぐらいになっての中尉ですから先の楽しみがない。そういう軍隊と、学校さえ出ていれば出身階級にかかわらず将校に任命する、兵隊でも能力があれば将校に昇進できるという機能的な軍隊とでは、同じ兵力なら力に差があるのはあたりまえです。

さきほどは現代日本には「藩」の色彩が色濃く残っているようにいいましたが、明治時代にかなりの平等社会ができて、一方で機能主義が根づいたこともあらそえぬ事実ですな。実は日本の軍隊は当時もっとも民主的だったかもしれません。日本陸軍の先生であり、モルトケ将軍の愛弟子《まなでし》のメッケルは大秀才だったけれどもついに中将どまりでした。これは彼が晩年に女性問題をおこしたからだという説もありますが、実際は彼がユンカー（ドイツの地主貴族）の出身でなく弁護士の子供だったからだといわれています。そういうことは日本にはない。日本の軍隊はたしかに能力主義の平等軍隊でした。

官僚の世界でも、日露戦争のころになると、薩長閥出身以外の官僚が出てくるようになった。これはヨーロッパの古い国と比較して、日本が大変な平等社会であることの証拠です。

ちょっとアメリカの場合を考えてみましょう。日露戦争の直前に米西戦争というものがありました。当時はアメリカの常備軍というものは非常にかぼそいものでした。とくに陸軍はひどくて、アパッチ退治にいく騎兵隊みたいなものを中心にしたにわかづくりの軍隊でした。海軍の方はまあなんとか軍艦がそろっていましたが、しかしヨーロッパ的な誇り高き秩序というものもそこにはないわけです。素人が集まって適当に能力に応じて将校になったり下士官になったりしたものですから。これに対して相手のスペイン軍というのは、衰えたりといえどもヨーロッパの旧家であって、その海軍たるや、見たところの恰好よさはとうていアメリカなどの及ぶところではなかったでしょうな。そのスペイン海軍がアメリカ海軍にひとたまりもなくやられるわけですよ。

アメリカのやり方は、たとえばこんなふうなんです。兵員や兵糧の輸送がむずかしいことは、三成の話やノルマンディ上陸作戦のところでも出ましたが、米西戦争で素人の寄合世帯であったアメリカ海軍が何をやったかというと、たとえば輸送船の腹にその船の番号を大きくペンキで書いたんです。なるほどこれなら少々恰好はわるいが混乱は生じない。それを見て、たまま日本からの観戦武官だった秋山真之《さねゆき》は、非常におどろくんです。アメリカ人というのは恰好もなにもないんだ、分りやすければいい、という合理主義に徹しきっている——。

それからまた司令部にいってみると、大きなカリブ海の模型があって、スペイン艦隊、アメリカ艦隊のそれぞれの軍艦の模型が浮かんでおり、将棋の駒のようにこれを動かしながら戦術を練っている。たれが見ても一目瞭然なわけです。これにも真之はおどろいた。当時日本海軍の先生だったイギリス海軍は玄人の海軍ですから、そんな素人くさいことはやらない。だからイギリスに心酔している秋山の同僚がアメリカ海軍から何の感銘も受けなかったのも当然です。が、ひとり真之だけは、これに感心した。秋山はここで軍隊とは何かということに、はじめて開眼《かいげん》したんです。築地から江田島にかけての海軍兵学校でではなく、またイギリス海軍からでもなく、世界の二流あるいは三流海軍であるアメリカ海軍によって、彼が開眼したのは、ちょっと面白いことだと思いますな。その彼が日露戦争のときに主任参謀となって見事バルチック艦隊を打ちやぶるしごとをしたことを思い合せると、ちょっと興味がありますね。

それはともかく、アメリカ人というのはもともと玄人というものを頭から否定する精神があるんじゃないでしょうか。そして素人が集まって何かやるときの共通項といえば合理主義しかありません。これは理屈に合っている、というのは素人ならみんなが賛成する。玄人の集まりだとそうはいかないことが多い。ここが現代にいたるまでアメリカ社会が他を抜いて進化した一つの要素でしょうか。

期せずして近代史を駆け足でふりかえることになりました。管理能力のある民族なり国なり時代なりがいかに他を圧し、そうでないものが取り残されてゆくかということの傾向はますますつよまるでしょう。企業単位で考えても国家単位で考えても、機能主義で徹底的に管理されたところが結局は勝利を占める。何度もいいますが、哲学的な価値論を外《はず》して、私はこれをしゃべっています。

冒頭で私は近代化というのは軍隊化だと言って、誤解を避けるために管理社会化と言いなおしました。もうすでにお分りのように、管理社会の典型的なものが軍隊であり、もっとも合理的に人間の能力を組織した社会、これは軍隊に原型をもとめることができる。

とすると何のことはない。われわれが生きているこの現代社会も軍隊の一種ではないか。ここでは実際の人殺しはない。しかし企業戦争その他のきびしい競争にかこまれています。機能主義を徹底して追求しなくては目的を達せられない社会だという点では、本物の軍隊とかわりはない。それを言いたかったわけです。

すでに管理社会化というと、現代では非常にいやなイメージがありますな。管理社会化しなければ日本も、またそれぞれの企業も生き抜けないことはわかっている。あともどりできるようなものではないことも、みんな知っている。それでいて管理社会というと、何か頭に重くのしかかってくるものがある。私など農民型の人間は、いやな世の中にうまれてしまったと思う気持があります。

具体的にいうと、こういうことです。私はサラリーマン時代に、いわゆる管理職教育というものを一週間にわたって受けたことがあります。まことにばかげたもので数人が一室に集められ、というよりはとじこめられて、講師が小学生のような平易な質問をすると、われわれが小学生のように活発に手を挙げて答える。この反復によって問題意識を生じさせよう、というわけです。私は五日目ぐらいには一羽の鶏になったような気がしました。どんどんそうなってゆきます。あの、短期間に体を大きくするために、夜もねむらず餌をつぎからつぎへとあたえられる鶏に、です。会社をつくりあげるためには、これも仕方ないことかもしれない。しかしオレはオレだという意識が、こんなときには出てきます。きわめて農民的な自分を、私は発見しました。

こうした現実はいくらでもあります。「軍隊」いや管理社会というのはたしかに平等主義が基盤になっている。能力さえあれば、いくらでもそれを発揮できることになっている。しかし時代がこれだけ進んでくると、要求される能力はきわめて精緻なものになってきて、その能力がなければ脱落させられてゆく、という現象の方が目立ってくるようになる。こうして現代の管理社会は、きわめて少数の管理する人間ときわめて多くの管理される人間とに分かれてゆく傾向がないではない。つまり同じ軍隊でも大将が数人いて、あとは兵隊ばかり、という軍隊が、これからの社会かもしれません。

日本の経済地理的な条件として、日本人が食ってゆこうとすれば加工で食うしかしかたがない。その生産と販売を高度に能率化しようとおもえば、もっとも尖端的な管理主義でゆくしかしかたがないというのは、この島で住む以上、どうしようもない地理学的現実です。この回転をやめれば、たちどころに日本は荒蕪《こうぶ》にもどり、人々は餓えるでしょう。

人間が社会を組みあげてゆく目的は、たがいが餓えないように、というところにあります。社会の目的はそれ以上でもそれ以下でもない。日本的条件で餓えないとすれば、高度の管理社会という方向にむかうしかない。この現実を哲学的に否定することは簡単ですが、しかし否定しても現実があり、現実が進んでいる以上、これをふまえた上でわれわれの社会の今後のつくり方を考えてゆくしか仕方がない。

われわれにとっておそろしいのは、われわれを餓えしめないためのこの管理社会が、われわれの生命をおびやかす副作用をもっているということです。管理体の意志は膨張しかありません。その思考法は膨張の一点に集約され、それ以外に正義がない。たとえば公害をおこす。平然としておこす。いまの政治は社会のあたらしい現実とくらべて非常におくれており、管理体の副作用に対してきわめて無力で、いまのままではいよいよ無力になってゆくでしょう。

いまの政治は、管理体群に対して、せいぜい調整機能しかもっておらず、その副作用に対して断固としてそれをひっこめさせる「権力」をもっていない。管理社会における政治権力というのはいままでの歴史のなかのそれとはまったくちがうものであるべきです。たとえば、空港のコントロール・タワーのような機能をもつ権力であるべきです。飛び立ったり、降りてきたりする飛行機群に対してコントロール・タワーはじつに透明な（非人間的な）絶対権力をもっており、ここには人間的な情実などの要素はすこしもない。

これからの、このおそるべき副作用をもつ管理社会を統御する政治は、いままでの農民的な情実調整権力であってはどうにもならないでしょう。かといって人民に害をあたえる権力であってはならない。管理体の膨張本能に対して強力な規制力を持った権力です。

その規制権力のタワーがもっとも非人間的な意味でもっとも透明性に富んだかたちで確保されなければ、このあたらしい方向の社会は人間に対する害毒をはんらんさせて結局は人間をほろぼしてしまうでしょう。むずかしいところにきていると思います。

〔「諸君」一九六九年十一月号〕

京の味

〈坪内某／織田信長〉

ある夕、A氏らと酒をのんで坪内某という京都人のことをさかなにしたことがある。坪内某はすでに故人だから、さしさわりはない。織田信長のコック長（御賄頭《おまかないがしら》）である。

「あれは、京都人の一典型や」

と、席上、あるひとが絶賛した。

坪内は、織田家につかえる前には三好氏のコック長であった。三好氏は戦国末期に京を占領していた大名だから、坪内がそのコックである以上、その腕のたしかさはむろんのこと、室町風のうるさい儀典料理にも通じていておそらく当時日本一という定評があったはずである。信長が三好氏を追ったとき、このコック長は捕虜になって岐阜に送られた。岐阜で四、五年、「放し囚人《めしゆうど》」として暮らしたと「続武者物語」などにはあるから、捕虜とはいえ多少の自由はあったのであろう。ただ、庖丁は持っていない。それを惜しいとおもったのは織田家の御賄頭の市原五右衛門で、坪内ほどの名人にものをつくらせぬということはありますまい、ぜひ上様《うえさま》の御膳はかれの庖丁にてつかまつればいかがでございましょう、と献策した。

信長は、物の味にさほどの関心のあった男ではなさそうで、坪内をそれほど珍重する気はなかったらしい。

ひとまず、承知した。ただし、

――膳はつくらせる。しかしまずければ殺す。

というのが、信長の条件であった。

坪内は、夕餉《ゆうがれい》をつくった。

試食し、信長は激怒した。このように薄味の水くさいものが食えるか、というのである。

坪内はおどろかず、いまひとたび機会をあたえてもらいたい、翌朝の餉をつくらせてもらいたい、それにてもなお上様のお舌にあわぬとあれば自分は切腹なり、なんなりする、といった。

その言葉が信長にとどけられた。信長はゆるした。

その翌朝の朝餉で信長は満足した。「信長公御感ナナメナラズシテ坪内ヲ御家人ニ召シ出サルル旨オホセ出サル」

「あたりまえのことさ」

と、坪内はあとで料理人仲間にいったらしい。最初につくった膳は京風の味だから信長公のお舌にあわなかったのさ、二度目の膳はあれは田舎味だ、塩梅を辛ごしらえでやったのだ、「故ニ御意ニ入リ候ト言フ。信長公ニ恥辱ヲ与ヘ参ラセシト笑ヒケルト也」。

このはなしは高名な咄《はなし》で、上方《かみがた》の薄味、田舎の濃味というのがすでにこのころにはそうであったということがわかっておもしろいのだが、それ以上におどろかされるのは坪内某（名前が伝わらない）の京者らしい凄味である。当時、美濃《みの》の不破《ふわ》ノ関《せき》から以東をアズマといった。信長は尾張《おわり》だから当然アズマであり、アズマは言葉もちがい、物の味もちがう。魚鳥を煮るにも醢《ひしお》でひりひりと煮あげるといった味わいの地帯で信長が育ったということを、坪内は百も承知でありながら、わざと淡々《あわあわ》とした京味で仕立てて最初の膳を出したというあたりが、坪内の京者らしさであり、そこに命がけの痛烈な批判をこめている。のちの千利休の秀吉に対する態度にも似たような気配がうかがえるが、利休はこのことの度がすぎて殺された。坪内はあやうくまぬがれた。しかしもう半歩踏み出せば死ぬというきわどさのなかでこういう芸当をした。

「そこが京都人の典型や」と、席にいるひとがいったのである。

が、京都人であるA氏は、

「いや、まだ坪内は修業したらん京者や。本物の京者というのはもっと凄い」

という。A氏のいう本物の京者とは、こういうばあい、二度目の膳を出したあと、恐懼《きょうく》して感歎するはずである、というのである。

「おそれ入りましてござります。二度目の味がおよろしゅうございましたとは、料理人としてまたとない勉強をさせていただき、これほどうれしいことはございませぬ」

というはずである、とA氏はいう。批評の凄味はそこで成立するわけで、相手をほめるだけほめあげていよいよ田舎者に仕立て、しかも自分自身を安全な場所にひっこめてゆく。坪内はこういう芸にまで至っていない、という。そのぶんだけ坪内はまだ田舎者であるというのである。

この議論は、おもしろかった。この議論で考えてゆけば、千利休もまだまだ都の修業の足りなかった田舎者であったといえるかもしれない。

京者の精神は、平家物語にも出てくる。木曾義仲や源義経をむかえての公家たちの反応のはしばしにそれはうかがえるのだが、結局は京文化の代表であった後白河法皇のひろげた真綿につつまれ、真綿の中の針につつかれながら、つつかれているともかれらは気づかず、やがては法皇の政略のなかでほろびてゆく。私は上方そだちだから、このあたりの機微が、義仲や義経に満腔《まんこう》の好意と同情をもちつつも、なんともいえずおかしくもあり、あわれでもある。

ただ、坪内某は、田舎者ではあるまい。時代がそうなのである。中世というのは西洋でもそうだが、近世以後の秩序文化に馴致《じゅんち》されたこんにちのわれわれからみると、ひとびとの気がじつにあらく、感情の表出がはげしい。京者といえどもそうである。同時代の京者であった細川幽斎《ゆうさい》は、料理をしていて鯉に不審をもった。しらべると鯉のなかにたれのいたずらか、火箸《ひばし》が一本入っていた。幽斎は脇差をぬくなり、その鯉をまないたぐるみ真二つにしてしまったという。そういうところが坪内にもあり、信長を相手にあのようにきわどいあそびをしてしまったとみるほうが、当時の人情を理解する上でより自然であるかもしれない。

それにしても、京都人はこと文化に関するかぎり、本音の底にはひどくはげしいものを秘めているようにおもえる。

「ちかごろ東京に関西料理が進出して、東京の味もだいぶ変わったようですね」

と、ある京都の料理通にいったことがある。その料理通は、おだやかに、

「そら、よろしおすな。東京もそろそろ都になって百年どすさかいな」と、答えた。都ならばいつまでも濃口醤油の煮しめばかりを食っておだをあげていることはあるまい、いずれは舌の味わいぐあいも都らしくなるであろう、「なるほどそろそろ都らしくなってきましたか」というあいさつなのである。よく考えてみると、これほど痛烈な批判はないのだが、しかし語り手の表情はあくまでもおだやかで、微笑をたたえて玉のようなのである。このあたりに京があるらしい。

〔「甘辛春秋」一九六九年春の巻、一九六九年三月〕

断章八つ

〈千利休／織田信長／豊臣秀吉〉

牧谿《もっけい》

私は昭和二十四年の夏、大徳寺で牧谿の小品を見せてもらった。

「西洋の水彩画に似ていますね」

と、言って、憫笑《びんしょう》された。

牧谿は、南宋《なんそう》末の禅僧である。蜀《しょく》（四川《しせん》省）のうまれで、西湖《さいこ》のほとりで一力寺のあるじになったというが、生没のとしも不明である。理宗皇帝の権臣《けんしん》賈似道《かじどう》の悪政を非難したかどで寺を逐《お》われ、元《げん》になって罪をゆるされた。以後、漂泊し、江南の一士大夫《したいふ》の家で寂《じゃく》した。

水墨画をよくし、とくに浙江《せっこう》省の地《じ》の絵画ともいうべき潑墨《はつぼく》画を描いた。線を用いず、墨の濃淡という色面だけで描くという法である。この点にかぎっては、西洋の画法と似ている。

伝統無視の画法だった。当然ながら、唐以来の正統派の絵画からみれば「古法無し」ということで軽んぜられ、牧谿その人の名も、中国絵画史には登場しない。

が、日本の室町期にはもっとも珍重された。

ついには室町の大名にして牧谿を持たない者は大名でないといわれるほどに流行し、このため、私貿易船も官貿易船も、浙江省寧波《ニンポー》（明州）の港につくと、あらそって牧谿の作品をもとめた。

作品にかぎりがあるために、寧波ではさかんに偽作がおこなわれたらしい。

室町というのは、一種の教養時代であった。倭寇《わこう》でさえ買いもとめる品物の筆頭は、書画だった。書画ならば帰国して、右から左に売れたのである。

堺

室町の堺はよく知られているように、貿易港であり、あたかもヨーロッパの十三、四世紀自由都市のように、領主の支配を排し、みずからの力で自衛し、自治によって成立していた。

堺が京の大徳寺と結んだのは、応仁《おうにん》ノ乱ののち、一休宗純《いっきゅうそうじゅん》からだといわれる。

大徳寺は五山の一つといわれながら、歴世、将軍の庇護をたよらず、林下《りんか》の禅をかかげ、いわば在野の禅を守ってきたあたり、堺の独立自尊の気分と相通ずるものがあったらしい。一休以後、堺の富商たちは、総力をあげてこの大寺《おおでら》を外護《げご》してきた。

堺の富商にあっては、大徳寺で禅を学ぶことが、教養形式の型のようになっていた。

かれらは年少のころ大徳寺禅を学び、やがて法諱《ほうき》として〝宗〟の一字をもらう。学士号とおもえばいい。たとえば、堺で納屋《なや》貸しを営んでいた千家《せんけ》の与四郎——利休のことである——が、二十三歳で茶会を催したとき、すでに「宗易《そうえき》」を称していた。おそらく大徳寺の堺における別院ともいうべき南宗寺《なんしゅうじ》で学び、そこでもらったものに相違ない。

茶

堺の茶道が、禅（とくに在野としての林下の禅）の一表現であったことに疑いを挟みにくい。

一面、堺の茶は、絵画や器物に対する芸術鑑賞の行《ぎょう》ともいうべきものであった。当時、芸術ということばはなかったが、芸術を手でつくる側よりも、観《み》て評価し、かつ味わう側が、芸術であるようだった。

たとえば、朝鮮の農民のめし茶碗が、茶道という磁場《じば》におかれ、するどい選択をへて一国にも代えがたい名物《めいぶつ》になる。はるかな異国の山村の窯《かま》でそれを焼いた張三李四《ちょうさんりし》の工人は創作者とされず、それを見て、激発するように無作為の天地を感じた側が、創造の栄誉をになう。このような芸術形態は、他にない。

「交趾《こうち》」

と当時の茶道でいう海外の一域は、現在のベトナムのサイゴン付近とされていた。

この地から、ここから、黄のあざやかな、さらには緑や紫を加えた交趾釉《こうちゆう》の香合《こうごう》が、堺にもたらされる。

それを、茶室で用いることによって、席のひとびとは背景に遠い海濤《かいとう》を感じ、異文化に想像をひろげる。そのような想像が加味されてこそ、堺の茶だったのである。

ついでながら、日本で「交趾」とおもわれていたこの軟《やわらか》い陶土のやきものは、じつは南中国で焼かれていたらしいのだが、当時はそんな区々とした異同は、どうでもよかった。

当時、世界史のなかの、大航海時代のまっただなかにあった。その東のはしの受けとめ手として、堺に住む華麗な想像力のもちぬしたちがいたことを思わねば、そのころの茶がわかりにくい。その波濤を四畳半に閉じこめたればこそ、想像されるものが大きかったのである。

信長

室町のころ、将軍や公家《くげ》や、守護、あるいは門跡《もんぜき》にとって身分にふさわしい光沢というのは、『源氏』や『新古今』などの古典に通じていることだった。

室町体制がくずれて地方々々に出来星《できぼし》の大名が出はじめると、かれらも教養という装飾を身につけるべく都から連歌師《れんがし》をまねいた。宗祇《そうぎ》や宗長《そうちょう》のたぐいであった。ただし、尾張《おわり》の信長にはその方面の素養も趣味もなかった。

しかし、信長が卓越した造形美術の理解者だったことにおどろかざるをえない。

たとえば狩野永徳《かのうえいとく》を発見し、鼓舞《こぶ》したのも、かれであった。永徳は障壁などに松一つを長さ何丈に展開し、また人物も高さ三、四尺ほどにも描き、金箔《きんぱく》・群青《ぐんじょう》を多用して、絵画史上先例のない豪宕《ごうとう》な作品空間をつくりあげた。

そういう永徳をつき動かしたのは、信長がつくった安土《あづち》風という時代の気分であった。信長が、歌学を無視し、新興の茶に目をつけたのも、この気分のあらわれである。

その年譜における永禄十一年（一五六八）という年が印象的である。かれはこの年の秋、摂津《せっつ》（いまの大阪府）に侵入し、いまの高槻《たかつき》市の芥川《あくたがわ》にあった三好《みよし》氏の城を陥《お》とした。

その芥川での陣中、信長の将来を買った堺の代表的な富商今井宗久《そうきゅう》が訪ねてきて、名物「松島」の茶壺《ちゃつぼ》と「紹鷗茄子《じょうおうなす》」を贈った。また近畿の旧勢力の松永久秀《ひさひで》も、茶入「九十九髪《つくもがみ》」を献上した。それまで、信長は茶など、ろくに知らなかったのではないか。

「九十九髪」は足利三代将軍義満が所持したものといわれ、その後、足利義政の手に落ちた。さらに、転じて山名政豊《まさとよ》のもとにゆき、三好宗三《そうさん》も持っていたことがあり、宗三をへて松永久秀のものになった。いわば、権勢の象徴のようなものであった。

「茶トハ、カカルモノカ」

と、信長はおもったにちがいない。

一見、らちもない道具が、権力者に愛惜《あいせき》されることによって天下の名物になるのである。この風《ふう》を増幅すれば、歌学などよりはるかに権力の装飾物もしくは呪具にちかいものになるのではないか。むろん、堺の〝林下《りんか》の禅〟という見方からすれば、不埒《ふらち》にはちがいないが。

が、信長自身、自分が美的に不埒を展開する以上、あらたな道になるという自負があったろう。

かれはさっそく専門の奉行《ぶぎょう》を置き、堺の商人などの手から〝名物狩り〟をはじめた。この〝名物狩り〟の智恵は堺商人の今井宗久が入れたものにちがいなく、そのあと、にわかに信長と密着した。かたわら、宗久は織田軍の鉄砲と火薬の調達を請負《うけお》った。巨利を得たはずである。

許し

信長は、切支丹《キリシタン》の典礼《ミサ》を主宰するのが司祭という有資格者であるように、わけもわからぬ家臣たちがみだりに茶の湯を催すことを禁じた。

かれが、羽柴秀吉にはじめてそのことをゆるすのは天正四年（一五七六）である。秀吉が安土城工事の作事奉行《さくじぶぎょう》をつとめた労をねぎらってのことで、しるしとして牧谿の「月の絵」を与えた。

秀吉はそれから二年後の天正六年、播州攻《ばんしゅうぜ》めの最中に陣中で茶会を催した。むろん拝領の「月の絵」をかかげてのことである。

この茶会は、秀吉にとって風流というより、栄達という俗世の喜びであったにちがいない。

秀吉の幸運はつづく。その二年後、播州の平定がおわると、戦功のほうびとして信長から八種の名物を拝領したのである。信長にとって限りある領地を与えるよりも、茶道具をあたえることで、人心を攬《と》ることができた。かれは茶に〝俗世〟というあたらしい価値をつけくわえた。

利休

宗易《そうえき》（利休）は信長の茶においては、今井宗久、津田宗及といった堺衆の代表的存在よりも、わずかに遅れて登場した印象がある。

天正二年（一五七四）、右の二人とともに信長に招かれて京の相国寺《しょうこくじ》の茶席に列した。さらにその年、信長が源頼朝以来の天下人《てんかびと》の慣例として、勅許《ちょっきょ》を得て奈良正倉院の名香蘭奢待《らんじゃたい》を切ったとき、宗易は右の二人とともにお裾分《すそわ》けにあずかった。その翌天正三年、信長の茶頭《さどう》になった。

茶頭になったのは、秀吉が茶の湯を許される前年のことで、茶を介しての信長との関係においては宗易は秀吉の先輩になる。

居士《こじ》

要するに信長政権にあっては、茶の位置が権力の中枢にあって、生命の循環器的な機能をもっている点、本来の茶の心からいえば異様なほどである。

秀吉は信長の政権を武力で継承した。相続するにあたって、宗易という茶頭をも〝相続〟した。信長政権の正当な継承者であるあかしの一つとして、宗易が存在した。

茶についての秀吉の企ての奇抜さは、茶という公家《くげ》にとって新興のものを、こともあろうに宮中にもちこみ、文化としていわば正統性をもたせようとしたことである。天正十三年（一五八五）秋、小御所《こごしょ》における茶会がそれであった。「其例ナシ」（「宇野主水日記《うのもんど》」）といわれた。

このとき、正親町《おおぎまち》天皇に対し、秀吉はみずから茶をたて、宗易が後見した。

この禁中《きんちゅう》茶会を催すにあたって秀吉は宗易に参内《さんだい》の資格がないため仏道の者ということにした。

仏道の者ならば、方外《ほうがい》、つまり俗世の位階の外にある。

宗易の場合、入念なことに、あらかじめ勅命によって「利休居士」という名と呼称があたえられた。居士とは学徳のある在家の者が、在家のまま仏道を修して相当な域に達した場合、敬してよぶ場合につかわれる。

居士号も利休という名もともに勅賜《ちょくし》されたことは、破格異例なことであった。このことは、豊臣家における利休の自負のつよさと無縁ではなかったろう。

わび茶

信長も、秀吉も、華麗な道具茶であった。

利休の素足は、つねに白刃《はくじん》を踏んでいたとしかおもえない。一面において道具の鑑定者であり、天下の審美者《しんび》でありつつ、一面において「わび」のほかに茶はないという祖仏《そぶつ》共に殺すような林下《りんか》の禅が息づいているのである。この矛盾にながく耐えられる者がいるはずがない。利休は気をゆるめれば足の裏を二つに裂《さ》くようなきわどさのなかで日々をすごしたはずである。六十一歳で豊臣政権の茶頭になり、六十九歳で秀吉によって追放された。やがて賜死《しし》し、その木像は磔刑《たくけい》に処せられた。辞世の偈《げ》に、禅家の、虚空《こくう》がある。この偈一つで、秀吉を圧倒している。

〔山崎正和「獅子を飼う——利休と秀吉」公演パンフレット、兵庫現代芸術劇場、一九九二年三月〕

〈荒木村重〉

『鬼灯《ほおずき》』創作ノート——荒木村重《むらしげ》のことども

私は芝居にはまったくの素人である。以前、『花の館』(昭和四十五年度文学座公演)のときもそういう金輪際《こんりんざい》というに近い理由でことわったのだが、結局は書いてしまった。ただ書き上げたあと、二度と書かないつもりだったし、ひとにも言った。

そのくせ、またまた書いてしまったのは、まことに性懲りもないことだが、芝居の人と話しているうちになんだか主題が浮かんでしまい、その主題にひきずられて書いた。

前作の場合、芝居の定則というものがどこかに存在するような気がして、それが頭上にかぶさって必ずしも自由ではなかったが、こんどはどうせ素人だからというひらきなおった気になった。ともかくも自分に都合のいい形式で、自分が考えていた主題を好き放題にひろげてしまった。この自由さは、私が自分で拵えたつもりの小説の形式の中では得られないものであった。

『播磨灘物語』という小説を書いていたとき、わずかに荒木摂津守《せっつのかみ》村重が登場してくる。その小説で村重のことを書いていながら、このような男が世の中にいたものかと呆れたり、ふしぎに思ったり、憎む気にこそなれなかったが、村重の心事が理解できず、それが心の中におりのように溜まったままになっていた。

私は小説を書く場合、その人間が置かれた大小の事情がひどく気になるほうである。その人物が何を思ったかということについては、その人物の性格やかれをそこに追いこんだ事情を積み上げることによって匂わせるだけにし、あとは読むひとの受けとる儘《まま》にゆだねるようにしたいと思っている。ただ『播磨灘物語』における村重の場合、大いに入り組んだ事情を積み上げるだけでは、とうてい村重が出て来ないのである。このためいつか村重だけをあらためて書いてみたいと思っていたが、しかし、自分の殻のようにしている小説形式では、村重という人物をとらえがたいように思えた。結局は、戯曲という私にとって赤の他人の殻を借りて村重を見つめなおしてみることにした。

荒木村重は、織田信長が無限軌道車のように走りに走って造った歴史の主要道路の上へよろけこんできた人物で、その意味ではかれの名前は、戦国期の書きもののなかに多く出てくる。ただ固有名詞一つで登場するだけで、かれがどういう経歴のどんな思想の男であったかについては、早くかれが世間から失落したために詳細な資料というものはない。

茶をやっているひとに、あるとき、荒木村重について書こうと思っているという旨のことを話題にすると、

「ああ、筆庵ですか」

と、そのひとはいった。

村重はそういう存在として記憶されている。

かれは、歴史の主舞台から身ひとつで逃げだしたあと——通常の神経ではちょっと信じがたいことだが——生きながらえた。さらにこのことも信じがたいほどのことだが、天下びとになったかつての同僚の秀吉にひろわれ、その御伽衆《おとぎしゅう》（御咄衆）になった。御伽衆というのは戦国期の大名が持った身辺の制度らしく、桑田忠親氏に『大名と御伽衆』といういい著作がある。秀吉の御伽衆の場合、いつも殿中に詰めているがべつに責任のある仕事はなく、秀吉の話相手をつとめるということで禄をもらっていたような感じである。頓智ばなしで有名な曾呂利新左衛門（曾呂利伴内）もそうだったという。曾呂利のような町人がいるかとおもえば、かつての室町体制での守護大名だった山名家（因幡《いなば》などの国主）の当主で戦国期に棹をさしえずして国も城もうしなってしまった従五位下《じゅごいのげ》中務大輔山名豊国《やまなとよくに》（剃髪して禅高）というような人物もいる。僧侶や学問の師匠もいれば、武辺にあかるい者、あるいは茶事に通じた者もいた。禄はまちまちだが、荒木村重などは万石の小大名級の捨て扶持《ぶち》をもらっていたらしく思える。

秀吉の伏見城では、本丸に入ることは「詰衆《つめしゅう》」といえども当番のほかは特によばれたとき以外は禁止されていた。この禁制に御伽衆だけは例外とされ、いつでも本丸にのぼって秀吉の日常生活の中に入りこむことができたから、性格的に危険な要素をもった人間は御伽衆には選ばれなかったろうし、逆にいえば平常心があって平衡感覚に富んだような、ごく安定した性格や精神のもちぬしが選ばれたかと思えるし、荒木村重の性格も、こういうことから逆算することもできる。

荒木村重は『信長公記』によれば、一僕から身をおこしたといわれる。

丹波《たんば》のうまれであることも、諸本で想像がつく。『丹波志』には、室町末期の土豪に荒木姓を称する者が多く、また丹波国天田郡《たんばのくにあまだ》に荒木という地名もある。それやこれやで、村重の故郷が丹波であることは察せられるが、丹波のどこかということは正確にはわからない。また『荒木略記』という江戸期の本には、

摂津国荒木一家之事。荒木大蔵大輔、丹波の波多野一門にて御座候（註・丹波の土豪は波多野の一門であるということを言いたがるようで、真偽はわからない）。摂津国に牢人仕候而、武庫郡小部庄と申処に、小身の躰《てい》にて居申候由候。

ともかくも村重が一僕の境涯から身をおこして摂津国の国主になったことだけは、たしかである。こういう人間は当然ながら性格や倫理感覚に異常なものを持っているはずなのだが、しかし村重が失落したあとに秀吉の御伽衆になっていることを思うと、存外、毒気のすくない男だったのかと思いかえさざるをえない。毒気がすくないといえば、かれの朋輩《ほうばい》の御伽衆を見ても、まことに頼りない連中が多く、前記山名豊国などは困難なことに直面することが大きらいで、そういうはめになれば平気で味方を裏切って身一つで逃げた——村重に似ている——よう

な人なのである。ただ豊国は名家の坊っちゃんの出で、むしろそういうことをやって恬然としているほうが当然だし、そういう所業があっても貴人好きの世間のほうが、貴人というのはああいうものだと苦笑して許してしまう面があるが、村重は英雄的に叩きあげてきたいわば典型といっていいような戦国人なのである。並みはずれた毒気があらねばならないし、また戦国後期の主従の関係は、西洋的とはゆかないまでも、前時代からくらべればやや契約関係に似た匂いもあり、主人が平気でその配下を裏切ってもいいとされる雰囲気はすくない。村重は、その配下を裏切った。しかも後半生の朋輩である山名豊国のように、恬然としているかのようである。毒気の多寡を考えても、すくなくとも秀吉の寝首を掻くような心配がないということで御伽衆に選ばれたのであろうから、何を仕出かすかわからないという不安感をひとに抱かせるところはなかったに相違ない。そういう男が「一僕」の境涯から国主になれるかと思うと、私の想像はまたしてもとまどってしまう。

私はかつて戦国期のことにさほどの関心がなかったころ、荒木村重というのは、いかにもその名前の印象からみて粗豪な荒大名かと思っていた。村重の逸話でよく知られているのは、天正六年正月、かれが安土城へ伺候したとき、信長が脇差を抜き、かたわらのまんじゅう（肉ともいう）を突き刺して村重に食え、といったという話である。

村重が信長に属したのは天正元年だから、この話は属して六年後で、かれはその間、信長から異数の処遇をうけ、摂津の国主であるだけでなく織田家における六人の高級司令官の一人になっていた。しかし織田家に属してわずか六年ということは、新参であることをまぬがれない。村重も、ごく一般的にいって仕えがたい主人である信長に対して絶えず過度な神経をつかっていたろうし、信長の側からみても、村重の性根が十分にはわかっていないという不安があったに違いない。信長が、本来どこの馬の骨とも知れぬ村重を重用しているのは道具としてであり、このことは信長の性癖につながる。信長は良馬が飽くなく好きであったように、また遠めがねやオルガンや南蛮帽子や鉄砲がすきであったように、自分の役に立つすべての道具が好きであった。天下布武《ふぶ》という目的意識がとぎすました槍の穂先のようにするどく且つ鮮明であった信長にすれば、天下布武を可能にする優れた部将たちを持ちたがった。信長は門閥や前歴を斟酌《しんしやく》することなく人を登用したが、そのことは他に思想あってのことではなく、材幹というものを道具以上の道具とおもっていたからということはいえる。村重は信長にとって最良の道具の一つとなっていたであろう。しかし村重がどういう人間であるのかとなると信長はいまひとつ納得がゆかず、つい発作的にこういう所業に出て、村重のかぶっている面の皮を剝いでみたいと思ったにちがいない。この逸話では村重は拝跪しつつ進み出、手を使えば畏れがあり、このため犬のように口だけ突き出してまんじゅうを食い取り、そのあと白刃のよごれを自分の袖でぬぐいとり、しずかにさがってまた拝跪した。

ひとびとは村重の豪胆におどろいたと言い、かつて私も、村重とは絵草紙の中に出てくるようなそういうごうけつかと思っていた。しかし考えてみると、村重にとってこれほど不愉快なことはなかったにちがいない。かれは満座の前で、自分が愚劣な、もっとも子供じみた方法で試されているということを痛いほど知ったはずだし、そういう感覚が鋭敏すぎるほどあったであろうことは、かれが歌の上手であったということと思いあわせても、何となく想像がつく。しかしそれ以上に、かれの自己保存の感覚がこのことで戦慄《せんりつ》したであろう。戦国武将の神経というのは、敵を槍で突きころすというような攻撃的なことよりも、自分のまわりのあらゆる事象や現象を自己保存の感覚でとらえつくしているということである。信長という男に仕え切ってゆけるかという疑念は村重のような立場の男には絶えざる懸念としてつづいていたと思われるが、このときも、そういう懸念がくびをもたげたかと思える。懸念というより、自分は何事か信長に疑われているのではないか、という恐怖であったかもしれない。

かといってこの逸話もしくは事件が、直接の動機になってかれを叛乱にふみきらせたわけではない。その程度で動揺するような神経では、一僕から摂津の国主になるような荒木村重は成立しがたい。

もっとも、このあと村重の挙動に焦げくさいにおいが立ちはじめたようで、この安土の一件から数ヵ月後に村重が信長の命令で播州の羽柴秀吉の応援にゆかされたとき、すでにそうであったらしい。羽柴秀吉は信長の代官として播州において毛利の同盟者たちと対戦している。このとし（天正六年）六月に播州上月《こうづき》城外の高倉山で合戦があったが、村重の軍勢はいっこうに動かなかった。動かなかったのは村重にすればべつの理由であったかもしれないが、世間の目はそうはとらず、毛利に通じているのではないかと見るむきがあり、落首さえ出た。

荒木弓はりまの方へ押寄せて射るも射られず引《ひく》も引れず

というものであったが、もし村重が潔白とすれば世間の口というものは残酷なものである。播州における軍事的主任である秀吉がこのことをもっとも恐るべき立場であるのに、後年の村重への手当の厚さからみて秀吉にはわだかまりがなさそうで、ひょっとするとたれかが為めにしようとするデマであったかもしれない。村重を腐らせてしまうということでもっとも利益があったのは毛利とその同盟軍（石山本願寺など）で、かれらの苦肉の策であったか、それとも織田方の同僚のそねみということも考えられる。後年、明智光秀が信長に讒訴《ざんそ》したともいわれた。本能寺における光秀の反逆以来、なにごとも光秀のせいのようにされるむきがあったが、光秀と村重とは姻戚の仲になっており、だからといって光秀が讒訴しないということはないにせよ、この説はとるに足りない。

当時、織田方は多方面に作戦していて、大坂の石山本願寺をも長期にわたって攻囲しており、織田家の諸将はすこしずつ兵をこの攻囲陣に供出していた。村重の士卒の一部も出役していたが、そのなかで敵方の本願寺にひそかに米を売る者がいた。内通というわけでなく、要するに利益になるからだが、これは当時の多分に職業化している軍人ならばありうることである。このことを細川幽斎が信長に報じた。幽斎としては当然の報告だが、村重としては自分が本願寺に内通しているように疑われると怖れ、信長の性格を考えて謀叛に踏みきった、というのが、ふつうの説である。あるいはそうかもしれず、そうでないかもしれない。村重は織田方と毛利方とを天秤《てんびん》にかけて大博奕を打ってみたいと思ったのかもしれず、たとえそうであっても戦国期におけるこの種の飛躍は当時の倫理には必ずしも反しない。

「十月廿一日、荒木摂津守、逆心を企つる由、方々より言上候」

と『信長公記』にあるから、播州上月城の陣で噂が立ってより四ヵ月後のことである。信長自身はこれをきいて、やはりそうであったか、というようなものではなかったらしく、まさかと思い、意外に思ったようである。「不実に思食《おぼしめ》され、何篇《なにへん》の不足候哉」とつぶやいたという旨が『信長公記』にある。信長は村重のために敵にまわされてしまったのだが、敵である信長がみてさえ、村重の反逆は勝ち目という戦略的な現実性に乏しい、ということでもあったであろう。『信長公記』に見る信長の息づかいには、「なんだか、変なやつだ」というつぶやきもまじっていそうに思える。

村重は、明智光秀が本能寺ノ変をおこす四年前に、おなじ心境になって、似たことをやってのけた。ただ光秀の場合は前後のことも考えずにともかくも信長を殺した、という感が深く、軍隊を用いはしたが、合戦というよりテロリズムというに近い。この点、村重の場合のほうが男らしかった。かれは一国を挙げて信長に戦いを宣したのである。光秀が本能寺を決断するときには異常心理が働いているとしか思えず、それだけに光秀が哀れであるが、村重の場合はかぼそいながらも多少の戦略があった。広島の毛利氏の赴援をあてにするということであった。戦国期を通じ、遠距離の同盟という外交事象がしばしば存在したが、一度として成功例がないのは、距離が遠ければ軍事同盟の実などはあげられるものではないからである。村重のこの戦略も、正気な者がみれば絵に描いた餅にすぎないのだが、毛利方の何者かがこの案を抱いて村重にひそかに会い、入説したかと思える。この種の案の魅力は入説者の才能による。弁舌一つでそれがいかにも可能なように言葉の上でいきいきと展開できるわけで、これに対して村重のように達者な男が転んだのは、やはりかれの中に別個に強迫観念があって、坐して亡びを待つよりも死中に活を得てみようということだったのであろうか。

結局は、画餅に帰した。

村重がどう失策《しくじ》ろうが後世のわれわれにはどうでもいいことである。ただ村重がわれわれに残した理解しがたい課題は、平然と生きのびたということである。叛逆はかれひとりが決定した。その一族も家来たちもかれが鼻輪を曳きずるままに異常な運命にまきこまれた。彼らは、かれが命ずるままに伊丹城（当時の通称は有岡城）にこもり、信長の大軍と戦い、結局はかれに置きざりにされた。村重はほとんど身一つでかれの支城の一つである尼崎城《あまがさきじょう》へのがれた。信長は尼崎を開けば、伊丹城にいる千人前後の女子供の命をたすける、という条件を出した。この戯曲には以下のことは触れていないが、尼崎城に遁入している村重にその交渉をしたのは伊丹城の老臣たちで、村重が応じないとみると、かれらも村重同様、伊丹城に家族を置きざりにし、いずこともなく遁走した。かれらも村重の気分が伝染《うつ》ってつい村重同様のことをやってのけた感じだが、ともかくもこのために伊丹城の数百の女子供は村重の妻女や、村重が愛した側室のたしい（この戯曲では瑠璃葉）をふくめて、ことごとくが信長によって磔殺《たくさつ》、焚殺《ふんさつ》された。われわれが持った過去の事件で、村重に即してみても、虐殺された女子供たちに即してみても、これほど救いがたい事件はないのではないか。

その後の村重は、畿内を流浪したが、やがてもとの朋輩の秀吉に拾われ、すでに触れたように御伽衆として余生を送っているのである。

豊臣期における村重は筆庵道薫と号して代表的な茶人のひとりであり、利休の高足《こうそく》七人のうちに数えられる。いまでも茶道のひとびとは「荒木高麗《あらきこうらい》」という名物の朝鮮茶碗があることを知っており、またかれが「兵庫の茶壺」「姥口の平釜」などの道具を所持していたことを知っている。尼崎城を身一つで落去してからの村重は、通常の感覚からいえば倫理的な極限状態にあったといっていい。ふつうなら狂うか、自殺するか（自殺説もわずかにあるにはある。しかし状況と適《あ》いにくい）、どちらかに追いこまれるはずだが、村重はともかくも茶事に身をゆだねて歳月を送ったかの観がある。

村重のこのことがわかりにくく、私は当初、村重がキリシタンで、そのために自殺ができなかったのかと思った。村重のかつての部下であり縁族でもあった一人に高山右近がいるし、他にも村重がキリシタンを保護するに手厚かったという資料があるから、かれ自身がそうであってても不思議でないのだが、しかし当時のイエズス会の僧の報告書をみてもかれが受洗していないことはあきらかなのである。あるいは落去のあと、命が惜しいあまりに受洗したかとも思ったが、右のような天下周知の事情やさらには自害したくないという理由だけでは、当時、極端にまで厳格だったイエズス会の会士たちが、受洗を承知するはずがないと思った。私は念のために上智大学のラブ神父さんに会い、村重の所業と状況を話して、かれの受洗は可能だろうかときくと、この前衛絵画の画家でもある若い活動的な神父さんは、すこしのあいまいさも見せずに、それはとても、といった。とても受けいれられない、というのである。

右は、「鬼灯」についての創作ノートのつもりである。

この稿では多少、村重の閲歴などに触れたりしたが、しかし私は戯曲において荒木村重伝を書くつもりなどは最初からなく、ただ村重の落去という異常な亀裂に視線をあてつつ、権力というものは何かということをわずかながら考えてみたかった。

信長と断交したあとの村重の家臣団に対する権力というものは、じつに妖しく、ひょっとすると一種の美しさすら帯びているかもしれない。村重は幻想を懸命に信じようとしている。「毛利が来援する」のである。その一点にのみ彼と彼の国の運命がかかっていたし、その期待を繰りかえし重臣たちに唱えつづけることによってのみ、かれは城内の叛乱をふせぎ、重臣たちの心をつなぎとめ、かれ自身の毎夜の浅い眠りを得ることができたのである。こういう幻想性のつよい期待の上に成立した権力というものが権力の影響範囲内でどういう作用をし、さらにはそれを呼号しつづけている村重の内面でどういう変化をおこすものか（結局は村重は何かに漂白されて行って人間以外の、しかも人間に似た生物になるしかないようにも思うが）、ともかくも村重を藉《か》りて村重のその部分とその磁場のみを主題にして戯曲を書いて、書くことによって考えてみるしか仕方がないように思えた。村重的な権力現象は、決して奇談ではない。すでにそれを村重が現出させた以上、当然、人間の世の中で、歴史時間と関係なくつねにおこりうるし、どの社会においてもそれがおこりうる危険性をすべて持っているように思える。

〔「中央公論」一九七五年十二月号〕

謀殺

〈明智光秀／細川幽斎／一色義定〉

丹波《たんば》と丹後《たんご》は、京都市の北部にひろがって日本海にいたる山岳地帯である。山中の小盆地ごとに都市があり、よけいなことながら町の名をあげると、亀岡、綾部《あやべ》、福知山、園部などがあり、いずれも霧がふかい。さらに日本海に面した丹後へゆくと、宮津、舞鶴など若狭湾に面した海港がある。

「丹波、丹後を攻めよ」

という命令を織田信長がくだしたのは、天正三年であった。平定までにほぼ六年かかっている。

攻略の担当者は、織田家の五人の軍団長の一人の明智光秀で、その属僚として細川藤孝（幽《ゆう》斎《さい》）とその子忠興《ただおき》がつけられた。平定後は、この当時のしきたりとしてその司令官がその国をもらう。つまり請負であり、成功後は光秀が丹波の国主となり、幽斎が丹後の国主になるのだが、土地の連中としてはいい面の皮であろう。

なにしろ、山が錯綜している地形であるために屈強の山にはみな山寨《さんさい》があり、無数の地侍が割拠していて、それらが連盟して織田軍をむかえ撃った。キコリまでが武装して山々を駈けるという状態だったから、当然ながらゲリラ戦になり、侵入軍である光秀も幽斎も苦しみぬいた。光秀の神経が大いに衰弱してこの平定後、本能寺ノ変という、およそ政略的に好結果を生むはずのない行動へ飛躍してしまったのは、どう考えても政治的には理由の説明がつきにくい。政治よりもむしろ精神医学でこの前後の光秀を考える以外にないようにおもわれる。

というほどに戦況がすすまぬところへ、信長からはやかましく督励してくる。これが光秀にとって脅迫になり、過労の上に焦燥がかさなって、このため、かれの攻略法も手段をえらばなくなり、やり方が汚くなってきた。謀殺に次ぐ謀殺をもってした。本来、光秀も幽斎も、粗野な織田家の諸将のなかでは例外的な教養人であり、とくに幽斎などは歌学では日本随一であったであろう。そういうかれらが、自分の攻略法のきたなさに、自分自身が傷つかなかったはずがない。とくに光秀という人の性格から察して、そうであろう。

むしろ、丹後を担当した幽斎のほうが、この当時公卿たちからも尊敬をうけた教養人でありながら、あるいはそれだけに、煮ても焼いても食えない面が、光秀よりはある。

幽斎はのち宮津と田辺（舞鶴）に城をきずいたが、丹後攻略中は、八幡山城という、土地にむかしからあった城跡に仮設の策源所を設けて四方に兵を出していた。丹後というこの小さな国だけで彼がつぶした城が二十六もあってしかも一城を潰してもまた新城が別な山に出来るといったぐあいだったから、ちょうどアメリカが経験したベトナム戦争のようなものであったろうか。そのなかで最後まで抵抗したのが、竹野郡の地侍で高屋十郎兵衛という者であった。この高屋も、連繫する土着勢力がつぎつぎに潰されたので、細川家の家老米田助右衛門をたよって降伏を申し入れた。高屋もそのあたりは田舎者であった。最初の降伏者は優遇され、最後の降伏者は利用価値がないために殺されるという戦国の原則を知らなかったようであった。

そういう田舎者だけに、高屋にはおもしろいところがある。銭をもって行けばゆるされるとおもった。自分を銭で買うのである。かれは銅銭の穴にわらを通し、それをかついで八幡山城にのぼった。案内者は、米田助右衛門であった。城内に入ると、すぐ厩《うまや》がある。その厩から幽斎の子の忠興が、自分の馬を出そうとしていた。米田は、

「若君、ちょうどよいところに」

といって、降参人の高屋十郎兵衛がこのように銭をかついで神妙に詫びを入れております、といった。といって高屋は、べつに平伏はしていない。この代々の山林の豪族は傲然と突っ立っている。忠興はそのことにも腹が立ったのであろう、さらにはさんざんてこずらされたことについての怒りもあったかもしれない。

「米田、その高屋が首を後ろへ捻じむけよ」

と、どなった。米田はあっと承知して高屋の首っ玉にとびつき、首をうしろに捻じようとしたが、高屋はむろん抵抗した。ところが銭の束を右手にかかげたまま放さない。その右の高胴を、忠興は長国の大太刀をふりあげざま、力まかせに斬った、が、あばらにあたって刃がはねかえったため、すかさず米田が抜刀し、うつぶせに倒れた高屋の背を刺した。剣尖《けんさき》が地面を掘

ったというから、串刺しであった。そのあと忠興はゆっくり太刀をあげ、その首を刎《は》ねた。このとき門外では、高屋の従者五人がなにも知らずに、地面にうずくまっていた。それを細川家の侍たちが取りかこみ、寄ってたかって膾《なます》にした。あほらしいともなにとも、言いようがない。

この高屋とその郎従が住んでいた丹後竹野郡というのはこんにちでも交通が便利とは言いかねる峰山半島の一部で、中央の情報にもうとく、その生活文化も時代意識もおそらく中世そのものであったであろう。織田氏が中央で勃興したということも、この桃源郷の人々にはどう受けとられていたか、かれらにすればそういう歴史像と対決したのではなく、自分たちの先祖代々からのところをまもるだけのために頑強に抵抗したにすぎないのである。が、後世の目からみれば織田氏の天下統一ということが巨大な歴史的命題であり（そうには違いないが）、その命題にまつろわざる在所々々の、弱者としかかれらの存在はあつかわれていない。古事記、日本書紀以来、さばえなす荒《すさ》ぶる神々はみなこのように位置づけられてきた。

この丹後国の室町期の守護大名は、一色《いっしき》氏である。戦国期に入って各地に興った実力大名のために、六十余州の守護大名はほとんどが没落した。多少とも戦国大名の実力を持った家は、常陸《ひたち》の佐竹氏、甲斐《かい》の武田氏、駿河《するが》の今川氏、豊後《ぶんご》の大友氏、薩摩の島津氏ぐらいのもので、たとえば信長の尾張の守護大名である斯波《しば》氏などは消滅してしまっており、家康の三河の吉良《きら》氏も有名無実になっていた。丹後の一色氏も実力こそそうしなっていたが、しかし後進地帯だけに、土地のひとびとから、

「お屋形さま」
とよばれて、神秘的なほどの権威だけはのこっており、館を田辺にもち、別に防御用の城を宮津湾に突き出た岬にもっていた。当主を一色義道といったが、むろん累代の地方貴族で、一色の兵はわずか百人でこの危難をきりぬけるだけの力はない。細川軍が大挙して攻めてきたとき、かれは兵百人で城をふせぎ、やがて城をすてて逃げたが、結局は追いつかれて討ちとられた。このとき郎従三十八人がその場を去らず、ことごとく路上で戦死している。

この義道の子を一色義定と言った。義定は相当な力量があったらしく、父義道とは別に、弓木城という山城に籠って防戦した。この頑強な抵抗に細川幽斎・忠興も手を焼き、光秀に相談した。光秀も、当惑した。安土《あづち》の信長の意向は、つねに急であった。信長にすれば他の戦線とのふりあいからみて、丹波・丹後の攻略にこれほど時間がかかるようでは、他に支障をきたすのである。そういう信長からの圧迫が、光秀をあせらせ、結局は、謀殺の手を用いざるをえなかった。謀殺がフェアでないということは戦国のころでも十分認識されている。その案を出したのは幽斎自身なのか、それとも光秀が示唆したのか、そこはよくわからないにせよ、直接の担当者は幽斎であった。

一色義定あてに使者を出し、
「貴殿の弓矢のつよさには感じ入っている。ついては和睦《わぼく》したい。条件としては、貴殿の所領として、丹後五郡のうち竹野、中《なか》、熊野の三郡をみとめよう。私は与謝《よさ》と加佐《かさ》の二郡をもらえばよい。さらには一色・細川両家の睦《むつ》みのために、私の娘を貴殿にさしあげたい」

と、申し送った。この戦国期に、乱世にすれた東海道沿いの武将たちならこの程度の調略にはごまかされないのだが、一色義定はこれを信じた。むしろよろこんでこの条件をうけ、幽斎の娘を弓木城にむかえて、婚儀をあげた。

婚礼から三日目には、「婿入り」というものがおこなわれる。一色義定は供をひきいて舅《しゅうと》幽斎の居城である宮津城へゆき、書院において室町礼式どおりの儀式をおこなった。舅への贈りものとしては太刀と小袖、姑《しゅうとめ》へは小袖といったぐあいに義定は型どおりの品々を贈り、そのあと儀式に入った。この場合、儀式の出席者には定めがある。舅と姑、そして小舅（この場合、忠興）と新夫婦だけで、余人は入れない。盃の礼がある。舅三献《さんこん》、婿は二献、そのあと贈りものを出す。義定が盃をとって二献すべく唇をつけたとき、そばに着座していた小舅の忠興が跳びはね、抜きうちに義定の肩を斬り、胸まで斬りさげ、即死させた。忠興はさきにも高屋を殺し、こんども義定を斬ったが、この同時代の武将で自分で人を斬った経験が、忠興はもっとも多かったかもしれない。家康も秀吉も、戦陣と日常を問わず、生涯自分が太刀をふるって人を斬ったことはなかった。しかも、幽斎にとっては娘、忠興にとっては妹の面前においてである。その婿を斬った。これによって細川家の丹後十二万石が確定した。

昨年、丹後のこのあたりへゆき、宮津を足場にして一色家の遺跡でもさがそうかとぶらぶらしてみたが、なんとなく面倒になって宿にいる時間のほうが長くなった。そのとき、土地の人から妙な話をきいた。

むかし、丹後の地侍衆が籠ったであろう山村は、いまは過疎地帯になりつつある。みな高賃銀の太平洋岸に移ってゆくのである。ついに踏みとどまっているのは三軒かなんぞになった。ところがそれをきいた太平洋岸のテレビ局が「ほろびゆく山村」といったふうのドキュメント番組をつくることになり、機械を積んで大挙してやってきた。現代の織田軍というべきものであろう。

戦後のこの種の番組は、特有のセンチメンタリズムを最初から型のように決めて、それにあわせて画面をつくってゆくようにおもわれるのだが、山村のひとびとはその主題のムードでの弱者に仕立てあげられ、そのあげく、

――離村式をやっていただけませんか。

ということになった。画面をもっとも感動的にするには、最後に残ったその数軒の連中が、山の鎮守さんに詣《もう》でて、涙の離村式をあげることであった。先祖代々村の結束の中心になってきた氏神も、この最後の離村者たち(かれらは離村しないのだが、そこは主題上、その役まわりになる)が山をおりてしまうと、鳥居も朽ち、社殿もやがてはくずれはてるであろう、といったふうの演技をするのである。結局、それをやった。この番組は好評で、全国の話題をよんだ。

哀れで滑稽なのは、この演技だけの離村者たちであった。彼等のもとに同情があつまり宮津の町でも評判になったため、あれはテレビから頼まれた演技ですとも言えなくなり、ついに残った者すべてが、山から消えてしまったのである。織田氏の天下統一が文明としての大命題であったとすれば、こんにちの太平洋岸の工業的繁栄もそうであり、かつての織田軍のようにこ

の丹後の山村にのぼってきたテレビの撮影隊もそうであるであろう。

「あんた、テレビがですな、村を一つ消しやがったんですぜ」

といって、ふんがいしたその人の語気には、かつての一色氏の怨念がこもっているようでもあった。

〔「オール讀物」一九七〇年十一月号〕

別所家籠城の狂気

〈別所長治〉

播州《ばんしゅう》には、三木姓が多い。三木姓でなくても、この平野を耕やしている農家の多くは、先祖が三木の籠城戦で戦ったという口碑をもっているようである。

私の祖父福田惣八《そうはち》は、維新後まもなく、兵庫県飾磨《しかま》郡広《ひろ》という村の田地を売って、大阪に移住して餅屋になった。もとは、三木姓だったという。三木城が落ちてからこの村に逃げ、他の城兵とともに湿地をひらいて部落をつくった者の子孫である。播州ではほとんどの家に、落城後逃げ落ちるときの恐怖譚が伝えられていて、話題のすくない農村では、まるできのうの事件のように語りつがれている。おそらく、有史以来播州の住民が体験した最大の事件だったからだろう。徳川中期には赤穂浅野家のさわぎがあったが、規模の大きさにおいてくらべものにならない。

去年の八月、私は家内をつれて、この戦いの中心であった三木城をたずねた。城は、東播《とうばん》の三木市の中央にある。戦国時代の別所氏の城下町であった三木の町は、その没落後政治的性格をうしない、徳川期は金物の町として存在し、いまもその地方産業を維持している以外は、いかにも古典的なしずけさをたたえて、川と丘陵のある野にかすかに息づいている。町全体が、いまなお戦国別所の思い出のなかに生きているような印象をうけた。

故城の岡を釜山《ふざん》という。

岡の上の小さな稲荷社《いなりやしろ》のためにつくられた長い石段をのぼりきると、大きな樟《くす》があり、その枝の茂りを日蔭にして、社務所が建っていた。樟の下にたつと、蟬しぐれが一時にやんでしまったほど、この岡では人の訪れがめずらしいようであった。樟の下から見ると、社務所の座敷があけはなたれて、一閑張りの机をはさんで、四十年輩の男が二人、しきりに協議していた。

ふたりが、眼をあげて、私を見た。見も知らぬ私に微笑を見せ、しかも、手まねきまでしてみせてくれて、ここへきて協議にくわわらないかという意味のことをいった。この人は稲荷社の神職なのだった。

他の一人は土地の画家で、いつもかれらで籠城譚をしているのだが、きょうのクダリは、別所長治《ながはる》が籠城の当時、どういう鎧《よろい》をきていたかということが話の中心のようであった。私と家内がその横にすわると、親切な神職さんは、ものやわらかく話しかけてくれた。

「城兵のご子孫の方でございますね。そうでしょう。毎年お盆のころになると、いろんな地方から、御子孫の方がこの城跡におみえになりますものですから、ご様子でわかります」

「ははあ」

私は神職のけいい眼におどろきながら、

「しかし、私の先祖が何という名だったか知らないんです」

「左様でございましょう。三木の城兵は帰農したあと、世をはばかって名をかくした例がほとんどでございますから。このあいだも、高知の人が親族の方といっしょにお見えになりまして、先祖の供養をしたいのだが自分の先祖はたれだったか、とおたずねになりました。私は、記録に残っている城兵の名前から適当にえらんで、このかたにしたらいかがでしょうとお教え申しあげました。あなたさまのご先祖は、さて、どういう姓の——？」

「三木というんですが」

「ああ、どちらさまもそうおっしゃいます。どなたのご先祖も三木ということになってるんでございますけれども、しかしじつを申しますと、三木城に籠城した将士のなかで、三木姓を名乗る者はひとりもございません」

神職は申しわけなさそうにいった。私が返答にこまっているのを見かねてか、

「いえ、それはでございますね。おそらく別の姓であったものが、落城後、三木の地を懐しんで、それを姓にかえたのでございましょう。落武者たちが期せずして一様に三木姓に改めるほど、この城の攻防戦は強烈な記憶だったのであろうと思いますです」

帰阪後、別の用件で関西大学の有坂助教授にあい、三木の町に行った話をすると、別所長治こそは私の先祖だときかされた。へえと驚くと、巨人軍の別所選手も、どうやら長治の子孫らしいという。有坂さんも別所さんも兵庫県出身だから、まるで播州平野はいまなお、別所主従の子孫でみちみちているようなのだ。それほど、この籠城戦の規模は大きかったということに

もなるだろう。

天正五年、中国の毛利攻めを決意した織田信長は、江州《ごうしゅう》小谷《おだに》二十二万石の城主羽柴筑前守《ちくぜんのかみ》秀吉を野戦司令官に命じて、安土《あづち》から兵を発せしめ、その軍容を見せることによって、毛利の衛星国である播州諸豪族を懐柔して、年末にはいったん兵をひきあげた。

第一次出兵は、威力偵察と政治工作のためともいうべきもので、その結果、秀吉はいよいよ毛利の攻めがたきを知り、まず播州最大の豪族別所侍従長治を味方につける必要のあることを信長に献策した。

別所家は、東播から摂津にかけて二十四万石の版図《はんと》をもつ大名で、もともと足利の幕将赤松氏の庶流であり、村上源氏の家系をほこる旧家である。すでに戦国末期のこのころにあっては、中世的な名家はほとんどほろび去り、諸国の地図は、累代の家名をもたぬ実力者によって塗りかえられつつあった。名門意識のつよい別所一族にとっては、尾張《おわり》から崛起《くつき》して海道を抑えつつにわかに京へ入った織田信長という新興勢力などは笑止千万な存在というべきであったろう。

秀吉は別所の名門意識を利用することに気づき、別所をして中国攻めの先鋒の名誉をになわせることを信長に献言したのだ。信長はその策を容れて、急使を別所の三木城に送った。「御辺、味方に属せらるるにおいては、播州一国は云ふに及ばず、その外、功に従ひ恩賞厚く行ふべし」（『別所長治記』）

長治は二十一歳の青年で、戦国武士にはめずらしく古武士のような美意識をもっていたのは、やはり戦国最後の名門の子であったからに相違ない。たとえ新興勢力の下風に立つとはいえ、大軍の先鋒をつとめるということに武門の名誉を感じて、人質を出して応諾した。一国の運命を、単なる美意識にかけたというのも、乱世に類のない話といっていい。

もっとも、信長は、そうは約束したものの履行する意志はなかった。播州一国を与えるという手形は、すでに自分の直属の将校秀吉にひそかに与えていたからである。戦国争覇の決勝戦にのぞみつつある老練の選手と、旧式のルールとフォームにかぎりない美を見出しているスポーツ・ディレッタントとの勝負だといえるだろう。

天正六年三月、信長は中国攻めの第二次出兵を行なった。司令官秀吉は大軍をひきいてひとまず播州加古川の糟屋《かすや》内膳正の城館に進駐し、播州の諸豪族に謁見した。別所家からは長治の代官として、叔父別所山城守《やましろのかみ》吉親と老臣三宅肥前守《ひぜんのかみ》治忠が訪問した。

この二人の別所の使者は、足軽から身をおこしたという信長の野戦司令官をみて、心から軽侮した。禿ねずみに似た容貌と貧弱な骨柄と下品な高笑いのどこにも、かれらの美意識を満足させるものがなかった。この二人の別所家の老人は、一家の運命の岐路ともいうべきこの会談で、秀吉を相手に、まるで士官学校の議論ずきな生徒のように戦術論をふきかけて、ついに「孺子《じゅし》、戦いを知らず」と席を立って引きあげている。田舎者もここまでくればご愛嬌というほかない。二人は帰城して長治に報告し、「このたび秀吉、当国に下向して、われわれを下人のごとくあいさつし」と、弱肉強食の時勢のなかで序列的不満を訴えている。

長治は、先手の将にしてくれるはずの信長が、その後一向にはかばかしい返事を寄越《よこ》していないことにいきどおっていた。「右府はうそをつく」と長治はいった。利害問題ではなく、この青年には、平気でうそをつく不潔な精神が不快だったのだろう。三木城では軍評定をひらき、長治は最後に決をとって、こういったことが『別所長治記』にみえている。「昨今信長に取りたてられ、やうやく侍のまねする秀吉を大将にして、長治、彼が先手にと軍《いくさ》せば、天下の物笑ひたるべし」

秀吉という四十三歳の成熟した戦略家をつかまえて「侍のまねする」男ときめつけ、その下風に立つと「天下の物笑ひ」になるという。この一言が、別所家を、決戦にふみきらせた。マキャベリズムが日常事になっている戦国時代に、珍しくもドン・キホーテ的騎士道の旗が三木城にひるがえったのである。

早速、戦術が議せられた。おりしも加古川城に鎧を解いて政治工作をしている秀吉の油断を見すまして一挙に奇襲を敢行すべしという議論が出た。これが採用されておれば、あるいは秀吉はこの時をもって歴史から消滅していたかもしれない。しかし、「それは卑怯《ひきよう》」という意見が大勢を占めた。別所家の名代の武名にかけて、堂々の陣を張って対戦すべきだ、というのだ。この意見は別所一族の好みにかない、三木城は城をあげて籠城準備にとりかかった。

三木城は、通称釜山城という。本丸、二ノ丸、新城の三城廓より成り、東西北の三方に空濠《からぼり》をうがち、さらに西南と東方に外城をきずき、城の西北は断崖にまもられ、そのむこうに美嚢《みのう》川《がわ》がめぐっている。赤松の一支族から、別所氏をして東播の支配者に成長せしめただけのものをこの城はそなえていた。しかも、別所氏の傘下には、支城三十有余、塁塞百にあまる小要塞があり、それぞれ連繋して三木城をまもっていた。

天正六年六月二十九日、三木城をかこんだ秀吉は、急攻せずに、まず、仙石権兵衛、加須屋助左衛門、前野勝右衛門らの部隊をして小当りにあたらしめた。城塁の下でいくつかの小戦闘が行なわれたが、いずれも別所方の古典的な戦闘意識の勝利におわった。兵を退いた秀吉は、それで十分の成果をえた。城方の兵の配置のあらましを知りえたからだ。秀吉は城をかこみ重厚な長期陣地を配備した。

城方は間断なく、大小の夜襲戦を敢行し、寄手を疲れさせた。そのつど、完全戦闘ともいうべき勝利をおさめた。ある時は、勇婦の聞え高い別所山城守吉親の妻が、真紅の鉢巻に落葉風の模様の下着をつけ、黄に返したる桜おどしの鎧に身をかため、白葦毛《しろあしげ》の馬に鏡鞍《かがみくら》をおいてゆらりと打ちまたがり、二尺七寸の大太刀をふりかざして並み入る敵陣に斬りこむなどの、平家物語的挿話もおりまぜて、城方の意気は大いにあがった。

しかし、織田軍の戦術思想は、そういう前時代的な戦闘美学を否定したところに斬新さがあった。秀吉は、局地的な戦闘に酔う城兵には眼もくれず、三木城の正面には付け城を構築して少数の兵を入れておき、主力は、三木城を支える衛星要塞を根気よくつぶしにかかった。まず、城方の長井四郎左衛門が守る加古川東方の野口城を陥し、つづいて、神吉民部大輔《かんきみんぶだゆう》の居城印南郡の神吉城を二十余日の悪戦苦闘ののち攻めつぶし、さらに志方《しかた》城、明石の端谷《はしたに》城、高砂《たかさご》城を陥落せしめた。

三木城は次第に孤城になっていったが、頼みにしている毛利方の援軍はついに来なかった。老猾な毛利は、来るべき織田軍との大決戦にそなえて、兵力の損耗を避けたのだろう。別所家は毛利のために大汗をかいて織田軍と戦いながら、毛利の救援を得ず、先の見込みもなく、何のために戦っているのかわからない状態になったが、それでも戦った。

おどろくべきことに、天正六年は戦いに暮れ、同七年も終始し、満二年にわたって狂気のごとく戦った。糧食がつきて、草木を食い壁を食い、ついに軍馬を食ったが、なおひるまなかった。籠城二年といえばおそらく日本戦史では最高記録かもしれないが、この政治性にとぼしい古典派の武士道主義者たちは整然と戦った。城将長治は主だつ者をあつめてざんげした、「野口、神吉の両城、織田勢のために陥されしは、これ士卒の科《とが》にあらず、わが謀の拙きためなり」。こういう清純とさえいえる一種の感傷主義は、とうてい戦国権謀の世の武将の言葉とは思えない。逆にいえば、長治のもつ貴族的な高雅さが、惨烈な籠城戦にあってよく部下を統率しえたといえる。

天正八年正月六日、厚さ五分、鉄を巻いた楠《くすのき》の一枚板でつくられた大手門が、明智光秀の指揮する三百の織田勢の手でうちやぶられ、三木城の命は旦夕《たんせき》にせまった。

長治は、開城を決意して、秀吉に条件を申し入れた。別所家一族は腹を切る。しかし、士卒の命は助けられたい、というのだ。秀吉は、酒肴を贈ってこれをゆるした。

正月十六日、長治は籠城の士卒をことごとく本丸の広間にあつめ、長い戦いの労をいたわるとともに永別の辞をのべ、翌十七日、庭に紅梅のさく三十畳の客殿に白綾のふとんを敷き、妻波多野氏、男子二人女子一人の子、それに実弟彦之進夫妻とともに自害して果てた。辞世に、「いまはただうらみもあらじ諸人の命にかはる我身と思へば」とあった。別所長治という人物は、生れる世を異にしていれば、武将よりもむしろ詩人にふさわしかった資質なのであろう。

播州のある農村では、いまだに正月の満月を祭る家があるという。開城とともに諸方に散った城兵は、和睦条件にもかかわらず、殺気だつ寄手の兵に討ち殺される者が多かった。追われて川に至ったところ、おりから満月が雲間に出て、舟の所在を知り、それに乗ってあやうく命を全うしたために、子孫代々、その月の満月を祭ることを家法にしているというのだ。このたぐいの話は、さがせばきりもなくあり、いまも生きている。

三木籠城の狂気ともいえる高潮した精神が徳川期に入ってなおこの地に息づき、浅野長矩《ながのり》の潔癖な狂気をうむとともに、その家士団の中から赤穂義士をうんだ。いずれも、自分の美意識に殉ずるために、家を棄て、身をほろぼした。げんに、赤穂義士のなかには、三木城で籠城した者の子孫が幾人かまじっている。三木の狂気が、元禄に入って再び赤穂にあらわれたといえなくはない。歴史はくりかえすようである。

〔「歴史読本」一九六〇年十月号〕

播州人

〈別所長治／黒田官兵衛／後藤又兵衛〉

時代小説の世界で、兵庫県とくに播州をもし除いたとすれば、ちょっとこまるのではないかと思う。この県は、上方《かみがた》に隣接していながら、じつに壮快な人物を多く出している土地だからである。

播州出身の英雄豪傑を思いつくままにあげると、別所長治《ながはる》、黒田如水《じょすい》、後藤又兵衛、母里《もり》太兵衛、宮本武蔵、大石内蔵助《くらのすけ》ほか赤穂《あこう》浪士、といったぐあいで、極端にいえば、かれら播州人が、日本の男性の理想像を作ってきたようなものであった。播州平野には、そういう風土的な秘密があるのだろうか。

足利時代には、この土地は、赤松家の所領だった。足利の大名のなかでも、赤松氏の武士集団は、主従関係がもっとも緊密で、戦国時代の三河徳川家に比することができる。

その赤松氏が、戦国時代には多くの分家に分立し、そのなかで三木の別所家がもっとも栄えた。別所長治の代になって秀吉に亡ぼされたが、その二年にわたる三木の籠城戦は、日本戦史のなかでもその美しさの点で白眉とされていい。裏切りもなく、混乱もなく、整然と戦い、食尽きて開城した。開城のとき、長治は秀吉に対して城兵の命乞いをし、その条件として別所一族は自殺する、と申し出、許されて屠腹した。戦国時代の豪族には、自分の部下の命に代わるという犠牲的な精神はほとんどみられなかっただけに、私は「別所記」をよむたびに異様な感動にうたれる。播州には、男の清潔さと潔癖さを育てるなにかがあったのだろうか。この精神の系列は、徳川時代に入って、赤穂浪士のものとなっている。

後藤又兵衛の家は、たしか、この別所家の支族で、かれの父はもと長治に仕えていたし、伯父は三木籠城戦に加わった。宮本武蔵の生母は、別所滅亡後、山林にかくれた一族で別所林治《しげはる》という者の娘である。この二人の男性は、血族的にも播州武士の正系といっていい。

黒田官兵衛如水は、はじめ播州姫路の城主小寺政職《おでらまさもと》につかえた。小寺家も、別所の血族で、この籠城戦には別所方についた。

家老であった官兵衛のみは反対し、ついに秀吉のもとに走って、播州攻略の参謀になった。官兵衛が豊臣家の大名になったとき、多くの別所の残党を召しかかえている。

黒田家はのち、筑前福岡五十余万石の領主となり、その男性的な家風は、いまも「黒田節」を通して知られている。「酒は飲め飲め飲むならば、日の本一のこの槍を、飲みとるほどに」という歌詞は黒田官兵衛の家老であった播州人母里太兵衛の逸話にもとづいたもので、黒田節は、いわば播州から起ったといっていい。

神戸市は、須磨寺のあたりを境界に、東は摂津、西は播州にわかれている。旧分国の境界にまたがって成立した大都会は他に例がないが、それだけに神戸人の性格は複雑といえる。

上方的な繊細さと播州的な豪気さが、そのもともとの風土のなかにあるのだろう。

〔「月刊神戸っ子」一九六二年三月号〕

時代の点景としての黒田官兵衛

〈黒田官兵衛〉

『播磨灘物語』を書きおえた。

ふりかえってみると、最初からべつに大それた主題を設定して書いたわけではなく、戦国末期の時代の点景としての黒田官兵衛という人物がかねて好きで、好きなままに書いてきただけに、いま町角で、その人物と別れて家にもどった、というような実感である。

官兵衛という人柄は、そこから人間の何かをえぐり出せるようなたちのものではなく、自制心のある一個の平凡な紳士というにすぎない。ただかれは、平凡なだけに、戦国末期の時代の気分を、そのまま思想として身につけているようなところがある。

たとえば、室町期に飛躍した農業生産力と商品経済の勃興、流通する貨幣についてのあたらしい感覚、さらには、それらと不離のかたちでこの時代を特色づけている大航海時代の圏内に入ったという意識、またそれとは不即の関係で入ってきたキリスト教に対し、その新奇な普遍性に対してあこがれたり昂揚したりする感受性など、ここに思いつくままに列挙したものはすべて官兵衛は身につけていた。

『武功雑記』によると、徳川家康は、官兵衛を、播州の馬商人のあがりだと思いこんでいたらしく、この錯覚の中に存外な真実性がある。家康のように伝統的農民観の中から物事を見たり感じたりする男からみれば、室町末期に出現する商人というものは、ツバサを背につけた人間のようで、異様な思いがするのであろう。農民からみれば、商人は異様である。商人の特徴は機智と機略であり、さらには商人は、農民のように天下を山川草木の区分けで見ることなく、流通というかれらの体験から総合的に感じとろうとする。官兵衛は馬商人ではないが、商人というイメージだったということで、家康の印象はあたっている。

家康的な感覚からみれば、織田信長も豊臣秀吉も、その渾身《こんしん》の機略感覚は商人そのものであったろうし、ひるがえっていえば商人の機略性をもたずにあの時代の統一はなしがたかった。とくに秀吉の統一の戦略というのは、割拠する諸勢力に対していちいち取引でのぞみ、相手から、相手自身でさえときに気づかない利益をご苦労にもひき出してやり、それと秀吉の条件と調和させて相手を納得させ、人間を多く殺すことなしに味方にひきこんでしまうというやりかただった。こういう政略思想は決して鎌倉や室町初期のものではなく、室町末期の商業の盛行とともに出てくるものにちがいない。

官兵衛の家系はすでに『播磨灘物語』でふれたように、商人の思考法が根づいている。

かれの祖父は近江《おうみ》から流浪して、当時山陽道きっての商業都市だった備前福岡で牢居するうちに、この感覚を身につけたのであろう。やがて貧窮のまま播州へ移ったが、目薬を広地域に販売する方法を思いついて成功し、豪族化するのである。そのころ前時代とはくらべものにならぬほどに流通しはじめた貨幣でもって郎党をやとい、かれらの心服を得て豪族になったという奇妙な成り立ちは、前時代では皆無である。

官兵衛は若いころから、京都や堺がすきであった。この時代、海外貿易の商人は主としてこの両都に多く住んでいる。かれらがもつ世界性といった気分が、この時代の茶道にまで濃厚に影響して特異な美意識をつくりあげるのだが、若いころの官兵衛は茶道がきらいだった。しかし茶道にまでおよんだ商業都市の世界性のほうを好み、この時代の感受性の鋭敏な豪族の子の多くがそうなったように、かれもクリスチャンになった。

つぎは、官兵衛の合理主義についての偏好といえるまでの好みである。

合理主義は鎌倉・室町体制のような封建体制のもとでは決して育たない。日本の合理主義は、以後衰弱するとはいえ、室町末期の商業社会のなかでいきいきと成立したと私は思っている。その申し子が、織田信長であり、秀吉であった。

官兵衛が、おそらく若いころ京で接したであろう織田家の匂いというのは、他の室町的な封建大名や小名とはおよそちがったものであり、それは、人材まで商品化しようとするほどの合理主義としか言いようのない印象だったにちがいなく、その印象が、官兵衛にあたらしい時代の到来を感じさせたに相違ない。かれが、播州に織田勢力をひき入れようとした動機は、小寺《おでら》氏の存亡という小豪族の生存上の打算もあったとはいえ、以上のように織田氏との感覚の一致というものがあったからかと思える。すくなくとも西方の毛利勢力に魅力を感じなかったのは、計算というよりも感覚の問題といっていい。

官兵衛の生涯は、織田氏や豊臣氏という大風景の中の点景にすぎなかった。

その豊臣政権が、秀吉の死後分裂して関ヶ原合戦へおよぶとき、官兵衛はいまの大分県の中津にいた。

当時、九州の大名の過半は石田三成《みつなり》方で、その当主も人数も多くは上方《かみがた》にあり、いわば空家《あきや》同然の城々が並んでいた。

かれが表むきは家康のためと称して、ほとんど魔術的なほどの素早さで北九州を席巻《せっけん》したのは、九州が軍事的に空白状態にあったということもある。しかし官兵衛の手持ちの人数は、わずか数百人なのである。

その魔術を可能にしたのは、中世以来の経済の基礎であるコメ（石高）ではなく、官兵衛が好んだところのゼニの経済だった。生涯、節約家だったかれは金銀を天守閣の床がしなうほどにたくわえていたが、それを書院座敷に山盛りにつみあげ、浪人や百姓から戦士を急募した。たちまち三千人を得、これをもとに他域を攻めたり取り引きしたりして、ついに九千人の兵力を得た。この奇抜さは、いかにも先端的なゼニ経済の徒であったことを証明している。

官兵衛は、東西の争いが一年はつづくとみていた。官兵衛が計算したように一年もつづけば、あるいは天下をとる者は家康ではなかったかもしれなかったが、ところが関ヶ原はわずか半日でおわってしまった。

官兵衛は、家康のような農村の庄屋を大型にしたような感覚の男を、性格として好まなかったであろう。しかし関ヶ原の勝利が家康に帰したことを知ると、ゼニで徴募した兵を解散してしまい、もとの隠居にもどった。このあたりの進退のあざやかさは官兵衛の性分とはいえ、それ以上に、この時代に芽生えていた商業的合理主義の論理そのままであり、やがては徳川封建体制のはじまりで衰弱してしまうものとも考えられる。官兵衛の論理的隠退という、滑稽感さえともなうあざやかさは、同時に、一時代の終了という象徴性をも感じさせる。官兵衛はなるほど生涯、時代の点景にすぎなかったが、しかしその意味でもいえぬおかしみを感じさせる点、町角で別れたあとも余韻ののこる感じの存在である。

〔「読売新聞」一九七五年二月十七日夕刊〕

『播磨灘物語』文庫版のために

〈黒田官兵衛〉

この作品は、新聞に連載した。載っているあいだ、読者からいろんな手紙をもらって教えられるところが多い。

まれに、いやな手紙もある。たとえば、『播磨灘物語』には飾磨《しかま》の海浜の英賀《あが》という処にいた小勢力についてはほとんど書かれていない、まことにけしからんことである、あなたがその小勢力の子孫であったらそんな冷淡なことはしなかったろう、というもので、悪意のこもった文体の読後感が、いまでも想い出せる。

けちをつける場合の筋合いというのは、たいていはこのたぐいである。たとえば「人民」という言葉を便利使いして記号化し、人民が登場していない、などというふしぎな物言いもその一つといっていい。官兵衛《かんべえ》の胃袋や肝臓、膵臓《すいぞう》、リンパ腺のことを書いていない、ということと同じで、返事の書きようもない。歴史は人民とその生存の条件が動かすというのは、当然の公理で、戦国末期の播磨事情も、それを見つめつづけて最後に辛うじて官兵衛の身動きを察しうるのである。

前記、英賀城の小勢力もまた織田勢力とその出店《でみせ》である秀吉に抗し、最後に卵をつぶされるようにしてつぶされた。

この時代の播磨事情のなかに「三木」というのが、別所氏の居城の城下町という地名としても出てくる。べつに、人の姓としても出てくる。

人の姓の場合、右の飾磨の海岸の英賀城主三木氏として出てきて、どうもまぎらわしい。ふるい物の本に、

英賀の中浜に古城址あり。赤松の幕下に三木右馬頭通近《うまのかみみちちか》より九代通秋まで相続の居館とぞ。三木は本国伊予《いよ》。河野《こうの》の末葉也。属塞は、町之坪《ちようのつぼ》、山崎、岡田、飾磨津《しかまつ》等に在り。


とある。室町期の南北朝の乱で諸国が流動したが、そのとき四国からはみ出した国が、船団を組んで海をわたり、播磨の飾磨海岸にとりついてそのあたりを鎮め、租税をとりたてるかわりに治安をうけもつというぐあいで小勢力を根付かせたらしく、それが英賀の三木氏である。

難癖の手紙のぬしは、文脈からみてその小勢力の子孫とされる家の出のひとであろう。私は家系など一種の虚構だと思っているが、じつは私の家も先祖が、この手紙のぬしが言う英賀城に籠城していた。さらにいえばこの『播磨灘物語』は、その伝承が触媒になって構想がふくらんだ。要するに秀吉や官兵衛たちの小さな敵で、かれらのためにつぶされてしまい、播磨が鎮まってからは、英賀城下の広《ひろ》という地に土着した。当時、備前の福岡が「福岡千軒」といわれ

て商品経済の一中心であったように、広も「広千軒」とよばれることがあったらしい。飾磨などの海港の栄えによって室町期的な流通の一つの核になっていた。

飾磨の北に、亀山という土地がある。

室町期に、本願寺蓮如《れんによ》が播磨に教線を張ったときに、その布教上の根拠地として「亀山の本徳寺」という大伽藍《がらん》をたて、西播州一帯の門徒のよりどころとした。伝承の中での私の先祖などは、三木氏に仕えつつも、本徳寺門徒として阿弥陀如来《あみだにょらい》(具体的には本願寺)につかえていた。「三河一向一揆」の場合などでも「主君とはいえ、わずかにこの世だけの契りにすぎない。弥陀の本願は未来永劫のものである」などと言い、家康の若いころ、その家臣の半分が一向一揆側について地上の君主である家康に弓をひいた。英賀城の場合、ほとんど城ぐるみが門徒だった気配《けはい》があるから、自分の主君の三木氏への忠誠心よりも、亀山の本徳寺への忠誠心のほうが強かったであろう。

当時、本願寺は、摂津《せっつ》の石山(大阪の上町台地《うえまちだいち》・のちの大坂城の位置)にあった。蓮如より三代のちの顕如《けんにょ》(一五四三〜九二)の代で、信長を仏敵とし、全国の門徒に抵抗を命じていたから、英賀城主である三木氏の場合、その政治姿勢には他を選択する余地などなかった。家臣団も領民の圧倒的多数も門徒であるためこれに従わざるをえず、家臣団からすれば、地上の君主があきらかにしている反織田の旗幟《きし》と来世を約束する亀山の本徳寺の方針とが一致しているため、忠誠心に混乱がなくて済んだ。

四十歳前後になったころ、たまたま姫路にゆく用があり、ついでに英賀へ寄った。英賀城址の位置は、いまは英賀《あが》神社の境内でもって想像するしかない。その属塞であった町之坪の堆土などは、田園のなかにわずかにのこっていた。そのあたりを歩きつつ、当時の播磨事情をさまざまに考えた。無名にちかい存在にすぎなかったこの小勢力から推して、戦国期の播磨における当時の播磨事情をさまざまに考えた。とくに一向宗（本願寺）という面と、地頭という点についてである。一向宗には、領地などはない。民衆を福田《ふくでん》とするという思想があり、民衆を横に連繫《れんけい》させ、それらが持ちこむ寄進によって本寺・末寺が経営されていた。中世の行政的な人間の関係は、農民にとって地頭との間のタテ関係だけであったが、一向宗の出現によってそのタテ関係は切れたか、淡くなった。代りに、寺々を核とする民衆のヨコ関係ができた。英賀の民衆は門徒であることによって、他領の民衆とつながっており、ときに地頭と地頭の領境をぶちやぶって他地域と連繫し、ともに一揆に立ちあがった。地頭はときに河口付近の海に点在する洲《す》のようになった。海である民衆――一向門徒――に妥協してゆかねば城も領地も保《も》ちゆかなくなったのだが、そういう勢いのもっとも極端な例が同時代の加賀であった。ここは海だけになり、中世以来の守護である富樫《とがし》氏は追われ、地侍《じざむらい》と寺による一種の共和制がつづいていた。室町期における農業生産高の飛躍と商品経済の隆盛がこの現象の基盤にあり、本願寺がそれに乗ったにすぎないともいえる。紀州の紀ノ川流域平野も同じ事情にあった。要するに農業と流通の先進地帯においてこの傾向がいちじるしかったといっていい。

いまは無い英賀城の跡の田園を歩きつつこのようなことを考え、さらにはその海にうかんだべつのもくずの一つである官兵衛という人間をさまざまに想像した。両勢力に善悪などはない。

私は門徒の末裔として感情的には当然、信長よりも当時の本願寺のほうに身びいきがある。しかし本願寺も、土着の門徒の代表という泥くささをうしない、貴族化していた。つまりは公家《くげ》化していた。当時、貧窮のどん底にあった京都御所に金を出していた唯一の存在が本願寺で、これによって門跡の称号を買うことができた。縁組も公家とのあいだでおこない、末寺にいたるまで公家化し、公家言葉をつかい、僧のくせに公家ふうに薄化粧する者もいた。亀山の本徳寺に対しては、石山の法主の血縁の者が住持したが、本山ではこれを連枝《れんし》とよんだ。連枝というのも、貴族の用語で『広辞苑』にも『保元物語』をひき、「主上、上皇、御連枝なり」という例をあげている。一向一揆の頂点にはそういう者どもがいた。

そんなことどもを考えつつ、英賀を訪れてからずいぶん時間を経て『播磨灘物語』を書きはじめた。化学反応の場合、化合が成立したときに触媒が消えるように、英賀城のことはこの作品のなかから痕跡程度をとどめて消えてしまった。英賀城を書くことがなにか気はずかしかったためである。このことは、私小説を書く能力も気持も私にないのと同様なんの他意もない。ある意味では、英賀城という固有名詞が消えることによって、むしろ濃厚にそのことを書いたともいえなくはない。

官兵衛のことである。

かれの青春は以上のような播磨事情のなかで浮游していた。かれが若いころクリスチャンであったことも、隠喩《いんゆ》的である。門徒の教線だけでなく、書写山《しょしゃざん》の天台勢力、播磨一国にお札《ふだ》をくばってあるく広峰山《ひろみねさん》の御師《おし》の組織など、くもの古網のように播磨の野や山が、中世の信仰組織で張りめぐらされている。それに、すでに衰弱した赤松氏を宗家とする血縁のきずなで諸豪族が結ばれていた。身も心もからめとられてしまうような中世的なあらゆる価値の中から身分を脱け出させるのは、天の一角から飛びおりてきたような南蛮の宗旨に属する以外になかったのではないか。たとえば天台宗は門徒を憎悪し、これと敵対していたが、かれが天台宗のままでいることがそのまま一書写山に足をすくいとられることであったが、切支丹《キリシタン》です、と相手に言うとき、相手が門徒であっても警戒心を解くし、官兵衛の側はそのぶんだけ自由を得るのである。

官兵衛には、おかしいほどに欲得とか栄達欲とかというものはほとんど見られない。身を自由にし、当人が嗜好する芸をこの世でやってみたかっただけだということは、かれの晩年の姿を見ても想像がつく。

水の如しなどと称したこの男は、人生など水の上に描いた絵のようなものだと思っていたのではないか。

〔『播磨灘物語』㈣、講談社文庫、一九七八年五月〕

官兵衛と英賀《あが》城

小さなことから書きはじめる。私の先祖は、黒田官兵衛孝高《かんべえよしたか》の敵だったはずである。官兵衛は、姫山の城（当時の姫路城）にいた。

そのころ、私の先祖は播州《ばんしゅう》英賀《あが》ノ浦の英賀城に籠《こも》っている衆のひとりだった。双方、六キロをへだてているが、思想的にはずいぶんへだたりがあったろう。英賀は、当時、小さからぬ城下町で、英賀衆とよばれるひとびとが、城主の三木氏を擁《よう》していた。落城後、城下の町人は姫路城に移され、英賀は一空《いっくう》に帰した。

いま英賀城趾《じょうし》にのこるのは、英賀神社だけである。社家の三木氏は、戦国以来の名家である。以下、『播磨灘物語』では英賀のことをほとんど書かなかったから、すこしふれておく。

当時の英賀を理解するには、戦国時代が、一面において一向宗《いっこう》（浄土真宗）の時代であったことを知っておかねばならない。英賀は、小勢力にすぎなかったが、城郭のなかに英賀御堂《あがみどう》を擁していることで、播州門徒の中心点になっていた。

三木氏は、防衛上、英賀御堂と表裏一体になっていた。この英賀御堂を通して亀山の本徳寺とつながり、本徳寺を通して大坂の石山本願寺と連繫《れんけい》し、さらにいえば中国の毛利氏との小さな同盟者でもあった。

石山本願寺の側からこの存在をみれば、「英賀衆」という最前線の武装集団になる。英賀衆の立場からいえば、城主の三木氏への忠誠心と、弥陀《みだ》の本願への随順とがひとつになっていた。このあたり、西洋の中世カトリックの信仰が小領主への忠誠心と不離であった事情と似ている。

姫路城の官兵衛からみれば、英賀衆の右のようなありかたが、美的にも思想的にも適《あ》わなかったのにちがいない。

かれは、若いころキリスト教に入信していた。おそらく時代の先端に生きたいという若いかれの気分から入信したのにちがいないが、ひとつには土着の一向宗的なありかたがきらいだったことにもよるかもしれない。

かれはシメオン（Simeon）という洗礼名をもらい、後年、如水《じょすい》と号するようになってからも、ローマ字でこの洗礼名を彫った印形《いんぎょう》をつかっていた（黒田家文書）。

織田信長もこのあたらしい宗旨に寛容であった。信長は、永禄十一年（一五六八）、将軍義昭を奉じて京を支配したときからほどなく、フロイスらの布教を保護した。

このとし、官兵衛は二十二、三歳で、まだ部屋住みの身であった。おそらく永禄十一年ごろに京にのぼり、羽柴秀吉と親しくなる一方、京の南蛮寺《なんばんでら》を訪ねて入信したかと思える。

ついでながら、織田家の麾下の将で、この時期クリスチャンになる者が多かった。

たとえば前田利家《としいえ》のように、そのけも見られない人でさえ、晩年、オーギュスチンという洗礼名をもらって南蛮寺に通っていたようである。蒲生氏郷《がもううじさと》もジャンという洗礼名で入信していたし、羽柴秀吉の弟の秀長でさえも入信したといわれる。

官兵衛は、織田勢力からいえば、圏外《けんがい》の人である。織田家の諸将と親しくなるにはクリスチャンになるほうが手っとり早い、という社交上の理由もあったかもしれない。

さらにいえば、織田家の諸将に浄土真宗の徒がいそうになかったということも、目と鼻のさきに英賀衆という気にくわぬ〝敵〟をもつ身としては、織田家に親しみを感ずる小さな理由であったにちがいない。

官兵衛の家は、播州御着《ごちゃく》の小寺《おでら》家という主家につかえていた。

つまり地方大名の一家老《かろう》にすぎなかった。官兵衛はその程度の小さな分際《ぶんざい》でありながら、織田勢力を播州にひき入れて播州と天下の形勢を変えようという大構想をたてた。そのあたりにこの男のおかしさがある。

かれが秀吉を通じてその構想を信長に申しのべたのは、いつであったかよくわからない。

永禄十一年の翌々年の元亀《げんき》元年には、信長は石山本願寺と事を構える。官兵衛の構想どおりに事が運んだことになる。

以後、信長と石山本願寺とのながい対決がはじまるのだが、この場合、信長のほうが孤立した勢力で、やがて本願寺を軸として連合する勢力のほうが、大きかった。

この時期の信長は苦しかった。かれは包囲網のなかで敵を一つずつ片づけてゆき、天正五年、ついに秀吉を代官にして大軍を播州に送りこんだ。

このときの官兵衛のおもしろさは、自分の姫路城を空《から》にして秀吉にくれてやったことである。戦国の争乱が城と土地への執着をエネルギーにして旋回したことを思うと、おそるべき無欲さといっていい。別な言い方をすれば、物にとらわれるよりも、画家が絵を描くように、構図のほうに熱中したともいえる。

秀吉をはじめ、たれもが官兵衛に無欲を感じ、いよいよかれの説くところに耳を傾けた。

秀吉の播州攻めはじつに困難だった。二年あまりをかけて、ようやく播州東部における代表的な勢力であった別所氏の三木城を陥《お》とした。別所氏と連合していた大坂の石山本願寺が、やがて信長に和を乞うた。

これで、官兵衛の構想の〝播州編〟は、完結した。目の前の小勢力の英賀城は、どうでもよかった。げんに、石山本願寺の降伏の直後、葉が散るようにして、ほとんど自動的に落城した。はなばなしい攻城戦もなしにである。

なんだか情けないような感じがないでもないが、そのおかげで（?）我が先祖も生きて広村《ひろ》に土着した。

以上、華厳経《けごんきょう》の世界のようなものである。すべて因縁でむすばれている。

〔「播磨灘物語展」パンフレット、姫路文学館、一九九二年四月〕

僧兵あがりの大名

〈宮部継潤／筒井順慶〉

僧兵というのが日本史に活躍するのは、主として平安期の末から鎌倉時代にかけてである。平安末期の政情不安と文化の頽廃は、京の貴族を青い顔の厭世主義者にした。人の世をウタカタとみた鴨長明《かものちょうめい》の厭世随筆が読書人のあいだでベストセラーになったのもこの時代であり、天皇、公卿は、なにか事があればすぐ世をはかなんで、出家遁世《しゅっけとんせい》した。人の心が、衰弱しきっていた。かれらは、人生の困難にうち勝とうとせず、仏いじりすることで逃避した。大正時代に「世紀末」ということばが流行した。デカダンスの代名詞になったが、平安末期ではカフェへ行くこともできない。かれらはカフェのかわりに来世へ行こうとした。

浄土を欣求《ごんぐ》した。

この風潮にこたえたのが、叡山《えいざん》、高野山、興福寺といった当時の教団である。かれらはさかんに「極楽浄土」を貴族に売った。

「極楽に行きたければ、仏道に帰依せよ。帰依は、まずカタチであらわすがよい」（『慈海日記』)

カタチとは、土地、財宝である。土地を寺に寄進すれば極楽にゆけるという、釈迦でも首をかしげるような思想が流行して、貴族はあらそって土地を叡山はじめ諸国諸大寺に寄進した。極楽を買おうとした。

叡山、高野山、興福寺などは、たちまち日本有数の大領主になった。

この土地をたれがまもるか。いまの地主なら警察がまもってくれるからよいが、当時の中央政権には、警察力といえるほどのものがなかった。やむなく私兵を傭わねばならなかった。

僧兵とは、この傭兵部隊のことである。僧とはいうが、僧ではなく、ありようは、あぶれ者のことだ。百姓の次男、三男が、食えなくなれば、叡山にのぼる。頭をまるめ、一本歯の下駄をはき、ナギナタをもてば、それだけで、あす食う米の心配はない。

義経の家来武蔵坊弁慶も、そのうちの一人であった。伝説では、かれは熊野別当家の子という筋目のある素姓になっているが、当時の大富豪熊野別当家の出が、まさか山法師ふぜいにはなるまい。どうせ、名もなき者の子で食いつめて叡山の傭兵になったのであろう。

戦国時代に入ると、叡山、園城寺《おんじようじ》、興福寺、高野山といった教団は衰微した。極楽を売っても、買うものがいなくなったのだ。

人の心はたぎっている。

槍ひと筋の功名で、うまくゆけば大名にもなれるという実力主義の世の中では、宗教ははやらない。来世の極楽よりも、現世の極楽が、自分の腕一本でつくりあげることができるからだ。諸国には、戦国大名というあたらしい武装集団が勃興し、かれらは、なによりもまっさきに公卿、寺院の土地を押領した。

寺院は、衰弱した。

もはや、僧兵師団をやしなう財力もなく、残存する僧兵も、その実戦能力の点では、合戦にあけくれている新興大名の敵ではなかった。織田信長は、元亀二年、叡山に攻めのぼった。

理由は、叡山が、その檀家であり、信長の敵である近江《おうみ》の浅井、越前の朝倉とひそかに通じていることを、信長が知ったからだ。

「堂塔を焼き、僧俗をことごとく殺せ」

日本最初の無神論者であった信長は、この中世の亡霊のような叡山に大鉄槌を加えるのに、なんのためらいもなかった。

僧兵師団は敵をむかえて立ちあがった。が、すでにかれらには、王朝のころのような実力はなかった。

当時、信長の兵団は、鉄砲の数からしても日本では最新鋭の兵団であったし、それに、部下は歴戦の勇者である。この兵団の前に叡山の僧兵師団は、サイパンにおける日本兵のごとく潰《つい》えた。王朝末期における弁慶の栄光は、ひとかけらもなかった。

叡山は、根本中堂をはじめとして、山王二十一社、東塔、西塔、無動寺以下ほとんどの重要建造物が灰になり、殺された僧徒は一千六百余人、婦女子までも斬殺された。

ここに、平安貴族の厭世主義のおかげで勃興した僧兵師団は、戦国武将の無神主義のためにほろんだ。

叡山の僧兵師団はほろんだが、その大隊長クラスのなかで、宮部善祥坊継潤《けいじゅん》という名の男がいた。

近江浅井郡宮部村の出身である。

力は十人力といわれ、僧兵あがりらしく弁舌もさわやかで、多少の学があった。鎌倉の武将土肥実平の末孫というが、あてにならない。戦国の武将というのは、先祖を勝手に偽造したものが多いからだ（もっとも、土肥実平なら、べつに大物でない。偽造したところでどこからも故障は出まい）。

善祥坊大隊長は、おなじ僧兵でも、四六時中叡山に詰めている将校ではなかった。駐屯地の隊長なのだ。

江州浅井郡宮部村は、もともと叡山の所領である。この領地をまもるために、叡山では将校を派遣し、駐屯せしめていた。

善祥坊の父は、真舜坊という。

これがどこの馬の骨であるかは、史実に徴してもわからないが、とにかく、腕力もあり、気力も衆にすぐれていたらしく、叡山領である宮部村に城をきずいて、駐屯隊長になり、次第に近郷を斬りとって、みずから刑部少輔《ぎょうぶしょうゆう》真舜と号し、宗門領を私領化した。

その子善祥坊は、青年のころ叡山にのぼって僧兵の指揮官になり、真舜坊が没するや、下山して宮部城を継いだ。

当時、江州の大名は、浅井氏である。善祥坊は、その地理的関係から、浅井氏の被官になっていた。

浅井氏といえば、戦国大名のなかでも有数の大族で、越前の朝倉氏と攻守連盟をむすんで、尾張の織田信長の西上をはばんでいた。

信長が、この浅井氏を倒すためにどれほどの苦心を払ったかわからない。妹のお市を浅井の惣領長政にめあわせ、一時的な善隣外交をはかったのち、天正元年秋、これをほろぼした。

さて、善祥坊である。

この男の第一の幸運は、元亀二年の信長の叡山攻めのときには、叡山に居あわせなかったことだ。

叡山の在外武官とはいえ、すでに浅井氏の被官になっているから、一山の急をきいて宮部村から駆けつける必要も義理もなかった。義理があったところで、善祥坊は、馬鹿ではない。中世の亡霊と一緒に心中する気はおこらなかったにちがいない。

信長の部将木下藤吉郎秀吉は、信長の浅井攻めの主戦兵団の隊長にえらばれ、早くから浅井長政の居城小谷城に近い横山に野戦陣地をきずいて在城していた。

元亀元年の春のころである。横山の城は、善祥坊の村に近い。

信長は戦国武将のうち、外交手腕では群をぬいてすぐれていた。秀吉の木下時代、羽柴時代は、信長の長所を模倣するのに汲々としていた時代だから、元亀初年近江横山における藤吉郎秀吉は、単なる要塞司令官ではなく、敵の浅井家にとっては油断のならぬ外交家だった。

かれは、近江一国における中立派の地侍を織田方につけ、さらに手をのばして、浅井系の地侍にまで工作した。

藤吉郎の密使が、ひそかに宮部村の善祥坊を訪ねてきたのは、元亀元年の初夏である。

「わが主人が、貴僧に一こん献じたいと申される。ご同道くだされまいか」

「左様」

善祥坊は、思案した。人の一生というものは、こういう一瞬できまる。一瞬をよくとらえたものだけが、人生の勝者になるのだ。

「ご同道申してもよい」

善祥坊は、この一言に、生命の危険と自分の一生の運命を賭けた。

敵方である横山城にゆけば、そこで暗殺されてもやむをえないのである。座して機会はとらえられない。生死の危険を賭ける必要があった。

使者がいった。

「では、お支度なされよ」

「しばし」

と使者を待たせて、善祥坊は、城内の一室に、妻の山御前、側室の月天、修羅、普賢、摩利支天をあつめ、ニタリとわらった。

「おれが、もし明夜も帰館せねば、持仏堂におさめてある金銀をわけて逃げよ」

好色な男なのだ。

めかけを多数たくわえ、それぞれに諸天諸菩薩の名前をつけるようなふざけた男だが、しかし、自分の危機を前にして、女の身のふりかただけは考えていた。やさしい男だったにちがいない。

ふたたび使者の前にあらわれた善祥坊継潤は、やぶれ笠、やぶれ衣、粗末な竹枝を手にして、

「参ろうか」

「そのお姿で？」

「ああ、これでよい、途中、浅井の兵に遭うかもしれぬゆえ、用心が要る」

ひとりの乞食坊主が夜陰にまぎれて宮部村を出た。

秀吉は善祥坊と会ったとき、肩をたたいてよろこんだ。

「そのナリでは、途中、だいぶ勧進《かんじん》を稼いだことであろう」

秀吉は、善祥坊に、織田方につくことをすすめた。信長といえば、さきの叡山攻めの大将だが、善祥坊はもとよりこだわらない。仏を信じていては生きられない世であることは叡山で虐殺された千数百の僧俗が、身をもって知ったはずだ。仏があるとすれば、それは叡山にはなく、善祥坊自身が仏であるべきであろう。

る。

「おおせのごとくつかまつる」

善祥坊は、織田氏を成長株とみた。

さらに織田方のなかでも、藤吉郎秀吉を成長株とみたことが、善祥坊の眼すじのよい点である。

かれは、秀吉の家来になった。この大将をたのめば、行くすえ、うまい飯が食えると思ったのであろう。

おなじ僧兵のあがりである武蔵坊弁慶は、義経を牛若丸の時代から大将と見こんで仕えたのは眼すじがよいといえるが、その義経には悲運が待っていた。

弁慶の英雄譚は、つねにその悲運のムードのなかで語られる。

しかし善祥坊がえらんだ「義経」は、後年、史上類のない好運をかさねて、ついに太閤秀吉にまで栄達した。

秀吉は、いわば成りあがり者だから、譜代の臣というものを持たない。それがさびしかったのか、出身地の尾張から、鍛冶屋の子や百姓の子をつれてきて、小姓にし、それを腹心に仕立てた。加藤清正、片桐且元《かつもと》、加藤嘉明《よしあきら》、福島正則などはそれらだが、善祥坊が藤吉郎秀吉に仕えたのは、元亀三年である。かれらはまだ少年にすぎず、藤吉郎時代から秀吉に仕えた股肱の家来といえば、善祥坊のほうが先輩になる。

天正八年、秀吉が信長の部将として但馬国《たじまのくに》を平定するや、その国都豊岡の城主に善祥坊を置き、さらにその翌々年、山城山崎に明智光秀を討って天下の覇権をにぎると同時に、この僧兵出身の家来に因州《いんしゅう》一国を与え、鳥取二十万石の大大名とした。

いわば、戦国時代の弁慶は、その先輩のような悲劇的最期《さいご》をとらなかった。悲劇の英雄でなかったために善祥坊は後世の人に愛されず、伝説も史料もほとんど伝わっていない。

善祥坊継潤法師は、慶長四年三月、鳥取の城で病死した。年七十二。

秀吉の死んだ翌年である。

従って、慶長五年九月の関ヶ原のときにはすでに世になく、その子刑部少輔長房が世を継いで遺領のうち五万石領していたが、将器がなかった。東軍にも西軍にも属せずうろうろしているうちに合戦はおわり、家康によって封地をうばわれ、宮部家は歴史から姿を消した。


南都北嶺という。

北嶺とは叡山のことであり、南都とは、奈良の興福寺のことだ。

中世にあっては、仏教界を両断する二大教団であり、僧兵の数も、群をぬいていた。が、戦国に入って、ともに衰微した。

叡山から出て戦国の風雲に乗じた者が善祥坊継潤であるとすれば、筒井陽舜坊順慶は、興福寺から出て、戦国大名にのしあがった。つぎにその興亡を見よう。

筒井法印家は、古い家系である。

大むかしは、河内国枚岡《ひらおか》明神に仕えて社領の差配をしていた。つまり神社の執事であったわけだ。

この神社は藤原氏の氏神で、奈良に都がうつると、春日神社になった。ながく春日神社でめしを食っていたのだが、足利中期に順永という豪傑が出て、転職して興福寺の僧兵になった。春日は藤原氏の氏神であり、興福寺はその氏寺である。同系会社のようなものだから、転籍してもふしぎはない。

位階は法印をあたえられ、代々世襲の僧兵師団長になった。

この順永という人物は、大和西大寺の古文書によると、応永二十七年（一四二〇年・足利義持の晩年）に同寺の寺領を押領強奪したというから、持戒堅固の坊主ではない。

その子順秀という者も親に似た強引な男で、「東大寺薬師院日記」によると、嘉吉三年十月、興福寺領五箇関を押領した、という。おやといの僧兵師団長が、私欲によって本寺の領地を奪ったというのだから、強盗を傭ったようなものである。

その後、この家系は、大和国内における諸寺の寺領をつぎつぎにおさえ、次第に大豪族になりあがった。

順慶の父、栄舜坊順昭にいたってついに大和におけるその版図《はんと》は二十万石にのぼったという。

陽舜坊順慶は、少年家康が駿府今川家の人質になるために三河を去った天文十八年に大和筒井城でうまれ、二十歳のとき筒井家の家法により、奈良成身院で頭を剃った。

当時、京を中心に畿内でにわかに勢力を得はじめた松永弾正少弼《だんじょうしょうひつ》久秀が、大和を併呑しようとして大軍をひきいて筒井氏の支城をつぎつぎに陥した。

弾正の大和侵入の寸前に、順慶の父順昭が病没したわけだが、病床に重臣をあつめ、

「ただ心残りは、京の弾正の野望である。われ死せりと聞けば、たちどころに兵を大和に送るであろう。三年間、わが喪を秘すべし」

その死とともに順慶は家を継ぎ、最初にしたことは、奈良の町に住む黙阿弥という盲人をとらえることであった。

筒井の捕吏にむかって、黙阿弥は、

「なんじゃ、盲人になにをなさる」

と憤慨したことであろう。順慶は、捕えた盲人を一室に連れこんで縄を解き、

「心配はない。三年間、寝てくらすがよい。馳走もしよう。金銀もとらせてやる」

つまりこの法師が父の順昭にそっくりであったため、身がわりにしたのだ。父の遺骸をひそかに葬ると、すぐそのおなじふとんに黙阿弥をねかせて、三年のあいだ父として仕えた。

ほどなく永禄十二年松永弾正と戦い、敗れて城を捨てたが、元亀二年八月、大和盆地で弾正の軍と戦って大いに破り、その翌年の五月信長に好《よし》みを通じた。

ほどなく弾正が河内と大和の国ざかいにある信貴山《しぎさん》城にこもって信長にそむいたとき、順慶は、信長の部将とともに攻城戦に参加して城を陥し、その功で、大和一国をあたえられ二十四万石の領主となった。

これだけなら、陽舜坊順慶の名は、後世の庶民のあいだまで残らなかったであろう。

かれは、勇気もあり、頭のいい男だったにちがいないが、勝負師ではなかった。戦国武将の資質の第一は、賭博師としての度胸とカンを必要とした。

陽舜坊順慶には、頭脳と勇気がある。が、カンと度胸がなかった。

天正十年六月、信長は、叛将明智光秀のために本能寺で殺され、天下は、光秀が継ぐかに思われた。

そのときすでに、羽柴筑前守秀吉は、中国攻めから一挙に兵を旋回させて、山陽道を京へむかって急進していたのである。日本史が変ろうとしていた。しかし、順慶は、大和の居城にいた。

光秀にとっても、大和二十四万石の向背は重大である。

使者をつかわして、「もし味方に馳せ参じてくれるならば、大利を与えよう」とした。

順慶は、いそぎ重臣をあつめて協議した。

「筑前（羽柴）と日向《ひゅうが》（明智）のいずれにつくか」

「惟任《これとう》日向守どのにおつきなされよ。日向守をたすけて、そのすきに、紀州、和州、河州の三国を併呑すれば如何」

という意見が多かったが、秀吉の株も捨てがたい。結局、光秀の使者を厚くもてなして「後日、参上」ということとし、秀吉のもとには家老島左近を急派して、「機を見て明智の背後を討つつもりでござる」と言わせ、みずからは、一万余の大軍をひきいて、淀川を眼の下に見おろす男山《おとこやま》八幡の山上にのぼり、眼の下に展開されようとする天下分け目の決戦の帰趨を見ようとした。

「洞《ほら》ヶ峠《とうげ》」の代名詞で後世にまで物笑いのたねになった順慶の安全第一主義の行動は、このときのことである。順慶は、まるで健康保険組合の理事長のような考え方の武略家だった。武略とは、保険ではなく、すべてを張ることだ。順慶にはそれができなかった。

眼下の山崎における戦いは、羽柴軍の勝利におわった。順慶は、山をおりて秀吉の陣にゆき、戦勝の祝いをのべた。

秀吉は、順慶の態度をみて不快におもったが、まだ天下を平定するには、道が遠い。北陸には柴田勝家がおり、東海には徳川家康がいた。猫の手でも借りたい秀吉の立場にすれば、この保険坊主の率いている一万の軍勢は捨てがたかった。

やむなく、秀吉は、順慶の本領を安堵した。

その後の法師大名順慶の働きはめざましく、秀吉のために各地に転戦し、天正十二年八月十一日、胃痛で死んだ。洞ヶ峠から、二年後のことである。年三十六歳。

順慶には、子がなかった。叔父の子定次を養っていたが、その死とともに家を継いだ。

定次はその後伊賀二十万石に転封され、関ヶ原の役のときは東軍に属したが、その後大坂の秀頼の家老大野治長《はるなが》一族と交遊があって徳川家に忌まれ、慶長十三年四月磐城平に流され、元和元年三月五日、死を賜わり、伊賀において生害した。筒井家は、これで絶えている。おなじ僧兵出身の大名である宮部家と運命が似ているのは、どういうわけであろう。武将とはいえ、武将仲間この両家は、なかば僧侶の匂いをもっていた。その長袖者《ちょうしゅうしゃ》流の駆けひきの仕方が、の肌あいとはあわず、なんとなく異種族あつかいを受けていたのだろうか。

〔「歴史読本」一九六一年七月号〕

読史余談——丹羽長秀の切腹

信長の織田家には、二人の大番頭がいた。

一人は鬼柴田の名で知られる権六勝家であり、一人は、丹羽長秀である。

天正十年、信長が本能寺で明智光秀のために殺されるや、天下は騒然とした。

このとき、信長の中国派遣軍司令官として山陽道にあった中番頭格の秀吉が機敏に兵をめぐらして山城《やましろ》の山崎で光秀を討ってまたたくうちに天下取りへの階段をかけのぼったものだが、この間、始終秀吉に対抗したのが北国の重鎮柴田勝家であり、秀吉を消極的に援助したのが、丹羽長秀であった。秀吉が、南下してくる柴田軍を北近江の賤《しず》ヶ岳《たけ》で討って実質上の天下人になったときも、長秀が戦場付近に兵を送って柴田へのけん制作戦をしたためで、日本史上に豊臣時代を現出させた縁の下の力役はこの温厚篤実な老将である。

ところが、秀吉が信長の遺子をたてずに自分自身が天下のぬしになってしまったとき、長秀の心境は複雑だった。

「話がちがう」

と思った。長秀にすれば、後輩秀吉が織田家のあとをたててくれる誠実の者だと信じていればこそ応援した。しかし事が終わってから気づいてみれば秀吉の天下取りのために踏み台になってやっただけのことである。

(だまされたか)

とはいえ、秀吉は長秀の恩にむくいるところがあって、長秀の本領であった若狭、近江の地に加えて、越前、加賀の内から二郡をさいて百万石の土地をあたえたばかりか、しきりと私信を送って旧情を温めてくれる。秀吉に対して怒るわけにもいかないのである。

(しかし結果的には、わしは織田家のためならんとして織田家を売り、その分け前までもらってしまった)

このとき、たまたまかれは積聚《しゃくじゅ》という病いにとりつかれた。いまでいう胃ガンである。病気と気づいたとき、かれはこの悔恨から解放されたと思ったであろう。このときのかれの心中が「藩翰譜《はんかんぷ》」にはつぎのように推測されている。

「秀吉は信長の下郎から取りたてられて大名になったほどに故主には大恩のある人物だから、この人物にかぎって故主の御子孫を七代までも守りたててくれようと思った。しかしそれは見当ちがいであった。といって、いまのわしの実力ではもはや天下のぬしを討つことができぬ。無念である」

無念であるといっても長秀には兵をおこすほどの行動力も決断力もない。また秀吉がひどくかれによかったから、感情としての憎悪がわかないのである。

ただ、

「この長秀にも恥を思う心があった、と後世の人に知ってもらいたい」

という理由と、

「それを知った上で、天下の人はわが子孫をよろしく守りたてでもらいたい」

ただそれだけの理由で、かれは異様なことを思いたった。切腹したのである。切腹をするとき、かれ自身はこうもいった。

「たとえどんな病気であれ、わが命をとろうとする病気ならわが敵である。武士として腹中の敵を討たねば恥である」

長秀は居城の福井城内で腹を切り、腹中の腫物《しゆもつ》をとりだしてしげしげと見た。「奇異の曲者《くせもの》こそ出たりけれ。かたち石亀のごとく、クチバシは鷹《たか》のごとくにとがりて」と丹羽家家譜にはある。

仕事のあいまに、こういう史料を読むにつけても、なるほど戦国の武士というのは、今日の日本人のわれわれとはまるで別人種かと思うほどにすごいのがいた。戦国時代の花やかさは、男がもっとも男らしかったというところにあり、男とはこうかと、自分も男のはしくれでありながらしみじみと思う。

〔「大阪新聞」一九六二年十月十九日〕

どこの馬の骨

ということばは、日本語のなかでもユーモアの滋養をたっぷりふくんだ、数少ない佳《い》い言葉のなかに入るのではないか。「広辞苑」をひくと、

——素姓のわからぬ人を罵っていう称。

とあり、元禄太平記の「よしよしいづくの馬の骨にもせよ」という例がひかれている。

徳川大名の先祖は、たいてい戦国に現われてくる。その連中の出自をしらべてみると、そのほとんどがどこの馬の骨だかわからない。これが明治のとき華族になって公侯伯子男《こうこうはくしだん》になったのだから、要するに日本の華族というのは、モトはどこの馬の骨だかわからないのである。日本歴史のユーモアは、そういうところにある。しかし蜂須賀《はちすか》侯爵家は、気の毒であった。この阿波《あわ》の国主、明治後の侯爵家の苦のたねは、先祖がどこの馬の骨だかわからないということでなく（むしろそのほうがよかった）、「真書太閤記」や「絵本太閤記」などの諸本によって、その始祖蜂須賀小六《ころく》（彦右衛門正勝）が泥棒の頭目だったように語られていることなのである。

明治帝は、ユーモリストとして相当なものであったらしい。蜂須賀侯爵と話しておられて、ちょっと中座された。侯爵がふと卓上をみると、いい煙草がある。一本頂戴して火をつけたが、しかしもうすこしほしかったので、何本かつかんでポケットに入れた。

ほどなく明治帝が席にもどって来られた。帝は卓上の煙草入れの様子が変わっているのに気づかれ、いかにもおかしげに、

「蜂須賀、先祖は争えんのう」

といわれた。

江戸後期からの太閤記ばやりが、蜂須賀侯爵家にとって不幸なことに、明治帝にまで知られるほど、小六を有名にしてしまったのである。

九鬼《くき》子爵家は、江戸期では一軒は三万六千石と他の一軒は一万石の大名で、戦国期の初頭は熊野九鬼ノ浦に根拠地をもっていた海賊であった。それも成りあがりの海賊だったらしいが、永禄年間、鳥羽《とば》港に城をもつ大井監物《けんもつ》という古株の大海賊の根拠地をおそい、その付近三万五千石をわがものにしてしまった。が、九鬼氏は江戸時代もその後も、海賊であったことをむしろ誇りにし、いまも私の知人の丹波綾部《たんばあやべ》の九鬼氏の御当主は骨太な熊野人《びと》の骨柄をそなえておられ、しばしば、

「先祖は海賊ですわい」

と豪快に笑われる。ちょうど英国の王室が海賊の頭目であったことを恥としていないのと同様、野盗にくらべると海賊というのはどうもかっこうのよさがちがうのであろう。蜂須賀家は

まったくのところお気の毒である。

蜂須賀家はよほど気にしたらしく、昭和のはじめ、その「俗説」を正すべく、まず御大典を機会に、始祖蜂須賀小六に対し、従《じゅ》三位を追贈してもらうとともに、渡辺世祐《よすけ》博士に依頼し、家蔵の古文書をあげて提供して「蜂須賀小六正勝」（昭和四年発行・雄山閣）という伝記を書いてもらった。渡辺博士はその伝記の序にもあるように、

「才識高邁《こうまい》であって調和性に富み、穏当なる人物」

として、小六を描いた。なにぶん資料がとぼしいため、ずいぶん苦しい伝記になっているが、渡辺博士がいうように、小六は調和性に富んだ人柄であったらしく、秀吉によく信頼され、秀吉が天下をとるまでのあいだ、謀臣として四方に使いをし、家老の位置にいる。ただし「才識高邁」というのはちょっと言いすぎで、その証拠はない。

講釈だねとしての太閤伝記は、江戸後期にできた「真書太閤記」がもっともおもしろく、もっとも記述が豊富である。

そのなかでの最も圧巻は、猿々とよばれていた秀吉の流浪の少年時代、矢作橋《やはぎばし》の上で寝ていると、盗賊蜂須賀小六がおおぜいの手下をつれて渡ってくる。小六は少年秀吉の足を踏んで行きすぎようとした。秀吉は起きあがり、以下「真書」の文章を借りると、

日吉丸、起きあがり、さてさて無道人かな、大人小人貧富の差あれどおなじく人間なり。

なにとて一言の会釈をもせざるや、ととがむれば、政勝（正勝・小六）の従者あざけりて（中略）……どつと笑ふ。日吉丸、橋は往来のためなり、我も往来の人なり、さらば我も橋のあるじなり、あるじが臥《ふ》したるをそこつと言ふ事やある……政勝これをききて、小ざかしく口きくものかな、頰輔車《つらかまち》も人なみならず、ただ者にあるべからず、この国（三河）の者か、と言ふ。

というようなことで、小六の配下になる。小六とその徒党はこの夜、岡崎の富家に押しこむのだが、そのとき秀吉は柿の木をつたって門内に入り、内から門をひらいて小六らを誘い入れた、小六らは財宝をうばって去った、ということになっている。まったく、蜂須賀侯爵家としてはこまるのである。

元来、子孫というものが先祖に対して責任をもつ必要はいっさいない。私どもこの世に一人存在しているのは、三百数十年前までさかのぼれば、その間《かん》、どれだけの血縁者を持つか、数学的に計算したこともないが、おそらく五十万人や百万人ではきかないであろう。それら無数の連中がやったであろう窃盗、殺人、姦淫、かどわかしから盗み食い、浮気にいたるまでそれをすべて子孫がひっかぶって気にせねばならぬとすれば、それはすでに立派な狂人であろう。しかし、われわれ庶民とちがい、蜂須賀家のばあい、大名として、または華族としての成立が小六に発しているため、気にせざるをえないのである。徳川大名や旧華族というのは、歴史という本来過ぎてしまったもの、つまり空《くう》なるものを実《じつ》なるものとして仮に成立させ、それを利権化し、法制化してもらってやっと存在した奇妙な稼業なのである。そのためには蜂須賀小六は「才識高邁」なる人物でなければならず、野盗のたぐいであっては、阿波二十五万七千石の太守として士民に臨むことができず、明治憲法国家の侯爵家として、皇室の藩屏《はんぺい》たることはできにくいのである。

この一事だけでも、大名や華族というものが権力構造の都合でできたフィクションであることがわかるし、大名が明治維新で一瞬に消え、さらにアメリカ軍の日本進駐で華族が一瞬で消えたのも、結局はそれが虚像であったことの証拠であろう。こうはいうが、私はその虚像が、虚像だからいけないというわけではない。人間の社会のシンは、ひょっとすると大いなる虚構でできているのかもしれず、人間の精神がもっとも昂揚するものは虚構であるかもしれない。中国における毛沢東という虚実の存在が――それも実像よりも虚像のほうが――どれほど中国人を鼓舞しているかわからない。

蜂須賀家という阿波二十五万七千石の小天地をつくりあげた小さな毛沢東が、いわば蜂須賀小六であった。それが盗賊である、という点でわれわれは明治帝と同様、大きなユーモアを感ずるのだが、しかし当の蜂須賀家にとってはたまるまい。

そういう場合、蜂須賀家はひらきなおって、

「他の大名の始祖も、どこの馬の骨だかわかるもんか」

と、咆《ほ》えに咆えてしまえばそれで精神医学でいう通利療法《カタルシス》が成立して溜飲がさがるはずなのだが、それではかんじんの貴族というこの虚構世界がその一声で消えてしまって、みもふたも

なくなる。

しかし結局は、そう咆えるしかない。蜂須賀侯爵家から伝記執筆を依頼された渡辺世祐博士も、「蜂須賀小六正勝」のなかで、

「徳川氏が、縁もゆかりもない新田氏の子孫と称し、島津氏、大友氏が、実際には他姓でありながら、源氏に縁をつけるために源頼朝の後《あと》としたなど……」

と、この馬の骨の一声を、野太く咆えておられるのである。


さて、蜂須賀小六ははたして盗賊だったのかどうか。

それは小六に訊《き》いてみなければわからない。

むろん、真書太閤記の矢作橋のくだりはうそである。当時、岡崎の矢作川に矢作橋などはかかっていなかった。従って、あの真書太閤記の、見てきたような情景はなかった。そのことを、渡辺博士も、矢作橋がなかったということを中心に考証され、否定されている。しかしながら、矢作橋がなかったから小六は盗賊ではなかった、とは論理的にはいえないわけで、このあたり、非常にくるしい。

尾張国海部郡《おわりのくにあま》に蜂須賀という地名がある。この地名を姓とした豪族が、すでに鎌倉期の末ごろからあらわれているらしい。南北朝に蜂須賀親家という者が南朝に属し、その功によって丹波や肥後に領地をもらい、その両国に土着した。このことは肥後蜂須賀文書などで、たしかである。

だから尾張には蜂須賀姓の筋目は残っていないはずだが、しかしその蜂須賀とはべつなのかどうか、その姓を称《とな》える者がたしかに存在した。それが、小六の先祖らしい。あるいは南朝蜂須賀の筋目を勝手に踏襲したのかもしれない。そういうことは悪党（実力でなりあがった豪族）の横行した室町期の地方々々にはざらにあった。

いずれにせよ、蜂須賀侯爵家が、江戸初期に幕府にさし出した系図では、

「そのさきは源頼信より出《い》づ」

と、清和源氏の筋目ということになっている。やがて足利義兼になり、その子孫が室町期の尾張国の守護大名斯波《しば》氏になり、その支流が蜂須賀に土着して、やがては蜂須賀小六になるということになっている。

徳川時代の大名の家系図などはじつにあやしく、渡辺博士もそのことを指摘しつつも、

「しかし蜂須賀家の系図は、ほぼ誤りはないようにおもわれる」

という意味のことを書いておられる。べつに根拠はないが、しかし系図などは科学的な世界ではないから、そのように言っても人畜に決して害はない。

私など後世の者にとっては、小六がどこの馬の骨であろうとかまわないが、しかし小六の働きはおもしろい。

秀吉が藤吉郎といった織田家の下級将校のころ、織田家の敵国である美濃《みの》に対して謀略的な滲透《しんとう》を試み、その成功が信長によって大いに買われ、藤吉郎の出世のスタートになるのだが、かれはこの謀略的滲透をやるについて、小六とその影響下の野伏《のぶし》集団を活用したという着眼が

おもしろい。藤吉郎の身分では十人ほどの正規兵をうごかせる程度であろうが、小六のようなアウトサイダーが存在することに着目すれば、五百人でも千人でも動かせるのである。そういうアウトサイダーがこの当時の尾張に多数存在したということがおもしろい。この藤吉郎の謀略戦は、いわゆる墨股《すのまた》の一夜城で大成功するのだが、この一夜城の守備兵になったのは、織田家の正規兵ではなく、小六らの集団であった。日露戦争のとき、満洲の現地で福島安正少将が謀略担当者になり、花谷少佐などをつかって満洲馬賊を味方にひき入れ、ロシア軍の後方を攪《こう》乱《らん》させたようなものである。その頭目が、小六であった。

さらに小六のおもしろさは、秀吉が織田家の軍団長になってから、野戦攻城よりもむしろ、敵の城主を懐柔したり、新領地の土豪たちを安心させたりする仕事に大いに器量を発揮することである。この男は出身で想像されるような粗暴者ではなく、人徳で相手を安心させてしまうような長者の風《ふう》があったことであり、そういういわば豊かげな器量からみても、小六は単純なアウトサイダーではなかったことがわかる。小六が、藤吉郎の縁で織田家に仕えたのが、四十歳であった。

これほどの器量人で、しかも四十になるまで志を得ずに野をうろついていたという小六の半生の重みは、かれが清和源氏の筋目であろうがなかろうが、そういううそくさいレッテルなどは吹っ飛ぶほどのものがあるであろう。

〔「オール讀物」一九七〇年十二月号〕

私の秀吉観

〈豊臣秀吉〉


秀吉は、すきです。

とくに、天下をとるまでの秀吉が、大すきです。歴史上の人物で、私が主人として仕えていいと思うのは、この時期の秀吉です。

他人の功利性をもっとも温かい眼でみることができたのは諸英雄のなかでは、秀吉のみでしょう。

ある種の宗教的ふんい気をもった英雄がいます。たとえば、関羽、八幡太郎義家、楠木正成、上杉謙信、西郷隆盛などで、もしこういう人達を主人として選んで、しかもその人物に魅力を感じてしまったばあい、人は多く命をすててしまいます。

秀吉には、そういう、傾斜のするどい宗教的魅力はなかった。なかったことは同時に、偉大さをもあらわすものでしょう。

秀吉は、その戦術、政治感覚、日常の趣味生活において、多く信長の祖述者でした。信長は、主人であったと同時に、師匠でもあったのでしょう。

しかし、口にこそ出さね、信長に対する強烈な批評者でもありました。たとえば、信長は火攻めを好みましたが、秀吉は、敵の人命をあまりそこなわない水攻めをもっぱらにしました。

殺戮《さつりく》せず、できるだけ外交によって敵を倒そうとしたことも、英雄としては異例です。

信長は、中世のあらゆる価値体系をほろぼして、あたらしい体系を興すために、旧勢力の人間をどんどんすりつぶしてゆきましたが、秀吉の幸運は、すりつぶしたあとに出たことでした。安定と建設だけを考えておればよかったのです。いや、

「安定と建設が、自分の仕事だ」

と思ったすぐれた政治感覚、時代観が、秀吉にあった、というべきです。かりに信長が生きていたとしても、関東の北条、四国の長曾我部《ちようそかべ》、九州の島津は残っていた。これらを信長は苛烈に攻めたてたでしょう。秀吉は、威力外交でもっともすくなく血を流して、事をおさめています。

信長は、その長所においては秀吉などの水準からはるかに屹立する天才でありましたが、それだけに欠点の谷もふかい。

秀吉は知っていた。

その天才を学び、その谷を埋めようとした点に、秀吉のうまみがあります。

荻生徂徠《おぎゆうそらい》は、「人生最大の楽しみとは、豆を噛んで古今の英雄を罵倒することだ」といいましたが、とにかく、信長、秀吉、家康の比較論ほどおもしろいものはない。

この三人の役者を、比較しうるおなじ舞台に立たせているわれわれ後世の者は、もうそれだけで幸福です。

秀吉だけでなく、他の二人にも感謝すべきでしょう。

しかし、家康は功罪が大きいな。

なにしろ、かれの家系を維持するためにわれわれ日本人は、三百年、たった一つのその目的のために侏儒にされましたからね。

むろん、信長の家系、秀吉の家系が天下を維持していてもよく似た結果になったでしょうけれど、とにかく家康の家系は、一家系としてはあまりに大きすぎる影響を、日本史と日本人の性格にあたえすぎた。

天の命尽き、明治維新がおこったのも当然でありますし、遅きに失した。ペリーは天保のころに来るべきであった。

その遅きに失した、といううらみが、——さすればなぜあの大坂城攻防戦のときに家康は亡んでくれていなかったか、ということで、日本人の庶民感情の上に、豊臣びいきを生んだわけです。

秀吉は、とくな男です。晩年はずいぶんひどい人間になっていましたが、悪役の家康のおかげで、いまだに引きたてられている。

その天運の恵まれかたも、私の秀吉のすきな点です。

〔「歴史読本」一九六三年十月号〕

〈豊臣秀吉／豊臣秀頼／淀どの〉

大坂城の時代

いつでしたか、寒いころに貝塚茂樹さんと奈良の平城宮趾へ行ったことがあります。平城宮というのは長安の都を二分の一サイズにして模倣した都市ですが、そのとき貝塚さんが、どうも日本の建築は中国にくらべると小さい、日本人で何か大きいことをやった人がいるでしょうか、といわれる。私が首をかしげていると貝塚さんが自問自答されて、アア太閤さんは大きいな、太閤さんの大坂城はケタはずれなものですねとおっしゃった。なるほどそのとおりですね。

いまの大坂城は徳川初期に建て直したもので規模が小さくなっていますが、秀吉が完成させた大坂城は、当時アジア最大の城塞だったと思います。あの城がどこから望めるかといったら、いまの神戸から海越しに見えたし、生駒山《いこまやま》の頂からも見え、さらには京都を下ってきて枚方《ひらかた》を過ぎれば、もう眼に入る。海と摂津《せっつ》平野という広大な風景のなかにただひとつ聳《そび》えているのが大坂城という具合でした。

秀吉は山崎の戦いで光秀に勝った瞬間から、この日本最初の大土木工事を起すべく工事を命令していますが、その当初手伝いを命じられたのは大坂付近の大百姓でした。たとえばのちに道頓堀をつくった安井道頓《どうとん》といった、人夫狩りだしの能力のある大百姓たちです。もっとも、百姓をただで使っていたのではなくて、日当としてお米を支給していたんですね。かなりの米が出るものですから、百姓たちは仕事を女房にまかせて、その賦役《ふえき》に喜んで出て来る。こういう明快さが秀吉流儀でしょう。昔はすべて悪かった、民は酷使されたという悲観的な歴史把握法がありますが、民が酷使されて歴史は続くはずがありません。

当時、人夫はもう要らないというくらいに志願者が多くて、結局あらかたな工事は三年くらいでできている。そのときすでに現在の大坂城の数倍あって、その後だんだん大きくしていったものですから、完成時にはどのくらいの大きさだったでしょう……。

南蛮人がひどく驚いたという記録が残っています。たとえば南蛮船が貿易のために大坂湾に入ってきて、まず眼に入るのは大坂城です。これをみて日本の国力の大きさ、秀吉の権威の大きさに、外国商人たちは驚いたでしょうし、おそらく驚かしてから商売しようという商業政策上の理由もあったでしょう。

当時の建築美学は、たとえば東山風の建築が規準だったとおもいますけれど、もし後の桂離宮のようなものだと、眼のないのが見れば、ただの萱葺《かやぶ》きじゃないかというようなことになるわけで、これではこまります。そのために秀吉は南蛮建築に負けず石をたくさん使おうということになった。さいわい小豆島は花崗岩のかたまりの島ですから、あれを切り崩すくらいに石を運ぶ。日本にもこれだけの石造建築物がある。しかもその上に、巨大な木造建築物が載り、さらにそれを装飾しているのは白堊《はくあ》と黄金である。これによって、国内統一と海外貿易に目標をおいた秀吉としては、権力者としての商売になるわけで、この城は軍事目的はより少なくて、秀吉権力の魔術の大道具だったのでしょう。秀吉は、世界における自分の位置とか、日本の位置とかいうものを考えて、つまり世界的意識を具象化したのがかれの大坂城だったと思います。

よく知られているように、秀吉という人は浮浪児の出身なわけですが、ひと口に浮浪児といい切れないほどに悲惨な少年時代を送ったらしい。このように社会の最下層から出て来て、関白になり、そして大坂城をつくった。こんなことはそれ以前にはなかったことで、なぜそれを世間が認めたかということを考えねばならないでしょう。それは応仁ノ乱（一四六七）から戦国という、日本中を火炎に包んだ百年の内乱からこの城はできたように思えます。

応仁ノ乱というのは革命でも何でもないのですけれども、一大社会動乱、社会のつき崩し運動とでもいいますか、中世すべてを一種の下層民の暴力でつき崩してしまったという意味で、革命の呼称を追贈してもいいかもしれません。

クロムウェルが英国王の首を刎《は》ねたことで英国の近世がはじまるように、こんにちにつながる日本人の社会感覚や美意識などを決定するのは、応仁ノ乱でしょう。たとえば、なんとなく我々は日本人はどこかで一階級だと思っているところがある。人間に階級はない、ただ世々の取りきめで士農工商がある時代もあったと思っている。江戸時代の人間にしても、なんとなく武士に頭を下げているだけで、別に彼らを尊んでいたわけではない。中世の英国人が、貴族の血は青いと思っていたようには、大名をもそう思っていなかった。

応仁ノ乱から戦国という階級のかきまわし運動が、秀吉のような人物を存立させ大坂城をつくらせた基盤になっているのですね。

秀吉は豊臣という姓を創設していますね。日本人の代表的な姓は源平藤橘《げんぺいとうきつ》の四つでしょう。日本人はいずれかの姓に属しているわけです。だから秀吉も若いときに、勝手に自分は平氏であるとでも名乗っておけば平氏ということになったはずです。家康だって、初めは藤原だったのが、いつのまにか源氏になっている。信長も若いころは藤原だったのが平氏に名乗りかえている。ところが秀吉はうっかり名乗りそこねた。そんなに偉くなるとは思っていなかったのでしょうね。そう思ったら、若いころに平氏とでもいっておけば、それがひとつの古色を帯びて、世間が認証するのです。ところが、名乗りそこねて、にわかに天下を取ったものですから、紆余曲折があって、創姓しなければいけなかった。結局勅許により創姓した。

創姓ということは非常に至難なことで、源平藤橘の歴史にむりやりに割りこんで豊臣姓をつくり、伝統はおれから始まるとした。伝統がおれから始まるというためには、何か目に見えるものをつくらなければいけない。大坂城はそういう意味もふくんでいるでしょう。

ところが、おもしろいことですが、秀吉のつくったこの城が、二代目の秀頼になると、重荷になってくるのですね。二代目になると、この日本最大の城塞の中にいるということで、世間から、秀頼は微禄したとはいえ、あの城にいる限りは軍事的に天下無敵である、というふうにみられてしまう。さらに、大坂城には金銀がうなっているから、その金銀でもって牢人衆を集めれば、大坂は再び徳川の手から天下を奪えるだろうという妄想を世間に持たせてしまったわけです。たしかにあの城を見ているとそんな錯覚をおこさせるものがある。

この城の権力的な魔術性は秀吉一代で尽きてしまったのですけれど、妙なことに秀頼と淀どのが濃厚に魔術にかかりつづけていた。そのあたりを調べていくと、淀どのという人物はこの城の暗示にかかりっぱなしのつまらない女だったということになる。彼女は日本人にとってはある人格の典型という意味で、普通名詞として使われるほどの有名人となっている。会社経営のトップに女の人がいる、あれは淀君だというようなぐあいに。人間の典型としてドン・キホーテとハムレットがありますが、日本では、淀君、家康というものが、人間の典型の代用品につかわれている。家康という人は、世間がつくった家康像からそんなに遠くないのですけれども、淀君はずいぶん実像から遠い。

それは、彼女自身が大坂城内では絶対権力を持っていて、その結果天下を支配するような位置にいたからです。これについては世間の淀君像とそう違わないのですが、能力があったかといえば、そんなことはないですね。まったく無知で、普通の子煩悩なカカアであって、自己愛だけが非常に強い。

じつは『城塞』を書く前は、淀どのには何かあるだろうと思っていたのです。そんなわけで、大坂ノ陣をかくのだから、「女の城」といったふうな題まで考えていたのですけれども、ところが調べてみると、淀どののつまらなさがどうしようもなくて、さらには秀頼という人物もどうにもならない。一度も個性を発揮していなくて、淀どのの無形の王冠程度にしか過ぎなくて、このおよそ凡庸な、世間に対して嬰児《えいじ》のように無知な二人が、あれだけ世間を動かすことができたのですから、見方を変えれば彼や彼女が主人公ではなかったということになる。大坂城という建造物が主人公で歴史を動かしたとみるべきでしょう。

さっき話に出た道頓堀を掘った安井道頓のことですが、彼は大坂築城のとき人夫を動員して築城のために働いた。そのあと、秀頼の許可をうけて大坂の川と川の間に運河をつくった。それがいまの道頓堀ですね。そして七割方その工事をしているときに、大坂ノ陣が始まったため、クワをすてて入城した。家へ帰ればいいのに、町人のくせに戦闘に参加するわけですよ。その時、彼はたしか相当な高齢だったと思いますけれども、負けるにきまった夏ノ陣の籠城に加わって、戦死した。この城というのが、淀どのや秀頼たちばかりでなくて、つくった人、工事に参加した人々にとっても、一個の人格を持っていたということはいえますね。そういう意味で大坂ノ陣の主人公はあくまでも大坂城であって淀どのや秀頼ではない。それで題を『城塞』にしたのです。

もし秀吉が大坂城をつくらなかったらどうでしょう。秀頼は天寿を全うしたと思いますし、いまでも豊臣家は旧子爵家ぐらいでつづいているでしょう。秀頼がもし播州赤穂《あこう》程度の小城にでも住んでいれば、織田家が江戸大名になりいまでも存続しているように豊臣家は残ったと思います。ところが建物に支配されてしまったんですね、大坂城という魔術的なほどに巨大な建物に。こんな大規模な滑稽さが日本の歴史の他の部分にあったでしょうか。

家康についても触れておかねばならないと思います。家康は成功者の代表みたいな人ですけれども、大坂ノ陣については歴史的な失敗者ではないでしょうか。

この陣のころ、家康はすでに自分が歴史に残るということがはっきりしていたわけですし、彼は後世に対する演技をしなければいけなかったはずです。世界史上の巨人というのは後世への自分の名を芳しくするためにじつに配慮をしている。しかし家康は現実政治にとらわれて、歴史意識は薄かったように思います。

現実政治家としての家康は、豊臣恩顧の諸大名に対する配慮もあって、秀頼をどのようにそつなくひっこめようかとじつに腐心したらしい。殺すことなくそのへんをうまくやろうと思って、ずいぶん努力はしている。ところが相手があまりに巨大な城を持っているために、彼は手も足も出なくなってしまい、一方、七十を越えた自分の寿命についてのあせりから、この城と、この城の魔術にかかった人間どもを生かしておいては、徳川家のためにならないと考えたんでしょうね。

ですからもうこうなった以上、北は南部から、南は九州の大名に至るまで総動員することによって、大坂ノ陣を徳川家に対する大名の服従心のテストにし、さらにはすべての大名を共犯者にしようとした。その計算も計画もみごとでしかも成功しています。ところが後世への計算と演技をあやまり、後世の民衆の心象からいえば、史上最大の悪人になってしまった。

しかし、家康という人はもともと演技の上手な人ですよ。若いころから秀吉が息を引き取る瞬間まで律義者で売った人でしょう。約束は必ず守ったし、信長に対する二十年同盟でもわかるように、自分がこれと思った人に対しては非常によく尽すという、およそ後の家康とはまったく違った自分を打ち出して、世間に対し十分に演技しきった人です。それが秀吉が死ぬと同時に、別人になった。

食わせ者ということになれば、家康ほどの食わせ者はちょっと世界史にないのじゃないですか。西洋にも大体食わせ者は出てきますけれども、そういう人物でも、大体ひと色の芝居しかできませんよ。家康は二色《ふたいろ》の芝居をした人で、しかも役どころを変え、性格を変えて、一狂《ふたきょう》言《げん》やっている。ほんとうの食わせ者でしょう。大坂ノ陣ではまったくひどいもので、奸智の人としては類がないように思えます。

家康がうまく豊臣家を、十万石くらいの大名にして、特別待遇にして、何となく江戸体制の中へ組み入れてしまえば、後世の家康像というのはもうちょっと違ったものになったでしょう。だから、関ヶ原以後、彼もずいぶん考え込んだ形跡がありますけれども、彼の知恵が及ばないほどに大坂城は大きかった。だからしようがなくてゲンコツで潰す以外になかったということでしょうね。このために徳川家は残せても後世に対して大きなミスをしてしまったことを思うと、秀頼や淀どの、およびこの城で討死した数万のひとびとは、家康のそういう評価と心中できたということで、わずかに以《もっ》て瞑《めい》するところがあるともいえるかもしれません。

戦国時代は日本人が最もアクティブな時代であったと思います。おそらくそれは唯一の日本人のアクティブであった時代といってもいいですね。太平洋戦争というものがありますが、あれは近代的中央集権国家のおそるべき権力によって、人間たちが動員されただけで、個々の意志で個々の人生をアクティブにした時代でも何でもない。日本人が個々にアクティブであった時代がちょうどこの時代だったと思いますし、もし日本人がこの時代を経ることとなくては、いまの日本の近代は考えられないのではないでしょうか。たとえば、この時代に朝鮮は李朝体制で、一枚岩の専制国家として続いていたわけですが、朝鮮がダメになるのはこの中世的専制国家のためですからね。李朝五百年という中国風体制国家ほど朝鮮人のバイタリティを失わしめたものはないと思います。

戦国時代というのは庶民にとって苦しい時代だったろうといわれているけれども、決してそうでもなかったようです。戦国時代のほうが明るくて、風通しがよくて、個々の人生に可能性があったように思いますし、むしろ平和な江戸時代のほうが暗かったような感じです。戦国期というのは太陽だってもっとギラギラと降り注いでいる。個々が非常にバイタリティを持っていて、自分のバイタルなものを表現しやすかった時代だったからでしょう。絵でも狩野《かのう》派の初期のような大ぶりな絵を描けるという可能性の時代、というようなものとして私は戦国時代を考えたいし、いいにしろ悪いにしろ、室町末期から大坂夏ノ陣までは日本人の原点みたいなものになっているように思います。

さきに、『国盗り物語』で斎藤道三《どうさん》のことを書き、秀吉については『新史太閤記』で述べ、さらにその後のことは『関ヶ原』で触れたわけですが、それだけではなお思いが残っておりまして、その後の豊臣家はどうなったのか、また元亀・天正（一五七〇〜九二年）から続いた日本人のバイタリティはどこで終るのか……というようなことになると大坂城を書かなければいけないような気がして、書いてみたわけですけれども。
ですから『国盗り物語』で道三が美濃国《みののくに》をかすめとるところから始まって、『城塞』で後藤、真田《さなだ》が大きな時代の幕を引くようにして戦死するまでのことを考えつづけてきますと、私なりに日本人のもつ最もアクティブであった時代とか心とかというものが、なにやら自分ながらにわかったような気がするのですが、どうでしょう。

〔「波」一九七二年一月号〕

〈豊臣秀吉／徳川家康〉

秀頼の秘密

秀吉という人はずいぶん女好きであったようですけれども、子供にはめぐまれていません。一応、公式には淀君との間に、二歳で死んでしまった鶴松という子と豊臣秀頼の二人の子供がうまれたということになっていますが、これはどうも秀吉の子ではないのではないかという噂が、当時からあったのです。まあ、秀吉自身が自分の子供だと信じて公的にもそう承認していたのですから、私も秀頼は秀吉の子であるという態度をとっているわけで、生物学的に誰の子であるのかをあれこれ詮索するのは無意味ですからね。ところがどうやら寧々《ねね》さん（北政所《きたのまんどころ》）などはそうは思っていなかったようです。なんといっても何十年も連れ添った秀吉の女房ですし、あるいは秀吉には子種がないのではないか、というようなその辺の機微は一番よく知っていたはずでしょう。だいたいにおいて、このころの武将には子種のない人が非常に多かったようですしね。

何故かといえば、これは余談になりますが、当時はちょうど唐瘡《とうかさ》（梅毒）が入ってきた時期で、日本はこの病気にとって処女地ですから、非常な勢いで広まってしまったのです。コロンブスが新大陸からヨーロッパに持ちかえってほとんど間をおかずに日本までやってきてしまって、あっという間に国中に猖獗《しょうけつ》してしまったのです。少し下った江戸時代に、瘡気《かさつけ》とうぬぼれのない男はいない、ということわざがありますけれど、この元亀《げんき》・天正のころも相当にひどかったようですね。ですから、野戦攻城に従っていて一年中ほとんど家にも帰らずに戦陣暮らしだった武将たちは、どうしてもそういうものに感染する可能性が強いわけでしょう。秀吉にしても織田家の将であったころは岐阜に屋敷がありながらもおちつくひまもなく信長にこきつかわれて、東奔西走だったわけですね。しかも彼は万事派手好きな人間ですから、軍旅に遊女をつれていったりもしています。お得意の攻城戦の時など、陣が長びいて士気が阻喪《そそう》するのをふせぐために、遊女町を陣の中に設けたりもしたくらいです。その点からみても、秀吉の場合、どうも状況としての感染率が高かったのではないかと思えるのです。

ところが家康というのは彼とは正反対に、子供がたくさんできる人間でもあったのですけれども、どうやら遊女に接したことは、あったにしてもごく稀《まれ》だったようなんですね。というのは、家康という人は常に手持ちだったのです。彼の好みは自分の家来の娘であるとか、家中の未亡人、あるいは領内の娘であるとかいうような具合で、要するに遊女ではなかったわけで、そういうものを戦陣にまで連れていっているんです。ですから、彼の場合は性病にかかる可能性は非常に少なかったようです。家康という人は、わりあいそういうことがわかっていた感じがどうもするんですね。

彼は趣味の多い人間ですが、それがすべて実用的な趣味なんです。茶ノ湯であるとか狂言であるとかいったようなことは嫌いで、鉄砲を射ったり、剣術の稽古をしたり、鷹狩りをしたりというようなことを好んだわけなんですけれども、その中でも好きだったのが、通俗医学です。家康は自分自身ではたいして漢文を読めませんから、侍医や有名な医者に中国の医書を読ませて講義をさせたり、あるいは本草学の本を見ては薬の調合のしかたを覚えたり、ずいぶんいろいろなことをしているのですけれども、これが全部、自分の保健のためなんですね。自分の体にはたいへんな気をつかった人間で、晩年にいたるまで、そうだったのです。

で、このころの医学ですが、唐瘡というヘンな病気が入ってきて、これは接触によって伝染するものだということは誰にでもわかることですし、細菌がどうだこうだというところまでは知らないにせよ、接触感染であって、それもおもに遊女と接するとそうなるんだということとまでは経験的に、すでに家康のころには言われていたようです。もっとも変な理屈で、たくさん男性に接する女は体の中で精液が腐るんだ、それが梅毒のもとになるという学説だったのですけれども。

通俗医学が大好きだった家康がこの学説を知らないはずはないだろうと思えます。彼はそういったことでもたいへんに用心深かった人ですから、単に彼自身の好みということだけではなく、手持ち主義になったのでしょうね。こういうことは後の徳川家を考える上でも、なんでもないことのようにみえて、実はたいへん大事なんじゃないかと思うのです。

そこへいくと、秀吉というのは、そんなことにはまったく頓着のない人ですから、おそらく唐瘡にもかかっていたでしょうし、子種もなかったような感じなんですね。ところが淀君との間に子供ができてしまったわけで、秀吉をもっともよく知っており、また長い間亭主の女道楽をみていた寧々さんとしては、女性だけの持つ直感で、なにかを感じたんじゃないかと思うんです。このことは彼女だけではなくて、加賀前田家のお松ノ方（芳春院）も秀吉の若いころから親しい間柄で、寧々とも非常に仲の良かった女性ですから、きっとわかっていたに違いない。だいたいがどちらも聡明な人ですし、女ながら天下のことがわからないでもない資質を持っていて、しかも女の人ですから話はどうしてもそういう方向にいきがちでしょう。ですから秀頼出生という事件があったときに、寧々さんとお松さんの間でどんな会話がかわされたか、だいたい想像がつくような気がしますね。

ところがお寧々さんも、北政所としてはその辺をはっきりということはできないんです。形式上、これは重大なことですけれども、豊臣家の体制の中では当時の慣例として秀頼の母親は北政所ということになっているわけで、淀君ではないのですね。ですから寧々さんもお松さんも、自分の感じている隠微な事情をおなかの中にたえずおさめていなくてはならなかったんです。それが後になっての彼女らの政治的行動につながっていったような感じもしますね。なんといっても北政所の政治力、加賀前田家八十一万石の進退を握っている芳春院の政治力というものは、そこいらのなまじっかな英雄豪傑などよりもずっと大きかったわけですし、この二人が家康殿のやることに対して積極的に賛成はしないまでも、反対の立場をとることはなかったということとの影響は、関ヶ原前夜の政情にとってはかなり決定的ではなかったかと思うんです。

彼女らとしては、秀頼を守ることが豊臣家をまもることであるという具合にはつながらなかったんでしょうね。なにしろ奇妙な時代であったわけですし、こういった形而下的なことがらが日本歴史上重要な位置をしめる関ヶ原ノ役に微妙な陰翳《いんえい》を与えたのではないかという気がします。

このことはべつに好奇心でいっているのではなくて、私としては秀吉自身がそう信じていたわけですから、生物学的な秀吉、秀頼の親子関係などどうであろうとも関心のないことなんですけれど、ただ、寧々さんのお腹《なか》の中には、やっぱり複雑なものがあっただろうなという気もしましたし、なるべくそういう観察はおしころしながら関ヶ原前夜のことを考え、「豊臣家の人々」を書いていったんですけれど、書きおわってみると、やはりあれは秀吉の子ではないのではないか、という気持が依然として去らないんです。お寧々、お松という二人の婦人を中心にして考えてみますと、どうもそういう感じのほうが濃厚になってきて、その結論に落ちついてしまうんですね。

〔『司馬遼太郎全集』第14巻月報、文藝春秋、一九七三年一月〕

書いたころの気持

〈古田織部〉

「割って、城を」という妙な題名の短編を書いたのは、桃山時代の茶人――本業は武将だが――である古田織部《ふるたおりべ》とその前衛的な芸術意識が、この小説を書いた当時、私にとって気になることだったからだと思う。

私は、三十前後に、前衛絵画や彫刻を見すぎてしまい、過度な凝り方をした罰として、飽きて――いまはそうでもないが――しまった。

真に才能と精神が前衛的であるという作家は、一時代に何人もあらわれるはずがないのに、群れをなして画家や彫刻家が、流行として前衛的であるというのはどういうことかと考えこんでしまったのである。

そのころ、織部を思いあわせた。織部は利休の美意識に対してたしかに異をたてた。

利休の美学というのは、むろん茶であるために創作者としての行動を含んでいる。利休はそのすぐれたドグマによって何が美かということをうちたて、それによって茶碗や道具を見た。

そのころの朝鮮にあっては無名の陶工が雑器をつくり、朝鮮の百姓たちがそれを食器として使っていた。それが日本に渡来したとき、室町期の茶人たちの美的世界に組みこまれ、さらに利休が出て、かれのきびしい基準によって拾捨された。利休の視線があたった茶碗は利休が好いたものとしてときに一国にも替えがたい名物《めいぶつ》になった。

織部は、そのことに疑問をもったかとおもえる。利休は茶碗を作らず、出来あがった茶碗を見ることで選択し、価値をあたえた。私は利休における創造力の凄さは、むしろ茶碗を作らなかったことにあると思うのだが、織部はそれに異をたてた。

かといって織部自身が茶碗をつくることをせず、むしろ出来あいの茶碗を割り、それを漆と黄金で接着し、その継ぎ目にみみず脹《ば》れのようなだみが出来、またその茶碗をとりあげたとき固有の重さよりいっそうに持ち重《おも》りするその重さまでを織部はその美意識の中に組み入れたかと思える。

織部は、名物とされている茶碗までも、ことさらに割った。割るという行為と、継ぐということでの形の多少の変化の中に、織部は自分の創作を確立した。冷めた目でみればじつに愚劣なことでもあるが、しかし織部にすれば、利休のように、ただ見て選別するだけで芸術であるとしている側よりもはるかに、果敢で前衛的であると思っていたのではないか。芸術というのは果敢さと衝撃力を伴っていなければならないが、前衛というのは一般に過度にそうであり、織部もまたそうであったのではないかと当時私は思った。そのことを、織部の人生と思いあわせて、右の短編を書いた。

ただしこの作品は、舞台にはなりにくい。

この作品を、原作というよりも触媒剤のようにして桃山期の一つの人生を舞台に展開してあげようといってくださったのは、今日出海《こんひでみ》氏である。この舞台が成功すればこのよき先輩のおかげであり、もし万一失敗するとすれば、触媒剤が悪かったせいであり、一応は原作者ということになっている私は、今氏に対し身のちぢむ思いで、幕のあくのを待っている。

〔「国立劇場十一月歌舞伎公演」パンフレット、国立劇場事業部、一九七四年十一月〕

堺をめぐって

〈堺商人／小西行長〉

一

室町時代を考える上で見落としてはならないことに、中国揚子江《ようすこう》以南の諸港の異常なばかりの商業的繁栄ということがあります。これは中国史始まって以来といっていい殷賑《いんしん》ですね。南海の物産がどんどん入ってくる。さらにもっと遠方の産物も輸入されてくる。ここで活躍したのはすぐれた航海術をもっていたアラビア人です。

かれらは唐《とう》の時代からすでに中国に来ていて貿易商を営んでいたのですが、元《げん》になって非常に優遇されたのでますます中国に寄りつくようになってきた。このアラビア商人が中国人の商業性を刺戟して、大きく花を開いたのが日本の室町時代のころです。日本もその影響を受けずにはおれなかった。

たとえば南北朝の争いというのは、南中国での経済的繁栄とそこで成立している思想をはずしては考えられません。つまり南朝という言葉自体がすでに中国にオリジンがある上に、後醍《ごだい》醐《ご》天皇とその側近の公卿は宋学《そうがく》のイデオロギーを持っていて、王こそ正しいものである、覇者はいやしむべきものである、とするわけですね。ここで覇者とは関東の幕府のことです。この思想がかれらをして、謀叛《むほん》——当時、謀叛といいますね、天皇謀叛という言葉があります——に起ち上がらしめるわけですね。

宋学に関する書物はずい分来ていたようです。宋学は宋が滅んで揚子江以南に移り、経済的繁栄を基盤にしてなんとか王朝を保っていたときに、思想家や学者が集まって作り上げていく思想なのですが、この影響を日本は強く受けていたことがわかります。

同時にこの揚子江以南の大きな特徴はゼニというものが非常に栄えていたということですね。世界で最も盛んな貨幣経済地帯でした。室町時代には明《みん》のゼニ——明銭がずい分入ってきて、これが日本の正貨になってますね。ということは、造幣局が中国にあったということで、おかしな話なんですが。

ところで南朝はこの貨幣を握っている人たちをつかんでいたのです。ですから土地に執着している北朝に土地を奪われたりなんかしても、なかなか滅びなかった。貨幣を扱う商人——京で有徳人《うとくじん》といわれている貿易商人たちの支援がうらにあったからです。

さて、この貨幣をめぐって新しい階級がでてくる。たとえば交通業者などがそうですが、じつは楠木正成《くすのきまさしげ》は交通業者を握る身分の人であった、という説があるんです。正成は鎌倉幕府にちゃんと登録されているという室町の正式の武士ではありません。河内《かわち》の土豪であったとかいわれて、いまでも領地がはっきりしないようなこの正成が、南朝についてあれだけ奮戦できたのはやはり貨幣を扱うグループを支配していたからだ、というわけです。しかしこれはなにも正成だけがそうであったのではなくて、南朝そのものが新しい商業主義の階級の上に成りたっていた。ただ持っているイデオロギーは『神皇正統記《じんのうしょうとうき》』といった天皇親政の昔に戻そうという古い思想なんですけれども。

やがて室町幕府が安定してきますと、幕府も貨幣に関心を持ちだします。足利義満のころになると交易したいために中国に貢船を出して、中国皇帝から日本国王に冊封《さくほう》されています。こういうことをするのは中国皇帝のひとつの伝統的なクセでして、貢ぎものを持ってきたものには官を与える、それがその地方の支配者なら国王の称号を与える、ということがあったものですから、当時の室町人にとってはこれは当然、貿易に付帯する資格みたいなものとして理解してたんでしょうね。

貿易が盛んになるにつれて、堺と博多が繁栄してきます。この二港には、それまで大きな力を占めていた武士たちの持ちえない感覚が芽ばえてくる。一言でいえばこれは海外というセンスですね。また、万里の波濤《はとう》を乗り越えていって貨幣でもってそこの商品を持ちかえってくる、あるいはこっちの商品を送り込む、そういうことで利益を上げる方法があるんだ、この土地は何貫とれるとか、どうだとかいった、これまでの米穀経済によらなくても、自分を太らせるやり方がある、という考え方が定着してくる。

すると全国から海外貿易に志をもった人たちが大きなエネルギーを持って堺へ集まってきて、

盛んに商売を始める。かれらはルソン、華南、いまのベトナムあたりまでどんどん出かけていって、ついには出先に日本人町を作るまでになる。日本人町というのはなかなか盛大なものだったようですね。とにかくそういった気分が堺へいくと、ウワーンと耳鳴りするようにある。

商人たちはいろんな道具を入れてくるんですが、そのなかには茶器になるものももちろんある。そういう道具を使ってお茶をたててみようじゃないかという気分が自然にでき上がってくることもあって、堺の商人には茶人が多いんです。かれらとよしみを結ぶには、地方地方でいくらいばっている武家だって力でもってというわけにはいきませんから、やはり茶道を通じて接近するということになるんですね。かれらと接近しますと、鋭敏な人たちなら認識が変わりますね。またそれが楽しくて堺へ出かけてゆく。

そのなかで一番巨大な存在が信長でしょう。信長も茶道をもって堺に入りこんでいく。これは堺的なものにふれるというより、経済と文化において世界的なものにふれるということですから、これは信長の好みにとってもうピッタリですね。そういうことからついには信長は堺をそのままにしておきたくない、自分のものにしたいと思い、政権のなかに抱きこんでいこうとしていろんな問題を起こすんですけれども、秀吉もこの気分は受けついでいますね。

いちいち狭い土地をこせこせと切りとったり、取りこんだりしなくても、南朝以来の伝統であるこのゼニの上に成り立った経済を握っておけばそれで十分ではないか、という考えは織田—豊臣とひきつがれていきますが、秀吉になると、政権の維持費の半分はこのいき方でまかなっていけるんじゃないかというわけで、政権を確立すると同時に貿易業者になったようなおもむきがありますね。豊臣体制の経済は堺を除外しては考えられないところがあります。

信長の時代にも織田家の財政面に堺の商人が入りこんできて、帳簿をみたりしていますが、秀吉になるともっと積極的でかれらに財務そのものを担当させてしまうところまでいきます。信長は商人の今井宗久《そうきゆう》・宗薫《そうくん》父子が気に入って、堺における財政の一種の代理機関にさえしました。つづく秀吉は今井を大事には扱うのですが、先代のことがどうしてもひっかかるんでしょう、あらたに小西隆佐《りゆうさ》という商人を抜擢して、豊臣家のなかにとりこんでゆく。隆佐の息子の行長《ゆきなが》を大きな武将にさえしますね。

堺の商人はそれぞれ専門があって、中国へいくものとか、ルソンへいくものとか、自分の得意先というものがありましてね、小西は薬屋ですから、主に朝鮮貿易なんです。こちらから何をもっていったのかは知りませんが、朝鮮へいっては薬になる草木を輸入してくる。行長の来歴ははっきりしませんが、どうも若いころにはしばしば朝鮮へいっているようですね。この人は朝鮮の地理に明るかっただけではなくその言葉にも堪能《たんのう》だったようです。

こういうかれらのような存在が豊臣政権の特徴であり、またそれを支えている一つの大きな柱であったわけです。というのはそれまでの、つまり元亀《げんき》、天正以来闘い続けてきた、戦場で強いだけの武将たちというのは政権が安定するともう使えるわけではありませんから、どうしても商業に通じている人などを大事にしていってしまうということですね。ですから小西行長のあの出世ぶりというのは異常なほどでしょう。なにしろ朝鮮ノ役のときには武将としてかくれもない加藤清正と並ぶ一方の旗頭になったくらいですから。

二

豊臣政権においては、堺とその商人が財政面で非常に大きな役割を果たしています。豪商小西隆佐がその代表格で、息子の行長は異常に早い出世ぶりで大名にさえ仕立て上げられました。

その象徴的な事件が朝鮮ノ役の人事ですね。加藤清正と小西行長がいちばん重要である先鋒大将に選ばれます。これは当時大きな反響をよんだニュースだったでしょう。清正については自他ともにこれは当然の人選だと思ったにちがいない。しかし行長については、みんなどういうことだろうと思ったでしょうね。かくかくたる武勲を誇る清正に対するに、どうしてさほど武功もない商人の子を、というわけです。これは秀吉のおもしろさでもありますね。

ただ行長は朝鮮貿易の薬屋の息子ですから朝鮮通ではあった。しかし単なる朝鮮通が必要なら道案内ですむことですから、行長に武将としての素質があったにしろ、豊臣政権における小西家の勢力の大きさというものは抜きにして考えられない。

清正はおもしろくなかったでしょう。もともと途中から割り込んできた人間というものがかれはとても嫌いで、尾張《おわり》以来の自分とやつらを同じにみてもらっては困る、というところがある、事実、小西も嫌いだし、石田三成《みつなり》だって嫌いですからね。いったい商人あがりの行長はどんな旗印をもつんだろうと聞いてみると、行長は清正が自分を嫌って軽蔑しているのを知っていますから、自分は薬屋の子だから薬袋でも旗印に使います、というんです。

これは偶然のことかどうかよくわからないんですが、小西の薬袋というのは日ノ丸なんですね、むろん白地ではなかったでしょうが。外に行くときに日ノ丸を掲げるというのは薩摩の島津家が始めたといいますが、日ノ丸については以前から伝承があったんだろうと思います。まあ少なくとも公式にこの旗が使われたのはこの朝鮮ノ役からですね。

ところで、小西家としては貿易商としての一つの世界観をもっている。朝鮮というのは貿易の相手であって、わが家はそれで立ってきたのだし、豊臣家だってそれで潤ってきたはずではないか。だいたい国というものは貿易をして相手国から利益を引き出し、そして相手国にも利益をもたらすことによって成り立っているんじゃないか。それはもう堺の商人にとっては稼業を通じて自明になっていることですね。そしてそれまでの日本人が持たなかった新しい思想でもあります。

その朝鮮へ踏み込んでいって、大明国への道案内をせよ、いうことを聞かなければどうとかするぞ、といったバカなことができるはずがない。この辺のところは秀吉も十分理解していたはずなのに、老境に入るにしたがっていわゆる切り取り強盗的な武将根性が丸出しになるんですね。そして東アジアの大将になるんだといった妄想が湧《わ》いてくる。秀吉の晩年というのは、こういう誇大妄想的な、これはもう精神病理学の対象になる反応を起こしている。それまで大事に育ててきた、いわば貿易立国主義の豊臣家の行き方をみずから否定する方向へもっていこうというわけですからね。

まさに金の卵を産むニワトリを潰《つぶ》しに朝鮮や明国へやらされるというのは、いかに秀吉の命とはいえ、へきえきしたにちがいない。親父の隆佐あたりは、「むこうでなんとかせよ」と耳打ちしたろうと思いますよ。命令は命令としてのみこんでおいて、現地で適当にアレンジして片をつけていく以外にないと。だから行長の鋭鋒はかならずしも鋭くない。

清正は満洲の国境近くまで猛進します。ですから後世はそれに較べて行長をつまらない男のようにいいますけれども、行長は当時数少ない世界性を身につけていた人間ですし、カトリックでもあり、貿易業者でもあり、この戦さのバカらしさをよく認識していたと思います。清正の戦国武将的な勇猛さが讃えられて、行長が評価されないというのは、日本人の性格はあまり当時も今も変わっていないということでしょうかね。

西洋でならむしろ行長の方が評価されるかも知れませんよ。清正は勇敢で興味ある人間である、しかしただそれだけではないか、そういう人材というのは掃いて捨てるほどいるじゃないか。しかし日本という孤島にいて世界性に目覚めていた人間というのは少ないんだから、この点で行長をもっと愛情をもって見てやろう。と、こういう気分はついに起こってない、ということはこれは日本人の性格だとも思えてくるんですけれども。

小西家は豊臣政権の財政をみていたわけですから、文吏派の石田三成と同じ部屋にいる感じですね。ですからいわゆる武断派と対立する側にいるし、三成も行長を頼りにしている。ところが行長にしてみれば三成に頼りにされるのも迷惑だし、武断派も困る。父親の隆佐という大きな貿易業者を通じて、極端にいえば堺の利益代表者みたいな意識もあるわけですね。隆佐は秀吉の晩年には堺と大坂城を往復しながら豊臣家の帳簿、台所をみてきているわけでしょう。行長にとってはそういうやり方で豊臣政権を繁栄させてきたという意識がある。ですから戦をしてどうこうしようという意識は少ない。そんなことをしなくとも自分たちは十分役に立ってきたんだ、なにも戦さで奮戦しなくても、という気分がなんとなくあったでしょう。

行長に家康につきたいという気持があったかどうかわかりませんが、家康自身は堺といったものをあまり理解できなかった人で、それに接近もしない。ですから行長がつきたいと思ったところで橋渡しもないし、まったくの他人だったんですね。

関ヶ原のときは、行長は実にダメな武将として登場します。大軍を擁していながら十分働かすこともできず、結局は西軍の敗因の一つになっている。そして負けて、逃げて捕えられ処刑されてしまう。

武将としてはちっともみばえのしない恰好なんですけれども、もともと行長にしてみれば別に武将になりたくもなかったわけです。かれの武将としての言動はあんまりないんですね。

豊臣政権は貿易を中心とした経済を大切にしてきた政権ですが、これに官僚として組み込まれるということは大名になるということなんですね。大名は両刀差して侍大将を何人かもち、鉄砲もそろえているという存在ですから一見武装集団にみえるのですけれども、行長自身はこれでもって大名のルールで動こうとは思っていなかったみたいですね。当時の体制として大名になっただけで、実際の自分の正体はそうじゃないんだ、自分たちはほかの面で十分奉公しているんだということでしょう。関ヶ原はだからばかばかしかったでしょうね。狭い日本の中で政権の奪い合いがあって、自分はそういう次元で動いてきたのではないのにと思いながら、巻き込まれて自滅していった。

大きな日本史の流れからみれば、貿易を通じて、あるいはカトリックという宗教を通じての世界性が、行長という形で豊臣政権の要人として存在するまでにかみ込んできていたのに、もうそこが限界であった。つまり行長もここから孤島化しようとする勢いについてゆけず、やがて自滅し、時代が下って鎖国になり、堺も博多もダメになってゆく。世界性へという可能性の芽が行長に象徴されますね。かれが何も偉いというんじゃなくて、秀吉が一介の商人をそこまでとり立てたという意味で秀吉の側からみてのおもしろさ、そして世界性が十分認識されていたのにそこで消えていくということですね。

家康は従来のしきたりによって堺の商人の今井宗薫を大事に扱いますけれども、これはもうしきたりであって、積極的なものはなにもない。家康という人はお百姓の感覚で一生を生きた人ですから、堺的なことはまったくわからない。また自分のわからないことはやらないんだ、というところがある。おまけにお茶にも関心がありませんから、それを通じて理解することもない。カトリックにも興味がない。そして閉鎖社会、閉鎖経済を作り上げていったというのは、これは時代の趨勢《すうせい》だったのでしょうか、それとも家康の個性だったのでしょうか。

〔『司馬遼太郎全集』第30・31巻月報、文藝春秋、一九七四年二・三月〕

異風の服飾

〈仙石秀久／伊達政宗／前田利家〉

但馬国《たじまのくに》（兵庫県北部）出石《いずし》は、仙石《せんごく》家三万石の城下で、その城下はいまでも町というより邑《むら》というほどの規模である。城は山城であり、その城あとに登ると、老いた杉木立が陽をさえぎり、夏でも冷気があり、苔のにおいがつよい。

「権兵衛餅《ごんべえ》」

だったかが、町のみやげとして売られていたような記憶があるが、この小藩の藩祖が仙石権兵衛であることによる。この城を見、城下を見ると、

――権兵衛程度の男でも、よくまあ大名になれたものだ。

という実感が湧く。

権兵衛はどうやら美濃《みの》の出身らしい。その先祖は清和源氏土岐《とき》氏より出《い》づとあるが、戦国時代に興った大名の家系など、織田、豊臣、徳川などをもふくめてほとんどが九割方粉飾されたものである。権兵衛も土民がサビ槍を持って戦場へ功名あさりに駈け出してきたというような前歴であったであろう。

権兵衛の幸運は、秀吉がまだ織田家の中級将校だったころにかれに仕えたというところにある。年少のころは児小姓《こごしょう》程度の仕事をしていたらしいが、どうも気のきいた威勢のいいボーイだったようにおもわれる。権兵衛っ、と秀吉が大声でよべば、どこにいても威勢よく返事をし、息せき切って駈けてきて、

「へいっ、御前《おんまえ》に」

と、見あげる目は犬のようにいきいきしていて、主人の秀吉としては可愛い男だったにちがいない。

そういう男が、秀吉が天下をとると大名になったのである。秀吉には家代々の家来というものがなかったから、自分が若いころから使いなじんだ家来（それもごく少数しかいなかった）を「譜代大名」という形にしてとりたて、身辺の機密に参加させるしかなかった。その人間に才能があるから大名にしたわけではなく、機密を漏洩《ろうせつ》する心配がないから身辺に置いていたのである。こういう理由で大名になった者の代表格としては加藤清正、福島正則《まさのり》があり、この両人には幸いにも軍事的才能がある。石田三成《みつなり》もいる。三成は卓抜した行政官の能力がある。だから秀吉もかれらに大きな禄をあたえて重用したが、しかし仙石権兵衛についてはそれほど重用していないのは、やはりおなじ秀吉のボーイあがりでも右の三人にくらべてだいぶ力量が劣っていたのであろう。それでも秀吉ははじめ権兵衛に淡路国《あわじのくに》一国をあたえ、さらに讃岐《さぬき》（香川県）一国をあたえたから、大変な優遇である。そのうえ、

「秀久と名乗れ」

と、秀の字をくれてやった。ある意味では前記三人以上の厚遇だったかもしれない。

秀吉が天下統一の事業として九州征伐（島津征伐）をはじめるや、四国の諸大名に命じて先発させた。その先発軍の軍監として仙石権兵衛を命じた。軍監とはこの場合、秀吉代理というべき内容の役目で、総大将といっていい。権兵衛の下には、かつて四国を平定して天下をのぞもうとした土佐の長曾我部《ちょうそかべ》元親《もとちか》なども加わっていたから、元親としては、

——こんな小僧の指揮に甘んずるのか。

と、ばかくさくもあり、悲しくもあったであろう。この先発軍はいまの大分県に上陸し、そこに待ちうけていた島津軍のためにさんざんにやぶられるのである。それも島津軍のごく幼稚な戦術上のわなにかかってやぶれた。このわなを長曾我部元親はさすがに経験上知っていて権兵衛を制止するのだが、権兵衛はあくまでも秀吉の権威をかさに着、猪突《ちょとつ》猛進を無理強《じ》いした。案のじょう、島津軍のわなにおちいって大敗戦を喫し、元親の子の信親までが戦死した。ところが命令者の権兵衛だけは戦闘に参加せず、海岸へ逃げ、さらに舟にとびのり、海をわたって四国まで逃げてしまったというから、元来その程度の人物なのである。ボーイあがりの秀吉側近官僚にすぎなかった。

しかしこういう似而非《えせ》大将ほど、自分の無能を権威と装飾によってかくそうとするせいか、自己顕示欲を露骨にあらわしたような異様の服装をしたがるようであった。

権兵衛はこのとき三十二歳であった。かれは自分の陣羽織を工夫して、数えきれないほどたくさんの鈴を縫いつけた。このため彼が歩くたびににぎやかに陣羽織が鳴った。鳴る服という

のは古今の服飾史上、仙石権兵衛が考えだしたこの陣羽織以外にないにちがいないし、奇装を好むいまのヒッピーですら、これだけは思いついていないようだし、たとえ思いついてもさすがにはずかしがって着ないにちがいない。服装デザイナーの後学のためにかれの陣羽織を説明した記録を写しておく。

「仙石権兵衛着服の陣羽織は、地は金襴《きんらん》にてその上へ金の縄《なわ》（西洋の軍人礼服につかわれた金モールであろう）を天上にて亀甲《きっこう》に組み、縄の組目《くみめ》ごとに鈴をつけ、金襴の地上へ綴《と》じつくる。働きの障《さわ》りとなるときは、鈴を取り捨てたり。これによって、没後は、鈴十ばかり残ると」（「掃聚物語」より）

権兵衛は天才的武将ではなかったが、ときに天才は奇装を好む。信長の年少のころの奇装ばなしは有名であり、天下人《びと》になる前後にはツバ広の南蛮帽をかぶり、馬上マントを羽織って、悠々京の町を騎行した。

秀吉も、自分の服装に独創をこらした。かれはとびきりの小男であったため、公卿としての正装である硬《こわ》衣装の肩にコウモリ傘の骨のようなものを入れ、特別大きく仕立てさせた。これにひきかえ家康は、尋常の服装をこのんだようである。ただしかれが愛用した甲冑《かっちゅう》のうち、スペイン渡来のものがあった。スペインの甲冑の胴だけをとって銀色に磨きたてていたが、これは奇装を好むというのではなく、鉄砲玉をふせぐにはこれがよいという実用的な動機からに相違ない。

「伊達《だて》な」

というこことばの語源はよくわからない。一説には伊達政宗の衣装好みのつよさから出たというが、政宗自身はどちらかといえば、正統的な軍装や服装を用いたようにおもわれる。松島の瑞巌寺《ずいがんじ》に安置されているかれの木像（武装姿）も、一分のすきもない正統的な軍装のようである。しかしかれが秀吉の朝鮮ノ陣で動員されたとき、かれの部隊の軍装は、おそらくかれの独創によるであろうユニホームをいっせいに着用し、隊伍を組んですすみ、京者をあっといわせた。つまり京で、秀吉が出陣する諸大名の観兵式をおこなったときのことである。

その閲兵順としては、第一番に出てくるのが前田利家とその加賀部隊、二番は徳川家康とその関東部隊、三番が伊達政宗とその奥州部隊であった。「成実記」という記録によると、

「政宗公御家中《ごかちゅう》、ノボリ三十本」

と、以下つづく。そのノボリは紺地に金の日ノ丸であり、そのノボリ持以下徒歩兵の衣装は他家のように雑多なものではなく、具足は背が黒で、前が金の星という力強いなかにも華やかなデザインであった。京者がおどろいたことに、かれらは太刀のこしらえまで揃えてあった。太刀は朱鞘で脇差の鞘は銀色である。かれらの鉄笠は高さ三尺のトンガリ笠で、将校（騎乗の士）だけは「思い思いなり」というようにかれら個々が意匠をこらしていた。そのたれもが、他家の侍の軍装よりみごとであった。たとえばどの騎乗の士も大房《おおぶさ》の尻ガイを波うたせ、しかもどの馬にも馬鎧《うまよろい》を着せている。たいていが、虎か豹《ひょう》の革を用いていたというから、材料は輸入品である。その騎乗の士は太刀のこしらえだけ揃えていて、大小とも金のノシ付の鞘であ

った。

「見物衆の反応はといえば、前田、徳川の部隊が通ったときは、たれも声を出さなかった。ところが伊達衆が通過しはじめると、見物は感嘆のあまりおめきさわいだ」

という。その華やかさが当分京の話題をさらったというのだが、あるいは「伊達な」ということばはそのとき流行語になり、その後定着したのかもしれない。


「傾《かぶ》く」

ということばが室町末期、戦国のころに流行した。伊達と似たような内容のことばで、傾斜した精神、服装というような意味をもつ。歌舞伎ということばが動詞になったのであろう。かぶきは、もともとあの演劇をさしているのではなく、ためしに、

「歌舞伎者」

ということばを「広辞苑」（第一版）でひくと、「異様な風態をするもの。遊侠者。はでな伊達者。悪徒。かたぎでない暴れ者」というのがはじめの意味で、転じて歌舞伎役者という意味になっている。要するにかぶくとは、

――やくざめいたぐあいになる。

という意味である。

前田利家は少壮のころから律義者でとおっていたし、晩年にはいかにも質実ということばを絵にかいたような人物になったが、かれの直話《じきわ》をあつめたという「亜相公御夜話」によると、

若いころは、

「異風好みのかぶき者であった」

という。派手な服装を好み、それがやくざっぽかったというから、晩年のかれからは、家来たちも想像しがたかったにちがいない。

利家は、晩年は枯木《こぼく》のようにやせていたが、少年のころは美少年だったようである。少年の身で信長の児小姓にあがった。信長とはわずか五つちがいで、信長が野あそびや川泳ぎのすきな不良貴公子であったころ、当時犬千代といった利家をよく連れあるき、

「於犬《おいぬ》、今夜は伽《とぎ》をせい」

などといって夜の伽をさせた。つまり寵童《ちょうどう》であり、この主従は男色関係にあった。ここで男色というのはのちの性意識や風俗で推量するとまちがうであろう。この当時の男色はむしろ戦陣で勇敢な武将や侍のあいだで流行し、陰湿なものではなく、陽気で豪快なふんいきがあり、ひとたび契《ちぎ》れば生死を共にするというところまでのモラルが確立されていた。

利家という人物はのちに、加賀百万石のもとをひらくのだが、天下人になるような器量はない。戦場でのかれの本領は個人的な槍先の武勇だけでなく、五千人程度の部隊の指揮官としては理想的な資質をもっていた。その行動は勇敢でその性格は勁烈《けいれつ》で、とてもこんにちでいう男色《ソドミー》のにおいではない。しかもその関係は公然たるもので、たとえばかれの場合、信長の晩年、信長が諸将の前で利家をつかまえ、その白毛まじりのひげをひっぱり、

——この男がこどものころ、わしは寝床で寵したものよ。

といったとき、諸将は声をあげ、利家の幸福を大いにうらやんだという。利家は晩年になってもそれが自慢であった。戦国期の人情は後世からみてひどくあかるく、色彩でいえば明色の感じがあるが、性風俗も暗色ではなく、どこか豪宕《ごうとう》さがあった。話が、外《そ》れた。

つまり、異風な服装のことである。利家は晩年になっても、若者に対する好みは、

――ちょっと異風で元気のいい若者がいい。

ということであったらしい。生意気でやくざっぽい感じの男にこそ、戦場での勇気とかあるいは駈けひきの独創性が宿っているということかもしれない。

しかし、人間の価値判断は服装ではない。こんにちのやくざっぽい服装を利家のことばは意味しているのではないであろう。ああいう服装は多分に風俗化された一つの型で、その型に入りこむだけの若者に、勇気も独創もあるはずがない。戦国期の、

「かぶいたる者」

の服装には、流行の型がなかった。みな、自分々々の創意による意匠だったようにおもえるし、利家も、そういう意匠を生みだす精神の傾斜というもののなかに、存外、勇気や創意のある才能がひそんでいるという意味のことをいったようである。

〔「オール讀物」一九七〇年八月号〕

戦国拝金伝

〈岡野左内〉

戦国の末期に、スペイン人からもらった角栄螺《つのさざえ》という南蛮カブトをかぶった武士が、上杉景《かげ》勝《かつ》の家中にいた。

侍大将で岡野左内という。この人物のことは、すでに、海音寺潮五郎氏、尾崎士郎氏らが小説にしている。

もとは越後古志《こし》郡柿村の城主で、槍一すじで身上をかせぎだした武士ではなく、あとでしるすように彼がお金持だったのは、おそらく代々の土豪だったせいでもあるだろう。

慶長六年四月、関ヶ原の役のあとの政情不安に乗じて仙台の伊達《だて》政宗が上杉領に攻めこんできたとき、左内は、阿武隈川にある上杉家の出城《でじろ》松川城に駐屯していた。左内は小勢をもってよく大軍の伊達勢をあしらい、ついに兵を退き、自分も退却しようとした。その乱軍のなかを政宗みずからが左内を追ってきて、逃げる左内の猩猩緋《しょうじょうひ》の羽織を二太刀《たち》切りさいた。切られながらも左内は、

「めんどうな」

とふりかえりざま、追いすがる政宗のカブトの真向からクラの前輪《まえわ》にかけて斬りさげ、かえす刀でカブトのシコロを半ば切りはらい、さらに政宗の右のひざ口に切りつけた。が、そのまま馬頭をめぐらして逃げ、川へ馬を乗り入れてしまった。

政宗が十騎ばかりであとを追い、

「きたなし、かえせ」

というと左内は笑って、

「眼の明きたる剛《ごう》の者は、多勢のなかへはひきかえさぬものよ」

むこう岸に馬を乗りあげ、さっさと味方の陣のなかにかくれた。

あとでそのときの相手が敵の大将伊達政宗であったことを知り、左内は「しもうた」とコブシで膝をうった。

「貧相な物の具をつけておったゆえ、惜しからぬ物頭《ものがしら》なみに思うていたが、あれが政宗どのなら、いまひと太刀で斬りたおせるところであったわい」

この合戦での左内のいでたちは、さきにのべたスペインのカブトに金銀の縫いとりをした緋の陣羽織をはおり、当時すでに天下の名器とされた岡崎入道正宗《まさむね》の名刀をつかっていた。格闘のさい、左内の刀がよほどの業物《わざもの》だったのか、一撃のもとに政宗の刀をツバモトから断ち折っている。つまり、奥州の大大名伊達政宗よりも、上杉家の一部将の左内のほうが、軍装に金がかかっていたというわけだ。

この岡野左内という豪傑は、非常な金銀好きであったことが「常山紀談」に出ている。変質なぐらいにけちんぼうで、浪費がきらいで金をためるのが大すきだったらしい。

その奇行の一例をあげると、貯めこんだ金銀を月に二、三度は蔵から出してきて虫ボシをした。つまりゼニを居室にばらまき、手でならして積みかさね、そのうえに下帯ひとつのすっぱだかでごろ寝をした。それが唯一のたのしみだった。

家中の者はみなその拝金主義を批難したが左内は意にも介さなかった。

あるとき、例によって金をしとねに昼寝をたのしんでいると、近所の武家屋敷で喧嘩さわぎがあった。それときくや、左内は正宗の刀をとって駈けつけた。

ひと晩かかってその喧嘩さわぎを仲裁し、帰宅しても部屋の金銀が減っているかどうかをかぞえもしなかったというから、ただの拝金主義者ではなかった左内の壮快な戦国武士像がうかびあがる。

左内はある日、自分の馬の口とりをしている小者が、大判の金一枚後生大事にもっているというはなしをきき、

「おまえは大そうな男じゃ。人は金があってこそ義理がはたせる。小者の分際で、よう貯めたぞ」

と、ほうびに黄金百両をくれてやった。

金をくれてやったのは自分の小者にだけではなく、主人の上杉景勝が、西の石田三成と呼応して家康打倒の兵を会津におこしたときも、軍資金として永楽銭一万貫を献じ、親しい家中の

者たちにも、

「出陣の費《つい》えにしなされ」

とそれぞれ黄金をくばった。

関ヶ原ののち、上杉家が西軍加担の罪によって、封地百二十万石から三十万石にけずられたとき、人員整理がおこなわれた。左内は家中でも大禄のほうだったから「それがしが居なければ殿様も楽をなさろう」と自分で退転した。

これほどの戦《いく》さ上手が上杉家を去ったときいて伊達政宗がすぐ使者をよこし、

「三万石でめしかかえよう」

といった。ところが左内は、もともと蒲生氏郷《がもううじさと》の旧臣であった。

「年をとれば、むかしの主家がなつかしゅうなるものでござる」

とことわり、氏郷の遺子秀行が在城している猪苗代へ行って、少禄で余世を送った。

秀行の子下野守《しもつけのかみ》忠郷のときに死んだ。

臨終にあたって、主人忠郷に金子《きんす》三千両と例の正宗の佩刀《はいとう》をおくり、忠郷の弟忠知にも景光、貞宗の大小にそえて三千両をおくった。また、日ごろ家中の者に貸しつけてあった金の手形証文が大きな箱にいっぱいつめてあったのを、みな焼きすてさせた。

戦国という男性時代がうんだみごとな拝金主義者の一生である。

さて、この岡野左内から、現代の世俗への連想をするのがこの連載随筆のめあてなのである。

あれこれと、私の知りうるかぎりのお金好きを思いうかべてみたが、ただの強慾な女だとか、りんしょくな知人なら、私のまわりにはザルに盛りあげて往来にまきすてるほどいる。ところが、いずれも品格は、左内の馬の口取りほどにも行かない。あれはどうかな、とひとりの老人の顔を思いうかべてみた。

大阪に妙な老商人が住んでいる。老人は戦時中は飛行機献納運動にテイ身し、敗戦後は日本のために余生を税金完納にささげようときめた。毎年、納税期になるとあれやこれやと自分で自分の税金を過大に評価しては税務署にもってゆき、ついにこの三月で、戦後の納税額が一億円を越した。その突破の日、大阪の生魂《いくたま》さんにおまいりして天神《てんじん》地祇《ちぎ》にひそかにその旨を報告した。

しかし、どうもこの左内はアホクサイ。なるほど税務署長は感泣するだろうが、ちかごろは大阪の神仏もだいぶがらがわるくなっているから、

「おっさん、もうちっと、アタマを働らかしたら、どや」

と感心してくれないかもしれない。

〔「週刊文春」一九六一年十一月六日号〕

豊後《ぶんご》の尼御前《あまごぜ》

〈吉岡妙麟尼／大友宗麟〉

妙林《みょうりん》尼《に》、妙麟尼とも書く。

天正のころ、いまの大分市付近で生きていた人である。

「媼《おうな》も、尼になったか」

といって、彼女の家にとって主君にあたる大友宗麟《そうりん》が、その麟の一字をあたえたともいうが、よくわからない。美人であったと書くほうが気分がいいが、しかしその点もよくわからない。また大友宗麟が名だたるクリスチャン大名であったから、妙麟尼もひょっとすると受洗していたのかもしれず、そんな気配もある。

彼女は、いまの臼杵《うすき》市付近の小領主であった丹生《にう》氏の娘としてうまれ、別府湾南岸の鶴崎《つるさき》という海浜に城館をもつ吉岡氏に嫁《か》した。いつ輿入《こしい》れしたかはわからないが、彼女の晩年が天正十年代だから、四十年ばかり差しひけばいいかもしれない。ほぼ天文年間であろうか。

この海浜の城館に輿入れしてきたころから彼女の初老ぐらいまでが、日本史における別府湾のもっとも華やかなころであった。この湾に城楼のように大きい各国の貿易船が相ついで入ってきて、世界の珍物をもたらすことがつづいたのである。

大分川は北流して別府湾にそそいでいる。その河口から五キロばかりさかのぼった田園のなかに、上代以来の豊後国《ぶんごのくに》（大分県）の国府があり、鎌倉以来の守護大名である大友氏の居城もここにあった。

大友宗麟（名は義鎮《よししげ》）は、この城館でうまれた。かれの少年のころ、おそらく天文年間の初期、ここに中国のジャンクが入ってきたのが、この湾の諸港が海外貿易の錨地《びょうち》になったはじめであるらしい。船は中国人のものだが、乗っているのは、六、七人のポルトガル人の商人であった。そのうちの重だつ者が、ジョルジ・ファリヤという商人であった。

「あの南蛮人を殺してしまいなさい」

と、宗麟の父の義鑑《よしあきら》にすすめたのは、中国人の船乗りたちである。積荷を奪えば儲《もう》かるではないか、という。義鑑の心がうごいたが、少年の宗麟がこれをおしとどめた。宗麟は少年のころから南蛮人がもたらす品々がすきで、九州においてはすでに他の地方でかれらが入港していたらしく、そのことを耳にしたのであろう。殺せば、もう来なくなる、むしろ彼等を来させたほうが貿易によって家が富むではありませんか、といった。義鑑がそのようにすると、やがて相次いで明船《みんせん》や南蛮船がやってきた。

ディオゴ・ヴァスというポルトガル商人などは、五年間ほど城下で住んでいたくらいであった。ヴァスは日本語もできた。南蛮ずきの宗麟がしばしばヴァスの居宅を訪ねていたらしいことは、ヴァスが聖書を前に神に祈っているところを見たということでもわかる。

「何に祈っているのです」

「この天や地を創《つく》った主に祈っているのです」

と、ヴァスは答えたらしい。宗麟ははじめて神の存在を知る。しかしかれの洗礼はずっと後年のことになる。

後年、宗麟は、多分に貿易の利を得るがためにキリスト教を保護した。宗麟はのちに、この国府（古国府とも豊府ともいった）をすて、臼杵に移った。ここに丹生島《にうしま》城をきずくのだが、築城当時は九州第一等の城であるとされた。その城下の臼杵の町には、学校《コレジヨ》も神学校《セミナリヨ》も、病院も孤児院もできた。聖歌隊もあったとおもわれるし、オペラなども演じられたことがあったかもしれない。

こういう異風な光景を、吉岡妙麟尼はごく身近なものとして見なれていたであろう。

大友宗麟は戦国期においては南蛮人から大砲を手に入れた最初の人物として知られているほか、後世にとってさほど魅力を感じさせる人物ではなさそうである。かれは鎌倉以来の名家の子にうまれたにしては膨脹の気分のつよい男であり、壮年期まではたしかに英気潑剌《はつらつ》としていた。気宇も大きく、好奇心もつよく、思慮もしたたかな男であったように思える。

かれは北九州から肥前あたりまで版図《はんと》をひろげたが、九州の諸豪族の心をつかむには、大盟主として頼もしがられるといったような人望に欠けるところがあった。そのせいもあって、中国地方から毛利氏の勢力が北九州に伸びてくると、筑前《ちくぜん》（福岡県の一部）あたりの諸豪族は毛利氏にしたがうような色合いをみせた。小豪族にとって毛利氏のほうがひとたびその傘下《さんか》に入った場合よく保護してくれるという印象があったのである。

　宗麟の好奇心のつよさは、好色というかたちになっても現われている。かれは美女を得るためにその役目の者を上方《かみがた》に常駐させておいたといわれているし、臼杵のかれの城館にはそういう婦人が多数住んでいた。家臣の妻をとりあげるといったようなことも一度や二度ではなかった。宗麟はそういうことは平気な男であったらしく、元来、うまれつきの貴族というものが漁色家になる場合、倫理観念のブレーキがきかないものらしい。ついにはかれの傘下にある一万《いちま》田《だ》親実《ちかざね》の妻にまで目をつけた。一万田氏は大友の支族で、親実は宗麟に対する忠誠心がつよかったが、宗麟はこれに対して謀反《むほん》の容疑をつくりあげ、親実を殺してしまった。このため親実の実弟の高橋鑑種《あきたね》が大いに反発した。高橋鑑種は大友家のためには毛利ふせぎの勇将として誠実につとめてきた男で、およそ政略的なけれん味にとぼしい人物だったが、こういう人物が謀反をおこしてしまったのである。高橋鑑種は筑前宝満《たからま》城にこもって毛利氏と通じ、宗麟に手むかった。このことは宗麟の衰運のはじめといっていいが、いずれにせよ宗麟の好奇心は対南蛮接触において先駆的な役割をはたし、それが漁色にむかった場合、みずからの勢力をおとろえさせるもとになった。宗麟にはどこかおかしいところがある。漁色で国をかたむけることが愛《あい》嬌《きょう》になっていればむしろ救いがあるのだが、うまれついての貴族がときにもっているところの、人間の心の相場をずいぶん安く見すぎるところがあって、漁色もそんな暗さから出ているようである。宗麟は人に愛嬌を感じさせる男ではなかった。高橋鑑種の反乱も、実兄が宗麟に謀殺されたということ以上に、宗麟の人柄につくづくいや気《け》がさしたのであろう。

大友宗麟はその最盛期においては文字どおり鎮西《ちんぜい》の覇王《はおう》であった。その運がかたむくについての外因は、まず北九州に毛利氏の勢力がのびたことがある。次いで南九州で薩摩の島津氏が自国の国内統一をとげ、その勢いを駆って大膨脹運動をはじめたためでもある。大友氏の勢力はこの板ばさみになった。とくに島津氏の勢いのすさまじさには、手のつけようがなかったらしい。宗麟の兵は勇猛剽悍《ひょうかん》で知られた薩摩兵にかなうはずがなく、侍大将級もこの時期の薩摩は粒よりの者がそろっていたし、それに島津側は主将の島津義久（竜伯入道）も副主将の同義弘（惟新《いしん》入道）も将領としての器量が宗麟をはるかに越えていた。

島津氏が、大友の大軍を大きくやぶったのは、天正六年の日向国《ひゅうがのくに》耳川《みみかわ》沿岸における会戦である。島津の兵三万、大友の兵はそれを越えていたというから大会戦を想像させるが、耳川沿岸の地形は山岳が折りかさなって平地がすくなく、大会戦のおこるべき地理的条件をもっていないため、合戦はおのおのの谷々で無数の小部隊が無数の小戦闘をかわしたという形式であった。従って平野決戦とはちがい、主将の目が戦線の全般にゆきわたるわけではなく、勝敗は各小部隊の戦意に俟《ま》たなければならなかった。要するに大友方に戦意がとぼしかったということを、この敗戦の地理的条件ほど証拠だてているものはない。宗麟は人望をうしなっていた。

さらには、このころ、宗麟はキリスト教をひろめるために、神社や仏閣をこわしつつあり、このことがかれに対する人気を失わしめたということもある。宗麟は耳川への行軍中、道路のわるいところは仏像をほうりこんで穴埋めにしたといわれている。『大友記』に、

「道悪《あ》しき所にては、仏神の尊容を取《とり》はめく、是《これ》を踏んで通りし」

と、書かれている。

宗麟はこの陣中に、七人の南蛮人宣教師をともなっていた。かれらがローマに送った報告には、

「宗麟はその征服した土地の神社や仏閣をこわした。そしてつねづね、自分はキリスト教をもって統治したい、と語った」

という意味のことが出ている。

これに対して島津勢は、陣頭に山伏《やまぶし》を立て、敵を調伏《ちょうぶく》する修法をさせたり、呪法《じゅほう》をさせたりしてすすんだ。島津氏では山伏のことを兵道《ひょうどう》といい、陣中にはかれらをかならずともなっていたから、耳川の合戦は一種宗教戦争のごとき観があったであろう。

島津氏はこの天正六年の耳川の勝利のあと、七、八年後には九州全域に威をふるい、大友氏を追いつめ、わずかにいまの大分県に閉じこめるいきおいを示した。

そのころ、中央でにわかに秀吉の政権が成立していた。

宗麟は、秀吉にすがりつくようにして救援をもとめた。使者をのぼらせたのではなく宗麟みずからがわざわざ上方へ駆けのぼって、秀吉に拝謁《はいえつ》し、その同情にすがった。宗麟のように気位の高い男にしてはよほどのことであったろうとおもわれる。あるいはそれほど内心の抵抗はなかったかもしれない。自力でなんとか悪運を回復するということをせず、ともかくも強い者にすがりついて悲鳴をあげてみせるというのはむしろ宗麟らしさということであったかもしれない。宗麟というのはどこか致命的に欠けたところがあり、それが人望のとぼしさとも結びついている。

秀吉は、非常な上機嫌だった。

かれにとって、東海の家康が臣従するにいたっておらず、関東、奥羽《おうう》はまだ手をつけるにいたっていない。ただ西のほうは中国の毛利氏が服従し、四国の長曾我部《ちょうそかべ》氏も臣従している。そこへやや落目になったとはいえ九州における旧覇王がみずから上洛してきたということは吉兆であった。しかも大友宗麟といえば戦国大名のなかでも鎌倉以来の名家の当主であり、その者が自分の前で胸を畳にすりつけるようにして平伏しているのを見ることは、栄達のおもいを充たす光景であったであろう。

これに対し、島津氏も対秀吉外交をわすれてはいなかった。老臣ひとりと僧ひとりを使いにして、上方へのぼらせている。秀吉はこれに対しては厳格であった。

島津氏は島津氏で、内々秀吉というにわかな出頭人《しゅっとうにん》を軽んずるところがあった。

――かれは織田氏の足軽だったというではないか。

という老臣たちが多かった。九州の南端の認識では、上方でくりかえされてきた下剋上《げこくじょう》の実景がよくわからず、まして織田勢力の出現前後からきわどいほどの能力社会ができあがりつつあったということが実感として感じにくく、足軽が関白になるようではほどなく素っころぶであろうとたかをくくるかたむきもあった。この点、秀吉のすそに孤児のようにすがりついた大友宗麟のほうが利口だったかもしれない。

もっとも秀吉は自分の政略でうごいていた。かれの天下統一にとって当然九州の平定は必要であり、それには島津氏の請願は好ましくなかった。島津氏はここ七、八年のあいだに九州一円を斬りあらして八ヵ国に威を振るっている。島津氏が秀吉に承認をのぞんだのは、その八ヵ国という大領域をみとめよということであった。

秀吉はこれを一蹴《いっしゅう》し、いかにも秀吉らしく自分の肚《はら》の中をあますところなく島津氏の使者につたえている。秀吉は筑前一国だけを、自分の直轄領としてほしい。それは貿易港である博多があるからであり、堺と博多というこの二大貿易港を公有にしてその利益を独占することによってかれの政権の主要財源にしようとしていた。秀吉が財政家としてただ者でなかったのはこのことである。

九州における他の国は、かれの嗜好《しこう》をそそらなかった。ただそれらの国々には島津の武威で首をひっこめている大友氏らいくつかの旧勢力がいた。これが今後失地回復のために島津氏と絶えまなくあらそってゆくことは、秀吉にとって不利であった。秀吉の方針としては短時間で天下統一をしようとしており、それにはあらごなしに諸勢力の頭をなでてとりあえず統一のかたちをとる必要があり、そういう安定方針のためには、九州最強の島津氏をひっこめさせなければならない。

「毛利氏が多年九州に兵を入れてきた実績がある。これをみとめて、肥前は毛利氏にあたえる。大友氏には、筑後と肥後の半分、そして豊前《ぶぜん》の半ばをあたえる。島津氏は本領の薩摩と大隅《おおすみ》の二国にもどるべし。ただし日向、肥前、肥後の半国ずつをあたえよう」

と、いった。島津氏はこれを蹴った。

結局、秀吉の九州出兵になるのだが、この時期、東海の徳川家康が臣従を誓う形式をまだとるに至っていないために、大軍を上方からうごかせない。

そのすきに、島津氏の軍事活動はふたたび活発になった。島津氏としては上方の大軍が到来しないあいだに大友氏を攻めほろぼし、九州全土をもって秀吉と対決しようとしたのである。

この間《かん》、大友宗麟はほとんどなすところを知らない。

その与党の者はほとんど島津方につき、わずかに岩屋城をまもる高橋紹運《じょううん》入道とその実子である立花《たちばな》城主の立花宗茂《むねしげ》ぐらいが力戦する程度であった。高橋紹運は敗死した。立花宗茂のみがよくふせぎ、この立花城での防戦のはげしさで天下に名が知られ、やがて秀吉およびのちには家康から格別の会釈《えしやく》をうけ、江戸期には筑後柳川《やながわ》の立花家として残ってゆくにいたる。

秀吉は、東海の家康が臣従しないために容易に腰をあげなかった。わずかに毛利氏の先鋒《せんぽう》と四国の大名たちを大友氏への申しわけ程度に送りつけるのだが、四国の大名たちは戸次《べつき》川の河原で島津勢のために大敗し、海に蹴おとされてしまっている。
宗麟の身辺まであぶなくなった。

この時期に、吉岡妙麟尼が登場する。

彼女が、別府湾南岸の鶴崎の城館に住んでいるということはすでにのべた。鶴崎城は、追いつめられつつある大友宗麟とその子義統《よしむね》をまもるうえで、のどくびにあたる要害であった。

ところが、城主がいなかった。

居るにはいたが、吉岡統増《むねます》という幼少の者である。妙麟尼にとっては孫にあたる。

妙麟尼の夫である鶴崎城主吉岡三河守《みかわのかみ》宗歓は早くに死んで彼女は未亡人になっている。長男の統久《むねひさ》は大友宗麟が竜造寺《りゅうぞうじ》氏を攻めたときに戦死した。そのあと次男の統定《むねさだ》が継いだが、これも天正六年のさきの耳川の大敗戦のときに戦死した。「七里ノアイダ屍《しかばね》バカリ」といわれたほどの凄惨な戦場で死んだ。幼少の統増は、その次男の遺児である。

「私が采配をとりましょう」

と、妙麟尼は、宗麟のほうへも、家中《かちゅう》にも、そう宣言したらしい。女が事実上の城主になって合戦の指揮をとるなどは、戦国百年のあいだ、この鶴崎城の場合が一例あるのみで、目をみはるような異常事態といっていい。

大友氏の家勢というのはそこまで衰えていたということがいえる。鶴崎城の吉岡家にも何人かの家老がいたはずだし、かれらの筆頭の者が幼主を擁して采配を代行すればよく、それがごく普通おこなわれる形態であった。しかし家老たちはおろおろうろたえるのみの無能者ぞろいだったにちがいない。

この事態で考えられることは、大友氏が中世の門閥体制をそのままにのこしていたということである。中央では織田勢力の勃興《ぼっこう》によって門閥主義というのはほとんどくだかれ、その意味での中世がまったく断ち切られた。例にあげるまでもないことだが、信長の五人の家老のうち、織田家の譜代というのは柴田勝家と丹羽長秀だけで、あとは他国から流れてきた牢人《ろうにん》あがりが滝川一益《たきがわかずます》と明智光秀であり、秀吉は足軽あがりである。他は推して知るべきで、能力のある者が、軍事と政治の要職につき、下級将校の職にいたるまでその原則のような気分が作用していた。自然、どういう小城でも防戦を指揮できる者がいないということはなく、従って婦人が指揮せざるをえないという事態がおこらなかった。鶴崎城の吉岡家の場合、家老もその下の者もことごとく門閥でその地位についていたにちがいなく、この中世的体制が大友氏ぜんたいの状態だったにちがいない。

しかしそれにしても、妙麟尼が、私が指揮をとります、ということが十分には理解できない。彼女をもし小説に書くとすれば（書くつもりはないが）私は迷うにちがいない。

たとえば逃げることもできるのである。

「私のほうは、ちっぽけな小城ですからとても島津の大軍をふせぎきれません」

といういうことは、武家の女だから決していわない。他の口上でいう。

「当主は幼少で、もしこの統増が死ねば吉岡の血統は絶えます。ですからこの私は統増を抱いて他のお城に移ります」

というようなことは、ごくふつう、おこなわれてきた。城の指揮権は家老のひとりにゆずればいいことで、これも当然なことである。また家系が絶えて先祖の祀《まつ》りができなくなるというのは封建期にあってはすべてに優先する理由であった。むろん移るべき城はないが、しかしお宗麟とその子の義統がいる城がある。そこに大友一門の女どももいる。それへ合流するのがふつうのことなのだが、彼女はそのふつうの行動をとらなかった。ということはどういう人間なのだろう。

たとえ壮年の男が城主でも、この海岸ちかくの平地にある鶴崎城の場合、津波が押しよせてくる浜にあるちっぽけな漁師小屋のようなもので、一日か二日はささえられるにしても、戦略的にその一日か二日の防戦がさほどの意味をもつものではない。そう判断した場合、寝返るか、それとも戦闘員をつれて他の防御能力のある城へ合流するか、どちらかの方法をとることが多い。

死守は、高橋紹運における岩屋城・宝満《たからま》城や、立花宗茂における立花城のように、それぞれ大部隊が名だたる堅城を守備している場合にこそ敵にあたえる打撃も大きく、意義が大きい。

鶴崎城のようにわずかな力で踏みつぶされるような城は、死守というようなはなばなしい防戦形態さえとれないのである。しかし妙麟尼はそのことをやった。

高橋紹運と立花宗茂は、生よりも名誉を重んじて城を死守したという点でのちのちまで九州武士の典型とされた。戦国百年を通じてこのふたりほどさわやかな行動をとった城主級の者はすくないが、内部的にも崩れてしまった大友氏のなかでこのふたりがいたというのは宗麟の人格的ふんいきとひどく場違いな感じもする。戦国期では大将の人格がその配下に影響した。この父子が、大友家の家風に似つかわしくないのは、どの環境にあっても紹運であり宗茂であるといったふうの、よほど強烈な個性とモラルをもっていたのであろう。ついでながら立花宗茂はこのとき二十そこそこである。のち関ヶ原のときは三十をすこし越えていた。関ヶ原では石田方につき、倫理観念から明快に「豊臣家を擁護する」という意識をもった数すくない武将のひとりだった。関ヶ原の主力決戦には出なかったが、近江《おうみ》大津城を攻めおとし、九州に馳《は》せもどってさらに徳川方の加藤清正らと戦うという強烈な行動をとっている。当然戦後は失領したが、家康は、

——あの男ばかりは憎めない。

としてすぐ数千石の食い扶持《ぶち》をあたえ、次第に増封してついにもとの禄高にちかい十万余石に復せしめて柳川城主にしている。功利的な政略意識よりも倫理的行動を好むという点で、戦国期の大名にめずらしい存在であったことがこのことでもわかるし、宗麟の家風とは別個の人

物だったにちがいない。

もっとも、多少の事情もある。

晩年の宗麟がやった意外なこととして、宗麟が秀吉に救援を乞うべく上方にのぼったとき、この高橋紹運、立花宗茂の父子を連れて行っているのである。この父子をも秀吉に拝謁させ、

「この両人を、御直参《ごじきさん》の大名にしていただきたい」

といっているのである。

このためこの父子は、形式上は宗麟が主人であるよりも、秀吉が主人であり、宗茂ごのみの武家の面目からいえば天下に自分の名がきこえたということにもなる。宗茂がこのことを面目上の重大事であるとおもっていた証拠に、島津勢がかれの立花城をかこんでまず降伏を勧告したとき、

「それはできないことだ。なぜならば自分の名前はすでに天下人《てんかびと》に知られてしまっているのである」

という意味の、きわめて明晰《めいせき》な返答を文書でもっておこなっているのである。

高橋紹運と立花宗茂にはそういう事情もある。

が、吉岡妙麟尼にはそういう事情もない。

以上のように考えると、妙麟尼がその小城を死守するという精神はよほど異常なことだということがわかる。

その異常なことをあえてやったのは、二人の息子を戦場でなくしたということとおそらく無関係ではあるまい。むろん逆に、亡くしたればこそ戦いがいやになって「せめて孫ばかりは」といって山村にかくれてゆくという発想もありうるが、この場合、だから戦うのだということに踏みきったのは、彼女の性格であるにちがいない。戦国期におけるこういう場合の諸条件のなかで、性格ということが、右のような順序を経たすえにようやく出てくるようにおもえる。あとは、性格が行動を決定すればよい。

長男は竜造寺氏との戦いで死んだが、あとを相続した次男は島津氏との戦いで死んでいる。次男を殺した島津氏に対する憎悪もあったであろう。もっともごく普通の武家の感覚では戦場の敵に対する憎悪は顕在的にはありえないことになっている。戦場の死はあくまでも死者の名誉であり、それを討った相手にあだうちせねばならぬという論理は存在しなかった。それでもなお彼女が島津氏に憎悪をもち、それがために城兵をひきいて立ちあがったとすれば、その面でよほどつよい個性の女性だったということが考えられる。おそらくそうであろう。

彼女があるいはクリスチャンだったとすれば、以下のようなことが考えられる。宗麟、洗礼名ドン・フランシスコは、キリスト教をもってその領内を統治し、神の御名《みな》をもって版図を斬りひろげるということをどうやら宣言していたふうであり、それに対して妙麟尼が女だけにしんそこからそれを真《ま》に受けていたとすれば、彼女の強烈な戦闘精神がわりあい容易に理解しうるのである。薩摩島津氏というのはキリスト教布教における困難な相手で、フランシスコ・ザビエルが最初に入陸したところ（坊ノ津）であるにもかかわらず、信徒になった者はわずか百人そこそこで、ザビエルもここに見切りをつけざるをえなかった。島津氏は個々の安心立命《あんじんりゅうみょう》としては禅宗を好み、戦場での武運をきりひらくためには兵道《ひょうどう》と称する密教を軍隊の制度として採用していたことはすでにふれた。島津氏が好む山伏というのは南蛮の宣教師がもっとも憎んだ相手であり、「かれらは悪魔の扮装《ふんそう》をし、悪魔の術をつかう」と言い、もっとも頑強な異教として怖れてさえいた。妙麟尼がクリスチャンであったとすれば、その身分からみても、宗麟のもとに訪ねてきたフランシスコ・ザビエルにも会ったはずであるし、その他の宣教師にも日常的に接していたであろう。宣教師たちは宗麟において十字軍の王のごとき精神を見出したはずであるし、とすればその敵の薩摩人たちをサラセン人やトルコ人のごとくおもっていたにちがいない。その宣教師の気持が、妙麟尼に影響したとすれば、彼女はこの当時のキリスト教の一特徴である殉教精神をかきたてられたかもしれない。

彼女について語っているのは、『豊薩軍記《ほうさつぐんき》』なのである。この記録は彼女のはなやかな指揮ぶりには能弁なのであるが、彼女がどういう人であったかについては興味を示さず、まったく沈黙している。このため、以上のようにあれこれ彼女の周囲を考えて臆測せざるをえないのだが、結果としてはみごとに敵に勝っている。

彼女は薩摩軍の来襲を予想して、城を補強した。その補強についての設計までやったらしく、さらには城外に砦《とりで》を一つ築き、これについて、「あれを外郭に、ここに二ノ丸、あちらに三ノ丸を」といったぐあいに現場工事の指導までしている。

むろん事は急を要するために、堀は薬研堀《やげんぼり》にした。薬研堀とはV字形の急造の堀のことである。そのほかびっしりと柵《さく》を植え、柵のそとには陥《おと》し穴をつくり、あるいは鉄菱《てつびし》をまいた。これらの工夫は城内の男どもをよほど感心させたというから、彼女の戦術的知謀というのはよほどのものであったらしい。

島津勢は、天正十四年十二月十二日、秀吉の先発部隊である四国の大名たちを、戸次《べつき》川の河原で敗走させたが、そのあと主力は大友氏の本拠を衝《つ》くべく行動し、支隊三千は、戸次の新戦場からほんの半日の距離である鶴崎城に攻めかかった。

島津の第一回の攻撃は十六度におよんだが、十六度とも妙麟尼はみごとに撃退してしまっている。この防戦では、無数に掘られた陥し穴がうそのように効果を発揮した。島津方の人馬がくずれるように陥《お》ちこむと、底の削《そ》ぎ竹につらぬかれて難渋した。城方はそれを見すかして鉄砲二百八十梃をうちかけるのだが、妙麟尼はこの陥し穴ごとに笹竹を植えたり、松の大枝を挿しておいたりしたために、射撃のねらいをつけるのにきわめて便利であった。

しかし、一日で三ノ丸まではとられた。

が、妙麟尼は本丸・二ノ丸をかたくまもり、夜になるとみずから巡視し、士卒に酒などをふるまって夜寒《よさむ》をふせがせるなど、こまかい心遣いをした。彼女はむろん女装である。鎖鉢巻《くさりはちまき》をかたく締め、体にも鎖の着込《きこみ》をつけ、その上から小袖《こそで》を羽織り、裾《すそ》みじかに着ている。その服装で毎日、敵の顔のみえるあたりまで巡回し、士卒をはげました。

信じがたいほどのことだが鶴崎城はよく防戦して年を越え、天正十五年になり、その一月も過ぎた。島津方は力攻して損害をつくるよりも包囲して城兵の疲労を待とうとした。こういう作戦方針をとったということからみても、妙麟尼の防戦がいかにすさまじいものだったかがわかる。

が、敵よりも味方のほうが、やがてばかばかしくなったらしい。家老は、中島玄佐と狩野道察という者で、内心、

(こんな婆ァに追いまわされていては、さきゆきとんでもないことになるのではないか)

と、不安を感じたらしい。妙麟尼はただいさましく戦うのみで、この戦いの将来への展望というものをもっていないのではないかということを、二人の家老は不安におもったのである。島津方も、その時期を察していた。城方へ密使を送り、中島と狩野に金銀をつかませたというから、吉岡家はよほど頼りにならない家老たちをもっていたことになる。

やがてこの両家老が、妙麟尼に開城を説いた。理由ははっきりしている。城内の兵糧《ひようろう》や弾薬が尽きようとしているのである。しかも秀吉の援軍はその後一向に九州に上陸せず、これ以上の防戦はむだである、といった。妙麟尼も、表面はなっとくした。ただし肚の中は、

(この腐れ家老《としより》め)

と、煮えかえるようであったろうことは、以後の彼女の行動から察しられる。表面、家老のことばにしたがう必要があったのは、家老たちが内応の気配をみせている以上、これに従わな

ければ殺されるからであった。ここでもう一つ、とるべき方法がある。高橋紹運が刀折れ矢尽きて岩屋城の高櫓《たかやぐら》で切腹したように、彼女も自害してその美を全《まつと》うすることであったが、あるいはこの方法をとらなかったのは、みずからを殺すことを禁じているキリスト教の信仰によるものであったかどうか。

もっとも、以下の行動をみると、自害をするようなしおらしい女性でもなさそうである。彼女は、開城した。

島津方の将は、野村備中守《びっちゅうのかみ》文綱、伊集院久宣、それに白浜政重である。かれらは入城し、城方はそとへ出た。島津方の将たちは、妙麟尼の奮戦ぶりに感心しきっていたから、開城後の手当はできるだけ厚くした。たとえば彼女のために城外に城郭めいた屋敷をたててあたえたというほどで、すっかりファンになってしまったらしい。島津方の士卒たちも、吉岡方の士卒とへだてなく交驩《こうかん》した。たがいに傷をみせあっては、この傷なら某《なにがし》の射た矢に相違ないとか、あのときに槍をつけたのはわしであるとかといったふうの話をしあったらしい。

妙麟尼も、かれらとよく交驩した。『豊薩軍記』では、

「雨中、徒然《つれづれ》淋しき折節には城中に音信し、また或る時は三将を私宅へ招き、珍膳菓肴《くわこう》、種々の美物を調《ととの》へ置き、女の顔よきに酌など取らせ」

といったぐあいだったと書かれている。

三月になった。

秀吉の大軍がいよいよ大坂を発するという急報が薩摩にもとどいたのであろう。島津方はいそぎ防戦配置をととのえるべく、諸方の前線陣地の入れかえをしたり、兵力を撤収させたりした。この豊後鶴崎などは別府湾にのぞんでいるだけに秀吉軍の上陸地の一つになるに相違なく、撤収せねばならなかった。このため、野村備中守文綱は『豊薩軍記』によればわざわざ妙麟尼の居館へおもむき、

「自分たちは本国に帰ることになりましたが、尼御前はいかがなし給うや」

と、親切にきいてやったらしい。きっと人のいい男だったのだろう。

妙麟尼はおどろくふうで、

「それは意外な。私どもと致しましてはすでに大友殿に背《そむ》き参らせて城をひらきました以上、当地に残っていてはかならず害を受けましょう。しかもかようにまで昵懇《じっこん》をかさねて頂きました以上は、他家の御人とは思えませぬ。何国までも連れて行ってくだされればありがたいと存じます。吉岡の人数も残らずお連れくだされば、これ以上のしあわせはございませぬ」

と、頼んだ。

ここで、別れの酒宴になった。

はるかな後年、勝海舟が江戸開城のあと、薩摩人たちと歓談したとき、「薩摩人をのこらず捕虜にする方法はあったのさ」と冗談ともつかぬことをいい、一座をおどろかせた。海舟のいうところでは薩摩人ほど女好きで女にあまい者はない、だから吉原《よしわら》から岡場所《おかばしょ》をことごとく開いて薩摩人たちを蕩《とろ》かせてしまい、そのすきに包囲してしまえば手捕りに出来たのさ、という

ことだったが、この場合も符が合っている。

「前途を祝い参らすべし」

といって、野村備中守たちをひきとめ女たちに酌をさせて時をすごさせるうちに野村はすっかり酔った。野村が千鳥足でひきあげて行ったあと、妙麟尼はかねて手くばりしておいた五、六十人の人数をしてひそかに乙津川《おとづがわ》付近まで走らせ、藪《やぶ》かげなどに伏せておいた。

三月八日が、島津方の鶴崎ひきあげの日である。野村はじめ三将は三千の士卒をひきいてひきあげるうち、乙津川が夜になった。そこを吉岡方に夜襲された。妙麟尼の手配りどおり村びとたちもこれに加わり、鯨波《とき》などをあげて人数の大きさを示したために島津方は闇の中でくずれ散り、討たれる者、乙津川に落ちておぼれる者などさんざんの体《てい》で、野村備中守も重傷を負い、かろうじて落ちのびたが日向までゆかぬうちに死んだ。島津方で討たれた者は六十三人であり、吉岡方の討死はわずかに中村新助という者一人であった。

結局は、妙麟尼の勝ちになったらしい。

しかしこの勝ち方はどうもルール違反のような感じもするが、そこは女であるだけに勝敗に美をもとめるような必要はなかったのであろう。それにしても興醒めするほどに強烈な復讐心であり、ひるがえっておもうと、次男統定を島津に討たれたという恨みのつよさが、彼女をして大将の采配をとらせ、城を死守させ、また開城後、男の世界のルールならばすでに事は了《おわ》っているのになおそれをわすれず、酒色で敵をたぶらかし、ついには集団でもって闇討ちをするという手段をとらせるにいたったとみるほうが、どうやら妥当らしい。

三月二十八日、関門海峡をわたって九州に上陸した秀吉は、この日にこの鶴崎の妙麟尼の話をきき、大いに感心し、

「ぜひその尼を見たいものだ」

といったが、結局はその機会はなかった。もし妙麟尼が男ならばおそらく秀吉に拝謁してただちに十万石ほどの直参大名にとりたてられるということになったであろう。また彼女が若くて美貌なら秀吉のほうが捨てておかなかったにちがいない。

「年はいくつだ」

と、秀吉は、この話を伝えた者にきいたにちがいない。きいて、おそらくこの好色家は失望したかともおもわれる。

もっとも妙麟尼のほうからも、これほどの武功をたてていながら、秀吉に接触しようとはしなかった。べつに接触したところで女が大名になれるわけでもなかったし、しかも彼女の防戦はそれが目的でもなく、もし復讐が目的ならば右の次第で十分にそれをはたしたことになる。

彼女はこのあとどのように暮したのか、彼女がどのような容貌、信仰、性格の婦人だったかがわからないようによくわからない。

〔「小説新潮」一九七三年五月号〕

〈蜂須賀家／高木法斎〉

法斎の話

関ヶ原のとき、阿波《あわ》の蜂須賀《はちすか》家は、当主の家政《いえまさ》は西軍に属したが、嫡子至鎮《よししげ》が東軍に属したため、戦後、家はぶじだった。こういう例は当時の大名の家には多い。

日本の内乱は遠く保元・平治の乱からこの種の型が多いが、関ヶ原の乱のときは、とくにこの傾向が濃厚だった。東西どちらが負けても、家と家禄は勝った政権によって保護される。それも最初から意識的にそうしたのではなく、蜂須賀家の場合なども戦いが布告された当初、息子が関東にいて、父親が大坂にいた。単に地理的な条件で敵味方にわかれた。わかれてから意識がうごき自家保存の安全策を考えた、とみるほうが、当時の実情に近い。日本人の物の考え方や処理の仕方の一典型が、この場合の蜂須賀家に象徴されていておもしろい。

大坂にいた父親の家政は（どうやら西軍が負ける）とみて積極的に動かなかった。ただ大坂城三ノ丸の久太郎町橋の警固をつとめた。これならいざ西軍が負けたとき、勝者の家康に対し「私は橋の番をつとめていたにすぎませぬ」といい開きができるであろう。

ところが、西軍首脳はこの蜂須賀家政の態度を奇怪として戦場への出兵を命じた。家政は事情をかまえてことわったが、西軍首脳のひとり大谷吉継が執拗に要求してやまない。

結局、小部隊を出すことにした。命ぜられた戦場は北陸であった。

その派遣隊長は蜂須賀家の家老でもない、その下程度の階級の高木法斎という人物であった。法斎は、自分のおかれた運命をよく知っていた。もし西軍が勝てば「蜂須賀家は西軍のために働いた」という証拠として自分の武名は光るであろう。しかし西軍が負ければ蜂須賀家は家康に対し、

「高木法斎は主人の命をきかず、勝手に兵をひきだして私戦をしたのでござる」

と表明し、法斎を罪人にするであろう。法斎はそれを承知の上で、いや承知どころかこの主家保存案をみずから立案し、みずからその犠牲的運命をえらんだ。こういう心情と行動もまた日本人の、いかにも日本人らしい発想法であろう。

西軍は負けた。

大坂の久太郎町橋にいた蜂須賀家政はあわてて（あるいは落ちついて）頭をまるめて蓬庵と号し、罪を待った。

家康方である息子の至鎮は、徳川家の重臣に運動し、

「拙者の軍功に代えても、父の一命をおゆるしくださいますように」

と頼み入った。この発想の調子のよさ、筋ごしらえの芝居めかしさも、日本人的である。その泣訴を受ける家康も、この芝居の筋を十分に心得たうえで、自分も舞台にあがり、十分に恩を売った上で、その泣訴をゆるしている。

蓬庵のいのちはたすかった。しかも助命した息子の至鎮よりも十八年長く生き、三代将軍家光のころ八十一歳で永眠している。

さて、北陸へむかった高木法斎の始末である。

この芝居では法斎のみが、余計者になる。筋のしめくくりとしてそうそう長く舞台に顔をさらしていてもらってはこまるのである。

殺した、とあれば、これは西洋史的事件かもしれない。殺さず「私戦」をした、という罪科で士籍をけずり追放した。法斎は徳島の城下を離れ、吉野川を渡り、城が見えなくなる場所まできて城を拝み、蜂須賀家の家運の長久をいのり、そのまま消息を絶った。絶って、いまだにわからない。

徳川時代の蜂須賀家は、幕府をはばかって法斎の異功を記録することを好まず、自然にその名が人の記憶から消えることを願ったからであろう。大名の家は、その存続のためにはじつに酷薄非情なことをするものだ。この点第二次大戦の、敗者の位置に立った日本人が、戦時中の戦争遂行者や戦死者にむかって遇した態度とじつに共通している。徳川幕府がアメリカであったにすぎない。

この法斎に対しては私は創作意欲は湧かない。が、私にとってはものを調べるのが創作と無関係の一種の娯楽だから、この法斎のゆくえを、できるかぎりの努力でさがした。が、どの記録にもなかった。

しかも記録によっては高木法斎が青木方斎になっていたりしてじつにあてにならない。その程度にしか、蜂須賀家存続の恩人の存在は、蜂須賀家の記録者のあいだでは遇されなかったのであろう。はかないような次第だが、しかも法斎自身、そういうはかなさを愛する――これまた日本人の性格のなかで、もっともおもしろい典型というべき隠遁者風の性向のもちぬしだったかもしれない。

〔「毎日新聞」一九六六年一月一日朝刊〕

近所の記

〈片桐且元〉


「ここは河内《かわち》ですよ」

と、拙宅で年配の訪客にいうと、そうですか、ははあ、と必要もないのに声をひそめて、

「ここが河内でございますか」といわれて、かえって辟易《へきえき》したことがあった。その人の脳裏に、今東光老の河内ものの作品群が明滅していたのにちがいない。

しかし私が住んでいる土地は河内のなかでも筋目《すじめ》の河内ではなく、大正の好況期の大阪市(摂津《せっつ》)の人口膨脹のためにかさぶたのように市街化しただけの土地で、河内の国がもっているような風土的伝統から遠い。その客にそのようにいうと、客は感に堪えたように、

「河内にも筋目の河内がございますんですか」

といった。

本来の河内についていうと、まず北河内がある。四條畷《しじようなわて》を主邑《しゆゆう》とする。次いで、中河内があり、その主邑が東光老の本拠であった八尾《やお》である。南河内にいたっては山河も人情も農業生産ももっとも豊穣で、主邑としては中世末期の小都市のにおいをのこす富田《とんだ》林《ばやし》がある。昭和

四十年代に上田正昭氏が先唱して用語として定着した河内王朝の所在地がこの南河内の界隈である。大小の古墳群が集中的に存在し、中世初期においては空海が山中の高貴寺《こうきじ》で籠った。その山麓の弘川寺《ひろかわでら》では西行が末期《まつご》をむかえ、室町期には観心寺《かんしんじ》が初期宋学の拠点になった。そのイデオロギー的影響をうけたかと思われる土地の土豪楠木正成《くすのきまさしげ》がこのあたりの山野で坂東《ばんどう》をこぞる幾万騎をひきうけて戦ったわけで、かれのこの抵抗を可能にした南河内の経済力がどれほどのものであったかと想像させる。

私の住んでいる土地はそういう〝本場〟ではない。江戸期のある時期まではアメンボやフナなどが棲《す》む沼地だったのではないか。

近所に、最近、瓜生堂《うりゅうどう》遺跡という弥生時代の大規模な集落遺跡が発掘されている。散歩の途中に寄ってみると、その集落遺跡の西辺がわずかに陥没している。その西方はおなじ平地ながらかつては沼沢地であったというふうに二メートルほども低くなっており、低いままに、私の住居付近をふくめ、はるかに大阪の鶴橋《つるはし》、味原《あじはら》付近までつづいている（奈良朝のころまでいまの大阪湾の入江は内陸ふかく入りこんでいた。こんにちの大阪市街地は松屋町《まっちゃまち》の大通りの線がなぎさだったというから、心斎橋筋も船場《せんば》も海底であったろう）。

私の家の近所を、遠く奈良へゆく近鉄電車が走っている。

駅名は八戸ノ里《やえのさと》という。急行も準急もとまらない。

「八戸《はちのへ》とは、なつかしいですな」

岩手県出身の訪客が、駅名への親近感をこめていったが、しかし残念なことにこの駅名（駅付近の小字《こあざ》の旧称）は岩手県や青森の一戸《いちのへ》、三戸《さんのへ》、八戸《はちのへ》といったような由緒ある地名ではない。

河内の土語で、小さな沼沢のことをトボリという。

溜《たま》りのなまったものかもしれない。

大和《やまと》盆地という一面の台上から衆水が龍田にあつまり、やがて亀ヶ瀬という大和・河内の国境いの山の切れ目を落下点とし、揉《も》むような勢いで低い河内平野へ流れこんでいたのが大和川であった（過去形でいうのは、宝永元年—一七〇四—の河路のつけかえで大和川は泉州堺のほうへ流れ落ちてしまい、河内平野は低地のまま乾いてしまったからである）。

それまで河内を流れていた大和川というのは、大変な川だったらしい。幾筋にも支流にわかれ、大雨のたびに決潰して野を水びたしにした。荒れるたびに遊水池ができ、やがて沼沢になった。それが、トボリである。私は宝永元年のつけかえでトボリもなくなったと思っていたのだが、

「そんなことはない。大正のころもたくさんあったよ」

と、東光老がいったことがある。この人は少年時代の一時期、大阪の四師団の少佐かなにかだった叔父さんにあずけられて、大阪城のそばの偕行社の小学校に通っていた。そのころ叔父上につれられてよく河内のトボリでフナ釣りをしたという。

ともかくも河内における大和川（大和には大和川はない）には上代人もてこずったらしく、その治水に関する記事が、『日本書紀』『続日本紀』『三代実録』などに出ている。

豊臣政権が関ヶ原で崩壊して、その子秀頼が、摂津、河内、和泉《いずみ》（いまの大阪府）六十五万石の一大名になった。

大阪府というのは全国の府県で最小の面積で、たとえば高知県の四分ノ一にすぎない。しかも河内平野の中どころは沼沢地で耕作ができず、そういう土地ではたして六十五万石も高《たか》があったのかどうかうたがわしい。ともかくもその程度で大坂城を維持し、秀吉以来の多数の旗本を給与せざるをえず、さらには秀吉政権をうるおわせた堺における貿易権を徳川家に取りあげられてしまっている以上、早晩、破滅を賭して暴発せざるを得なかった。

最初は暴発よりも自力で食ってゆく努力が、多少ともなされた。この努力の推進者が、東西手切れまでの豊臣家家老だった片桐且元《かたぎりかつもと》（一五五六〜一六一五）であった。

「河内の沼沢地をうずめて田畑にできないか」

と、且元は考えた。

当時、且元は豊臣家の家政を見つつ、このあたり（当時、北小坂村・現、上小坂）の代官を兼ねていた。かれは秀頼からも好かれず、豊臣家の女官たちのあいだにも人気がなかった。

「あの東市正《いちのかみ》（且元）どのは、じつは内府（家康）の間諜なのじゃ」

などと、彼女たちから言われ、ついには冬ノ陣の直前、秀頼の生母淀殿にうたがわれて居城の摂津茨木《いばらき》に立ちのいてしまうのだが、私の近所のあたりを埋めたてて田畑にした功労者はまぎれもなく且元である。

むろん旦元みずからが鍬《くわ》をふるったわけではない。実際に労働をしたのが山沢という人物であったことは、私の近所にその家が残っていて大庄屋の屋敷構えをいまなお遺《のこ》していることでもほぼ間違いない。

山沢家のふるい分家も、私の近所にある。たまたま分家の当主が私の中学の同級生で、私が大阪市内からこのあたりに越してきたころ、遊びにきて、八戸ノ里という在所の名のいわれを教えてくれた。

「入植したのは、七軒だった。やってきてみると、この土地にもとから住んでいる人がいて、あわせて八戸《はちこ》だから八戸《やえ(へ)》ノ里というふうにいわれた」

という意味のことをいった。「へ」とはカマドを意味する「へ」だと国語辞典などにはある。

山沢という姓は、河内にはなかった姓のように思われるから、大坂城の末期には十万以上いたといわれる牢人《ろうにん》のひとりでもあったのだろうか。

他の六人は、近在のどこかからの分村百姓であった。真宗（門徒宗、一向宗、あるいは本願寺宗）の寺院の次男坊あたりがひきいてきたという説もある。この当時、新村をつくる場合、支配層は真宗僧侶に責任をもたせて人間をまとまらせるという方式を各地でとっていたから、この説もうなずけなくはない。この方式は江戸期にも残り、さらに明治初年までつづいて、たとえば北陸あたりから北海道に入植する場合、東本願寺系の寺の次男、三男坊が開拓民をひきいてゆく例が多かった。

私は散歩のとき、かれらの檀那寺の横の土塀ぞいの裏道を通りつつ、この寺が建立されるまでの一望の湿地の時代を想像したりする。八軒の家はいまものこっていて、それぞれが都市地主になり、江戸末期ふうの宏壮な屋敷をもっているのだが、つい想像してしまうのは秀頼のころ、かれら七人が鍬《くわ》一本をかつぎ、青みどろの浮いた悪水をながめてぼう然としている姿である。

おそらく悪水を吸いとらせるために、深い排水溝を縦横に掘ったり用水樋を伏せこんだりしたにちがいない。掘れば掘るほど、排水溝そのものから水が湧いて、途中で鍬を投げだしたくなることもあったのではないか。

この悪水の地にもとから一軒だけ人が住んでいたということはさきにのべた。肌勢《はだせ》喜右衛門という人物で、この家だけが、入植者七軒が真宗門徒であるのに対し、宗旨は真言宗である。肌勢喜右衛門は七人衆が来る前、こういう悪水の地でなにをたつきにして食っていたのだろうか。かれは鍬をかついでやってきた七人衆に対し、

「お前たちはよそからきて、この土地の高低、土の良否、悪水の排《は》け方を知るまい。私のいうとおりにせよ」

とでもいったのかどうか、ともかく才覚のある人物だったらしく、秀頼の時代にすでに庄屋になっている。

この肌勢家が保存している「肌勢家文書」によると、関ヶ原ノ役から九年目の慶長十三年に

はすでにこの北小坂村の庄屋であった。村高（村の穫れ高）は五百六十一石である。それから四、五年経った慶長十七、八年には二十石以上ふえて五百八十四石になっている。

ところが、慶長十九年に、片桐且元が豊臣秀頼家を退転した。

「片桐様が愛想づかしなさるようでは」

と、この新村のひとびとは落胆したかと思える。あるいはこの想像は大胆すぎるかもしれないが、片桐にかわって大坂城からやってきた役人（矢野半兵衛、土市三郎右衛門、上野金左衛門）には、前々年や前年の村高より二十石減らして五百六十一石として書き上げているのである。この年の十月、大坂冬ノ陣がおこる。農民たちが秀頼家の足もとを見すかして低く村高を見積って報告したのではないか。

右のようにこのちっぽけな村でおこった小さな事柄から大きな事を推察するようだが、当時、大坂城内で二股膏薬《ふたまたこうやく》といわれ、江戸期を通じて評判のよくなかった家老片桐且元については、豊臣家の家政をこういう新田《しんでん》開発というかたちでなおざりにせずにやっていたことを評価してやらねばなるまい。

片桐且元は近江《おうみ》の人で、秀吉の子飼といっていい。

天正十一年（一五八三）、二十八歳のとき、賤《しず》ヶ岳《たけ》合戦でよくたたかい、七本槍のひとりにかぞえられた。

性格が実直で、機略のある人ではない。秀吉時代、豊臣姓をさずけられるほどに信用されたが、高《たか》は一万石程度しかもらっていなかった。が、秀吉はこの人物の木訥《ぼくとつ》さを見込み、秀頼の傅人《めのと》にした。秀吉が死に、つづいて関ヶ原ノ役があり、家康が天下人《てんがびと》になると、且元は秀頼家の家老としてつとめ、謹直でおこたるところがなかった。家康はこの且元を懐柔しようとし、一万石加増しようとしたが且元は辞退した。その翌年、再度家康はもちかけ「五千石加増しよう」といったとき、ことわりきれずに受けた。且元が淀殿たちに疑われるようになったのはこのときからである。

その後、家康は無理難題をもちかけて豊臣家を追いつめて行ったが、そのつど且元は駿府《すんぷ》への使者に立ち、つねに板ばさみになった。

冬ノ陣の直前、且元は秀頼の安全のために、三つの策をたて、淀殿の侍女にうちあけた。

「そのうち下策は、右大臣様（秀頼）に大坂城を出てもらうことである」

且元にすれば、この巨城があるためにこれに拠ろうとする牢人《ろうにん》衆があつまり、火遊びのもとになるということであろう。且元は下策といっているが、これが最上の策であるとおもっていたのではないか。

「中策は、右大臣様に江戸に住んでもらうことである。それもかなわねば、上策としてこう考える。御袋様（淀殿）に江戸住まいをしてもらうことだ」

この且元の献策が淀殿の怒りを買い、ついに追われるようにして大坂城を退去した。

『野史《やし》』によれば、且元は後日、この策のうちの「上策」について同僚の速水守久に洩らしたという。

「もし御袋様さえご承知あれば、私に秘策があった。御袋様の江戸でのお屋敷地は徳川家に請《こ》うてことさらに湿地をもらうのである。それへ土を運び、かさあげをして地ならしているうちに年月《としつき》がたつことになろう。家康はすでに春秋が高い（齢《とし》をとっている）。死ねばあとはなんとかなるのだ。この案が御袋様のお気に召さなかったというのは、天がすでに豊臣家を厭《いと》うているということだ」

といってしばらく泣いたという。

元和元年五月八日、大坂夏ノ陣の最終段階のとき、将士の多くが死に、城が燃えているのに、淀殿・秀頼の所在がわからなかった。

且元は病中であったが、灰燼《かいじん》の城内に入り、秀頼たちが山里曲輪《やまざとぐるわ》の土蔵に入っていることを知り、徳川方に告げた。徳川方は曲輪を押しかこみ、銃を放って母子に自決させた。

且元が、この母子の所在を告げたとしているのは『慶長見聞書』である。

……去年までは無二の忠臣なり。去年より不慮に君臣不快になり候へども、多年の御馴染《おなじみ》を忘れ、情なくも大御所様（家康）へ申しあげ候こと、まことに侍の本意にあらずと諸人心あるは申しける。

と、まことに手きびしい。同書では且元は病人で、このあと百日のうちに死んで（実際の死

は二十日のち の五月二十八日）子孫も後には絶えはてた、としている。たしかに且元の子は相ついで早世したために絶家になっている。幕末まで大和小泉一万五千石の小さな大名としてつづくのは弟の貞隆のほうの家系である。

新井白石の『藩翰譜《はんかんぷ》』も、

時人……天罰をかうむり、三十日を越えずして死すと云ひしとぞ。

と、まことに手きびしい。

これにひきかえ、『野史』は、同情的である。

『野史』は、当日且元は大坂城付近にいなかったという。かれはいったん家康への義理から大坂攻めのために備前島に陣したが、家康がかれの立場を同情し、駿府へゆけと命じた。且元は陣中から旅立ち、途中、城が落ち、秀頼が死んだときいて深く悲しみ、気をうしなうこと数度、二十八日、衣をととのえ、香を焚《た》き、西にむかって（京都の太閤廟《たいこうびよう》にむかってであろう）傅人《めのと》としての任をはたさなかったことを詫び、剣に伏して死んだという。

どちらが本当か、その辺はよくわからない。明治二十年代に坪内逍遥が発表した有名な『桐一葉』は且元に同情的で、おそらく素材を『野史』にとったのではないか。

ただ『野史』がどういう典拠によって「寸前に駿府へ行った」としたのかよくわからない。『野史』（和装百冊）は、周防《すおう》徳山藩士飯田忠彦（一七九八～一八六〇）が前後三十八年をかけて撰した史書で、とくにその列伝二百七十巻は室町前期から江戸後期までの主要な人物をほぼ洩れなくとりあげている。

忠彦は二十二歳で浪人し、二十四歳のとき河内にきて、中河内郡八尾の大庄屋飯田忠直の養子になった。ひまさえあれば二階にこもっていたので、土地の者は「二階先生」とよんだという。且元については当然ながら飯田家の文書をしらべたり、土地の伝承なども採集したにちがいないから、かれなりの根拠があったのではないか。

私は、且元が代官として埋めたてさせた土地を毎日散歩している。

ちかごろいよいよ人家が密集し、その上車の往来がはげしくてかたときも油断できないが、それでも、最初に土を運んできてこのあたりを埋めた山沢家や肌勢家、丸山家といったあたりの大路小路にはまだ旧村のにおいがのこっているし、車もあまり入ってこない。

ただ残念なことは、旧村の江戸、明治のにおいのする民家が、最近、新建材とアルミ・サッシの戸をつかってさかんに建てかえられていることである。

ここ一、二年、とくにその傾向がひどくなった。なぜそのようにいそぐのかと土地の人にきくと、

「息子に嫁を迎えるには、古い家ではどうにもならん」

ということであった。あと数年で、八軒のうちの数軒ぐらいのこし、まわりの旧村の景観はよほど変るのではないかと思われたりする。

〔「オール讀物」一九七九年二月号〕

書誌一覧

一　『司馬遼太郎 歴史のなかの邂逅《かいこう》』（全四巻）は、司馬遼太郎が遺した仕事のうち、歴史上の人物を主題とするエッセイを集成したものである。個人のほか、例えば「出雲族」「雑賀党」「新選組」など人間の集団あるいは組織に関するものも含めた。

二　作品は古代からおおむね時代順に配列した。ただし日本人全般に関するもの、外国人に関するものは、第四巻にまとめた。また、主に昭和期以降に活躍した人物、あるいは司馬遼太郎と交友のあった人びとを記した文章は原則として収録しなかった。

三　底本には『司馬遼太郎が考えたこと』（全十五巻、新潮社、二〇〇一年九月〜二〇〇二年十二月。現在、新潮文庫にも収録）を用い、あわせて左記一覧の文庫版を適宜参照した。

四　本文の各作品タイトルの前に、その作品に登場する主な歴史上の人物名および集団の名称を〈〉で注記した。

五　各作品の本文のあとに、初出の紙誌名あるいは書名、および発行所名（新聞、雑誌の場合は省略）と発行年月（新聞、週刊誌の場合は年月日）を〔〕で注記した。

六　左記一覧の記載方法は以下の通り。

▽印　1　初出が新聞、雑誌、パンフレット、月報などの場合——収録初刊本の書名、発行所名、発行年月。収録初刊本が共著の場合は、改行して司馬遼太郎自著の収録初刊本の書名、発行所名、発行年月。

2　初出が共著の書籍の場合——自著の収録初刊本の書名、発行所名、発行年月。

3　初出が自著の書籍の場合——▽印の記載なし。

▼印　▽印の初刊本が文庫に収録されている場合は、その文庫名。編集上の都合により書名や巻数に変更のある場合は（）で注記した。初刊本が文庫版の場合は▼印の記載なし。

倭《わ》の印象　▽『歴史の舞台』中央公論社、一九八四年三月　▼中公文庫
生きている出雲王朝　▽『歴史の中の日本』中央公論社、一九七四年五月　▼中公文庫
ああ出雲族　▽『司馬遼太郎が考えたこと』2、新潮社、二〇〇一年十一月　▼新潮文庫
叡《えい》　山《ざん》　▽『司馬遼太郎が考えたこと』10、新潮社、二〇〇二年七月　▼新潮文庫
わが空海　▽『微光のなかの宇宙』〈限定本〉、中央公論社、一九八四年三月　▼中公文庫
『空海の風景』あとがき　▼中公文庫
高野山管見　▽『歴史の舞台』中央公論社、一九八四年三月　▼中公文庫
ぜにと米と
▽林屋辰三郎・梅棹忠夫・山崎正和編『変革と情報』中央公論社、一九七一年十二月　▼中公文庫（『日本史のしくみ』）
▽『司馬遼太郎が考えたこと』5、新潮社、二〇〇二年二月　▼新潮文庫
平　知　盛　▽沼艸雨監修・産経新聞社編『能楽百話』駸々堂出版、一九七八年三月
▽『司馬遼太郎が考えたこと』5、新潮社、二〇〇二年二月　▼新潮文庫
三草《みくさ》越え　▽『歴史と小説』河出書房新社、一九六九年八月　▼集英社文庫
昔をいまに——義経のこと　▽『司馬遼太郎全舞台』中央公論新社、二〇〇二年八月
まぼろしの古都、平泉　▽『歴史の中の日本』中央公論社、一九七四年五月　▼中公文庫
勇気あることば　▽『司馬遼太郎が考えたこと』3、新潮社、二〇〇一年十二月　▼新潮文庫
醤油の話　▽『この国のかたち』六、文藝春秋、一九九六年九月　▼文春文庫
蓮如《れんにょ》と三河　▽『以下、無用のことながら』文藝春秋、二〇〇一年三月　▼文春文庫
赤尾谷で思ったこと　▽『歴史の中の日本』中央公論社、一九七四年五月　▼中公文庫
『箱根の坂』連載を終えて　▽『ある運命について』中央公論社、一九八四年六月　▼中公文庫
魔術師　▽『司馬遼太郎が考えたこと』3、新潮社、二〇〇一年十二月　▼新潮文庫
『国盗り物語』あとがき　▽『国盗り物語』第四巻・織田信長・後編、新潮社、一九六六年七月　▼新潮文庫

上州徳川郷　▽『歴史と小説』河出書房新社、一九六九年八月　▼集英社文庫

戦国大名のふるさと

▽林屋辰三郎・梅棹忠夫・山崎正和編『変革と情報』中央公論社、一九七一年十二月　▼中公文庫（『日本史のしくみ』）

▽『司馬遼太郎が考えたこと』5、新潮社、二〇〇二年二月　▼新潮文庫

馬フン薬　▽『司馬遼太郎が考えたこと』1、新潮社、二〇〇一年九月　▼新潮文庫

幻　術　▽『余話として』文藝春秋、一九七五年十月　▼文春文庫

戦国の鉄砲侍　▽『司馬遼太郎が考えたこと』2、新潮社、二〇〇一年十一月　▼新潮文庫

雑賀《さいか》男《おとこ》の哄笑　▽『司馬遼太郎が考えたこと』2、新潮社、二〇〇一年十一月　▼新潮文庫

雑賀《さいか》と孫市《まごいち》のことなど　▽『ある運命について』中央公論社、一九八四年六月　▼中公文庫

戦国の根来衆《ねごろしゅう》　▽『古往今来』日本書籍、一九七九年九月　▼中公文庫

織田軍団か武田軍団か　▽『歴史の世界から』中央公論社、一九八〇年十一月　▼中公文庫

京の味　▽『歴史と小説』河出書房新社、一九六九年八月　▼集英社文庫

断章八つ　▽『以下、無用のことながら』文藝春秋、二〇〇一年三月　▼文春文庫

『鬼灯《ほおずき》』創作ノート――荒木村重《むらしげ》のことども

▽『鬼灯―摂津守の叛乱』中央公論社、一九七五年十二月　▼中公文庫（『花の館・鬼灯』）

謀　殺　▽『余話として』文藝春秋、一九七五年十月　▼文春文庫

別所家籠城の狂気　▽『歴史の世界から』中央公論社、一九八〇年十一月　▼中公文庫

播州人　▽『ここに神戸がある』月刊神戸っ子、一九九九年二月

時代の点景としての黒田官兵衛　▽『歴史の世界から』中央公論社、一九八〇年十一月　▼中公文庫

『播磨灘物語』文庫版のために　作品末尾の〔　〕内の記載参照

官兵衛と英賀《あが》城　▽『以下、無用のことながら』文藝春秋、二〇〇一年三月　▼文春文庫

僧兵あがりの大名　▽『歴史の世界から』中央公論社、一九八〇年十一月　▼中公文庫

読史余談——丹羽長秀の切腹
どこの馬の骨
私の秀吉観
大坂城の時代
秀頼の秘密
書いたころの気持
堺をめぐって
異風の服飾
戦国拝金伝
豊後《ぶんご》の尼御前《あまごぜ》
法斎の話
近所の記

▽『司馬遼太郎が考えたこと』2、新潮社、二〇〇一年十一月　▼新潮文庫
▽『余話として』文藝春秋、一九七五年十月　▼文春文庫
▽『歴史の世界から』中央公論社、一九八〇年十一月　▼中公文庫
▽『歴史の中の日本』中央公論社、一九七四年五月　▼中公文庫
▽『歴史と風土』文春文庫、一九九八年十月
▽『司馬遼太郎が考えたこと』8、新潮社、二〇〇二年五月　▼新潮文庫
▽『歴史と風土』文春文庫、一九九八年十月
▽『余話として』文藝春秋、一九七五年十月　▼文春文庫
▽『司馬遼太郎が考えたこと』2、新潮社、二〇〇一年十一月　▼新潮文庫
▽『歴史と視点』新潮社、一九七四年十月　▼新潮文庫
▽『古往今来』日本書籍、一九七九年九月　▼中公文庫
▽『古往今来』日本書籍、一九七九年九月　▼中公文庫

安井道頓　320, 324
山下奉文　25
日本武尊　45
山名豊国　245～247
山名政豊　238
山部赤人　180
山本信哉　28

ゆ

結城(越前中納言)秀康　36, 37

よ

吉岡(三河守)宗歓　369
吉岡妙麟尼(妙林尼)　360, 362, 369, 370, 372～381
吉岡統定　369, 380
吉岡統久　369
吉岡統増　369, 371
淀どの(淀殿、淀君)　323, 324, 326, 329, 332, 389, 393, 394
米倉丹後　158
米倉彦十郎　158～160
米田助右衛門　258

ら

ラブ神父　254

り

利休→千利休
理宗〔南宋〕　234
柳公権　58

れ

蓮如　123, 125, 127～131, 133, 134, 283

ろ

朗誉　120

わ

倭　9, 11～16
倭人　9, 12, 14
渡辺世祐　310, 313, 314

卜半　195
細川伽羅奢　145
細川忠興　143, 144, 256, 258〜261
細川幽斎(藤孝)　142〜145, 232, 250, 256〜258, 260, 261
骨皮道賢　138
洞富雄　202

ま

前田利家　143, 144, 289, 351〜354
前野勝右衛門　270
正宗　356〜358
松尾芭蕉→芭蕉
マッカーサー, ダグラス　26
松平親忠　156
松平信光　156, 157
松永(弾正少弼)久秀　163〜170, 238, 300, 301
マルクス　81

み

三木通秋　282
三木通近　282
三島由紀夫　216
水原堯栄　73, 74
美空ひばり　96
源為憲　28
源義家→八幡太郎義家
源義経(遮那王、牛若丸)　94〜107, 110, 112, 232, 292, 298
源義仲→木曾義仲
源義光→新羅三郎義光
源頼朝　91, 94, 96, 102〜106, 109, 114, 118, 152, 240
源頼信　314
三宅(肥前守)治忠　268
宮坂宥勝　75
宮崎滔天　16
宮部(刑部少輔)長房　299
宮部(善祥坊)継潤　294〜299
宮本武蔵　273, 274
明遍　89
三好宗三　238
三好長慶　164〜166, 168
三好義興　164〜166, 168

む

武蔵坊弁慶→弁慶
牟尼室利　61
無門　121
村上直次郎　190

め

明治帝　309, 312
メッケル　223

も

毛沢東　312
黙阿弥　301
木食応其　89
牧谿　234, 235, 239
母里太兵衛　273, 274
モルトケ　223
諸橋轍次　13

や

〜197, 200, 204, 206, 207, 209, 210
寧々（北政所） 329, 332, 333

の

能因 108
野村（備中守）文綱 378〜380

は

パーシバル 25
白楽天（居易） 58
芭蕉 114
馬総 58, 61
肌勢喜右衛門 391
蜂須賀家政（蓬庵） 382〜384
蜂須賀小六（彦右衛門正勝） 219, 308〜315
蜂須賀親家 313
蜂須賀至鎮 382〜384
八幡太郎義家 316
花谷（正）少佐 315
ハムレット 323
林道春 146
速水守久 393

ひ

稗田阿礼 17
一言主命 52
媛蹈鞴五十鈴姫 38
ピント，F. M. 202

ふ

ファリヤ，ジョルジ 361
フーシェ，ジョセフ 142
不空金剛智 61
福島正則 298, 348
福島安正 315
福田惣八 264
福永光司 75
藤原葛野麿 54, 56, 57
藤原清衡 111
藤原秀衡 110, 111, 114
藤原基衡 112
藤原泰衡 114
経津主神（経津主命） 22, 40
古田織部 334, 335
振根 29
フロイス 288

へ

平城天皇 54
別所林治 274
別所毅彦 266
別所長治 265〜269, 271〜274
別所彦之進 272
別所（山城守）吉親 268, 270
ペリー 318
弁慶 106, 292, 293, 298, 299
辺鸞 58

ほ

芳春院→お松ノ方
北条氏綱 138
北条早雲 136〜138
北条時頼 92
法然 116, 124, 156
ポーロ，マルコ 111, 114

て

手名椎　24
天孫族（天孫民族、天孫系民族）　24, 25, 27, 30, 35, 37, 39, 40, 180

と

土井利勝　165
道元　120
道宗　130～134
徳阿弥　148～156
徳川家光　384
徳川家康　30, 97, 125～127, 143, 144, 150～152, 155～157, 165, 179, 184, 196, 200, 201, 220, 221, 259, 261, 277, 279, 280, 283, 300, 303, 317, 318, 322, 323, 325, 326, 330～332, 345, 346, 350, 351, 357, 366, 368, 372, 382, 383, 389, 393～395
徳川夢声　19
徳川義親　30
徳宗〔唐〕　58
土肥（刑部少輔）真舜→真舜坊
土肥実平　294
富田常雄　200
伴宿禰　17
豊臣鶴松　329
豊臣秀長　179, 289
豊臣秀吉（日吉丸、木下藤吉郎、羽柴秀吉、太閤）　89, 110, 111, 142～144, 152, 156, 170, 179, 181, 184, 189～191, 196, 197, 200, 201, 208～210, 216～221, 231, 239～242, 245～247, 249, 250, 253, 261, 267～271, 273, 274, 277～279, 282, 288～290, 295～299, 302, 303, 305, 306, 310, 311, 314～327, 329～333, 340～343, 345, 346, 348～351, 365～368, 370, 373, 376, 377, 379, 381, 389, 392, 393
豊臣秀頼　303, 322～326, 329, 332, 333, 389, 391～395
鳥居元忠　184
ドン・キホーテ　269, 323
曇貞　75

な

長井四郎左衛門　270
長尾雅人　72
中小左次　201
中島玄佐　377
長嶋茂雄　96
長髄彦　25
中村新助　380
中村元　74
ナポレオン　142, 222
南浦文之　201

に

西村真次　22, 23
新田義貞　150, 151
瓊瓊杵尊　22
丹羽長秀　305～307, 370

ね

根来衆　181, 188～192, 194

鈴木武樹 12
鈴木孫市→雑賀孫市

せ

世阿弥 138
千家尊祀 21, 30
千石（権兵衛）秀久 270, 347〜350
善祥坊→宮部（善祥坊）継潤
善導 116
千利休（宗易） 231, 232, 236, 240〜242, 253, 334, 335
善無畏 60

そ

宗祇 138, 237
宗長 237
曾呂利新左衛門（伴内） 245
存牛 156, 157

た

大道寺重祐 165
提婆 176
平清盛 90〜92
平知盛 94, 95
平教盛 95
平宗盛 95
高木法斎 383〜385
高橋鑑種 363, 364
高橋紹運 368, 371〜373
高屋十郎兵衛 257〜259, 261
高山右近 253
滝川一益 370
滝川政次郎 25
滝沢馬琴 176
武田信玄 100, 158〜160, 218
建沼河命 22
武三熊之大人 26
武甕槌神（武甕槌命、建御雷之男命） 22, 25, 40
たし〔荒木村重側室〕 253
橘逸勢 56, 57
立花宗茂 368, 371〜373
伊達政宗 110, 351, 355, 356, 358
田部長右衛門 21
種子島時尭 171, 172, 201〜203
ダルタニアン 221

ち

癡絶 121
重源 89
長曾我部信親 349
長曾我部元親 349

つ

津田監物 193, 202, 203, 205, 206, 210, 211
津田宗及 240
筒井（栄舜坊）順昭 300, 301
筒井定次 303
筒井順永 300
筒井順秀 300
筒井（陽舜坊）順慶 299〜303
坪内逍遥 395
坪内某 229〜232
剣根 21

こ

孔子 49
後宇多天皇 121
コーリー，K 221
後白河法皇 105, 232
後醍醐天皇 151, 337
呉通微 58
後藤又兵衛 273, 274, 328
事代主命 39
後奈良天皇 156
小西行長 341, 342, 344〜346
小西隆佐 341, 342, 344
後陽成天皇 144
コロンブス 329
金剛智 61
今東光 386, 388
今日出海 336

さ

雑賀伊一郎 174, 175, 182, 183
雑賀党（サイカ党、雑賀衆）
171〜175, 181
〜184, 186, 187, 189, 192, 195, 196
雑賀孫市〔初代〕 174, 177, 181〜187
雑賀孫市〔二代〕 184, 185
西行 387
西郷隆盛 316
最澄 41
〜44, 47, 54, 59, 63, 72, 81〜87, 119
斎藤道三
139〜141, 145, 146, 327, 328
佐伯直田公 47
佐伯宿禰 17
酒井五郎左衛門 149
阪本勝 94
坂本竜馬 146
笹井武久 194, 197〜199, 209
貞宗 358
真田幸村 328
ザビエル，フランシスコ 374, 375

し

シェイクスピア 124
静御前 106
柴田勝家 219, 303, 305, 370
芝辻清右衛門 204
島左近 302
島津義久（竜伯入道） 364
島津義弘（惟新入道） 364
釈迦（釈尊）
59, 60, 79, 116, 124, 176, 292
周昉 58
聖武天皇 180
白浜政重 378
ジンギス汗 24, 110, 215
真舜坊 294, 295
尋尊 127
神武天皇 21, 25, 38, 39
新羅三郎義光 172
親鸞
67, 69, 86, 115〜117, 123〜125, 128

す

杉之坊明算（算長？） 203
須佐之男尊 24

196, 201, 204, 216～221, 229～232, 237～241, 244, 247～254, 256, 257, 259, 260, 267～269, 277, 278, 283, 285, 288～290, 293, 295～298, 301, 302, 305, 306, 314, 316～318, 322, 325, 330, 340, 341, 350, 353, 370
オデュッセウス　101
小寺政職　274
お松ノ方（芳春院）　332, 333
小見の方　145

か

海音寺潮五郎　355
貝塚茂樹　319
覚心　118～122
覚鑁　191
景光　358
賈似道　234
果心居士　163～170
加須屋助左衛門　270
糟屋内膳正　268
片桐且元　298, 389, 390, 392～396
片桐貞隆　395
勝海舟　379
加藤清正　298, 341, 342, 344, 348, 372
加藤嘉明　298
金売り吉次　111, 112
懐良親王　205
狩野永徳　237, 238
狩野道察　377
亀山上皇　121
蒲生氏郷　216, 289, 358
蒲生忠郷　358
蒲生忠知　358
蒲生秀行　358
鴨長明　291
関羽　316
神吉民部大輔　270
願性　120, 121
観世（小次郎）信光　94
韓退之（愈）　58
韓方明　58
桓武帝　48, 54

き

菊池寛　144
木曾義仲　96, 118, 232
北政所→寧々
吉備津彦　29
行勇　119, 120

く

空海（弘法大師）　44～66, 68～77, 79～88, 119, 148, 191, 387
楠木正成　205, 316, 338, 387
黒田官兵衛（孝高、如水）　273, 274, 276～282, 284～290
クロムウェル　321
桑田忠親　245

け

恵果　61～63
景行天皇　21
玄宗〔唐〕　60
顕如　283

伊勢三郎（能盛） 106
市原五右衛門 229
一万田親実 363
一休宗純 235
一色義定 260, 261
一色義道 260
伊東忠太 28
井上秀雄 12
井上博道 110
今井宗久 238～240, 341
今井宗薫 341, 346
今小路覚瑞 86
伊予親王 48

う

禹 12
ヴァス，ディオゴ 361, 362
ヴィレラ，ガスパル 190～193
上杉景勝 355, 357
上杉謙信 100, 316
上田正昭 387
宇迦都久怒命 22
味酒浄成 49
雲慶 112, 113

え

栄朝 120
閻済美 56
円珍 44
円仁 43
役小角（役ノ行者） 51, 52, 66

お

お市 295
王貞治 96
奥州藤原氏（藤原三代） 109～112, 114
王直 14
大井監物 309
大石内蔵助 273
正親町天皇 241
大国主命（オオクニヌシノミコト、大己貴命） 19, 22, 24, 26, 27, 29, 30, 34, 35, 39
大久保彦左衛門 150, 154
大久米命 38
太田亮 30
大谷吉継 383
大友宗麟（義鎮） 360～369, 371～375
大友義鑑 361
大友義統 369, 371
大己貴命→大国主命
大野知石 165
大野治長 303
大臣命 22
岡崎入道正宗→正宗
岡田牛養 49
岡野左内 355～359
荻生徂徠 317
お国 36, 37
尾崎士郎 355
織田信雄 196
織田信長 42, 44, 100, 139, 140, 142, 145, 151, 152, 156, 165, 169, 172, 173, 181, 191, 192, 194,

人名索引

古代から現代までの人物名を中心に、神話・伝承・文芸作品中の神々や人物名、さらに「出雲族」「雑賀党」などの人間の集団や組織の名称を含め、五十音順に配列した。

あ

アイゼンハワー 217
青砥藤綱 92, 93
青山右京大夫 97
赤尾の道宗→道宗
英賀衆 288, 289
秋上庵之介 30, 32
秋山真之 224
明智左馬助(弥平次)光春(秀満) 146
明智光秀 142, 143, 145, 146, 216, 219, 250, 251, 256, 257, 260, 271, 298, 302, 305, 319, 370
赤穂義士(赤穂浪士) 272～274
浅井長政 295
浅野長矩 272
浅野幸長 179
足利尊氏 151
足利義昭 288
足利義兼 314
足利義輝 165, 168
足利義政 138, 238
足利義満 90～92, 238, 339
足利義持 300
足名椎 24
阿刀大足 48, 50
天照大神 22
甘利左衛門 158～160
天児屋根命 32
天穂日命 26, 27, 29～33, 35, 39
新井白石 395
荒木村重 243～255
有馬成甫 202
有馬頼義 30
安禄山 58

い

飯入根 29
飯田忠直 396
飯田忠彦 395, 396
池田光政 154
石田三成 184, 216～220, 224, 279, 342, 344, 348, 357
伊集院久宣 378
出雲族(出雲民族、出雲系民族) 19, 21～27, 29, 31, 32, 34, 36, 37, 39, 180
出雲のお国→お国
李承晩 9

装幀　長谷川徹

司馬遼太郎（しば・りょうたろう）

一九二三（大正十二）年、大阪に生まれる。大阪外国語大学蒙古語科を卒業。一九五九（昭和三十四）年、『梟の城』により第四十二回直木賞を受賞。六七年、『殉死』により第九回毎日芸術賞、七六年、『空海の風景』など一連の歴史小説により第三十二回芸術院恩賜賞、八二年、『ひとびとの跫音』により第三十三回読売文学賞（小説賞）、八三年、「歴史小説の革新」により朝日賞、八四年、『街道をゆく——南蛮のみちⅠ』により第十六回日本文学大賞（学芸部門）、八七年、『ロシアについて』により第三十八回読売文学賞（随筆・紀行賞）、八八年、『韃靼疾風録』により第十五回大佛次郎賞をそれぞれ受賞。一九九一（平成三）年、文化功労者に顕彰される。九三年、文化勲章受章。日本芸術院会員。

以上のほか主な著書に『豊臣家の人々』『新選組血風録』『燃えよ剣』『竜馬がゆく』『世に棲む日日』『峠』『坂の上の雲』『花神』『翔ぶが如く』『項羽と劉邦』『菜の花の沖』『草原の記』『この国のかたち』『街道をゆく』など。『司馬遼太郎全集』全六八巻がある。

一九九六（平成八）年二月、逝去。

司馬《しば》遼《りよう》太郎《たろう》　歴史《れきし》のなかの邂逅《かいこう》1
空海《くうかい》～豊臣秀吉《とよとみひでよし》

二〇〇七年四月二五日初版発行

著　者　司馬遼太郎
発行者　早川準一
発行所　中央公論新社
〒一〇四-八三二〇
東京都中央区京橋二-八-七
電話　販売　〇三-三五六三-一四三一
　　　編集　〇三-三五六三-三六六四
URL http://www.chuko.co.jp/

印　刷　三晃印刷（本文）
　　　　大熊整美堂（カバー・表紙・扉）
製　本　小泉製本

Published by CHUOKORON-SHINSHA, INC.
Printed in Japan ISBN978-4-12-003824-2 C0095
定価はカバーに表示してあります。

司馬遼太郎 著 ＝＝＝＝＝＝＝＝＝中央公論新社刊

単行本☆ 中公文庫★

韃靼疾風録 上・下 ☆★
言い触らし団右衛門 ★
豊臣家の人々 ☆★
空海の風景 上・下 ☆★
花の館・鬼灯 ★
ひとびとの跫音 上・下 ★
一夜官女 ★
新選組血風録 ☆★
花咲ける上方武士道 ☆★
歴史の世界から ★
歴史の中の日本 ★
ある運命について ★
古往今来 ★
長安から北京へ ★
人間の集団について ベトナムから考える ★
歴史の舞台 文明のさまざま ★

微光のなかの宇宙　私の美術観　★
風塵抄　★☆
風塵抄　二　★☆
もうひとつの「風塵抄」〈往復手紙　福島靖夫〉　★☆
十六の話　★☆
世界のなかの日本　十六世紀まで遡って見る〈対談　ドナルド・キーン〉　★☆
日本人と日本文化〈対談　ドナルド・キーン〉　★
日本人の内と外〈対談　山崎正和〉　★
人間について〈対談　山村雄一〉　★
土地と日本人〈対談集〉　★
日本語と日本人〈対談集〉　★
司馬遼太郎　歴史歓談　☆
司馬遼太郎　歴史歓談Ⅰ　日本人の原型を探る　★
司馬遼太郎　歴史歓談Ⅱ　二十世紀末の闇と光　★
司馬遼太郎　全舞台　☆

司馬遼太郎の跫音　★

司馬遼太郎が語る雑誌言論一〇〇年　☆

「司馬遼太郎記念館」への招待

司馬遼太郎記念館は自宅と隣接地に建てられた安藤忠雄氏設計の建物で構成されている。広さは、約2300平方メートル。2001年11月に開館した。

数々の作品が生まれた自宅の書斎、四季の変化を見せる雑木林風の自宅の庭、高さ11メートル、地下1階から地上2階までの三層吹き抜けの壁面に、資料本や自著本など2万余冊が収納されている大書架、……などから一人の作家の精神を感じ取っていただく構成になっている。展示中心の見る記念館というより、感じる記念館ということを意図した。この空間で、わずかでもいい、ゆとりの時間をもっていただき、来館者ご自身が思い思いにしばし考える時間をもっていただきたい、という願いを込めている。　（館長　上村洋行）

利用案内

所 在 地　大阪府東大阪市下小阪3丁目11番18号　〒577-0803
T E L　06-6726-3860
H P　http://www.shibazaidan.or.jp
開館時間　10:00～17:00（入館受付は16:30まで）
休 館 日　毎週月曜日（祝日・振替休日の場合は翌日が休館）
特別資料整理期間（9/1～10）、年末・年始（12/28～1/4）
※その他臨時に休館することがあります。

入館料

	一　般	団　体
大人	500円	400円
高・中学生	300円	240円
小学生	200円	160円

※団体は20名以上
※障害者手帳を持参の方は無料

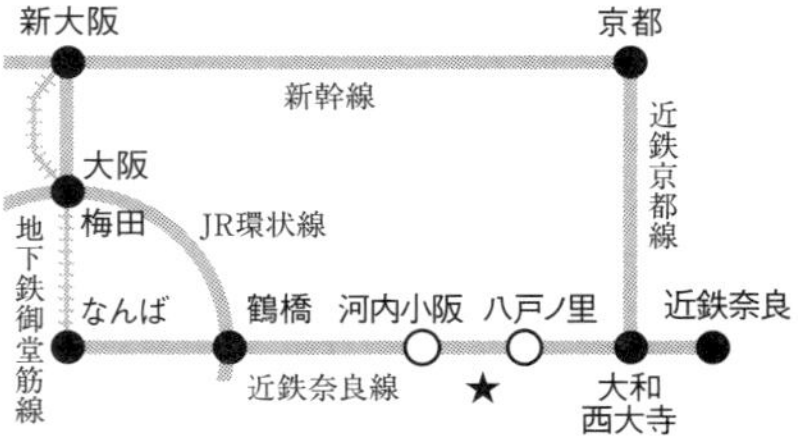

アクセス　近鉄奈良線「河内小阪駅」下車、徒歩12分。「八戸ノ里駅」下車、徒歩8分。
Ⓟ5台　大型バスは近くに無料一時駐車場あり。但し事前にご連絡ください。

記念館友の会　ご案内

友の会は司馬作品を愛し、記念館を支えてくださる会員の皆さんとのコミュニケーションの場です。会員になると、会誌「遼」（年4回発行）をお届けします。また、講演会、交流会、ツアーなど、館の行事に会員価格で参加できるなどの特典があります。

年会費　一般会員3000円　サポート会員1万円　企業サポート会員5万円
お申し込み、お問い合わせは友の会事務局まで
TEL 06-6726-3859　FAX 06-6726-3856